GOLDMANN

Buch

Rom im Sommer des Jahres 1497: Der Sekretär Biagio Bonaccorsi sucht im Auftrag des Kardinals Valenza nach dessen verschwundenem Bruder, dem Herzog von Gandìa, und – da der Leichnam des Herzogs aus dem Tiber gefischt wird – schon bald nach dessen Mörder. In Adelshäuser und Kardinalspaläste führen ihn seine Ermittlungen ebenso wie in Kaschemmen und Bordelle, doch ob er mit hohen Würdenträgern oder mit Huren und Ganoven zu tun bekommt, der Verfall der moralischen Sitten durchzieht alle Kreise. Auch die raffinierte Intrige, die dem Herzog das Leben kostete und die der Sekretär nun peu à peu entwirren kann, offenbart einmal mehr die skrupellose Machtgier der Oberschicht.

Autor

Fabio Pittorru, Jahrgang 1928, stammt aus Ferrara. Er verfaßte Polizeiromane, schrieb Drehbücher zu zeitgeschichtlichen Filmen und veröffentlichte wichtige historische Porträts, in denen er unter anderem die Städte Ferrara undRom mit liebevollen Huldigungen würdigte.

FABIO
PITTORRU

TOD IM TIBER

EIN KRIMINALROMAN
AUS DER ZEIT DER
LUCREZIA BORGIA

Aus dem Italienischen
von Bruno Genzler

GOLDMANN VERLAG

Die italienische Originalausgabe erschien unter dem Titel
»La pista delle volpi« bei Interno Giallo, Milano

Umwelthinweis:
Alle bedruckten Materialien dieses Taschenbuches
sind chlorfrei und umweltschonend.
Das Papier enthält Recycling-Anteile.

Der Goldmann Verlag
ist ein Unternehmen der Verlagsgruppe Bertelsmann

Genehmigte Ausgabe 2/96

Umschlaggestaltung: Design Team München
Druck: Elsnerdruck, Berlin
Verlagsnummer: 43288
AB · Herstellung: sc
Made in Germany
ISBN 3-442-43288-X

1 3 5 7 9 10 8 6 4 2

I

Wie glücklich durften sich doch jene Dichter schätzen, denen es gegeben war, zu einer Zeit zu schreiben, als ehrliche Absichten und strenge Wahrheitsliebe noch mit Ehre und Anerkennung belohnt wurden. Heute hingegen können sich jene schon vom Schicksal begünstigt fühlen, die die Wahrheit schreiben, ohne dafür von seiten der Mächtigen Beleidigungen, Nachteile und Verletzungen erfahren zu müssen. In unseren Tagen hat die Tugend viele Feinde, und es ist riskant, auch nur den Ruf zu haben, Wahrheit und Freiheit zu lieben.

Trotzdem habe ich mich dazu entschlossen, von den unerhörten Ereignissen zu berichten, deren Zeuge ich vor ungefähr dreißig Jahren wurde. Denn die Menschen sollen endlich mehr darüber wissen, und vor allem sollen sie erfahren, welche Rolle mir bei diesem verborgenen Geschehen zukam, von dem nur so wenig ans Tageslicht drang. Niemand hat schriftlich Zeugnis davon gegeben, bis auf meinen lieben Freund Niccolò Machiavelli, der allerdings nur den fünften und letzten Akt dieser entsetzlichen Geschichte aufgeschrieben und so die Menschen begierig gemacht hat zu erfahren, was in den ersten vier Akten dieser finsteren Tragödie passiert ist. Und genau davon will ich nun berichten, als Zeuge und Beteiligter.

Mein Name ist Biagio Bonaccorsi, und die Dinge ereigneten sich, als ich in Rom lebte und in Diensten des Kardinals Oliviero Carafa stand. Dieser war der Sohn einer hochnoblen neapolitanischen Familie, in deren Adern das Blut des heiligen Thomas von Aquino fließt. Der fromme und weise Kardinal war seit über zwanzig Jahren der Kardinalprotektor des Dominikanerordens, und ich arbeitete im großen *scriptorium* seines Palastes, mit dem

Auftrag, die Beziehungen zu allen Klöstern und Provinzen des Ordens zu pflegen. Die Dominikaner waren seit jeher Stütze und tragende Säule des katholischen und apostolischen Glaubens, auch wenn der Orden in jenen Jahren mit großen Schwierigkeiten zu kämpfen hatte. Und zwar auf Grund der Zügellosigkeit eines Mönchs, eines gewissen Girolamo Savonarola aus Ferrara, der die Provinzen des Ordens gegeneinander aufbrachte und gravierende und infame Anschuldigungen gegen unsere geliebten Brüder vom Orden des Heiligen Franziskus in die Welt setzte. Er hatte sich ganz offen gegen den Papst gestellt, Partei für den französischen König, Karl VIII., ergriffen und seit einiger Zeit damit begonnen, dem Weg des Ungehorsams, des Schismas und der Ketzerei zu folgen.

Meine Arbeit brachte es mit sich, daß ich im Haus des Kardinals Carafa wohnte, einem freundlich wirkenden Palast in Rom, im Stadtviertel Parione. Mein Zimmer unter dem Dach war geräumig und gut in Stand, das Essen hervorragend, meine Bezahlung erhielt ich regelmäßig und in angemessener Höhe ... und doch begann mir die Arbeit, die ich seit nunmehr zehn Jahren ausübte, lästig zu werden. Zwar konnte ich mit meiner Kammer zufrieden sein, nicht jedoch mit meinem Eßzimmer, und damit meine ich den Speisesaal, in dem sich alle am Hofe des Kardinals Beschäftigten zum Essen und Reden trafen. Die Kanzlei eines vornehmen Hauses, und sei es auch die eines frommen Kardinals, gleicht in ihrer Abgeschlossenheit einem reichen Kloster. Hier gedeiht die Niedertracht, hier macht niemand Karriere aufgrund von Verdiensten und Tugend, Arbeit und Ehrlichkeit; sie ist ein urzeitliches Chaos, eine Schule des Wahnsinns, wo derjenige triumphiert, der wenig Hirn hat, sich am besten verstellen kann, mit Schamlosigkeit zu schmeicheln versteht und dem es gelingt, mit Betrügereien die anderen hinters Licht zu führen. Wie der klügste lateinische Dichter ganz richtig sagte: *Obsequium amicos, veritas odium parit;* Schmeicheleien schaffen Freunde, die Wahrheit Feinde.

Meine Kollegen in der Kurie ließen sich keine besonderen Verfehlungen zuschulden kommen, im Gegenteil, sie verhielten sich vorsichtig und zurückhaltend, um Tadel von seiten ihres Herren zu vermeiden. Doch auch im Kreis der Beschäftigten des Kardinals waren jene üblen Gewohnheiten zu beobachten, die bei den Dienerschaften aller vornehmen Familien anzutreffen sind.

Anstatt Briefe aufzusetzen, wie es unsere Pflicht gewesen wäre, und wofür wir bezahlt wurden, vertrieben wir uns im *scriptorium* die Zeit mit obszönen und schändlichen Gesprächen. Wir schwatzten über anderer Leute Angelegenheiten, vor allem über die der Kardinäle und anderer vornehmer Herren der Stadt Rom, zählten ihre Fehler, Sünden und Laster auf. Und wie man sich leicht vorstellen kann, gab es da Dinge ..., kurz und gut, der Gesprächsstoff wurde uns nie knapp. Wenn wir Kanzleischreiber zusammen ausgingen, amüsierten wir uns mit üblen Streichen. So verspotteten wir Bettler und Juden oder legten Feuer an die Türen der bekanntesten und geldgierigsten Huren der Stadt, verprügelten alte Frauen, Kupplerinnen und Hexen oder hefteten Schilder mit Beleidigungen und höhnischen Versen an die Türen gehörnter Männer und liebestoller Ehefrauen.

Ich versuchte jedoch mit Vorbedacht, jene Gesellschaft zu meiden. Abends, wenn es zur Vesper läutete, entfernte ich mich allein vom Palazzo Carafa in Richtung Via Lata, um spazierenzugehen und frische Luft zu schnappen, und lief dann bis runter zu den Logge dei Librai in der Nähe der Kirche San Marcello. Und wenn dann ein paar Silbermünzen einsam und traurig in meiner Tasche klimperten, schlenderte ich auch bis zur Piazza del Popolo weiter, wo sich ständig eine beträchtliche Anzahl von Prostituierten aufhielt, mit denen ich mich gerne »unterhielt«. In fröhlicher Gesellschaft verbrachte ich so den Rest des Abends: Oder muß ich noch deutlicher werden, ihre Kunstfertigkeiten und Listen ausführlicher beschreiben, mehr erzählen von ihrem Liebreiz und ihren Schmeicheleien, ihren Anzüglichkeiten und Berührungen, mit denen sie die Männer zu umgarnen verstehen, die es zu diesem dem Laster des Fleisches und der Sinneslust ergebenen Ort zieht? Von ihren Verstellungen und Tränen ganz zu schweigen, mit denen sie einem auch noch die letzte Münze aus der Tasche ziehen. Und dies war auch der Grund, warum ich mich diesem unschuldigen Zeitvertreib nicht häufiger als einmal in der Woche hingeben konnte.

Eines Abends jedoch – es war der 15. Juni 1497 –, während ich mit den letzten mir verbliebenen Kupfermünzen spielte, geschah etwas, das mein Leben von Grund auf verändern sollte. Während ich mich für meinen täglichen Abendspaziergang fertigmachte, erschien der Kardinal persönlich in meiner Stube. Eine außergewöhnliche Begebenheit, denn wenn Kardinal Carafa etwas von mir wollte, ließ er mich zu sich rufen, und ich stieg dann zu seinem Arbeitszimmer hinab. Wenn er jetzt die Stufen bis zum obersten Stockwerk des Palastes erklommen hatte, um mich zu treffen, konnte das nur bedeuten, daß er eine sehr geheime und wichtige Angelegenheit mit mir zu bereden hatte, von der die Kollegen in der Kanzlei nichts erfahren durften. Als er eintrat, kniete ich sofort nieder, um seine Hand zu küssen, und verblieb in dieser Haltung, in Erwartung, daß er mir die Gründe seines ungewöhnlichen Besuches mitteilen würde.

»Wir haben uns schon lange nicht mehr unterhalten, mein lieber Bonaccorsi«, begann er, »und das ist eigentlich schade. Doch was soll man machen? Kein Fluß zieht schneller vorbei als das Leben der Menschen ...«

»Ich stehe Euer Hochwohlgeboren jederzeit ganz zur Verfügung«, antwortete ich immer noch auf Knien. »Euer Eminenz brauchen nur zu befehlen.«

Dabei musterte ich ihn aufmerksam. Ich war sehr neugierig zu erfahren, was ihn in mein Zimmer geführt hatte, dazu noch ohne Begleitung.

»Mein lieber Freund, der Kardinal Valenza«, sagte mein Herr, wobei er eine etwas gequälte Grimasse schnitt, »läßt dir durch mich ausrichten, daß er dringend deine Dienste benötigt ... Es ist daher sein Wunsch, daß du dich so schnell als möglich mit ihm triffst, das heißt, noch heute abend. Wenn seine Befürchtungen zutreffen, ist es morgen schon zu spät.«

Seit einiger Zeit schon gab es immer wieder Reibereien zwischen Kardinal Valenza und meinem Herrn, und daher war ich von seiner Bitte nicht wenig überrascht. Bevor ich mich darauf einließ, wollte ich zunächst mehr über die Sache erfahren. Bei meiner Arbeit gibt es nichts Schlimmeres, als allzu mächtigen Herren ins Gehege zu kommen – und dazu noch, ohne den genauen Grund zu kennen.

»Was erwartet Ihr von mir, Eminenz?« fragte ich. »Ich meine, was soll ich *tatsächlich* tun? Wollt Ihr, daß ich mich dem Kardinal zur Verfügung stelle, oder ist es vielleicht besser, wenn ich mir einige glaubhafte Gründe überlege, um ihm meine Hilfe und meine Mitarbeit verweigern zu können?«

»Ich glaube, es wäre überaus gefährlich, einer Bitte Kardinal Valenzas nicht nachzukommen. Er ist ein mächtiger und rachsüchtiger Mann mit einem Herz aus Eisen und einer Seele, härter als Diamant. Du weißt, daß er als Sohn des Papstes in Rom bei den städtischen Behörden und im Kardinalskollegium eine herausragende Stellung einnimmt. Es ist daher mein ausdrücklicher Wunsch, daß du für ihn arbeitest, mit aller Ehrlichkeit und Loyalität, derer du fähig bist.«

»Ihr wollt also, daß ich aus Eurem Dienste scheide?«

»Darüber können wir später noch sprechen. Im Moment aber befreie ich dich von allen Obliegenheiten, die dich an meinen Palast binden.«

»Und mein Gehalt?«

»Dein Gehalt wird ganz regulär weiterfließen«, antwortete der Kardinal lächelnd. »Lege darum deine prächtigsten Kuriengewänder an und begib dich sogleich zum Palazzo Della Rovere, wo Kardinal Valenza dich schon mit Bangen erwartet. Nur eine Sache noch … Kardinal Valenza ist sehr jung und dem Laster ergeben. Ich will darum auf keinen Fall, daß der ehrenvolle Name der Familie Carafa in irgendeiner Weise in diese Angelegenheit mithineingezogen wird. Solange du bei ihm bist, stehst du für alles, was man von dir verlangt, mit deinem eigenen Namen gerade, und alles geschieht auf deine persönliche Verantwortung … Nun denn, mein Sohn, viel Glück, und versuche, dir immer die Gnade Gottes zu erhalten.«

Die ersten langen Schatten des Abends senkten sich auf die Stadt, als ich den Palast des Kardinals Carafa verließ und mich zum Palazzo Della Rovere im Rione Borgo* auf den Weg machte. Ich hatte mich sorgfältig auf die Begegnung vorbereitet. Ich trug einen Wams aus violetter Seide und ein Paar dunkelblauer Beinkleider. Das Gesicht hatte ich mir gründlich gewaschen, die Haare lange mit lauwarmem Wasser gespült und zum Schluß den Bart noch ein wenig zurechtgestutzt. Meine Schuhe aus feinem Leder waren fast neu, und die himmelblauen Baumwollstrümpfe paßten perfekt zum Farbton der Beinkleider. An meinem Gürtel hing ein prall gefüllter Geldbeutel, den ich – da ich nicht genug Dukaten besaß – mit Kieselsteinen bestückt hatte, um dem Kardinal zu zeigen, daß ich nicht auf sein Geld spekulierte. Zu meiner Linken hatte ich einen kurzen, stabilen Degen am Gürtel befestigt, damit jeder sehen konnte, daß ich nicht nur ein Mann der Bücher war, sondern mir im Notfall auch Respekt zu verschaffen wußte. So schritt ich voran zum Palast des »Kardinals-Padrone«, wie Cesare Borgia, der Sohn seiner Heiligkeit Alexander VI., mittlerweile überall in Rom genannt wurde.

Kardinal Valenza, der Sohn von Vannozza De Cattaneis, trug den Namen seines leiblichen Vaters und nicht den seines vermeintlichen Vaters, Domenico D'Arignano, der zur Zeit seiner Geburt der rechtmäßige Gatte Vannozzas war. Und niemand hat je an seiner wahren Abstammung gezweifelt, denn ganz Rom betrachtete Vannozza De Cattaneis als offizielle Konkubine von Rodrigo Borgia. Zu jener Zeit war dieser noch ein einfacher Kardinal, der mit ihr *more uxorio*, wie im Ehestand, zusammenlebte, was so weit ging, daß Vannozza (eine Koseform von Giovanna, also Giovannozza) Schriftstücke häufig mit dem Doppelnamen Vannozza Borgia De Cattaneis unterzeichnete. Rodrigo Borgia hatte sie im Jahr 1459 in Mantua kennengelernt. Dorthin hatte er

* Rione – Stadtviertel, Rom war in 22 Rioni aufgeteilt, d. Übers.

den damaligen Papst, Pius II. Piccolomini, begleitet, der in Mantua bei einem Treffen aller mächtigen europäischen Fürsten Unterstützung für sein Vorhaben suchte, ein Heer und eine Flotte auszurüsten, um die Stadt Konstantinopel wiederzuerobern, die wenige Jahre zuvor in die Hand der Türken gefallen war. Damals war die siebzehnjährige Vannozza mit einem Pelzhändler verheiratet, einem unflätigen und äußerst habgierigen Mann, der seine Gattin für dreihundert Mailänder Dukaten an Rodrigo Borgia »vermietete«. Zu Ende der Versammlung in Mantua fiel es dem jungen, feurigen Kardinal nicht schwer, das Mädchen dazu zu bewegen, ihm nach Rom zu folgen. Als Kaufpreis für seine Gattin verlangte der Pelzhändler noch einmal zweitausend Dukaten.

Der Spanier Rodrigo Borgia, der nach Rom gekommen war, als dort sein Onkel unter dem Namen Kalixtus III. Papst war, besaß den Ruf, der faszinierendste Kardinal des ganzen Heiligen Kollegiums zu sein. Aber auch Vannozza war schön, mit ihren großen azurblauen Augen und den langen blonden Haaren, wie sie für lombardische Frauen typisch sind. Ihre Schönheit hatte etwas Süßes und Liebreizendes, und alle, die sie damals nicht gesehen haben, können heute den vollen Glanz ihrer Schönheit in Gestalt der Madonna der Verkündigung bewundern, die, von Pinturicchio gemalt, im Trakt der Borgia im Vatikan zu finden ist.

Fünf Kinder gingen aus der fleischlichen Verbindung mit Vannozza hervor. Zuerst wurde Pedro Luiz geboren, dann, im Jahr 1475, Cesare, und ein Jahr später Juan. Danach kam ein Mädchen, Lucrezia, die so berühmt wie ihr Bruder Cesare werden sollte, und schließlich das Nesthäkchen der Familie, Jofré, dessen Geburt jedoch beim Papst einige Zweifel aufkommen ließ. Er hegte den Verdacht, Vannozza habe sich in einem Moment der Schwäche einem anderen hingegeben. Diese fünf Geschwister hießen Kinder des Heiligen Vaters, denn zur Zeit Alexanders VI. hatte man die alte kanonische Regel *Presbyteriorum filii, nepotes vocantur* (die Kinder der Priester werden Neffen genannt) außer Kraft gesetzt.

Den Erstgeborenen, Pedro Luiz, hatte man eine militärische

Laufbahn einschlagen lassen. Er sollte die Besitztümer der Familie in Spanien und Italien sichern. Für den Zweitgeborenen, Cesare, hatte man – wie das in Adelshäusern Sitte ist – eine kirchliche Laufbahn vorgesehen. Und zweifellos ist niemals vorher der Aufstieg zu den höchsten Kirchenämtern schneller und stürmischer verlaufen. Cesare Borgia war sieben, als man ihn zum apostolischen Protonotar ernannte, elf, als er Bischof von Pamplona wurde, einer der größten und reichsten Städte Spaniens. Im Jahr 1492, als man seinen Vater zum Papst wählte, wurde Cesare Bischof von Valencia, der wichtigsten spanischen Diözese: Am Hof in Madrid galt der Inhaber dieses Amtes als Primas von Spanien. Außerdem bedeutete die Bischofswürde von Valencia garantierte jährliche Einnahmen von sechzehntausend Scudi. Und als der neue Papst Alexander VI. sein erstes Konsistorium zum Anlaß nahm, eine Reihe neuer Kardinäle zu berufen, war darunter auch sein damals sechzehnjähriger Sohn. So wurde aus dem Bischof von Valencia der Kardinal von Valencia, oder einfach Kardinal Valenza, wie er in Rom genannt wurde.

Doch dann wurden die ehrgeizigen Pläne Alexanders VI. durch die unerbittliche Hand des Schicksals zunichte gemacht. Sein ältester Sohn Pedro Luiz, der mittlerweile Herzog der spanischen Besitztümer von Gandìa geworden war, starb in jungen Jahren. Da Cesare Borgia damals schon die geistliche Laufbahn eingeschlagen hatte, fiel das Herzogtum von Gandìa mit allen Ländereien, den damit verbundenen Lehen und seinen immensen Reichtümern an Juan, den dritten Papstsohn. Juan Borgia erbte alles von seinem Bruder, sogar dessen Verlobte, eine Spanierin aus vornehmstem Haus mit Namen Maria Enriquez, Tochter von Enrico Enriquez, Onkel des spanischen Königs und erster Haushofmeister am spanischen Königshof. Auf diese Weise wurde Juan, obwohl er zwei Jahre jünger als sein Bruder Cesare war, die Personifizierung der dynastischen Ambitionen von Papst Alexander. Cesare hingegen entdeckte Tag für Tag mehr seinen Hang zur Politik und zu militärischen Abenteuern. Kardinal zu sein behagte ihm überhaupt nicht, auch wenn er es zur Rolle eines

»Kardinals-Padrone« gebracht hatte und unbestreitbar der mächtigste Mann der päpstlichen Kurie war.

Zu diesem reichen und skrupellosen Geistlichen begab ich mich nun. Er konnte mein Glück bedeuten – oder mich für immer ruinieren.

Diesen Gedanken hing ich nach, als ich am Palazzo Della Rovere eintraf. Ich faßte mir ein Herz und trat ein, wobei ich mir wegen des abscheulichen Gestanks, der mir entgegenschlug, die Nase zuhalten mußte. Wie ich es erwartet hatte, diente die Vorhalle auch als Wachstube, die voller schwerbewaffneter Männer war: Einige schliffen ihre Waffen, andere übten sich im Ringkampf, wieder andere spielten lärmend Mora*. Ich brauchte nicht lange, um die Quelle des erbärmlichen Gestanks auszumachen. Gut sichtbar für alle, die durch die Halle mußten, hatte man drei Tote zur Schau gestellt, die soeben hingerichtet worden waren. Einen hatte man geköpft und dann mit dem Kopf auf den Knien auf ein Bänkchen gesetzt. Ein zweiter baumelte noch an seinem gut eingeseiften Strang. Ein Stückchen schwarze Zunge hing ihm aus dem Mund, an die ein Spaßvogel ein gold-grünes Bändchen – die Farben des Kardinals – gebunden hatte. Den dritten hatte man garrottiert und dann an die Wand genagelt. Vergeblich versuchte ich bei den Toten eine Schriftrolle zu entdecken, die über die Gründe für ihre Hinrichtung Aufschluß gegeben hätte. Vielleicht handelte es sich bei den Opfern um Diener, die man als Diebe entlarvt hatte, um betrügerische Hoflieferanten oder auch um untreue Höflinge. Und jetzt hatte man sie, obwohl ihre Leichen die Luft verpesteten, zur Abschreckung und Ermahnung anderer Diener, Hoflieferanten und Höflinge hier öffentlich in diesem erbärmlichen Zustand zur Schau gestellt.

Durch dieses Durcheinander kämpfte ich mich zum Korporal vor und teilte ihm mit, was ich im Palast wollte. Er antwortete mir, daß man schon auf mich warte, und ging drei Männer rufen,

* italienisches Fingerspiel, d. Übers.

die den Auftrag hatten, mich zu begleiten. Zwei davon waren einfache Soldaten, die behaart und angriffslustig wie abruzzesische Bären aussahen; der dritte war Micheletto, ein Spanier in Diensten des Kardinals, dem der Ruf vorauseilte, ein vorzüglicher Fechter und vor allem ein Meister im Umgang mit der Garrotte zu sein. Er hatte einen durchdringenden finsteren Blick wie ein Räuberhauptmann, ein Blick, der Furcht einflößte. Nachdem man mich vorgestellt hatte, hielt einer der Männer eine Grubenlampe über meinen Kopf, damit Micheletto mein Gesicht besser sehen konnte. Er musterte mich aufmerksam und brach dann in schallendes Gelächter aus.

»Man hat mich losgeschickt, einen Mann der Kurie zu empfangen«, sagte er immer noch lachend, »und ich habe geglaubt, einen alten Mann mit gebeugten Schultern und tintenbeschmierten Händen vorzufinden. Und was muß ich sehen? Einen dreisten und arroganten Prahlhans mit Degen und geleckten Haaren, als ginge er zu einem Schäferstündchen.«

»Wenn Euch meine Person nicht behagt, werter Messer Micheletto, kann ich auch wieder gehen«, antwortete ich beleidigt. »Ich bitte Euch nur, Eurem Herrn, dem Kardinal, meine Ehrerbietung zu übermitteln.«

Ich hatte noch nicht fertig gesprochen, als ich schon die Degenspitze Michelettos an meinem Hals spürte. Für einen Moment befürchtete ich, er würde mir mit einem Stich die Kehle durchlöchern, aber dann kam mir der tröstliche Gedanke, daß der Kardinal auf mich wartete.

»Kanzleischreiberling«, ermahnte mich Micheletto in drohendem Tonfall, »hör auf, dich wie ein wildes Pferd zu gebärden, wenn du nicht willst, daß die Sache schlecht für dich ausgeht. Mein Herr und Gebieter erwartet dich, und ich möchte nicht, daß er ungeduldig wird. Darum folge mir jetzt ohne weitere Worte ...«

Und da ich Anstalten machte, auf den Palasteingang zuzugehen, schnitt mir Micheletto den Weg ab und sagte: »Schnall dir zuerst diesen kindischen Degen ab. Niemandem, nicht einmal einem schwachen und unfähigen Kanzleischreiber wie dir, ist es erlaubt, in Gegenwart meines Herrn eine so gefährliche Waffe zu tragen. Laß ihn hier liegen und folge mir endlich.«

Schon jetzt begann mir der Auftrag, den Kardinal Carafa mir anvertraut hatte, lästig zu werden. Trotzdem wußte ich nicht, wie ich mich davon befreien konnte, ohne in noch größere Schwierigkeiten zu geraten. Ich legte also meinen Degen ab, und stieg mit meiner Escorte die große Ehrentreppe des Palastes hinauf.

Micheletto schritt voran, während die beiden spanischen Soldaten uns mit ihren Laternen den Weg leuchteten. Verhaltenen Schrittes durchquerten wir unzählige Korridore, bis wir endlich in einen Raum traten, der das Vorzimmer zum Studier- und Arbeitsraum des Kardinals sein mußte. Mir fiel auf, daß der Gestank der drei Toten trotz der Entfernung bis hier oben hin drang.

Vor einer verschlossenen Tür erwartete uns der Privatsekretär des Kardinals, ein geschwätziger und aufgeblasener Neapolitaner namens Ajello, dem ich mehr als einmal unter den Logge dei Librai begegnet war. Jetzt blickte er mich nur kurz an, ohne mich zu grüßen, so als wenn er mich nicht kennen würde, und sagte, seine Exzellenz warte schon ungeduldig auf mich, ich solle mich beeilen.

Obwohl es draußen noch Tag war, lag das Zimmer in fast vollständigem Dunkel, da vor den Fenstern schwere schwarze Samtvorhänge hingen. Im Zentrum dieses weiten Halbdunkels saß Kardinal Valenza vor einem Tischchen, das mit Schrift- und Pergamentrollen beladen war. Nicht weit davon entfernt waren zwei zweiarmige Leuchter mit vier großen weißen Kerzen aufgestellt, deren Schein die Mitte des Raums in ein diffuses Licht tauchte. Am Tischchen saß ein Schreiber, der sich aber, sobald er mich sah, eilig verzog, allerdings nicht ohne mir vorher noch einen neugierigen Blick zuzuwerfen. Auch er kannte mich und konnte sich wohl nicht erklären, warum man mich zu seinem Herrn gerufen hatte. Genauso lautlos wie er entfernten sich auch Ajello, Micheletto und die zwei Soldaten. Ich näherte mich dem Kardinal, der aus dem Sessel, in dem er gesessen hatte, aufstand, mir entgegenkam und die Hand zum Kuß reichte.

»Ich hoffe, dir keine zu großen Unannehmlichkeiten zu bereiten, Maestro Biagio Bonaccorsi«, sagte der Kardinal in liebenswürdigem Tonfall, »aber ich fürchte, leider deine Dienste in Anspruch nehmen zu müssen.«

»Ich stehe Eurer Hochwohlgeboren ganz zur Verfügung«, antwortete ich, wobei ich mit einer vollendeten Verbeugung zurücktrat. »Ich habe von Kardinal Carafa, meinem Herrn und Eurem Freund, den Auftrag erhalten, mich Euch zur Verfügung zu stellen, solange Ihr es für angebracht haltet, und dabei keine Mühen und Entbehrungen zu scheuen.«

»Ich hatte schon Gelegenheit, dem Kardinal für seine Freundlichkeit zu danken. Es kommt nicht oft vor, daß ein Carafa eine gute Idee hat. Auf alle Fälle ist es sein Verdienst, daß ich dich herbestellt habe. In höchsten Tönen hat er Loblieder auf dich gesungen. Er sagt, du seist tüchtig und schlau, treu, zurückhaltend und jedem Tratsch abgeneigt, eine überaus seltene Gabe für einen Mann der Feder. Außerdem hat man mir berichtet, daß du dich häufig an Dirnen und Huren erfreust, an denen unser geliebtes Rom so reich ist.«

»Ja, das stimmt«, unterbrach ich ihn vor Scham glühend, »manchmal gebe ich mich der Fleischeslust hin, aber immer in Maßen, auch aufgrund meiner knappen Mittel.«

»Doch eigentlich wollte ich dich nicht sehen, um mit dir über Huren zu sprechen«, fuhr er fort. »Dein Kardinal hat mir gegenüber mehr als einmal deinen Spürsinn gelobt, der es dir in der Vergangenheit erlaubte, einer Reihe von Geheimnissen auf die Spur zu kommen. Er hat mir von den gefälschten päpstlichen Siegeln erzählt, die für bedenkliche Löcher im vatikanischen Staatssäckel gesorgt haben. Und ich weiß, wie scharfsinnig du die fürchterlichen Verbrechen in der Abtei Fonte Dolce aufgeklärt hast, und wie meisterhaft es dir gelungen ist, der päpstlichen Gerichtsbarkeit die Nonne zu überstellen, die die Äbtissin im Kloster von Pratomagno umgebracht hatte.«

»Das sind alles Ermittlungen, die noch auf die Zeit von Papst Innozenz VIII., seligen Angedenkens, zurückgehen.«

»Und doch ist der Ruhm dieser Unternehmungen bis hierher gedrungen.«

»Ich kann Euch versichern, Monsignore, daß damals mehr das Glück als mein Scharfsinn im Spiel war.«

»Aber genau dieses Glück brauche ich«, antwortete er in resolutem Ton. »Bei der gefährlichen und schwierigen Aufgabe, die ich dir übertragen will, wirst du reichlich Glück nötig haben. An welchen Lohn für deine Dienste hast du gedacht?«

»Keinen«, antwortete ich schnell. »Durch die Gunst, Euch dienen zu dürfen, bin ich im Übermaß bezahlt. Außerdem erhalte ich auch weiterhin von Kardinal Carafa mein wöchentliches Gehalt, solange ich in Euren Diensten stehen werde.«

»Jede Arbeit, vor allem gute Arbeit, hat ihren Preis. Gib dem Arbeiter seinen gerechten Lohn, verfügt die Kirche in ihrer jahrhundertelangen Weisheit. Ich werde meinen Schatzmeister anweisen, dir fünfzehn Dukaten täglich zukommen zu lassen, dazu die Spesen«, sagte Cesare Borgia in jenem Ton vornehmer Gleichgültigkeit dem Geld gegenüber, wie es sich für einen Fürsten geziemt. »Darüber hinaus wirst du, wenn du mir treu und gewissenhaft dienst, auch in Zukunft auf meine Dankbarkeit zählen können. Solltest du etwas wünschen, brauchst du mich nur darum zu bitten ...«

»Da wäre etwas, verehrter Herr, was Ihr für mich tun könntet. Heutzutage, da die Lehrer der humanistischen Wissenschaften so zahlreich sind und nicht mehr gelten als billiger Ton, fällt es uns schwer, eine gute Anstellung zu finden ...«

»Soll ich dich vielleicht in meiner Kanzlei als Bibliothekar oder Schreiber anstellen?«

»Nein, Monsignore. Ich arbeite in der Kurie des Kardinals Carafa, und ich will nicht darüber klagen. Nur mißfällt es mir, die Jahre meiner Reife fern meiner geliebten Heimatstadt Florenz verbringen zu müssen. Ich möchte gern dorthin zurückkehren, doch müßte ich dort eine würdige und angemessen bezahlte Stellung für mich vorfinden, die meiner jetzigen in Rom entspricht. Mit anderen Worten, ich bitte Euch, hochverehrter Herr, mir eine Anstellung bei der Signoria in Florenz zu verschaffen, damit ich meine letzten Jahre in meiner Heimatstadt verbringen kann ...«

»Früher war ich ein guter Freund der Medici, aber ihr Florentiner habt sie davongejagt und die Stadt einem grimmigen Dominikanerpater anvertraut, diesem Verkünder düsterster Prophezeiungen, diesem Franzosenfreund ... Gleichwie, ich kenne noch genügend einflußreiche Personen in der Stadt und ich denke gewiß, deine Wünsche unterstützen zu können. Und jetzt höre genau, was ich von dir will ... Ich befürchte, daß mein Bruder diese Nacht entführt und ermordet wurde.«

»Ihr sprecht von Eurem Bruder Juan, dem Herzog von Gandìa?«

»Genau von dem ... Für vorgestern abend hatte unsere Mutter, Signora Vannozza, all ihre Kinder zu einem Essen eingeladen, und so fanden wir uns bei Abenddämmerung in ihrem Hause in Santa Lucia in Selce ein. Außer mir waren das mein Bruder Juan, unser jüngster Bruder Jofré und seine Gattin, die edle Sancia d'Aragona, und einige Vettern, unter ihnen auch der Kardinal von Monreale. Nur meine Schwester Lucrezia fehlte. Es war ein herzliches Beisammensein, versüßt durch vorzügliche Speisen und edelste Weine, wie stets bei meiner Mutter, die uns immer eine fürstliche Gastgeberin sein will. Als sich der Abend dem Ende zuneigte, erschien eine seltsame Person, ganz in Schwarz gekleidet, die meinen Bruder sprechen wollte.«

»Kanntet Ihr sie, Exzellenz?«

»Nein ... Außerdem trug sie eine schwarze runde Maske, die ihr Gesicht vollständig verdeckte. Ich fragte, wer sie sei, und mir wurde geantwortet, sie sei eine Kupplerin, die man in den letzten Wochen häufig bei meinem Bruder gesehen habe. Juan bediene sich ihrer, um seine Beziehung zu einem Mädchen aus einer vornehmen Familie aufrechtzuerhalten. Jedenfalls wurde die Kupplerin von Juan sehr freudig begrüßt.

Es war ungefähr eine Stunde vor Mitternacht, als wir das Haus meiner Mutter verließen. Während die anderen ihres Weges gingen, schlugen mein Bruder und ich den Weg in Richtung Vatikan ein, wo wir beide wohnen. Knappen, Häscher und Büttel folgten uns. Bei meinem Bruder war auch die schwarze Kupplerin, die mit ihm auf seinem Maultier saß. Aber ungefähr in Höhe des Palazzo Cesarini überlegte er es sich anders, entließ alle Männer und behielt nur seinen treuesten Knappen, Giannettino heißt er, sowie die Frau mit der schwarzen Maske bei sich. Er erklärte mir, er habe es eilig, ein wunderschönes Mädchen erwarte ihn mit gespreizten Schenkeln, und verabschiedete sich.«

»Frauen, die ihre Beine gespreizt halten«, bemerkte ich, »sind meist nichts anderes als tückische Köder, in denen gefährlich spitze Haken verborgen sind.«

»Wahr gesprochen, Maestro. Genau das denke ich auch. Auf alle Fälle hörte ich im Fortreiten noch, wie mein Bruder Giannettino befahl, schnellstens nach Hause zu reiten und dort einen leichten Brustpanzer zu holen. Den solle er zur Piazza della Guidìa beim Portico d'Ottavia bringen, dort einige Stunden auf ihn warten, und wenn diese Zeit verstrichen und er selbst nicht aufgetaucht sei, beruhigt seines Weges gehen. Ich drehte mich noch einmal um und empfahl ihm, einige Häscher mit sich zu nehmen, denn Rom ist eine Stadt, in der sich nachts finstere Gestalten rumtreiben, die vor Raub und Mord nicht zurückschrecken. Doch er antwortete mir nur mit einem fröhlichen Lachen, gab seinem Maultier die Sporen und ritt mit der Kupplerin in Richtung auf den Rione Campitelli davon. Das war das letzte Mal, daß ich ihn gesehen habe. Im Morgengrauen war er noch nicht nach Hause zurückgekehrt, und auch den ganzen gestrigen Tag über hat er kein Lebenszeichen von sich gegeben. Jemand will ihn vor der Porta Flaminia auf der Piazza Santa Maria del Popolo gesehen haben.«

»Und aufgrund dieses plötzlichen Verschwindens habt Ihr sogleich das Schlimmste vermutet?«

»Rom quillt über vor Feinden meiner Familie«, sagte der Kardinal mit besorgter Miene, »und es ist allgemein bekannt, daß mein Bruder stets viel Geld bei sich trägt, auch gestern hatte er wieder achtzig Dukaten im Geldbeutel. Mein Vater, der Papst, glaubt noch immer, Juan werde bald nach Hause zurückkehren. Er liege noch bei seiner Geliebten, meint er. Sie sei wahrscheinlich aus vornehmem Hause, und darum habe er auch ihr Haus nicht verlassen, damit ihn beim Hinausgehen keiner sieht und ihre Ehre nicht kompromittiert wird. Dieser Illusion hat sich mein Vater noch den ganzen heutigen Tag über hingegeben und mir verboten, Nachforschungen anzustellen. Vergeblich habe ich ihn zu überzeugen versucht, daß das Mädchen vielleicht als Köder für einen tödlichen Hinterhalt benutzt wurde. Gerade eben, als ich auf dich wartete, erreichte mich eine Nachricht, die meinen Verdacht bestätigt: Man hat seinen Knappen Giannettino gefunden – tot.«

»Wo hat man ihn gefunden?«

»Versteckt unter einem Steintreppchen in einem verfallenen Haus auf der Piazza della Giudìa. Er röchelte und konnte noch sprechen, so wurde mir jedenfalls berichtet, aber als meine Männer dazukamen, war die Seele des armen Giannettino schon bei seinem himmlischen Schöpfer. Und als wenn das noch nicht reichte, hat man auch noch das Maultier meines Bruders gefunden, das in panischer Angst zwischen der Porta Flaminia und dem Porto Ripetta herumtobte. Als man es einfing, bemerkte man, daß ein Steigbügel mit einem Schwerthieb abgetrennt war. Und außerdem fehlte der Sattel. Dies alles deutet darauf hin, daß mein Bruder jene lange Reise angetreten hat, von der noch keiner zurückgekehrt ist.«

»Monsignore«, fragte ich, plötzlich sehr vorsichtig geworden, »was wollt Ihr von mir? Soll ich den Leichnam Eures Bruders finden?«

»Biagio Bonaccorsi, ich will sehr viel mehr von dir. Du mußt herausfinden, wer ihm die Falle gestellt hat, und zwar solange die Spuren noch frisch sind. Ich will den Namen der Kupplerin mit der schwarzen Maske. Und ich will wissen, wer das Mädchen ist, dieses verdorbene Weib, das sich als Köder benutzen ließ, um meinen Bruder in die Falle zu locken. Aber vor allem will ich von dir erfahren, wer das Komplott angezettelt hat – wenn es ein Komplott war. Und in diesem Falle wirst du deine Nachforschungen auch in den höchsten Kreisen anstellen müssen …«

»Haben Euer Exzellenz jemanden in Verdacht? Meint Ihr, daß ich in eine bestimmte Richtung ermitteln soll?«

»In zwei Richtungen, lieber Maestro. Die erste: Man hat meinen Bruder wegen des Mädchens umgebracht. In diesem Fall wäre der Mörder ein eifersüchtiger Ehemann oder auch der Vater oder Bruder, die um die Ehre ihrer Tochter oder Schwester fürchteten. Die zweite Richtung: Man hat das Mädchen als Köder eingesetzt. Dann handelt es sich ohne Zweifel um eine Verschwörung, und die Verantwortlichen müßten unter den mächtigsten Familien Roms gesucht werden: den Orsini und Colonna zum Beispiel, oder auch den Savelli und Caetani, die alle dem glorreichen Haus der Borgia feindselig gesinnt sind. Der Erfolg schafft ganz spezielle Freunde: Sie huldigen dir und preisen dich, tragen aber einen Dolch unter dem Gewand versteckt, jederzeit bereit zuzustechen, sobald du ihnen den Rücken zukehrst.«

»In der Tat, Eure Feinde sind zahlreich und alle gefährlich. Ist einer darunter, bei dem ich, Eurer Meinung nach, die Ermittlungen beginnen soll?«

»An deiner Stelle würde ich mit Giovanni Sforza anfangen«, sagte der Kardinal mit einem tückischen Leuchten in den Augen.

»Aber er ist doch Euer Schwager«, entgegnete ich verwirrt, »der Gatte von Lucrezia Borgia, Eurer Schwester …«

»Ja, mein Verdacht fällt auf ihn, weil wir, mein Bruder und ich, in letzter Zeit heftigste Auseinandersetzungen mit ihm hatten. Giovanni Sforza weigert sich, einer Scheidung von Lucrezia zuzustimmen, wie sie unsere Familie beschlossen hat … Aber nicht deswegen mißtraue ich ihm. Ich verdächtige ihn, weil er ein Schwächling und Verlierer ist.«

»Und Ihr glaubt, das reicht aus, um einen Mann zum Mörder zu machen?«

»O ja! Giovanni Sforza hat das Glück verlassen, und wenn einen das Glück verläßt, gewinnt Haß die Oberhand. Der Haß treibt dann zur Rache und zerstört auch noch die Reste früherer Triumphe, womit der Schmerz über verlorene Privilegien und entgangene Erfolge nur noch größer wird. Ja, Verlierer sind von Natur aus Mörder. Genau wie Neider, und dazu zähle ich in erster Linie auch den Kardinal Ascanio ...«

»Ihr meint Ascanio Sforza, den Vizekanzler der Heiligen Römischen Kirche? Den Mann, den in Rom alle nur den zweiten Papst nennen?«

»Genau den. Ascanio ist ein Neidhammel, und neidische Menschen sind fast immer auch grausam. Neid ist der natürliche Feind aller Lebensfreude, verabscheut das Tageslicht und nistet sich in den gemeinsten und niederträchtigsten Herzen ein.«

»Sicher, Ihr habt recht«, murmelte ich, beeindruckt von seinen zornigen Worten. »Neid könnte zu der Tat getrieben haben, aber als auslösendes Motiv reicht das nicht aus.«

»Auch hier gesellen sich zum Neid Rachegelüste.«

»Ja, ich habe gehört, Euer Bruder soll Ascanio Sforza, der nach Euch der mächtigste Kardinal in Rom ist, schwer gedemütigt haben.«

»Seit einiger Zeit schon setzt Kardinal Sforza meinem Vater, dem Papst, hart zu, und zwar wegen dessen feindseliger Politik gegenüber seinem Bruder Lodovico il Moro, dem Herzog von Mailand. Und vielleicht, da könntest du recht haben, will er sich auch an Juan rächen, der drei oder vier seiner Männer im Gefängnis Torre di Nona hat aufknüpfen lassen nach einem Streit im Haus einer Dirne namens Lucrezia Pisana.«

»Das alles wird wohl bedeuten, daß ich Nachforschungen bei den wichtigsten Familien Roms anstellen muß, bei den mächtigsten Kirchenfürsten, dem Personenkreis also, der allgemein über jeden Verdacht erhaben ist und dem sich die Sbirren* des

* Vollzugsbeamte der Gerichts- und Polizeibehörden im Kirchenstaat, d. Übers.

Bargello* und die Männer des Stadtgouverneurs nie zu nähern wagen. Glaubt Ihr nicht, daß die Aufgabe etwas zu groß für mich ist?«

»Ich möchte auf jeden Fall vermeiden, daß sich die Männer des Bargello um die Angelegenheit kümmern. Die Sbirren sind dumm, brutal, habgierig und verlogen. Ich kenne ihre Methoden sehr genau: Nadeln unter Fingernägel stecken, Knochen brechen, glühende Zangen verwenden – das ist die einzige Form des Verhörs, mit der sie sich auskennen. In wenigen Stunden machen sie einen Verdächtigen zum Schuldigen, oder besser gesagt, zum Geständigen, vor allem wenn er das Bestechungsgeld nicht aufbringen kann.«

»Ich wollte eigentlich nur meiner Befürchtung Ausdruck geben, Eminenz«, insistierte ich in besorgtem Ton, »daß ich wohl damit rechnen muß, mein irdisches Dasein auf dem Grund des Tibers zu beenden, mit einem schweren Stein an den Füßen.«

»*Nihil sine magno labore vita dedit mortalibus ...*«, entgegnete der Kardinal lächelnd. »Nicht umsonst habe ich dir reichen, für einen Kurienschreiber – und sei er auch so begabt wie du – ungewöhnlich reichen Lohn angeboten. Und ich habe dich ausgewählt, wegen deiner guten Beziehungen zu jeder Art von Dirnen: Die werden dir sehr dienlich sein, denn ich bin sicher, von diesen Damen wirst du eine Menge Neuigkeiten erfahren. Nicht selten vertrauen sich zwielichtige Typen – Sbirren, Wegelagerer und Mörder – ihren Flittchen an. Und die spielen sich gerne auf und erzählen bereitwillig, was sie gerade gehört haben. Darüber hinaus kennst du dich aus im Umkreis der apostolischen Kurie und Kanzlei, wo man fast immer alles erfährt, was sich in der Stadt Rom zuträgt. Deine schwierigste Aufgabe wird es sein, die Spreu vom Weizen, das heißt, die Wahrheit vom Geschwätz zu trennen. Und genau dafür habe ich dich berufen.«

»Und genau deswegen fürchte ich, in ein paar Tagen in den Fluten des Tibers verschwunden zu sein.«

* Polizeihauptmann, d. Übers.

»Ich werde dir einen Gefährten zur Seite stellen. Er wird dich Tag und Nacht begleiten und beschützen, falls man dir ans Leder will. Er kommt aus der Gegend von Neapel, aus Nola, und hat früher am Hof der Aragonesen gedient. Sein Name ist Niccolino ...«

Bei diesen Worten klatschte der Kardinal in die Hände, und sogleich trat eine hünenhafte Gestalt aus einer der dunklen Ecken des großen Raums zu uns in den Lichtkegel der Kerzen.

Niccolino war ein Mann von solch beeindruckenden Körpermaßen, daß ich mich wunderte, ihm noch nie vorher auf den Straßen Roms begegnet zu sein. Er hatte Beine wie Kirchenpfeiler, Arme wie Schinken aus Norcia und einen Oberkörper, so mächtig und groß wie der Rumpf eines Schiffes. Ein Mensch, mit dem man lieber keinen Streit anfing und dem man, sollte man ihm nachts in einer dunklen Gasse begegnen, spontan und ohne Aufforderung seinen Geldbeutel überreichte.

Der Kardinal drehte sich zu ihm um und sagte befehlend: »Niccolino, hier ist dein Mann. Begleite ihn und gehorche ihm, als wenn ich es sei, und tue alles, was er sagt. Weiche nicht von seiner Seite und verteidige und beschütze ihn, wenn er in einen Streit oder Hinterhalt gerät.«

»Ich werde alles tun, was Euer Exzellenz befiehlt«, antwortete der Riese mit einer perfekten Verbeugung.

Zu meinem großen Erstaunen stellte ich fest, daß der riesige Kerl mit der klaren, höflichen Stimme eines jungen Mädchens sprach.

An mich gewandt fuhr Kardinal Borgia fort: »Maestro Bonaccorsi, nimm erst wieder Verbindung zu mir auf, wenn du deine Aufgabe erledigt hast. Von Zeit zu Zeit werde ich selbst auf dich zukommen, um Auskunft zu verlangen über den Fortgang der Ermittlungen und die Spuren, die du verfolgst. Während dieser Zeit solltest du in meinem Palast wohnen. Du hast Zugang zu meiner Mensa, kannst meine Diener beanspruchen – auch für die kleinsten Obliegenheiten –, dich in meinen Reitställen bedienen und dir soviel Geld wie nötig aushändigen lassen.«

»Ich werde mich sofort an die Arbeit machen, Eminenz.«

»Und womit willst du anfangen?«

»Mit der Leiche des Knappen ... Wo befindet sie sich im Moment?«

»Sie ist hier im Palast aufgebahrt.«

»Gleich nach der Untersuchung der Leiche werde ich mich zur Piazza della Giudìa begeben. Wahrscheinlich wurde er dort umgebracht. Ich müßte vor allem einen Zeugen dafür finden.«

Kardinal Valenza schien einen Moment zu überlegen, dann machte er eine knappe, zustimmende Geste.

»Ich denke, du hast recht, Maestro. Nur noch einen Rat: Bei deinen Ermittlungen wirst du auf viele gutverschlossene Mäuler stoßen. Mit den Dukaten, die dir mein Schatzmeister aushändigen wird, sollst du die Leute zum Reden bringen. Geize nicht damit, und wenn sie alle sind, laß dir im Palast neue geben. Und hab keine Skrupel, sie an Huren und Dirnen auszuteilen. Das Geld ist auf alle Fälle gut angelegt. Fang heute nacht noch mit deiner Arbeit an. Als guter Jäger weiß ich, je frischer die Spuren, desto leichter, die Beute zu erlegen.«

Bevor ich den Palast verließ, suchte ich noch den Schatzmeister des Hauses auf, der schon einen Beutel voller Dukaten für mich bereitliegen hatte. Er betrachtete mich mit dem typischen Mißtrauen und der Neugier eines Mannes, der daran gewöhnt ist, anderer Leute Geld auszugeben. Er fragte sich wohl, was den Kardinal veranlaßt haben mochte, einem dahergelaufenen Unbekannten soviel Geld zukommen zu lassen. Und das ließ ihm keine Ruhe.

»Hier nimm«, sagte er, während er mir den Beutel unfreundlich in die Hand drückte. »Zweihundert Dukaten. Du kannst nachzählen, wenn du willst. Seine Exzellenz hat mir befohlen, allen deinen Forderungen nachzukommen, und das werde ich auch tun ..., obwohl ich nicht weiß, was das soll.«

»Was in meinem Fall genau deine Pflicht ist: Zu geben, ohne zu wissen«, antwortete ich lächelnd.

Den Beutel in der Hand, grüßte ich den Schatzmeister, und begab mich dann, während mir Niccolino wie ein Schatten folgte, zu dem Zimmer, das man mir angewiesen hatte. Es war geräumig, sauber und gut gelüftet. In der Zimmermitte ein bequemes Bett mit blütenweißen Bettüchern und überall Teppiche, Wandteppiche und Vorhänge. Nie in meinem Leben hatte ich in einem solch herrschaftlichen Zimmer geschlafen. Die Dienerin, die uns begleitet hatte, fragte, ob es mir zusage oder ob man noch weitere Möbel dazustellen solle. Ich antwortete, es sei gut so, doch Niccolino verlangte, daß man auch sein Bett herbeischaffte. Ich versuchte zu protestieren, aber der Hüne ließ nicht mit sich reden.

Während das Zimmer umgeräumt wurde, sagte Niccolino zu mir: »Der Kardinal hat mir sehr klare Anweisungen gegeben. Er hat mir befohlen, ständig über Euch zu wachen, Tag und Nacht. Und ich könnte mir denken, das wird auch bitter nötig sein ...«

»Was meinst du damit?«

»Daß Ihr einen guten Beschützer braucht, wenn Ihr dieses Abenteuer lebend überstehen wollt ... und sehr viel Glück.«

Wir stiegen ins Erdgeschoß hinunter, wo man das Zimmer für die Aufbahrung des armen Giannettino hergerichtet hatte. Vom Eingang her bemerkte ich, daß sich nur einige Ordensgeistliche in dem Raum aufhielten: Vier Nonnen vom Orden der Augustinerinnen, die betend auf ihren Stühlen saßen und vor Müdigkeit die Augen kaum offenhalten konnten; und vier Franziskaner, von denen zwei schlafend auf dem Boden lagen. Sobald wir eintraten, nahmen die vier Mönche sofort wieder eine feierliche Haltung an, knieten nieder und begannen, den Rosenkranz zu beten.

Niccolino und ich sprachen drei *requiem* und näherten uns dann dem Toten. Giannettino lag auf einer niedrigen Bahre in der Mitte des Raums, die von großen Wachskerzen umgeben war. Barmherzige und kundige Hände hatten sich des geschundenen Körpers angenommen. Ihn entkleidet, sorgfältig gewaschen und seine zahlreichen Wunden gesäubert und, soweit das möglich war, wieder zugenäht. Die Leiche war fahl und die Wunden violett. Die fürchterlichste war, dem Anschein nach, die auf dem Bauch, direkt unter dem Nabel. Ein tiefe, lange Wunde, die wahrscheinlich von einem Stoßdegen herrührte. Mit Sicherheit der Gnadenstoß.

Auf den nackten Körper hatte man den Rock des Toten gelegt, auf den das Zeichen der Herzöge von Gandìa aufgenäht war. Ein Wappen, das mir sehr passend erschien zu dem Fall, mit dem ich zu tun hatte: Es stellte einen Blitz dar, der aus heiterem Himmel einen Berg spaltet. Ich schob das Gewand zur Seite, um auch die anderen Verletzungen auf der Brust, den Armen und im Gesicht näher zu untersuchen und stellte fest, daß Schultern und Rücken keine aufwiesen.

Die Nonnen und Mönche beobachteten mich aufmerksam, ohne ihr Gebetsgemurmel zu unterbrechen. Und auch Niccolino starrte mich an, als warte er auf eine Erklärung.

»Was macht Ihr da, Maestro?« fragte er schließlich.

»Ich verhöre ihn ...«, antwortete ich.

»Wie?« fragte er ungläubig weiter, »Ihr verhört einen Toten?«

»Sicher. Und ich wundere mich, daß du, ein Mann der Waffen, nicht schon längst begriffen hast. Manchmal können Tote sehr interessante Dinge erzählen ..., zum Beispiel, wie sie gestorben sind. Und manchmal sagen sie auch, wer sie umgebracht hat.«

Wir verließen die Aufbahrungsstätte und wandten uns dem Ausgang des großen Palastes zu. Diesmal wählte ich jedoch die Kutschenausfahrt, um der Wachmannschaft in der Vorhalle zu entgehen.

»Maestro«, fragte mich Niccolino, während wir die endlos langen Flure entlangliefen, »darf ich wissen, welche Einzelheiten Euch die Leiche verraten hat?«

»Die Wunden auf Brust, Gesicht und Armen deuten darauf hin, daß Giannettino gegen eine ganze Mörderbande zu kämpfen hatte, die ihn nicht von hinten überfallen, sondern ganz offen von vorn angegriffen hat. Der Kampf muß sich recht lange hingezogen haben, dem hohen Blutverlust und der Art der Wunden nach zu urteilen. Und als Giannettino dann schließlich am Boden lag, hat man ihm mit einem Stoßdegen den Bauch aufgeschlitzt. Das erklärt auch, warum er, schon tödlich verletzt, noch sprechen konnte, als man ihn fand.«

»Ihr schließt also in jedem Fall einen Hinterhalt aus?«

»Ja. Während Giannettino auf den Herzog von Gandìa wartete, sah er plötzlich die Mordgesellen anrücken, und um nicht von hinten angegriffen zu werden, suchte er Schutz an einer Hauswand ...«, sagte ich nachdenklich, so als müßte ich mir selbst den Ablauf der Ereignisse erklären.

»Wenn also der Überfall auf Giannettino geglückt ist«, bemerkte Niccolino, »ist es doch wahrscheinlich, daß auch der Anschlag auf den Herzog von Gandìa gelungen ist.«

»Nicht unbedingt. Vielleicht ist er nie auf der Piazza angekommen, wie er eigentlich vorhatte, und konnte so dem Überfall entgehen ...«

II

Es war schon tiefe Nacht, als wir den Palast Kardinal Valenzas verließen und uns zur Piazza Campitelli aufmachten. Niccolino an meiner Seite trug eine Laterne, mit der er den Weg leuchtete. Eine unerläßliche Vorsichtsmaßnahme, angesichts der Tatsache, daß wir ein Stadtviertel aufsuchen mußten, wo es vor Dieben, Räubern und Betrunkenen nur so wimmelte. Unter Gelehrten und Historikern streitet man darüber, ob dieses Viertel, der Rione Campitelli, seinen Namen den Kapitellen verdankt, die die Säulen des Portico d'Ottavia zieren. Oder ob es vielleicht, wie manche behaupten, im alten Rom der *campus teli* war, also eine brachliegende Wiese, wo sich die römische Jugend im Speerwerfen übte. Doch ganz gleich, wie das Feld früher einmal genutzt wurde, heute ist es ein Viertel, wo die Häuser wie schädliches Unkraut emporgeschossen sind. Eins steht eng an das andere gedrückt, gemäß der Gewohnheit der Juden, die mit Vorliebe dicht beieinander wohnen, so als müßten sie sich gegenseitig schützen.

Abgesehen von der großen Piazza della Giudìa, gibt es kein Licht im Viertel, keine Sonne und keine Luft. Die Gassen sind Latrinen, und die Häuser stinken wie Misthaufen. Überall sind Stände von Krämern aufgebaut, und an jeder Ecke gibt es kleine Läden für gebrauchte Kleidung – der typische Geschäftszweig der römischen Juden. Dann kleine Werkstätten, wo Kesselflicker, Zimmerleute, Tuchscherer und Flickschuster arbeiten. Die Frauen des Viertels sind entweder Waschfrauen oder billige Huren, die ihre kargen Verdienste mit ihren Buhler und den Sbirren teilen müssen.

Ist die Piazza della Giudìa tagsüber Treffpunkt geschäftstüchtiger Schwindler, die lauthals ihre unglaublichen Waren anpreisen, so verwandelt sie sich des Nachts in eine Heimstatt von Schurken, Dieben und Mördern, einen Ort, den man dann tunlichst meiden sollte. Dort sticht man ohne viel Federlesens einen Mann ab, um sein Hemd oder seine Schuhe zu rauben, oder auch nur, um ihm die Taschen umzudrehen und zu sehen, was darin ist. Wäre Niccolino nicht bei mir gewesen, hätte ich nachts, dazu noch mit einem so prall gefüllten Geldbeutel, keinen Fuß auf den Platz gesetzt.

Jetzt war die Piazza fast menschenleer. In einer Ecke war eine Gruppe Halbwüchsiger dabei, eine Gans zu braten, die sie wahrscheinlich irgendwo im Viertel geraubt hatte. Daß es sich um eine geraubte Gans handelte, dafür sprach auch die Tatsache, daß sich der Besitzer des Tiers in der Nähe aufhielt, ein Jude, mehr tot als lebendig, an einen Pfahl genagelt und vollkommen nackt, vielleicht als Rache für die Behandlung, die unser Herr Jesus Christus vor langen Jahren im Heiligen Land erfahren mußte. Etwas entfernt saßen einige Männer unter einem Madonnenaltärchen, das vom Schein der Öllämpchen erhellt war, und spielten Karten. Wir näherten uns ihnen, wobei wir herausfordernd die rechte Hand auf die Degenschäfte gelegt hatten, und indem ich ihnen eine Münze vor die Nase hielt, sagte ich: »Hier,

Freunde, das ist für euch, wenn ihr zeigt, wo kurz vor Sonnenuntergang die Leiche eines Knappen des Herzogs von Gandìa gefunden wurde.«

Einer von ihnen, vielleicht der Anführer, der auch am besten gekleidet war, trat vor und streckte die Hand aus.

»Wo genau, wissen wir nicht«, erklärte er, »aber die Bewohner des Hauses dort drüben wissen es ganz sicher. Sie haben die Leiche gefunden und die Sbirren und Kardinal Valenza benachrichtigt.«

Ich gab ihm die Münze, und sogleich zückten die feinen Herren ihre Messer und begannen zu schreien und zuzustechen, um auf diese Weise festzulegen, wie der Lohn am besten aufzuteilen wäre. Wir liefen in aller Eile zu der Tür, die man uns gezeigt hatte.

»Das Haus kenne ich sehr gut«, sagte ich zu Niccolino. »Dort wohnen zwei Schwestern, die als Huren arbeiten, mit ihrer Mutter, die für sie die Kupplerin macht. Die beiden Dirnen sind im ganzen Viertel unter dem Namen die Schwestern ›Fai-che-io-fo‹* bekannt.«

»Wart Ihr schon oft bei ihnen, Maestro?«

»Nein, eigentlich nicht«, antwortete ich, »nur wenn ich knapp bei Kasse war. Die Schwestern verlangen nicht viel. Dabei sind sie exzellente Liebesdienerinnen, die ihr Handwerk mit viel Eifer und Sachverstand ausüben.«

Mittlerweile standen wir vor dem Haus, das man uns gezeigt hatte. Ich klopfte an. Wenige Augenblicke später erschien eine Frau auf der Schwelle, eine Alte mit gelblicher, verschrumpelter Haut, die eine Perücke aus rußgeschwärztem Hanfwerg trug. Sie erkannte mich und empfing mich mit offenen Armen, wie der Vater in der Heiligen Schrift seinen verlorenen Sohn, der aus fernen Ländern heimkehrt.

Als wir eintraten, war Lucietta, die jüngere der beiden Schwestern, gerade mit einem jungen Pagen beschäftigt. Sie lehnte an einer Kommode, das Kleid bis zu den Schultern hochgeschoben,

* wörtlich »mach, daß ich ficken kann«, d. Übers.

während der Page sich an ihr ergötzte. Die andere, Vittoria, räumte derweilen die Stube auf. Freudig überrascht nahmen die beiden unser Auftauchen zur Kenntnis, denn der Besuch von zwei gutgekleideten Herren verhieß ihnen leichten und nicht zu knappen Verdienst. Die junge Lucietta drehte sich nun zu dem Pagen um und feuerte ihn an: »Los, mein Schöner, reite tüchtig zu und beeil dich. Hier sind zwei Herren, die sich mit mir und meiner Schwester die Zeit vertreiben möchten.«

»Aber ich habe dir zehn Heller gegeben«, protestierte der Page aufgebracht, »und daher ist es mein Recht, in aller Ruhe meine Ladung loszuwerden.«

Bei diesen Worten explodierte Lucietta wie eine Furie, und nachdem sie sich von ihm losgemacht hatte, begann sie, ihn mit Fäusten und Ohrfeigen zu bearbeiten.

»Mach, daß du wegkommst, du Faulpelz, Gauner, Taugenichts, Mörder! Sonst verläßt du als Krüppel mein Haus.«

Der Page versuchte auf den plötzlichen Wutanfall zu reagieren. Doch vergeblich. Lucietta bekam Unterstützung von ihrer Schwester Vittoria, die, mit einem Reisigbesen bewaffnet, auf den armen Jüngling einzudreschen begann. Das war ganz sicher eine unerwartete Verabschiedung für den Kunden, der eigentlich gekommen war, um sich von den Mädchen verwöhnen zu lassen, und der nun wie wild um sich schlagen mußte, um nicht aus dem Haus zu fliegen. Derweilen wüteten die Mädchen weiter mit Besenhieben, Faustschlägen und Tritten, bis ich Niccolino ein Zeichen zum Eingreifen gab, da sich die Auseinandersetzung doch zu lange hinzuziehen drohte. Der Riese öffnete die Tür und während er den Pagen an Wams und Hoden packte, sagte er: »Verdrück dich, so schnell du kannst und solange deine Beine dich noch tragen!«

Dann warf er ihn, als wenn es nichts wäre, durch die Tür hinaus, auf das Pflaster der Piazza.

In der Stube begannen die beiden durchtriebenen Schwestern nun, uns mit dem üblichen hurenhaften Getue zu umgarnen, in der Hoffnung, einen ansehnlichen Verdienst einstecken zu können. Vittoria entledigte sich sogleich ihrer Kleider, während die Mutter sie hin und her drehte und zu uns sagte:

»Habt ihr schon einmal festere Hinterbacken, frischeres und glatteres Fleisch gesehen? Glaubt mir, bei ihr habt ihr das Gefühl, als würdet ihr ihn in Honig stecken.«

Einige Schritte entfernt hatte sich nun auch Lucietta das Hemd ausgezogen, in dem sie den Kampf mit dem Pagen ausgefochten hatte, und indem sie auf ihren Bauch, den Schoß, die Brüste und ihr Hinterteil zeigte, sagte sie zu uns: »Seht Euch nur gut an, was meine Schwester und ich Euch anzubieten haben. Und wir sind auch sehr geschickt, wie Signor Bonaccorsi weiß. Er ist ja nicht zum ersten Mal hier.«

»Wir haben jetzt keine Zeit«, antwortete ich. »Zieht euch schnell wieder an und packt eure kostbare Ware ein. Wir sind nicht hier, um dem Laster zu frönen, sondern um euch einige Fragen über den ermordeten Knappen zu stellen.«

Die beiden schauten uns an, als wären wir Schaben, die gerade unter einem Eimer hervorgekrabbelt sind, und erklärten, für Dirnen sei die Nacht zum Arbeiten da und nicht zum Plaudern.

Also holte ich eine Handvoll goldener Münzen hervor.

»Die bekommt ihr, wenn ihr uns etwas von eurer kostbaren Zeit widmet und uns einige Fragen beantwortet«, sagte ich.

Die jungen Dirnen setzten sich vor uns, und obwohl sie so nackt blieben, wie die Mutter sie geschaffen hatte, machten sie Anstalten, uns zuzuhören. Vielleicht hatten sie noch nie zuvor in ihrem Leben so viel Geld in einer Hand gesehen. Auch die Mutter, der vor Aufregung die Perücke verrutscht war, hockte sich – zweifellos vom Glanz des Goldes angezogen – zu uns. In jenem Moment wurde mir klar, wie recht doch Kardinal Valenza hatte, als er behauptete, daß dieses Metall, großzügig verteilt, ein hervorragendes Untersuchungswerkzeug sei.

»Am frühen Abend hat jemand auf der Piazza einen Knappen des Herzogs von Gandìa gefunden. Wart ihr das?«

»Ja, das waren wir«, antwortete Lucietta. »Wir haben aber schon alles, was wir wissen, den Männern des Bargello erzählt.«

»Da Ihr uns aber so liebenswürdig darum bittet«, fügte die Mutter hinzu, »wollen wir gerne alles noch einmal erzählen ... Und einige Dinge haben wir den Sbirren auch nicht gesagt.«

»Soviel ich gehört habe, wurde der Mann direkt vor eurer Tür umgebracht. Habt ihr vielleicht gesehen, wie der Kampf ausgebrochen ist? Kennt ihr die Männer, die den Knappen ermordet haben?«

»Nein, und gesehen haben wir auch nichts«, antwortete Vittoria, entschlossen, sich auch einen Teil des versprochenen Geldes zu verdienen. »Wir haben nur den Kampf gehört und uns gleich im Haus eingeschlossen.«

»Wißt ihr wenigstens, wie spät es war?«

»Es war früher Morgen ...«

»Aber nicht Sonnenaufgang«, stellte Lucietta klar, »sondern die Morgenstunde, die des Nachts und nur in den strengsten Nonnenklöstern geläutet wird. In anderen Worten, der Streit muß wenige Stunden nach Mitternacht ausgebrochen sein. Wir waren allein im Haus, alle Kunden waren gegangen, aber es war noch zu früh, schlafen zu gehen.«

»Gibt es solche gewalttätigen Händel häufig vor eurem Haus?«

»Die Piazza della Giudìa«, erklärte die alte Mutter, »ist ein gefährliches Pflaster, wie die verehrten Herren vielleicht wissen. Hier spielen sich jede Nacht Raufereien und Verbrechen ab. Aber diesmal schien es sich weniger um einen Streit, als um einen Zusammenstoß bewaffneter Haufen zu handeln. Der Kampf hat lange gedauert. Wir hatten Tür und Fenster verbarrikadiert, hielten uns aber dicht am Fensterrahmen und lauschten, was draußen vor sich ging. Man hörte Wut- und Angstgeschrei, das Wehklagen sterbender Menschen, Gebete zur Madonna und Flüche jeder Art. Dann, beim ersten Tageslicht, wagten wir es, die Tür zu öffnen, um zu sehen, wie viele Tote die Schlacht gefordert hatte. Doch zu unserer großen Überraschung war das Schlachtfeld leer. Wir haben nur gesehen, daß auf unserer Hauswand und dem Pflaster direkt unter den Fenstern große Blutflecken waren. Es sah aus, als habe man dort eine Herde Lämmer geschlachtet, soviel Blut war dort. Aber von Toten oder Verletzten keine Spur.«

»Wann habt ihr den toten Knappen gefunden? Und warum habt ihr sogleich die Männer Kardinal Valenzas benachrichtigt?«

»Den Knappen haben wir am Nachmittag gefunden, durch Zufall, denn jemand hat den Körper nach dem fürchterlichen Gemetzel in einem engen, schmierigen Loch unter der Steintreppe des Palazetto Gastaldi versteckt, nicht weit von hier entfernt.«

»Aber wenn er doch versteckt war, wie habt ihr ihn gefunden?«

»Das war am frühen Abend. Alfonsino, mein ältester Sohn, hatte einen Hirsekuchen mit Feigen von einem der Stände auf der Piazza stibitzt. Und um ihn mit keinem teilen zu müssen, wollte er sich genau dort unter der Treppe verkriechen und in Frieden seinen Kuchen essen. Als er sich gerade in das Loch zwängen wollte, sah er sich plötzlich dem blutüberströmten Gesicht des armen Jünglings gegenüber. Er hat uns dann gleich Bescheid gesagt, und wir sind schnell losgelaufen, um für ein christliches Begräbnis zu sorgen.«

»Unter den neugierigen Blicken aller Tratschtanten und Tagediebe, die sich auf dem Platz rumtrieben, haben wir ihn auf einer Leiter zu uns gebracht«, erklärte Lucietta. »Er lebte noch, auch wenn er nur mühsam atmete, und da jemand auf seinem Rock das Zeichen des Herzogs von Gandìa erkannte, haben wir jemanden zu seinem Bruder, Kardinal Valenza, geschickt.«

»Ihr sagt, der Knappe atmete noch, als ihr ihn fandet. Hat er vielleicht irgend etwas gesagt oder gemurmelt?«

»Er röchelte mehr, als er sprach.«

»Nannte er einen Namen, bevor er starb?«

»Er rief nur: ›Rette mich, Herr. Rette mich, Herr‹«, erzählte die Mutter. »Aber einen Namen nannte er nicht.«

»Also ich habe etwas anderes gehört«, schaltete sich Lucietta ein. »Er röchelte: ›Rettet meinen Herrn. Rettet meinen Herrn‹«.

»Nein, ich habe deutlich ›Rette mich, Herr. Rette mich, Herr‹ verstanden, die Worte aller gottesfürchtigen Christen, wenn sie fühlen, daß ihr Leben mit dem Blut aus ihrem Körper entweicht und sie fürchten müssen, sich bald vor dem Richterstuhl des himmlischen Vaters wiederzufinden. Und dann sind die Männer Kardinal Valenzas gekommen und haben ihn weggebracht.«

»Gleich danach«, fuhr Vittoria fort, »tauchten auch die Sbirren auf, um uns zu verhören und zu erfahren, wie wir den Toten gefunden hätten.«

»Als wir sie anrücken sahen, waren wir sehr erschrocken«, sagte die Mutter. »Wir hatten Angst, sie würden uns in den Kerker von Torre di Nona stecken. Aber glücklicherweise wissen meine Töchter, wie sie mit Sbirren umzugehen haben, und mit ein paar speziellen Gefälligkeiten ...«

»Da ist noch etwas, das ich wissen muß«, unterbrach ich sie, indem ich die Dukaten in meiner Hand klimpern ließ. »Als ihr im Haus verbarrikadiert wart und man sich draußen gegenseitig abschlachtete, habt ihr da vielleicht irgendeinen Namen rufen hören?«

»Nein, wir haben keinen Namen gehört«, antwortete Vittoria. »Wir haben nur gehört, wie zweimal während des Kampfes ›Mutter hilf mir, ich bin ein toter Mann‹ geschrien wurde. Von zwei verschiedenen Personen. Einer war sicher der Knappe, als er fühlte, daß er tödlich getroffen war. Wer der andere gewesen sein könnte, kann ich nicht sagen.«

»Hat es denn nach dem letzten Hilfeschrei noch lange gedauert bis zum Ende des Kampfes?«

»Nein, nein, der war dann bald vorbei. Es verging gerade noch genug Zeit für drei Pater-Ave-Gloria.«

Mir schien, daß ich alles erfahren hatte, was ich wissen wollte. Also gab ich den drei Frauen die Dukaten, die ich das ganze Gespräch über gut sichtbar in der Hand gehalten hatte.

Mittlerweile war die Fensterbespannung aus Schafsfilz hell geworden. Es war Tag. Ich bat die Frauen, mir die Stelle mit den Blutflecken und die Zeichen des nächtlichen Kampfes zu zeigen. Die Mädchen waren mir gerne gefällig und zogen sich rasch an, um mich zu begleiten.

Wir verließen das Haus, Niccolino, ich und die drei Frauen. Schon zu jener frühen Morgenstunde herrschte auf der Piazza ein reges Treiben. Bei der Stelle mit den Blutflecken stellte ich die erste Merkwürdigkeit fest. Von einer dieser Blutlachen ging ein langer Blutstreifen aus, der zusammen mit den Spuren, die ein über den Boden geschleifter Körper gewöhnlich hinterläßt, zu dem niedrigen Schlupfloch unter der Steintreppe führte, unter dem man Giannettino gefunden hatte. So weit, so gut. Aber bei einer anderen großen Blutlache begann eine zweite, anders geartete Blutspur, die über den ganzen Platz bis zur anderen Seite verlief und von dort bis zur Piazza Campo dei Fiori weiterführte, wo sie dann plötzlich endete.

Niccolino bestätigte meine Beobachtung: »Es sieht so aus, als habe jemand einen blutüberströmten Körper auf ein Maultier geladen und fortgebracht … Vielleicht die Leiche des Herzogs.«

»Wahrscheinlich eher einer der Angreifer, der bei dem Kampf verwundet wurde …«

»Und warum sollten sie ihn weggebracht haben?«

»Möglicherweise war er gar nicht tot. Aber egal, ob tot oder nur schwer verletzt, meiner Meinung nach haben sie ihn aus einem anderen Grund weggeschafft. Die Täter mußten fürchten, daß man ihn identifizieren und so den Weg zurückverfolgen würde zu den Auftraggebern, die höchstwahrscheinlich auch die Entführer des Herzogs sind.«

Nachdem wir uns noch längere Zeit auf der Piazza nach weiteren Spuren umgesehen hatten, kehrten wir schließlich mit den drei Frauen in ihr Haus zurück. Und da mir die Entdeckung sehr wichtig erschien, gab ich ihnen dort noch einmal drei Dukaten. Die beiden Mädchen wollten sich gerne dafür bedanken, und zwar auf die einzige Art, die Dirnen kennen.

»Wo die ehrenwerten Herren schon soviel Geld ausgegeben haben, könnt Ihr doch auch noch ein bißchen bleiben und Euch mit uns vergnügen.«

»Wir müssen sofort zum Palast zurück«, sagte ich in recht brüskem Ton.

Wir verließen das Haus, und während wir über den Platz liefen, sagte Niccolino im traurigen Ton einer Mutter, die soeben ihr Kind begraben hat: »Bei den vielen Dukaten, die wir ihnen gegeben haben, hätten wir uns schon ein paar Stöße erlauben können.«

»Du wirst sehen, wir werden bald Gelegenheit haben, zurückzukehren«, versuchte ich ihn zu trösten. »Irgend etwas sagt mir, daß wir die Schwestern bald noch einmal verhören müssen, und dann werden wir es weniger eilig haben.«

»Auf alle Fälle«, fügte Niccolino hinzu, »wird Euch wohl Euer nächster Besuch zu der Edelhure Lucrezia Pisana führen, von der unser Herr gesprochen hat.«

»Soweit ich weiß, wird es schwierig sein, an sie heranzukommen. Sie hat mächtige Freunde und hält sich einen ganzen Hofstaat von Kupplern und Leibwächtern.«

Niccolino, der eiligen Schrittes neben mir herlief, blieb plötzlich stehen und sagte, indem er mir seine Fäuste, groß wie Honigmelonen, zeigte: »Maestro, Ihr braucht mir nur zu sagen, wo Ihr hinwollt, und ich werde Euch hinbringen, sollten sich auch alle Schurken der Welt dagegenstellen. Im Moment würde ich nur gerne von Euch wissen, ob Ihr Lucrezia Pisana gleich oder erst morgen aufsuchen wollt.«

Als Antwort zeigte ich auf die Sonne, die schon hoch über den Häusern stand: »Niccolino, denk mal nach. Wir haben die ganze Nacht kein Auge zugetan … Ich falle um vor Müdigkeit. Ich will jetzt nur in den Palast zurück, mich aufs Bett werfen und die nächsten zehn Stunden dort bleiben …«

»Wenn das so ist, Maestro, braucht Ihr mich also den ganzen Tag nicht mehr. Sicher, irgendwann werden wir die zwei Schwestern von der Piazza della Giudìa noch einmal besuchen, aber heute morgen … Wenn ich daran denke, daß sie jetzt noch dabei sind, das viele Geld zu zählen, das wir ihnen gegeben haben, so würde ich mir gerne gleich schon einen Vorschuß holen … Seid Ihr einverstanden?«

Und ohne meine Antwort abzuwarten, lief er davon.

Als ich beim Palast Kardinal Valenzas ankam, fühlte ich mich ausgelaugt, meine Knochen taten weh, und ich beneidete Niccolino nicht wenig um seinen Tatendrang. Ich gedachte, mir in der Palastküche eine Karaffe Cannellino, einen süßen Weißwein, geben zu lassen, mich damit in mein Zimmer zurückzuziehen und bis zum Abend zu schlafen. Doch auf dem Weg in die Küche lief mir der alte Haushofmeister des Palastes über den Weg, in den anscheinend die sieben Furien gefahren waren.

»Unser Herr, der Kardinal, ist schon seit Stunden auf den Beinen. Nach den Ereignissen dieser Nacht hat er sich jetzt persönlich zum Palazzo des Bargello begeben, um die weitere Entwicklung aus der Nähe zu verfolgen. Eine fürchterliche Geschichte ... Warum seid Ihr eigentlich nicht dort?«

»Was ist denn heute nacht so Schreckliches passiert?«

»Wie, das wißt Ihr nicht?« fragte mich der Haushofmeister spitz. »Ein eigenartiger Ermittler seid Ihr. Verdient Ihr Euch so den reichen Lohn des Kardinals Valenza?«

»Sagt mir, was sich heute nacht zugetragen hat«, forderte ich ihn noch einmal auf.

»Gestern nachmittag hat ein gewisser Giorgio, ein slawonischer Schiffer, der am Porto Ripetta arbeitet, nach einigen Litern Wein seinen Freunden in der Taverne erzählt, er habe gesehen, wie ein Haufen Männer den leblosen Körper eines jungen Mannes in der Tiber warf. Ein Spitzel hat das beim Bargello gemeldet, wo man gleich daran dachte, daß es sich um den Körper des hochverehrten Herzogs von Gandìa handeln könnte. Ein paar Sbirren sind daraufhin zu Giorgio und haben ihn in Ketten fortgeschleppt. Der Kardinal, der sogleich benachrichtigt wurde, ist im Palazzo des Bargello, um dem Verhör beizuwohnen.«

Ich verzichtete auf meinen Schlaf und die Karaffe Wein und machte mich eilig auf zum Bargello-Palast beim Gefängnis Torre di Nona, wo man mir sagte, daß man den Schiffer im Vatikan in die Zange nehme, in Anwesenheit des Heiligen Vaters. Im Vatikan erfuhr ich dann, daß das Verhör schon beendet war und nicht zu dem erhofften Ergebnis geführt hatte. Man erzählte mir weiter, den Papst quälten die schlimmsten Befürchtungen und er sei mittlerweile überzeugt, daß sein Sohn vorletzte Nacht in eine Falle gelockt, getötet und dann in den Tiber geworfen wurde. Daher hatte der Heilige Vater allen Fischern und Schiffern Roms den Befehl gegeben, mit Stangen, Schlingen, Netzen und Haken das Flußbett nach einer Leiche abzusuchen. Dem Finder wurden zehn Mailänder Dukaten versprochen.

Den Schiffer Giorgio hatte man nach dem Verhör wieder in sein Zuhause entlassen, einen am Tiberufer, nicht weit von San Girolamo entfernt verankerten Kahn.

Ich fand Giorgio am Porto Ripetta, an Bord seines Kahnes sitzend. Er war ein Hüne von vielleicht anderthalb Ruten, mit Schultern wie ein Paladin und Händen, mit denen er eine Wassermelone hätte zerquetschen können. Sein Gesicht war runzlig, schief und sonnenverbrannt, Haare und Schnurrbart zerzaust, sein Blick drohend und wild.

Doch als ich sein Boot betrat, um ihm einige Fragen zu stellen, stellte ich fest, daß er noch immer zitterte aus Angst vor den Sbirren, die am Abend vorher über ihn hergefallen waren und ihn unter Flüchen und Drohungen in Ketten fortgeschleppt hatten.

Jetzt frühstückte er gerade, mit einem Stück alten Brot und einem Viertel wurmstichigen Käse. Sein Getränk war Flußwasser. Ich hatte mir überlegt, daß mir seine Freundschaft sehr nützlich sein könnte, und so stellte ich mich jetzt mit einem großen Schafskäse in der Hand bei ihm vor. Außerdem hatte ich ein ansehnliches Stück gesalzenes Rindfleisch dabei, einen ganzen Zopf Knoblauch, worauf Flußschiffer immer besonders wild sind, und ein Fäßchen Wein.

Ich zeigte ihm die Gaben und erklärte ihm, daß sie für ihn seien. Ich hatte noch nicht ganz ausgesprochen, da fiel er mir schon um den Hals, fing an zu schluchzen und nannte mich einen Bruder. Ich versuchte ihn zu bremsen und sagte ihm, er müsse sich die Sachen erst verdienen. Er solle mir alles wiederholen, was er den Sbirren erzählt hatte.

Der Schiffer schaute mich ungläubig und mißtrauisch an, und erst nachdem er mich mit einem langen Blick genau taxiert hatte, entschloß er sich, mir zu vertrauen, legte eine Hand aufs Herz und erklärte feierlich: »Ich bin Giorgio, der Schiffer, jederzeit zu Euren Diensten, verehrter Herr. Gestattet mir aber zunächst, von dem Knoblauch zu kosten. Lange schon habe ich keinen mehr gegessen, er wird mir die Kehle erfrischen, während ich Euch alles erzähle, was Ihr hören wollt.«

Auf meine zustimmende Geste hin nahm er drei, vier Knoblauchknollen und verschlang sie so genüßlich, als handele es sich um Sieneser Konfekt. Und nachdem er einen Rülpser von sich gegeben hatte, der schlimmer stank als eine Latrine, begann er zu erzählen: »Vorgestern nacht lag ich in meinem Boot, aber ich schlief nur mit einem Auge. Denn mit dem anderen bewachte ich die Holzladung, die ich tagsüber an Bord genommen hatte und bei Tagesanbruch zum Konvent der Frati della Pietà auf die Insel Tibertina bringen wollte. Plötzlich hörte ich ein vorsichtiges Flüstern, vermischt mit dem Geräusch leichter, schlürfender Schritte, wie sie untrüglich die Anwesenheit von Dieben und Mördern verraten. Ich setzte mich auf, um zu sehen, was los war, und da der Mond leuchtend und hoch am Himmel stand, konnte ich die Szene ganz genau beobachten.«

»Und was war das für eine Szene?«

»Ach, unzählige Male habe ich sie den Männern des Bargello beschrieben. Aber meint Ihr, man hätte mir geglaubt? Wäre da nicht der Heilige Vater gewesen, der Erbarmen mit mir hatte, wäre ich jetzt nicht hier, um mit Euch zu reden.«

»Erzähle trotzdem alles noch ein weiteres Mal, und danach kannst du dich mit deinen Geschenken befassen.«

Giorgio warf einen gierigen Blick auf die Leckereien und den Wein, die ich gut sichtbar auf dem Bug seines Schiffes aufgebaut hatte, und fuhr fort: »Die Geräusche, die ich gehört und die mich geweckt hatten, kamen von zwei Männern, die sich zu Fuß näherten: Sie waren ganz in Schwarz gekleidet und trugen an der Seite Degen und Stoßdegen. Sie waren aus der Gasse dort drüben hervorgekommen, gleich links vom Hospital, und bewegten sich vorsichtig, so als fürchteten sie, von jemandem beobachtet zu werden. Erneut schauten sie sich um, um sicherzugehen, daß das Ufer menschenleer war. Dann machten sie kehrt und verschwanden wieder in der Gasse. Gleich darauf tauchten aus eben dieser Gasse zwei andere Männer auf, schwer bewaffnet wie Meuchelmörder. Sie gingen bis zum Ufer vor und gaben von dort aus jemandem ein Zeichen. Sogleich tauchte aus der Dunkelheit ein Reiter auf, der die Leiche eines Ermordeten auf sein Pferd geladen hatte. Die zwei Männer, die ich zuerst gesehen hatte, hielten den leblosen Körper zu beiden Seiten des Tieres, um zu verhindern, daß er herunterrutschte. Das Gesicht des Reiters konnte ich nicht erkennen, aber als er vom Pferd sprang, fiel mir auf, daß er sehr klein war und einen Bart trug, der nach spanischer Sitte spitz nach unten zulief.«

»Einen Moment«, unterbrach ich ihn, »wie kannst du so sicher sein, daß es sich um den Körper eines Ermordeten handelte?«

»Weil er übel zugerichtet war, mit zahlreichen Wunden, besonders auf der Brust und den Schenkeln. Sie packten also die Leiche an Füßen und Handgelenken und schleppten sie bis zu dem kleinen Steg dort unten, wo die Leute ihren Abfall in den Tiber kippen und die Fässer mit Scheiße ausleeren. Von dort warfen sie die Leiche ins Wasser. Sie ging aber nicht sogleich unter, sondern trieb langsam vom Ufer weg. Der Mann mit dem Spitzbart – der befürchtete, daß jemand die Leiche im hellen Mondschein sehen könnte, und der bemerkt hatte, daß sie vom Mantel, der sich aufgebläht hatte, an der Wasseroberfläche gehalten wurde – warf daraufhin Steine auf den treibenden Körper, und seine Kameraden taten es ihm sogleich nach. Aber die Leiche dachte nicht daran unterzugehen. Und so konnte ich das Wappen erkennen, das auf den Umhang gestickt war.

Schließlich gab der Umhang doch nach und zog die Leiche unter Wasser. Erst jetzt entfernten sich die fünf Männer – vier zu Fuß, einer zu Pferd – vom Ufer und verschwanden in der Gasse, die zum Hospital San Giacomo führt.«

Er hatte gerade angefangen, sich über den Proviant herzumachen, den er sich redlich verdient zu haben glaubte, als ich ihm Einhalt gebot und sagte:

»Vor dem Essen müssen wir noch etwas Wichtiges klären.«

Giorgio hatte schon den großen Schafskäse umfaßt und ihn in zwei Teile gebrochen. Leicht unwillig fragte er mich jetzt: »Was wollt Ihr denn noch wissen, edler Herr?«

»Du hast gerade gesagt, daß die Leiche noch einige Minuten in der Nähe des Ufers herumgetrieben ist, bevor sie sank, und daß du im Mondschein das Wappen auf dem Umhang erkennen konntest. Stimmt das?«

»Ja, sicher, verehrter Herr.«

»Also gut, dann komm mal mit.«

Wir stiegen ans Ufer, und in den feuchten Schlick zeichnete ich dort mit der Degenspitze das Wappen derer von Gandìa: den Blitz, der eine Bergspitze spaltet.

»War dies das Zeichen auf dem Mantel des Toten?«

»Nein, ganz gewiß nicht ...«

»Nun, was meinst du, wie sah das Wappen aus, das du gesehen hast? So vielleicht?«

Und dabei zeichnete ich das Wappen der Familie Sforza in den Schlick, den Adler mit den ausgebreiteten Schwingen und die große Natter mit dem Knäblein im Maul.

»Nein, nein, das ist es auch nicht. Das, was ich auf dem Umhang gesehen habe, waren drei Kanalratten.«

Die Antwort ließ mich erstarren. Entweder irrte sich der Mann, oder er log. Von Ratten als Hoheitszeichen hatte ich jedenfalls noch nie gehört.

»Bist du sicher?« drang ich in ihn, »hast du wirklich drei Ratten gesehen?«

»Ihr wißt doch auch, wie diese gestickten Wappen sind. Man versteht nie, was sie darstellen sollen. Deswegen sage ich, es waren drei große Ratten, aber es hätten auch genausogut drei laufende Hunde gewesen sein können, oder drei Bären ... Und wenn ich Euch auch in jeder Hinsicht gefällig sein will, so kann ich doch nichts anderes sagen, glaubt mir. Wenn Ihr wollt, kann ich Euch das Wappen, das ich gesehen habe, aufzeichnen.«

Ich reichte ihm den Degen, und der Schiffer zeichnete vor meinen Augen überraschend geschickt die Umrisse von drei gedrungenen Tieren mit langen Zähnen und dichten Schnurrhaaren in den Schlick. Es waren ohne jeden Zweifel drei große Ratten, oder, wie Giorgio sie genannt hatte, drei Kanalratten.

III

Die römischen Glocken hatten gerade zu Mittag geläutet. Ich war auf dem Weg zum Palazzo Della Rovere, wo mich ein Bett mit schneeweißer Bettwäsche, ein angenehm temperiertes Zimmer und eine Karaffe gut gekühlten Weißweins erwartete. Als ich bei der Engelsbrücke ankam, schien plötzlich der Karneval ausgebrochen zu sein. Zu beiden Seiten des Flusses, der an dieser Stelle mehrere hundert Schritt breit ist, hörte man Schüsse aus Böllern, Flinten und Hakenbüchsen. Die Menschen, die sich längs der Ufer versammelt hatten, brüllten sich die Neuigkeit zu: Man hatte den Herzog von Gandìa gefunden. Eine Frau, die besonders gut informiert war, erzählte schreiend ihrer Freundin, man habe die Leiche ein Stück weiter nördlich aus dem Wasser gefischt, in Höhe der Villa von Kardinal Ascanio Sforza. Sofort verzichtete ich auf die Rückkehr in den Palast und lief eilig in Richtung Porta Flaminia.

Wenn die Frauen, die über den Fluß hinweg schrien, recht hatten, begannen nun einige Indizien zusammenzupassen. Kardinal Ascanio Sforza war der Mann, den Cesare Borgia in Verdacht hatte, Auftraggeber des Mordes an seinem Bruder zu sein. Und unter der Porta Flaminia war der Herzog von Gandìa zuletzt gesehen worden. Außerdem hatte man in einer Querstraße der Via Lata das Maultier des Herzogs eingefangen, das dort wild tobend hin- und hergelaufen war, ohne Sattel und mit einem durch einen Schwertstreich abgetrennten Steigbügel.

Eine bunte Menschenmenge hatte sich an der Anlegestelle am Tiber eingefunden, auf die der Fischer, der die Leiche in seinem Netz gefunden hatte, zuhielt. Wie ich später erfuhr, hieß der Mann Battistino da Traglia. Glücklich ruderte er jetzt, von den Booten seiner Kameraden umringt, aufs Ufer zu. Eine vielköpfige Menge von Neugierigen, Gläubigen, einfachem Volk und Parteigängern der Borgia erwartete ihn. Die Männer des Stadtgouverneurs und die Sbirren des Bargello schafften es kaum, den Ansturm der Leute zurückzuhalten und das Anlegen des Bootes zu überwachen. An der Anlegestelle stand auch Kardinal Valenza, der mir, als er mich in der Menge erblickte, vertraulich zunickte.

Auf den Planken des Bootes lag – noch halb in das Netz eingewickelt, in dem man ihn aus dem Tiber gefischt hatte – der Körper des jungen Herzogs. Der gewaltsame Tod und die lange Zeit im Wasser hatten seinen sanften Gesichtszügen nichts anhaben können. Im Gegenteil, sie wirkten durch die Totenblässe ungewöhnlich feierlich, ja fast göttlich erhaben. Ich stellte sofort fest, daß auf seinem Umhang keineswegs drei Kanalratten aufgestickt waren, wie mir Giorgio berichtet hatte, sondern das Wappen des Hauses Gandìa: der Berg, in den der Blitz einschlägt, und darunter die Worte: *Ferunt summos fulmina montes.* Dem Opfer hatte man mit einem Degen die Kehle durchgeschnitten und auch der Bauch wies eine schreckliche Wunde auf – wahrscheinlich von einem Stoßdegen –, eine Wunde, die mich sofort an die von Giannettino, dem ermordeten Knappen des Herzogs, erinnerte. Auch Brust, Schultern und der rechte Schenkel waren mit Verletzungen übersät. Am Gürtel der Leiche steckten noch die weißen Handschuhe, und dort hing auch der Geldbeutel, der mir nicht mehr ganz voll zu sein schien.

Man hob die Leiche vorsichtig aus dem Fischerkahn, befreite sie aus dem Netz und bettete sie in ein großes, im venezianischen Stil gebautes Schiff mit vier Ruderplätzen. Die vier Ruderer legten sich in die Riemen, und das Schiff setzte sich Richtung Engelsburg in Bewegung, wo der Leichnam nach dem Willen Kardinal Valenzas aufgebahrt werden sollte. Wie die Leute um mich herum erzählten, wartete dort schon der Papst, in Tränen aufgelöst, auf seinen toten Sohn. Ich entschloß mich, zur Engelsburg zu eilen, um dort dem barmherzigen Werk der Frauen beizuwohnen, die den Leichnam zuerst entkleiden und dann, soweit möglich, wieder zusammenflicken würden. Vorher ging ich aber noch beim Palazzo Della Rovere vorbei, wo ich einem Diener den Auftrag gab, Niccolino bei den Schwestern Fai-che-io-fo zu suchen und ihm auszurichten, daß Kardinal Valenza und ich ihn in der Burg erwarteten. Ich wußte, daß ich so sein Schäferstündchen mit den jungen Huren brüsk beenden würde, aber das machte mir wenig aus.

Als ich bei der Engelsburg ankam, die zu dem traurigen Anlaß von spanischen Truppen bewacht wurde, mußte ich Auskunft geben, wer ich war und in wessen Diensten ich stand, und wurde daraufhin sogleich zum Kardinal geführt, in einen Raum im Trakt des Burgvogts. Auf einer Holzbank lag hier der leblose Körper des jungen Herzogs, um ihn herum Nonnen vom Orden der Barmherzigen Schwestern und einige fromme Frauen, die geschäftig bei der Arbeit waren. Sie hatten ihm die nassen und von geronnenem Blut befleckten Kleider ausgezogen und wuschen jetzt mit lauwarmem Wasser und duftendem Essig die Wunden aus. Sein Gesichtsausdruck war, wie schon gesagt, friedlich und erhaben, so daß der Herzog gar nicht wie ein Toter aussah, im Gegenteil: Um es mit den Worten Petrarcas zu sagen: »Schön schien der Tod in seinem schönen Gesicht.« Die langen blonden Haare, die durch das Wasser dunkler aussahen, klebten noch an der Haut. Die Armhaltung – wie bei einem Kind, obgleich von der Strenge des Todes gezeichnet – hat Michelangelo, dieses göttliche Genie, exakt für die Ewigkeit festgehalten. Und zwar in der wenig später entstandenen Marmorgruppe der Pietà, die der Abt von St. Denis, Kardinal Jean Villier de la Groslaye, in Auftrag gab und die heute im Petersdom zu sehen ist, in der Kapelle der heiligen Petronilla – von den Römern »Franzosenkapelle« genannt.

Einige Minuten später betrat Niccolino den Raum. Suchend schaute er sich nach mir um. Es war nicht nötig, ihm irgend etwas zu erklären, man hatte ihn schon über die Ereignisse unterrichtet. Nach der eingehenden Beschäftigung mit dem Leichnam des jungen Herzogs, näherte ich mich jetzt dem Kardinal, der, in finstere Gedanken gehüllt, dem Geschehen im Raum folgte.

»Exzellenz«, sagte ich, »ich weiß sehr wohl, daß dies ein denkbar schlechter Zeitpunkt für gewisse Fragen ist. Aber da Ihr anwesend wart, als man den Körper entkleidet hat, würde ich gerne von Euch wissen, wieviel Geld in dem Beutel war, der noch an seinem Gürtel hing, als man ihn aus dem Tiber zog.«

Cesare Borgia schaute mich stumm an, überrascht von einer derartigen Bitte, und deutete dann auf den Geldbeutel seines Bruders, der zusammen mit den Kleidern des Toten auf einem Bänkchen in der Nähe lag.

»Im Beutel waren dreißig Mailänder Dukaten«, sagte er. »Aber was soll diese Frage?«

»Ich will das Tatmotiv finden, um so zu den Verantwortlichen für das Verbrechen vorzustoßen. Und wenn es sich herausstellen sollte, daß man dem Herzog eine größere Summe geraubt hat, würde das ganz eindeutig auf einen Raubmord hindeuten.«

»Maestro Bonaccorsi«, gab der Kardinal in ziemlich ungehaltenem Ton zurück, »deine Worte lassen mich befürchten, daß du mir nicht richtig zugehört hast, als ich dir diesen Auftrag anvertraute.«

»Exzellenz, verzeiht meine Kühnheit«, erwiderte ich, »aber ich bin der festen Überzeugung, daß es zu meinen Pflichten und Aufgaben zählt, alle Möglichkeiten durchzuspielen, und sei es auch nur, um sie schon im Keim zu verwerfen. Es könnte jedoch sein, daß in dem, was ich Euch zu erzählen bitte, der Schlüssel zu dem Fall liegt.

Wenn ich mich recht erinnere, hat Euch Euer Bruder bei dem Festmahl im Hause Eurer Mutter seinen Geldbeutel gezeigt und gesagt, er fürchte keine Überfälle von Dieben und Räubern, auch wenn er das nette Sümmchen von achtzig Dukaten dabeihabe.

Nun, Exzellenz, ein Dieb hätte niemals fünfzig Dukaten gestohlen und dreißig im Geldbeutel gelassen. Er hätte alles mitgenommen. Also frage ich mich, was aus den fünfzig Dukaten geworden ist. Das fehlende Geld ist ganz sicher zwischen dem Festbankett und dem Moment des Überfalls auf den Herzog verschwunden.«

»Du hast vollkommen recht«, sagte der Kardinal, wobei er mir ein seltenes Lächeln schenkte. »Kardinal Carafa hat doch gut daran getan, dich mir zu empfehlen. Wenn in dem Geldbeutel fünfzig Dukaten fehlen und diese nicht geraubt wurden, muß mein Bruder selbst jemanden damit bezahlt haben. Nur wen? Und wofür? Mit einem Betrag in dieser Höhe könnte er eine Hure entlohnt haben, vielleicht jene, die ihm die maskierte Kupplerin angeboten hat ...«

»Es gibt nicht viele Huren in Rom, die für eine Nacht fünfzig Dukaten verlangen«, gab ich zu bedenken, »wenn ich mich recht erinnere, kann man sie an den Fingern einer Hand abzählen.«

»Um so besser, Maestro«, stimmte der Kardinal zu. »Ich könnte mir vorstellen, daß du keine Schwierigkeiten haben wirst, die Fünfzig-Dukaten-Hure ausfindig zu machen, die man wahrscheinlich als Köder benutzt hat, um meinen Bruder in die Falle zu locken. Vielleicht war es ja diese Lucrezia Pisana, von der ich dir bereits erzählt habe. Auf alle Fälle dürften von ihr eine Menge interessante Dinge zu erfahren sein.«

Nach diesen Worten entfernte sich der Kardinal, um die letzten Handgriffe der barmherzigen Frauen an der Leiche seines Bruders zu überwachen.

»Maestro«, fragte mich Niccolino, »hat Euch die Untersuchung des Körpers des verehrten Herzogs weitergebracht? Ihr selbst habt mir gesagt, daß die Leiche eines Opfers stets Auskunft über die Todesursache gibt – und zuweilen auch über den Mörder.«

Ich wandte meinen Blick wieder dem Herzog von Gandìa zu, den die frommen Frauen jetzt mit Leinsamenöl einrieben, um den

Leichengeruch zu überdecken und die Verwesung zu verlangsamen.

»Ja, eine Sache ist dem Leichnam deutlich anzusehen«, antwortete ich, »und zwar ist der Herzog in einen Hinterhalt geraten, er wurde verletzt und schließlich auf besonders grausame Weise getötet. Sein Maultier muß von einer ganzen Schar von Angreifern umringt gewesen sein. Und in jenem Moment war der Herzog ganz allein, da er den Knappen, der sonst zu seiner Sicherheit da war, fortgeschickt hatte. Einer der Männer muß die Zügel seines Maultiers ergriffen, ein anderer mit einem Schwerthieb einen der beiden Steigbügel und den Sattelriemen durchtrennt haben. Der Herzog fiel zu Boden. Davon zeugen die Abschürfungen, die der Körper an einer Seite aufweist. Wie Aasgeier müssen die Angreifer über den am Boden Liegenden hergefallen sein. Ich habe Stich- und Schnittwunden von nicht weniger als drei verschiedenen Degen auf seinem Körper gezählt, von den Verletzungen am Unterleib ganz zu schweigen, die eindeutig von einem Stoßdegen herrühren. Um ganz sicherzugehen, daß er nicht überleben würde, versetzte man ihm gleich zwei Gnadenstöße: den Schnitt am Hals, fast eine Enthauptung, und den tiefen Stich mit dem Stoßdegen in den Bauch.«

Mittlerweile hatten die Frauen ihre Arbeit an der Leiche des Herzogs von Gandìa beendet. Kardinal Valenza befahl nun, ihr die Gewänder anzulegen, die er vom Palast seines Bruders hatte herbeischaffen lassen. Auf ihnen waren die Insignien der hohen Ämter aufgestickt, die er im Leben bekleidet hatte: das des Generalkapitäns der Kirche und des Schutzherrn der Stadt Rom. Und als der Leichnam fertig hergerichtet und seine gräßlichen Wunden überdeckt waren, ließ Kardinal Valenza den Papst rufen, der betend in einem nicht weit entfernt liegenden Raum wachte.

Wenige Minuten später öffnete sich die Tür, und der Heilige Vater erschien auf der Schwelle. Langsamen, schleppenden Schrittes, die Augen fest auf seinen toten Sohn gerichtet, trat er ein. Rodrigo Borgia hatte sich sehr verändert, seit ich ihn das letzte Mal gesehen hatte, wie jeder Mensch – ob Papst oder Hufschmied –, den das Schicksal so hart trifft. Alexander VI. war ein schöner Mann gewesen, von aufrechter Haltung und kräftigem Körperbau. Die Sanftheit seiner Umgangsformen, das faltenlose Gesicht und die Haare, die auch jetzt noch so schwarz wie Krähenflügel waren, hatten seiner Erscheinung schon seit jeher etwas Imponierendes und Respekteinflößendes gegeben. An jenem Tag jedoch waren ihm seine sechsundsechzig Jahre deutlich anzusehen, so wie er sich jetzt, als gebrochener Mensch, bei seinem toten Sohn zeigte. Offensichtlich hatte er bis zu jenem Moment unablässig geweint. Von dem erhabenen, majestätischen Papst war nicht viel übriggeblieben.

Ich erinnerte mich an die Zeit seines größten Triumphes vor fünf Jahren, als er siegreich aus dem Konklave hervorgegangen war. Ein Konklave, in das, wie bekannt, Kardinal Giuliano Della Rovere in der festen Überzeugung, Papst zu werden, hineingegangen war. Aber viele in Rom wußten damals schon, daß man ihn nicht wählen würde: Er hatte sich im Kreis der Kardinäle ziemlich verhaßt gemacht durch seinen enormen und nicht immer weisen Einfluß auf Papst Innozenz VIII. und seine skandalös guten Beziehungen zur französischen Krone.

Das Konklave wurde am 6. August 1492 eröffnet, und sogleich entbrannte ein heftiger Kampf zwischen den Kandidaten. Bis zu dreimal täglich wurde abgestimmt, aber bis zum 10. August war es keinem Papstanwärter gelungen, die anderen entscheidend hinter sich zu lassen. In diesen vier Tagen lagen Kardinal Carafa und Kardinal Costa, beide für ihre Frömmigkeit bekannt, bei jeder Abstimmung Kopf an Kopf vorn. Ascanio Sforza wurde hingegen bald klar, daß man ihn nicht wählen würde. Er verzichtete auf eine eigene Kandidatur und schenkte den verlockenden Versprechungen der Familie Borgia Gehör. Und Rodrigo Borgia versprach ihm nicht nur die Würde eines Vizekanzlers der Kirche – ein Amt, das praktisch einem zweiten Papsttum gleichkommt –, sondern auch seine Burg bei Nepi, den Palazzo Cesarini in Rom, die Bischofswürde von Erlau mit einer Jahresrente von zehntausend Dukaten sowie eine Reihe kleinerer Pfründe.

Und ähnlich machte es der Borgia mit anderen Kardinälen: Giovanni Battista Orsini, dem Kardinalsdiakon von Santa Maria Nuova, versprach er die zwei Festungen Monticelli und Soriano nel Cimino, die Nominierung zum Legaten der Marken und die Bischofswürde von Cartagena; Kardinal Colonna sollte die Abtei von Subiaco mit allen sie umgebenden befestigten Städten bekommen, Kardinal Savelli das Bischofsamt von Pamplona, Kardinal Michiel die Bischofswürde von Porto und den Kardinälen Sanseverino, Riario und Domenico Della Rovere sicherte er eine Reihe größerer Abteien und einträglicher Pfründe zu. Die Kardinäle Carafa, Costa, Piccolomini und Lorenzo Cibo beteiligten sich nicht an diesem Feilschen. Die Kardinäle Giovanni de'Medici und Giuliano Della Rovere hingegen versuchten bis zuletzt die Nominierung des Borgia, ihres persönlichen Feindes, zu hintertreiben. Doch all ihre Bemühungen waren vergeblich. Am 11. August 1492 wurde vor den Augen der zahlreichen Gläubigen, die den Petersplatz bevölkerten – darunter auch ich – das Fenster der Loggia geöffnet und die Wahl des Kardinals Rodrigo Borgia bekanntgegeben, der als Papst Alexander VI. den Papstthron bestieg.

Ganz Rom und die ganze Christenheit begrüßten freudig diese Wahl. Der Borgia zählte zu den tüchtigsten und beherztesten Männern des Kardinalskollegiums und schien alle herausragenden Eigenschaften eines weltlichen Herrschers und eines Kirchenfürsten in sich zu vereinen. Und so äußerten viele nach seiner Wahl die Überzeugung, der neue Papst werde das Schiff des Heiligen Petrus aus den stürmischen Gewässern führen, in denen es nun schon seit über einem Jahrhundert segelte.

Der Borgia war ein Mann von ausgeprägter kirchlicher Kultur, von edelsten Gefühlen und einer beeindruckenden Großzügigkeit, die bis zum dreistesten Ämterschacher ging. Vor allem aber war er ein Mann mit außerordentlichen diplomatischen Fähigkeiten. Man sagte ihm voraus, daß er einer der bedeutendsten Päpste der Kirchengeschichte werden würde. Der Borgia war ein Papst, der mit seiner königlichen Ausstrahlung jedem Ausritt, jeder Prozession, jedem Segen *Urbi et Orbi* Glanz verlieh.

Und jetzt stand dieser Stellvertreter Christi vor uns, dieser König der irdischen Könige, und war nur noch ein alter Mann mit einem eingefallenen, faltigen Gesicht, zusammengesunken und wie betäubt vor Schmerz.

Alexander VI. näherte sich nun der Bank, auf die man seinen Sohn Juan gelegt hatte. Dort blieb er stehen und betrachtete lange den Leichnam, so als wolle er sich vergewissern, ob dieser reglose und kalte, mit den prunkvollsten Gewändern bekleidete Körper auch wirklich sein Sohn war, hingeschlachtet von Mörderhand im Alter von zwanzig Jahren. Dann wandte er sich den Anwesenden zu und sprach mit fester, klarer Stimme diese edlen Worte: »Wie lang ist doch der Lebensfaden, den die grausamen Moiren für mich gesponnen haben, wie unbarmherzig der Stern, der mein sinnloses Leben so in die Länge gezogen hat, daß ich das Verlöschen meines geliebten Sohnes mitansehen muß. Doch es ist gut so: Denn auf diese Weise legt unser göttlicher Herr seine heilige Hand auf mich, um meinen Glauben und meine Liebe zu ihm auf die Probe zu stellen. Dieser unerwartete, gewaltsame Tod ist eine bittere Prüfung, die mich der himmlische Vater in seiner höchsten Weisheit durchleiden läßt. Sie ist Strafe und Züchtigung für die schrecklichen Sünden, die ich begangen habe. Und dieser furchtbare Schmerz soll mich dazu bewegen, meine Sünden zu bereuen, mein Leben zu ändern und es vertrauensvoll in die Hände unseres Herrn Jesus Christus zu legen, der von seinem Kreuz herab allen Vergebung und das ewige Heil versprochen hat.«

In jenem Moment hingen alle im Raum Anwesenden an seinen Lippen. Dann ließ er ein langes Schweigen folgen, so als habe er mit diesen Worten den Gipfel der Trauer und der Reue erreicht. Doch plötzlich verlor er die Fassung, und der Schmerz um den toten Sohn gewann die Oberhand. Es war, als zerbreche mit einem Schlag etwas in ihm. Er schlug die Hände vors Gesicht, um die Tränen zu verdecken, und brach in lautes Schluchzen aus. Dann begann er verzweifelt zu stöhnen und schließlich schrie er nur noch, haltlos wie eine Frau in Geburtswehen oder ein Mann, dem man mit einem scharfen Degen die Eingeweide herausgeschnitten hat.

Niccolino und ich beschlossen zu gehen. Wir verließen die Engelsburg. Auch auf der Straße hörte man noch das Wehgeschrei des Heiligen Vaters, das deutlich bis zum Rione Borgo und den Prati der Burg hinausdrang.

Auf dem Weg in Richtung Stadtzentrum blieb Niccolino plötzlich stehen und erklärte mir in klagendem Ton: »Wenn Ihr mich nicht mehr braucht, Maestro, gehe ich jetzt noch einmal bei den beiden Schwesterlein vorbei. Ich hatte gerade genug Zeit, zweimal den Pfirsich- und einmal den Apfelbaum durchzurütteln, und würde gern, bevor es Abend wird, noch einige kräftige Stöße loswerden.«

»Heute nachmittag läßt du alle Obstbäume schön in Ruhe«, gab ich entschieden zurück. »Wir haben einen Besuch zu machen, der jetzt noch dringlicher geworden ist, da man die Leiche des Herzogs direkt gegenüber der Villa des Kardinals Ascanio Sforza aus dem Wasser gezogen hat ... Und wir müssen Lucrezia Pisana unbedingt etwas fragen: Und zwar, wieviel sie für eine Liebesnacht verlangt.«

Das Haus Lucrezia Pisanas stand in einer Querstraße der Via Lata. Es war sehr schön, auch wenn es mehr von einer Festung hatte als von dem Wohnsitz einer Dame. Es war ganz aus hellen Steinen gebaut, mit reichlich Bossenwerk an der Fassade und schwarz-weißen, streifenförmig angeordneten Verzierungen an den Kanten. Verzierungen, die Lucrezia Pisana vielleicht an die Adelspaläste ihrer Heimatstadt Pisa erinnerten. Die Fenster lagen sehr hoch, unerreichbar hoch, und hatten dicke, bunte Glasscheiben, die mit Blei eingefaßt waren und von schweren Eisengittern geschützt wurden. Man hätte das Gebäude von außen für das Haus eines reichen Kaufmanns gehalten, oder das eines Fürsten oder Wucherers. An der Tür gab es kein Schild, das auf den Namen der Hausherrin hingewiesen hätte, oder darauf, welchem Gewerbe sie nachging.

Es war dort nur ein Messingschild angebracht, auf dem stand: »Willkommen, wenn du in Frieden und Freundschaft kommst.«

Wir klopften mit dem schweren Eisenklöppel an die Tür und warteten, daß uns jemand öffne. Sogleich erschien eine Frau mittleren Alters, ganz in Grau wie eine Begine* gekleidet, die wohl die Kupplerin oder Amme von Lucrezia sein mochte. Als sie die riesige Gestalt Niccolinos vor sich sah, wich sie erschrocken einen Schritt zurück und versuchte das Portal zu verriegeln. Doch Niccolino, gar nicht damit einverstanden, drängte sich mit einem kleinen Schubs an der Kupplerin vorbei, die zu Boden fiel und reglos dort liegenblieb.

Es gab wohl nicht viele, die sich auf diese Weise Zutritt zum Haus der berühmten Liebesdienerin verschafften, einer Frau, die unter der Protektion einflußreicher Männer stand und deren Haus von einem Heer von Kupplern und Leibwächtern bewacht wurde.

Das Atrium war groß und hatte sehr hohe Fenster. Die Wände waren mit geschmiedeten und vergoldeten Lederpaneelen verkleidet, darüber viele Gemälde, auf denen ausnahmslos laszive Szenen dargestellt waren. Auf einem badete eine Gruppe Nymphen in den ruhigen Wassern eines Flusses, während einige Faune sie im Schilf versteckt dabei beobachteten. Auf einem anderen sah man den jungen Schäfer Paris am Fuße des Berges Ida, wie er lüstern die drei Göttinnen anstarrt, die sich nackt vor ihm zur Schau stellen, eine jede in der Hoffnung, zur Schönsten des Olymp gekürt zu werden. Es stand dort auch eine schöne Marmorgruppe, die Apollo darstellte, der von hinten Daphne umfaßt und gewaltsam in sie eindringt, während diese – um sich der Schmach des Verlusts der hinteren Jungfernschaft zu entziehen – schon dabei ist, sich in einen Lorbeerbaum zu verwandeln.

Während wir uns umschauten, überrascht und benommen von soviel Eleganz und Reichtum, fing die Kupplerin plötzlich an zu

* Beginen: Frauen, die sich im Mittelalter ohne Gelübde zu klosterähnlichem Leben zusammenschlossen, d. Übers.

kreischen, wie ein Huhn, das man lebend rupft: »Zu den Waffen, zu den Waffen. Hier sind Einbrecher, kommt schnell!«

Noch bevor wir das entfesselte Klageweib zum Schweigen bringen konnten, erschienen zwei Wachen auf der Schwelle der Vorhalle; der eine war lang und dünn wie eine Bohnenstange, der andere klein und rund wie ein Trebbiano-Fäßchen*. Sie trugen lederne Brustpanzer, die mit Silberbeschlägen verstärkt waren, und an den Seiten Toledo-Schwerter mit doppelten Schneiden.

»Das nächste Mal macht ihr am besten einen großen Bogen um dieses ehrenwerte Haus«, sagte die Bohnenstange in einem arroganten, drohenden Ton und ohne uns auch nur zu fragen, wer wir seien und was wir bei Lucrezia Pisana wollten. »Und jetzt macht, daß ihr wegkommt, wenn ihr euch nicht mit aufgeschlitzten Bäuchen wiederfinden wollt.«

Niccolino wollte sich auf ihn stürzen, doch ich wollte zunächst mit Diplomatie und Freundlichkeit versuchen, eine bewaffnete Auseinandersetzung mit den beiden Prahlhänsen zu vermeiden, eine Auseinandersetzung, die meiner Meinung nach absolut nicht sein mußte.

»Wir stehen im Dienste Kardinal Valenzas und wollen mit eurer Herrin sprechen. Wenn unsere Waffen euch Anlaß zur Sorge geben, sind wir bereit, sie hier vor euch im Atrium niederzulegen. Aber wir müssen unbedingt zu Madonna Lucrezia, um ihr einige Fragen zu stellen.«

»Es wäre besser für euch«, schaltete sich Niccolino ein, »auf meinen Herrn zu hören und uns unverzüglich vorbeizulassen.«

»Raus hier!« schrie die Bohnenstange. »Nehmt die Beine in die Hand, sonst ziehen wir euch das Fell über die Ohren, brechen euch sämtliche Knochen im Leib und schmeißen euch dann in den Fluß, mit durchgeschnittener Kehle.«

»So wie ihr's mit dem Herzog von Gandìa gemacht habt«, warf ich schnell ein.

»So wie wir's mit allen Kerlen gemacht haben, die gegen un-

* Trebbiano: Weinsorte, d. Übers.

seren Willen ins Haus wollten. Aber bestimmt nicht mit dem Herzog von Gandìa, einem Freund von Madonna Lucrezia und Herr in diesem Hause, bevor Kardinal Sforza kam. Wenn der Kardinal erfährt, daß ihr es Madonna Lucrezia gegenüber an Respekt habt fehlen lassen, werdet ihr euren Auftritt hier bitter bereuen. Aber dann wird es zu spät sein … Also, zieht endlich ab, solange eure Beine euch noch tragen.«

In diesem Moment erschien – vielleicht von dem Lärm herbeigerufen oder von der Kupplerin benachrichtigt – Lucrezia, die ein paar Schritte auf uns zukam und sich fragend umschaute. Die junge Kurtisane, die ich nur einmal flüchtig beim Kerzenfest der Madonna Candelora gesehen hatte, war wirklich wunderschön und machte dem Ruf, den sie in ganz Rom genoß, alle Ehre. Ihre Haut war rosa und samtweich wie ein reifer Pfirsich, ihr Gesicht frisch und lebhaft, ohne eine Spur von Zinkweiß oder Schminke, und ihre großen strahlenden Augen waren so blau wie ein Septemberhimmel. Und dann ihre Haare … so blond, fein und glänzend, als seien sie aus Gold gesponnen. Sie trug ein Gewand aus scharlachrotem Atlas, das ihren Körper höchst elegant umhüllte und mit zahlreichen wertvollen Perlen besetzt war. Mir fiel sofort die Goldkette auf, die wohl mindestens zehn Pfund wog und ihren langen Hals noch schöner machte. Mit ihr hätte man sich ein ansehnliches Gut in der Toskana kaufen können.

Lucrezia Pisana blieb stehen und besah sich die Verheerungen, die man unter ihren Männern und ihren Möbeln angerichtet hatte.

»Was ist hier eigentlich los?« fragte sie gereizt.

»Die beiden hier sind dabei, mit Waffengewalt in Euer Haus einzudringen«, antwortete die Bohnenstange. »Sie scheinen Böses im Schilde zu führen.«

»Stimmt das, was meine Männer sagen?« fragte die junge Lucrezia mit einem Hauch von Koketterie in der Stimme.

»Was Eure Männer Euch da erzählen, Madonna, entbehrt jeder Grundlage«, antwortete ich mit einer perfekten Verbeugung. »Mein Freund und ich stehen im Dienste Kardinal Valenzas. Wir haben uns hier in aller Freundschaft eingefunden – wie wir auch diesen Dummköpfen mehrmals erklärt haben –, um Euch einige Fragen zu stellen, die den Tod des Herzogs von Gandìa betreffen. Ihr habt sicherlich gehört, daß man vor wenigen Stunden Don Juan Borgia, den Bruder unseres hochverehrten Herrn, aus dem Tiber gefischt hat, sein Körper entstellt von elf Wunden, und jede tödlich.«

Bei diesen Worten brach Lucrezia Pisana in heftiges Schluchzen aus, mit jener Fertigkeit in der Kunst der Verstellung, wie sie typisch ist für Huren … und für Politiker.

»Wie leid es mir tut um diesen schönen und unglücklichen Edelmann. Er war der rechtschaffenste und großzügigste Jüngling ganz Roms.«

»War er Euer Freund? Habt Ihr ihn geliebt, Madonna?«

»In den Schlachten im Bett war er unermüdlich und praktisch ohne Rivalen. Wenn er mich mit seinem Liebeswerkzeug durchbohrte, war es, als dringe er mit einem Schwert aus Zucker und Honig ein. Er war jedoch blind vor Eifersucht und hatte einen schwierigen Charakter. Argwöhnisch und scheu war er wie ein Pferd aus der Maremma. Bei der kleinsten Kleinigkeit bekam er einen Wutanfall … Aber ich wußte, wie ich ihn wieder beruhigen konnte, denn über alles liebte er die *fellatio*, wenn Ihr wißt, was ich meine.«

»Und ob, Madonna! Ich bin Schreiber von Beruf, und Latein ist meine zweite Muttersprache.«

»Dann wißt Ihr ja, wovon ich spreche. Aber das war noch nicht alles. Juan Borgia, mein geliebter Juan, war auch ein Meister im *cunnilingus*, ein erotisches Spiel, das ich sehr verehre und das nur törichte und aufgeblasene Männer verabscheuen, so als sei es eine Beleidigung für ihre Männlichkeit. Ja, wir haben himmlische Stunden miteinander verbracht und ungeahnte Höhen der Sinnlichkeit kennengelernt. Und er war mir dankbar. Seht Ihr diese Goldkette an meinem Hals? Sie ist eins seiner großzügigen Geschenke.«

»Nun denn, Kardinal Valenza, der Bruder Juans, hat uns aufgetragen, Euch einige Fragen zu stellen. Und wir dachten, dieser Name würde Euch Grund genug sein, uns anzuhören und zu erzählen, was Ihr wißt. Aber dann sind diese Zirkussoldaten hier aufgetaucht ...«

»Ja, ja, tretet nur näher. In gewisser Weise habe ich Euch schon erwartet.«

»In welcher Weise?« fragte ich, hellhörig geworden.

»Als ich vom Mord am Herzog von Gandìa erfuhr, habe ich mir gleich gedacht, daß jemand kommen würde, um Genaueres über den Streit zu erfahren, der letzte Woche hier beim Abendessen ausgebrochen ist. Kommt also nur herein; aber legt vorher Eure Waffen ab und sagt Eurem Freund, er soll sich hier nicht wie ein wildgewordener Heide benehmen. Dies ist kein Haus der Händel, sondern der Eintracht und der Liebe.«

Lucrezia nahm mich freundschaftlich bei der Hand.

»Ich werde Euch alles erzählen, was Ihr hören wollt«, sagte sie mit einem verführerischen Lächeln. »Und dabei werde ich's mir ganz bequem machen und Euch etwas zeigen, was nur wenige gesehen zu haben sich rühmen können.«

Wir gingen zusammen ins Haus, unter den verwunderten Blicken der Wachen und Niccolinos. Dann folgte er uns, begleitet von der Kupplerin. Jetzt, da die Feindseligkeiten vorüber waren, machte diese sich daran – ihrem Alter von vierzig Jahren zum Trotz – Niccolino wie ein Täubchen zu umgurren.

»Ich heiße Donata«, hörte ich sie hinter mir sagen, »und bin sehr bewandert in der Kunst, Männer die Gipfel der Lust erleben zu lassen. Wenn Ihr wollt, will ich Euch gern zu Willen sein.«

Ich dachte, Niccolino würde sie kühl abblitzen lassen, doch zu meiner großen Überraschung hörte ich, wie er so liebenswürdig und höflich, wie es ihm gegeben war, zu ihr sagte: »Ich stehe Euch für alles zur Verfügung, Madonna, ob von oben oder unten, ob kreuz oder quer. Und ich kann Euch versichern, noch keine Frau hatte Grund, sich über mich zu beklagen. Ich schwöre Euch, meine Stöße hinterlassen Spuren ... Ihr kennt doch die schweren

Vorschlaghämmer, mit denen Pfähle für Häuserfundamente in den Boden gerammt werden?«

„Einen so gut ausgestatteten Mann wie Euch möchte ich gern ordentlich zureiten – und mindestens vier Meilen zurücklegen, ohne anzuhalten. Glaubt Ihr, dieser Strapaze mit Eurem Kampfhammer gewachsen zu sein?«

Ich überließ Niccolino und Donata ihren Galanterien, die eines Petrarca würdig gewesen wären, und folgte Lucrezia die breite Treppe aus numidischem Marmor hinauf zum *piano nobile** des Palastes. Hier befand sich der Trakt, in dem Lucrezia Gäste empfing. Er schloß direkt ans Schlafgemach an. Der Raum war groß und sehr bequem und luxuriös eingerichtet, mit kleinen Tischen und Stühlen jeder Art, orientalischen Teppichen, Kissen aus Samt und indischer Seide. Wie im unteren Stockwerk hingen auch hier prächtige Gemälde, alle mit unzüchtigen erotischen Darstellungen, die mir allein schon auszureichen schienen, die Männer zur Sünde zu verführen. Für diese Gemälde hatte Lucrezia Pisana selbst Modell gestanden. Sie war unschwer in den Gewändern Kleopatras zu erkennen, die ihren Tod herbeiführt, indem sie sich durch eine in einem Feigenkorb versteckte Viper in den wunderschönen Busen beißen läßt. Oder auch in denen Susannas, die genüßlich, vollkommen nackt, ein Bad auf dem Dach ihres Hauses nimmt, wohl wissend, daß ein paar Alte, ihre statuenhaften Formen bewundernd, dabei zuschauen.

Eine ganze Wandseite wurde von einem großen Gemälde eingenommen, auf dem man Lucrezia in Gestalt einer Diana-Statue sah. Sie stand mit Pfeil und Köcher auf einem kreisförmigen Sockel am Ufer des Flusses Eurota, umgeben von ihren Gefährtinnen, die sich vergnügt von einigen Faunen mit monströsen Werkzeugen, die hinter ihnen standen, begatten ließen. Sie nahmen die Mädchen auf diese Weise, weil Dianas Priesterinnen ihre echte Jungfernschaft der Göttin der Jagd und der Mondphasen

* wörtlich: »vornehmes Stockwerk«, erstes Obergeschoß italienischer Palazzi, d. Übers.

geweiht haben. Auf ihrem Sockel schien Diana zu lächeln, amüsiert über die einfallsreiche Umgehung des Gelübdes durch die Priesterinnen, die an dem Ansturm der Faune offensichtlich viel Spaß hatten.

In jenem Raum waren auch alle Einrichtungsgegenstände und alle Tiere zu finden, die zu einer Edelhure gehören: ein winziges weißes Hündchen, leicht wie ein Wattebausch, eine prächtige syrische Katze und ein trolliger Schimpanse aus Afrika. Außerdem verschiedene Musikinstrumente: eine Zither, eine Laute, eine Schalmei und eine siebensaitige Leier. »Nichts anderes als die Musik entflammt so sehr die Sinne – und erleichtert mir derart meine Arbeit«, stellte Lucrezia fest, als sie bemerkte, wie ich die Instrumente betrachtete. »Musik weckt die Geister der fleischlichen Begierde, bringt die Sinne in Wallung. Meine Freunde mögen es sehr, wenn ich für sie eine anmutige Moresca tanze, oder auch eine fröhliche Pavane, eine gewagte Gaillard oder einen freundlichen Bergamasker.«

Dann deutete sie auf zwei Mädchen, die einige Schritte von uns entfernt standen und fügte hinzu: »Diese Dienerinnen sind hervorragende Musikantinnen. Sie spielen, wenn ich vor meinen Gästen tanze ...«

Von dem Platz aus, auf dem ich mich niedergesetzt hatte, konnte ich durch die geöffnete Tür ins Schlafgemach schauen, wo Lucrezia Pisana sich gewöhnlich mit ihren Kunden, Beschützern und Freunden beschäftigte. Es handelte sich um einen großen Raum, dessen Wände mit aquamarinblauer Seide verkleidet waren. Um das Bett, breit wie eine Maistenne, hingen Vorhänge aus himmelblauem Samt, und die Bettücher waren glatter und feiner als Seide aus Reims. Es mußte eine Wohltat sein, sich mit der jungen Hausherrin in diesen edlen Stoffen zu wälzen.

Einige Minuten später kamen auch Niccolino und Donata. Die beiden Dienerinnen gingen Marzipan, verschiedenste Konfitüren, Sieneser Mandelgebäck und eine große Karaffe süßen, dickflüssigen Malvasier für uns holen. Lucrezia fragte uns, ob sie es sich so bequem machen dürfe, wie sie es unter Freunden gewohnt sei. Wir hatten nichts dagegen, und sogleich machte sich Donata daran, unterstützt von den Dienerinnen, ihrer Herrin einige Kleidungsstücke abzunehmen. Sie zogen ihr das scharlachrote Kleid aus und ließen das Hemd aus flandrischem Leinen und den mit wunderschönen Spitzen besetzten Karmesinunterrock zum Vorschein kommen. Dann streiften sie ihr unter dem Hemd die Strümpfe aus indischer Seide ab, wobei sie mir für einen kurzen Moment einen Blick auf die Schenkel des Mädchens gewährten, die so blendend weiß waren wie apuanischer Marmor. Erst jetzt fühlte sich Lucrezia richtig wohl. Das Hemd, das in Höhe des Bauchnabels von einem Gürtel gehalten wurde, reichte gerade bis zu ihren Brüsten, die groß und fest waren und bei jeder Bewegung wie Rosen im Frühlingswind schaukelten.

»So, jetzt könnt Ihr mich alles fragen«, sagte Lucrezia. »Nur um eins bitte ich Euch. Wenn Ihr Euren Herrn, den erhabenen Kardinal Valenza das nächste Mal seht, laßt ihn doch bitte wissen, daß ich so freundlich war, auf Eure Fragen zu antworten ... Also, womit kann ich Euch helfen?«

»Zunächst würde ich gerne wissen, was sich bei dem stürmischen Abendmahl in Eurem Haus zugetragen hat. Es soll damals zu einem heftigen Streit zwischen Kardinal Ascanio Sforza und dem Herzog von Gandìa gekommen sein.«

Lucrezia schien zu überlegen. In dem großen Raum begann die Stille bedrückend zu werden. Die drei Frauen bewegten sich nicht, und auch Niccolino saß steif wie eine Salzsäule da, in der einen Hand eine Scheibe Marzipan, in der anderen ein Stück Mandelgebäck.

»Das ist vielleicht gerade zwei Wochen her«, begann Lucrezia, »und daher erinnere ich mich noch sehr gut daran. Für jenen Abend hatte Kardinal Sforza geplant, ein Festmahl zu meinen Ehren zu geben, das den Gelagen von Trimalcione würdig sein sollte. Er stellte mir frei einzuladen, wen ich wollte. Und da ich damals seit einem Monat nichts mehr vom Herzog von Gandìa gehört hatte, wollte ich die vortreffliche Gelegenheit nutzen, ihn wiederzusehen, und ließ auch ihm eine Einladung zukommen.

Der Herzog war mein treuester und großzügigster Verehrer gewesen, hatte dann aber jeglichen Kontakt zu mir abgebrochen und nicht mehr auf die zahlreichen Botschaften geantwortet, die ich ihm durch Donata überbringen ließ. Jetzt hatte ich also vor, ihn eifersüchtig zu machen, ihm zu zeigen, wie sehr Kardinal Sforza meine Gesellschaft und die Konversation mit mir schätzte, ganz abgesehen natürlich von den Wonnen der Venus, die er ausgiebig genoß. Ich hoffte, der Herzog würde das Treffen zum Anlaß nehmen, sich reumütig vor mir in den Staub zu werfen.

Aber dann geschah etwas, das alle meine Pläne zunichte machte. Das Essen war in vollem Gange, und ich hatte gerade ein Madrigal auf dem Cembalo beendet, als wir aus dem Nebenraum, wo die Wachmannschaften und Diener versammelt waren, aufgeregtes Stimmengewirr hörten. Soweit mir berichtet wurde, hatten die Wachen des Herzogs damit angefangen, die Männer des Kardinals aufzuziehen, weil diese einem Pfaffen dienten. Es gibt nichts Schlimmeres, sagten sie, als einem Geistlichen zu dienen, der sich mit jungen Dirnen besser auskennt als im Alten Testament. Ein Armbrustschütze des Kardinals, ein jähzorniger, rothaariger Romagnole, nahm sich den Spott sehr zu Herzen und antwortete zornig, es sei vielleicht betrüblich, einem Pfaffen zu dienen, aber noch viel schlimmer sei es, dem Bastard eines Pfaffen und einer Pelzhändlerin zu dienen, die von ihrem rechtmäßigen Gatten wie eine trächtige Sau verkauft wurde.

Einer der Anwesenden hatte nichts Eiligeres zu tun, als dem Herzog diese verabscheuungswürdigen Worte zu hinterbringen. Der Herzog von Gandìa, der zwischen mir und dem Kardinal saß, wurde zunächst kreidebleich. Dann schoß ihm die Zornesröte ins Gesicht, er brauste auf und verlangte von Kardinal Ascanio, er solle ihm den Armbrustschützen ausliefern, der auf einen Schlag ihn selbst, seinen Vater und seine Mutter beleidigt hatte.

Der Kardinal erwiderte, er denke nicht daran, den Soldaten zu überstellen, und da der Herzog nicht locker ließ, sagte ihm der Kardinal ins Gesicht: ›Jener Armbrustschütze ist einer meiner besten Männer. Er wurde bei meiner Nichte, Caterina Sforza, an den Waffen ausgebildet. Ich kann ihn doch nicht festnehmen lassen, nur weil ihm dieser vielleicht tadelnswerte, aber mit Sicherheit nicht unwahre Satz herausgerutscht ist.‹

Der Herzog von Gandìa, tödlich beleidigt, erhob sich von der Tafel und sagte in drohendem Ton: ›Solche Worte können nur mit Blut gesühnt werden. Ich wundere mich, daß Ihr einen Schurken in Schutz nehmt, der nicht nur den Namen Borgia, sondern auch den der Gandìa in den Schmutz gezogen hat.‹

Dann verließ er zornig den Saal, sogleich gefolgt von allen seinen Männern. Ja, und so endete jener Abend, der im Zeichen der Fröhlichkeit und des Friedens hatte stehen sollen, mit Beleidigungen und Racheschwüren.«

»Und nach dem Vorfall«, fragte ich interessiert, »was geschah dann? Welche Konsequenzen hatte er?«

»Einige Tage später erfuhr ich, daß der Herzog von Gandìa den Armbrustschützen hatte festnehmen und in Ketten zum Bargello schleppen lassen, zusammen mit vier anderen Soldaten, die ihn bei der Festnahme verteidigt hatten. Der Herzog war entschlossen, ihn für die Beleidigungen mit dem Tod bezahlen zu lassen. Kardinal Sforza ließ nichts unversucht, um ihm das Leben zu retten. Zunächst intervenierte er beim Bargello mit dem ganzen Gewicht seines Amtes. Doch der zeigte sich unerbittlich. Dann suchte er die Unterstützung des Papstes, aber auch der Heilige Vater fühlte sich durch die Beleidigungen nicht wenig getroffen und überließ den Armbrustschützen und die anderen Männer ihrem Schicksal, so daß die fünf wenige Tage später mit einem Strick um den Hals an den Zinnen vom Torre di Nona baumelten.«

»Nach dem, was Ihr mir erzählt habt«, sagte ich, »liegt die Verantwortung für den Vorfall nicht allein beim Herzog, sondern ebenso bei Kardinal Sforza, der, anstatt Wasser ins Feuer zu schütten, kräftig Öl darüber gegossen hat.«

»Da bin ich ganz Eurer Meinung. Die Schuld liegt bei beiden. Wie konnten sich nur zwei Kavaliere, Angehörige der besten Familien Italiens, von den primitiven Worten eines einfachen Soldaten beleidigt fühlen? Steht nicht schon in der Bibel: Die Steinwürfe erreichen den Himmel nicht?«

»Madonna Lucrezia«, bohrte ich weiter, um die Rolle meiner Gesprächspartnerin besser einschätzen zu können, »eine Sache müßt Ihr mir genauer erklären. Sie kann für mich wichtiger sein als der Streit und die daraus entstandenen Konsequenzen. Ihr habt mir gesagt, daß Ihr vor nicht langer Zeit Freundin und Konkubine des Herzogs wart, daß er Euch mit Geschenken überhäuft und mit Euch die süßesten Kämpfe der Venus ausgefochten hat. Warum habt Ihr eine Beziehung abgebrochen, die nicht nur, wie Ihr selbst sagt, sehr befriedigend, sondern auch mit großen Vorteilen verbunden war?«

»Aus dem banalsten Grund der Welt, mein Herr. Wie Ovid sagt: *Omnis amor novo successore vincitur*, jede Liebe wird von einer Nachfolgerin besiegt. Auch die leidenschaftlichste und zärtlichste Liebe verdorrt, wenn eine neue das Feld betritt. Und genau das ist vor drei Monaten geschehen.«

»Darf ich Euch fragen, was sich genau ereignet hat?«

»Der Herzog von Gandìa, dieser treueste Gast in meinem Haus und meinem Bett, ließ sich von einem Tag auf den anderen nicht mehr blicken.«

»Sagte er Euch den Grund?«

»Nein. Ich hatte damals drei Kupplerinnen, die für mich arbeiteten und die ich jeden Tag mit einer Unzahl süßer Botschaften zu ihm schickte. Ich flehte ihn an, beschwor ihn, mich nicht so ohne ein Wort der Erklärung zu verlassen. Ich bat ihn, mir ein letztes Treffen zu gewähren, denn ich wollte aus seinem Mund den Grund hören, warum er mich nicht mehr seiner Besuche für würdig erachtete.«

»Und so habt Ihr erfahren, daß – wie Ihr soeben sagtet – eine Liebe der anderen folgt?«

»Ja. Schließlich gab der Herzog meinem Drängen und meinen Tränen nach und ließ mir ausrichten, er werde mich besuchen, um mir alles zu erklären.«

»Und da erzählte er Euch, daß er sich in eine andere verliebt hatte, nicht wahr?«

»Schlimmer noch. Er habe sich in eine Frau verliebt, so sagte er, die viel jünger und schöner sei als ich. Sie sei unübertrefflich im *fellatio*, und erfülle ohne Hemmungen auch seine ausgefallensten und verdorbensten Wünsche. Und das, obwohl sie zu einer der vornehmsten und mächtigsten römischen Familien gehöre.«

»Wer war das Mädchen? Wann hat er sie kennengelernt?«

»Er erzählte mir, daß er sie schon lange kannte und seit Monaten versucht hatte, sie für sich zu gewinnen. Doch sie wies ihn immer wieder zurück. Dann, als er schon jede Hoffnung aufgegeben hatte, und darüber nachsann, sie zu entführen, gelang es ihm, mit Hilfe einer geschickten Kupplerin, ein Treffen mit ihr zu arrangieren ... Und es sieht so aus, als habe es der Herzog schon bei der ersten Begegnung geschafft, wenn auch mit einiger Mühe, sie sich gefügig zu machen.«

»Ein Mädchen aus vornehmem Haus, sagt Ihr. Wieso nur hat sie ihn so lange Zeit zurückgewiesen?«

»Aus höchsten Kreisen und vor allem von felsenfesten Prinzipien. Sie wurde in einem sehr strengen, scharf bewachten Kloster erzogen, einer Art Gefängnis. Doch dann ist etwas geschehen, was die Sinne des Herzogs aufs Höchste entflammte. Denn, wie schon gesagt, nachdem er die Blume ihrer Jungfernschaft erst einmal gepflückt hatte, war sie zu jeder Ausschweifung bereit – und fähig.«

»Das soll häufig vorkommen bei Mädchen, die lange Zeit zu strenger Keuschheit gezwungen wurden ...«

»Allem Anschein nach war dieses Mädchen so lüstern, bewandert und verschlagen, daß man hätte meinen können, sie wäre in einem neapolitanischen Bordell aufgewachsen.«

»Hat Euch der Herzog den Namen dieser edlen Dame mit den Trieben und dem Gebaren einer Straßennutte gesagt?«

»Ich kenne den Namen, kann ihn Euch aber nicht verraten.«

»Auch nicht für fünfhundert Dukaten? Tausend?«

»Nicht mal für zweitausend.«

»Das findet man selten, daß eine junge Kurtisane soviel Geld verabscheut ... Warum wollt Ihr mir den Namen nicht verraten?«

»Weil das Mädchen eine Gräfin aus einer mächtigen, vor allem aber sehr rachsüchtigen Familie ist, einer Familie mit großen Ländereien in der Emilia ... Verriete ich Euch das Geheimnis, würde ich bestimmt nicht mehr dazu kommen, mich an den zweitausend Dukaten zu erfreuen ... Und damit glaube ich, Euch alles gesagt zu haben.«

»Vielleicht noch eine Sache, Madonna. Das mindeste, was Ihr von einem Mann für eine Nacht verlangt, sind das vielleicht fünfzig Dukaten?«

Lucrezia Pisana machte eine entrüstete Geste.

»Für wen haltet Ihr mich? Für eine Dirne, die in Banchi oder auf dem Ponte Sisto anschaffen geht? Jeder Gast, der zu mir will, bezahlt bei Donata mindestens hundert Dukaten. Sonst setzt er nie wieder einen Fuß in mein Haus. Sollte er es dennoch versuchen, lass' ich ihn von meinen Wachen entfernen.«

»Aber nur, wenn sie es schaffen«, warf ich grinsend ein.

»Gewöhnlich gelingt es beim ersten Versuch. Es kommt höchst selten vor, daß ein Kunde sich von einem Hünen wie Eurem Freund zu mir begleiten läßt.«

Als ich mich instinktiv zu Niccolino umdrehte, war sein Platz leer. Die Süßwaren auf dem kleinen Tischchen waren verschwunden, und auch die drei Frauen hatten den Raum verlassen.

»Wo ist denn mein Freund geblieben?« sagte ich überrascht. »Habt Ihr eine Ahnung, wo er stecken könnte?«

»Kommt nur mit«, antwortete sie ruhig, »ich zeige es Euch.«

Sie stand auf, nahm mich bei der Hand und führte mich über eine enge Stiege zum oberen Stockwerk, wo die Vorratskammern und die Schlafräume der Dienerschaft liegen mußten. Durch einen niedrigen Korridor mit Holzfußboden gelangten wir zu einer verschlossenen Tür, durch die spitze Schreie und Stöhnen drangen.

Mit einem Ruck öffnete ich die Tür und hatte plötzlich eine groteske Szene vor Augen: Niccolino lag ausgestreckt auf einem schmalen Bett in der Mitte des Raums. Auf seinem Bauch Donata, vollkommen nackt, die ihn eifrig zuritt und ohne Scham und Zurückhaltung Lustschreie und Seufzer ausstieß. Auch Niccolino lächelte fromm, so als führe ihn diese Paarung direkt ins himmlische Nirwana. Das Komischste waren aber die Dienerinnen, die sich, nackt wie zwei Reitstuten, neben dem Bett aufgestellt hatten und ganz aufmerksam dem Schauspiel folgten, in Erwartung, von dem feurigen Hengst ihre Ration Hafer zu erhalten.

IV

Als wir das Haus Lucrezia Pisanas verließen, hatte sich die erstickende Schwüle des Tages gelegt. Vom Meer her blies eine leichte Brise, die Körper und Seele erfrischte. Auf der Straße, fernab von indiskreten Ohren, konnte ich Niccolino einige wohlverdiente Vorwürfe nicht ersparen.

»Hast du vergessen«, sagte ich, indem ich ihm fest in die Augen blickte, »daß man dich mir zur Seite gestellt hat, damit du mir bei meinem delikaten Auftrag beistehst, den Ermittlungen folgst und mich beschützt? Das ist heute schon das zweite Mal, daß du mich allein läßt und deinem Vergnügen nachgehst. Wir sollen uns keinen schönen Tag im Freudenhaus machen, sondern einen Mörder finden.«

»Euren Worten ist zu entnehmen«, antwortete Niccolino treuherzig, »daß Ihr glaubt, ich hätte zu meiner persönlichen Erbauung den Lockungen dieser Vierzigjährigen nachgegeben, einer Alten mit einer Haut, runzliger und rauher als altes Pergament. Es tut mir leid, aber da irrt Ihr Euch gewaltig.«

»Als ich dich in fleischlicher Vereinigung mit der brünstigen Kupplerin sah«, gab ich wütend zurück, »habe ich mir sogleich gedacht, daß du zunächst die Aufwallungen der Alten abkühlen wolltest, um danach in aller Ruhe die frischen Frühlingswonnen der Jungen zu genießen. Meinst du, mir sei entgangen, mit welch lüsternen Augen sie dich ansahen?«

Während wir so sprachen, wurden wir von einer Gruppe von Personen, die uns entgegenkam, getrennt. Wir waren gerade in die Via Lata eingebogen, in die Straße also, die von der Piazza San Marco (auch Piazza Venezia genannt, wegen des Palastes, den der venezianische Papst Paul II. dort errichten ließ) ihren Ausgang nimmt und in Höhe der Porta Flaminia auf die aurelianische Stadtmauer stößt. Jetzt erinnerte ich mich daran, daß zur Vesperstunde die Trauerfeierlichkeiten für den Herzog von Gandìa beginnen sollten, deren Abschluß die Beisetzung in der Kirche Santa Maria del Popolo sein würde.

Ganz Rom lief jetzt zur Bestattung des unglücklichen jungen Mannes zusammen, der bis vor zwei Tagen noch vom Glück verwöhnt schien. Er war schön, reich, mächtig, begehrt. Sein Lebensweg schien mit Verlockungen und Freuden gepflastert. Und jetzt hatte der Tod ihn gefällt, seinen Körper zerrissen. Wie traurig ist doch unser Schicksal. Wir glauben, ein Leben sei glücklich, das sich dann als erbärmlich entpuppt und halten Zustände für ewig, denen nur eine kurze Dauer beschieden ist. Denn alles, was geboren wird, ist dem Tod geweiht, und was vergangen ist, kehrt nie zurück.

Die breite Straße, die die ganze Stadt durchzieht, war von einer großen Menschenmenge bevölkert. Da liefen Leute aus dem Volk in Trauerkleidung, Fratres aller religiösen Orden, ganze Scharen von Waisenkindern der verschiedensten Bruderschaften, Handwerker in ihren Arbeitsschürzen, Bäuerinnen, die nach Kohl und Suppe rochen, Dirnen mit dunklen Tüchern über Schminke und Flitterwerk, Tagelöhner und Müßiggänger. Kurz und gut, alle jene, die in Rom nie fehlen bei einem Fest, einer Hinrichtung oder einer prunkvollen Beerdigung.

»Maestro«, sagte Niccolino, als wir uns einen Weg durch die Menge gebahnt hatten und wieder nebeneinander gehen konnten, »glaubt Ihr wirklich, ich hätte dem Drängen Donatas nur nachgegeben, um mich danach an den Mädchen ergötzen zu können?«

»Genau das glaube ich«, antwortete ich trocken. »Oder hattest du noch einen anderen Grund?«

»Ich muß mich über Euch wundern, Maestro Bonaccorsi!« erwiderte der Hüne in einem Ton, der mir recht spöttisch vorkam. »Ihr genießt den Ruf, ein großer Ermittler zu sein, einer, der die finstersten Machenschaften unserer Zeit aufgeklärt hat, und wißt nicht, daß man sich an die Dienerschaft halten muß, will man hinter die Geheimnisse eines bedeutenden Hauses kommen.«

»Gar nicht so dumm, deine Rechtfertigung«, mußte ich zugeben. »Haben die Frauen dir etwas erzählt?«

»Die drei konnten mir sogar etwas sehr Außergewöhnliches mitteilen. Sie sagten, der Herzog habe Lucrezia sehr oft besucht, aber fast nie allein. Meist brachte er ein junges, üppig gebautes Mädchen mit.«

»Mit anderen Worten, der Herzog suchte seine Stammhure in Begleitung seiner Privathure auf. Wie bei manchen Trattorien mit dem Schild an der Tür: ›Auch Gäste, die ihr Essen mitbringen, willkommen‹.«

»Die Sache ist noch eigenartiger. Die drei glauben nämlich, daß das Mädchen keine professionelle Hure war, sondern aus sehr vornehmem Hause stammte.«

»Und woher wissen sie das?«

»Dem Mädchen war sehr daran gelegen, unerkannt zu bleiben. Sie verbarg ihr Gesicht unter einer Stoffmaske mit den Zügen eines Käuzchens. Und noch nicht einmal beim Liebesspiel wollte sie sie ablegen.«

»Sie konnten dir also nicht sagen, wer sie war?«

»Nein. Keine hat jemals ihr Gesicht gesehen. Auch nicht Donata, die immerhin bei diesem ungewöhnlichen Verhältnis als Kupplerin diente. Sogar Lucrezia soll ihren Namen nicht gekannt haben. Donata meint jedoch, das Mädchen gehöre zu einer der besten Familien der Stadt.«

»Aber was hat ein adliges Mädchen im Hause einer stadtbekannten Hure zu suchen?«

»Vielleicht wollte sie in guter Gesellschaft ihre verdorbensten weiblichen Triebe ausleben.«

»Und wer könnte sie sein, was meinst du?«

In diesem Moment wurden wir erneut getrennt, diesmal durch eine Gruppe Fackelträger, die eng beieinander marschierten. In der rechten hielten sie ihre schon brennenden Fackeln, von denen stinkende, dichte schwarze Rauchwolken aufstiegen. Wir verlangsamten unseren Schritt, bis sie uns überholt hatten und wir wieder nebeneinander gehen konnten.

»Also, hast du herausbekommen, wer sie ist?« fragte ich noch einmal.

»Wie ich schon sagte, Maestro, keiner kennt sie, nicht einmal Lucrezia. Es ist ein Geheimnis, das hartnäckig gewahrt wurde. Man weiß nur, daß sie jung war, sehr schön und äußerst launisch. Ihre Haare waren wohl tiefschwarz und gelockt. Und sie war sehr üppig gebaut.«

»Damit hast du mir die Hälfte aller Mädchen Roms beschrieben.«

»Ja schon, aber sie soll mehr von einer Neapolitanerin als von einer Römerin haben.«

»Aber warum sollte ein lüsternes Edelfräulein eine Nutte aufsuchen?«

»Um das zu machen, was nur bei einer Hure möglich ist, Maestro. Es sieht so aus, als habe sie besonderen Gefallen daran gefunden, wahre erotische Komödien zu inszenieren. Denn kaum war sie angekommen, zog sie sich schon nackt aus und legte sich, ohne die Maske abzunehmen, zu Lucrezia aufs Bett, das, wie Ihr gesehen habt, so groß ist wie eine Reitbahn. Dann begannen sie sich zu streicheln, was regelmäßig damit endete, daß sie sich gegenseitig die Pflaumen leckten, gierig wie zwei ausgehungerte Katzen ihre Milch schlabbern. Dann betrat der Herzog, erregt durch das Schauspiel, die Arena und gesellte sich zu den lesbischen Damen. Sie haben mir erzählt, daß der Herzog es schaffte, seine Lust zu befriedigen, ohne daß diese ihren ungestümen Cunnilingus unterbrechen mußten. Aber das ist noch nicht alles. Manchmal lud Lucrezia auch zu solch einem Fest einen vierzehnjährigen Burschen ein, den, wie mir erzählt wurde, Mutter Natur sehr gut ausgestattet hatte und den Lucrezia von einem ihrer Güter in die Stadt geholt hatte. Und so tummelten sie sich denn zu viert in diesem Bett, um ihre ausgefallensten und verrücktesten Gelüste in die Tat umzusetzen.«

»Und ohne daß das Edelfräulein auch nur einmal die Maske abnahm?«

»Genau, Maestro. Und während dieser Spiele soll es vorgekommen sein, daß sich Lucrezia, als gute Gastgeberin, zurückzog, um es dem feurigen Bauernlümmel und dem jungen Herzog zu erlauben, sich gemeinsam an dem schwarzhaarigen Edelfräulein zu ergötzen, sie gleichzeitig zu durchbohren und zu besitzen.«

»Ich muß zugeben, die Informationen, die du da gesammelt hast, können uns vielleicht nützlich sein«, murmelte ich, während ich im Geiste versuchte, der Geschichte einen Sinn zu geben. »Natürlich müßte man wissen«, sagte ich dann nach einem kurzen Schweigen, »ob die schwarzhaarige Dame wirklich ein Edelfräulein war oder vielleicht nur eine bezahlte Dirne, die dem Herzog bei seinen Exzessen zu Diensten war.«

»Ich glaube nicht, daß das eine Hure war«, meinte Niccolino überzeugt. »Warum hätte so eine sorgfältig ihr Gesicht verbergen müssen? – Aber Maestro, was habt Ihr eigentlich von Lucrezia Pisana erfahren? Hat sie Euch erzählt, daß der Herzog von Gandìa, der doch einer ihrer besten Freunde war, von einem Tag auf den anderen das Verhältnis zu ihr abgebrochen hat und sie loswerden wollte wie einen vollen Nachttopf?«

»Ja«, sagte ich knapp, in Gedanken noch ganz bei der schwarzhaarigen Unbekannten.

»Und hat Lucrezia Euch den Grund genannt?« wollte Niccolino wissen.

»Sie sagte, er habe wegen einer anderen den Kopf verloren, die schöner, hemmungsloser und geschickter gewesen sei; einem sehr streng erzogenen Mädchen aus gutem Haus, das ihn zunächst lange Zeit abgewiesen hatte. Doch eines Tages habe die Jungfer, überzeugt von einer erfahrenen Kupplerin, dem Herzog nachgegeben, sich von seinem Feuer anstecken lassen und sich von jenem Moment an sehr freizügig benommen.«

»Hat Lucrezia Euch erzählt, wie sie hieß?«

»Sie sagte, sie kenne ihren Namen, könne ihn mir aber nicht verraten, aus Angst vor einem Racheakt der Familie. Auch nicht für zweitausend Dukaten.«

»Dann haltet Euch jetzt mal gut fest. Den Namen kann ich Euch sagen, und das kostet Euch nur fünf Dukaten.«

»Wenn du den Namen wirklich kennst, sollst du deine fünf Dukaten haben, obwohl es eigentlich nicht richtig ist. Du bist dazu da, mir zu helfen und nicht, um mich wie eine Ziege zu melken.«

»Das Mädchen heißt Barbara«, sagte Niccolino triumphierend, »ist sechzehn Jahre alt und wurde bei Dominikanerschwestern großgezogen.«

»Barbara, und wie weiter? Wieviele Barbaras gibt es wohl in Rom?«

»Das Geld war für den Namen ... und den habe ich Euch gesagt. Wenn Ihr auch den Familiennamen wissen wollt, kostet das weitere zwanzig Dukaten, im voraus natürlich. In Anbetracht der Tatsache, daß es sich um die Tochter eines Grafen handelt, sind fünfundzwanzig Dukaten doch ein ziviler Preis. Außerdem könnt Ihr den Betrag auf Euer Spesenkonto setzen.«

Ich war so neugierig zu erfahren, wer das adlige Mädchen war, daß ich Niccolino ohne langes Feilschen die verlangte Summe reichte.

»Halsabschneider! Jetzt sag mir, wie die kleine Gräfin heißt.«

»Barbara della Mirandola. Sie ist die Tochter des Grafen Antonio Maria della Mirandola, eines reichen Edelmanns vom Hof in Ferrara, der sich häufig in Rom, in Diensten des Kardinals Ippolito d'Este, aufhält. Über seine Gattin ist er mit der Familie Colonna verwandt.«

Ich hatte Barbara della Mirandola, die ein sehr frommes und zurückgezogenes Leben führte, noch nie gesehen, hatte aber mehr als einmal schon von ihrer außergewöhnlichen Schönheit und Anmut sprechen hören. Man erzählte sich, daß ihr Vater sie abgöttisch liebte und daß er versuchte, sie mit Onorio, dem Zweitgeborenen der mächtigen Familie Savelli, zu verheiraten.

»Haben deine Freundinnen dir gesagt«, fragte ich neugierig geworden, »ob Barbaras Vater von der Beziehung seiner Tochter zum Herzog von Gandìa wußte? Immerhin war der Herzog ein verheirateter Mann, auch wenn seine Gattin weit entfernt am Hof in Madrid wohnt ...«

»Darüber haben sie nicht gesprochen. Und das heißt, daß sie wahrscheinlich auch nichts davon wußten, denn in dem brünstigen Zustand, in den ich sie gebracht hatte, hätten sie mir sicher nichts verschwiegen.«

»Also, wenn der Vater von dem schamlosen Verhältnis wußte und beide Augen zudrückte, um daraus irgendeinen Vorteil zu ziehen, eine Pfründe vielleicht, ist die Sache für uns nicht besonders interessant ...«

»Sollte aber der Graf nicht im Bilde gewesen sein«, spann Niccolino den Faden weiter, um mir zu zeigen, daß er gut aufgepaßt hatte, »und nur durch Zufall erfahren haben, daß der Herzog seine angebetete Tochter entjungfert hatte, sieht die Sache schon ganz anders aus.«

»In diesem Fall«, bestätigte ich, »wäre es sehr wahrscheinlich, daß der Vater, mit Hilfe der Colonna und der Savelli, die Schandtat an seiner Tochter und die Schmähung seiner Ehre rächen wollte. So könnte er es gewesen sein, der den Papstsohn in einen Hinterhalt lockte und von seinen gedungenen Meuchelmördern niedermetzeln ließ.«

Mittlerweile waren wir am Ende der Via Lata angekommen, wo sich, noch vor der Porta Flaminia, ein großer, fast runder Platz öffnet, der jetzt vor Menschen überquoll: Ganz Rom hatte sich aufgemacht, um der feierlichen Beisetzung des Herzogs von Gandìa beizuwohnen.

Am anderen Ende des Platzes, auf der Seite der Porta Flaminia, steht am Fuße eines Hügels, der bei den Römern »Pincio« heißt, eine der schönsten Kirchen Roms: die Kirche Santa Maria del Popolo, errichtet auf den Grundmauern der antiken Kapelle Santa Maria del Pioppo (Heilige Maria der Pappel, auf lateinisch *populus* – Pappel). Papst Paschalis II. ließ sie nicht lange nach dem Jahr 1000 erbauen, um die Dämonen zu vertreiben, die sich dort in Gestalt von geschwätzigen und zudringlichen Krähen unter den hohen Pappeln eingenistet hatten, die in dieser Ecke des Platzes standen. Der lauteste dieser Dämonen, so sagte man, sei die verfluchte Seele des Kaisers Nero gewesen. Vielleicht verdankt sich diese Legende der Tatsache, daß am Anfang der Via Flaminia, direkt hinter der Porta, einst die Gräber der antiken und mächtigen *Gens Domitia* lagen. Und in dieser uralten Begräbnisstätte, so heißt es, sei auch Kaiser Nero beigesetzt worden, der letzte Vertreter dieses Geschlechts.

Aber was auch immer Ursprung und Bestimmung der Kirche Santa Maria del Popolo gewesen sein mag, jetzt war sie praktisch die Privatkirche der Borgia, oder genauer, die von Vannozza De Cattaneis und den Kindern, die ihr Rodrigo Borgia gezeugt hatte. Alexander VI. hatte – zu Zeiten, als er noch ein einfacher Kardinal war – der Kirche einen großen Altar und einen prächtigen Tabernakel gestiftet. Und die schöne Vannozza, barmherzigen und frommen Werken immer zugetan, hatte das Gotteshaus mit einer Reihe kostbarer Kultgegenstände ausstatten lassen, teils in Gold, teils in Silber.

Dann, mittlerweile in die Jahre gekommen, hatte sie eine Krypta mit einer Begräbnisstätte einrichten lassen, wo sie begraben werden wollte, wenn für sie die Zeit der langen Reise ohne Wiederkehr gekommen sein würde. Und sie hatte auch dafür gesorgt, daß ihre Kinder eines Tages neben ihr ruhen würden: Pedro Luiz, Cesare, Juan, Lucrezia und Jofré. Und zum Zeichen, daß dies die Grabstätte der Familie Borgia-De Cattaneis war, hatte der Papst neben dem Altar vor der Krypta eine hölzerne Altartafel aufstellen lassen – ein Werk Pinturicchios, des Hofmalers der Borgia –, auf der die blutjunge Vannozza in der Blüte ihrer ganzen Schönheit dargestellt ist. Und zwar zusammen mit ihren fünf Kindern, so daß sie nicht als Mutter, sondern als Schwester ihrer Nachkommenschaft erscheint. Vielleicht hat sich Michelangelo von dieser gewagten Idee inspireren lassen, als er sich daran machte, die berühmte Pietà aus dem Marmor zu hauen, bei der, wie bekannt, die Jungfrau Maria gleichaltrig mit ihrem toten Sohn dargestellt ist. Am Rand des Bildes – abgesondert von den anderen, wie es sich für einen weisen und diskreten Auftraggeber geziemt – ist auch Papst Alexander VI. zu sehen, der leibliche Vater der fünf Kinder Vannozzas.

Zur Bestattung Juans wurde die Krypta von Santa Maria del Popolo zum ersten Mal benutzt. Der Erstgeborene, Pedro Luiz, war weit entfernt von Rom gestorben, so daß man seinen Körper nach Spanien überführt hatte. Daher war es jetzt an Juan, dem Herzog von Gandìa, als erster in der Familiengruft zur ewigen Ruhe gebettet zu werden.

Mittlerweile war die große Bahre, die über den Fluß von der Engelsburg gekommen war, auf die Schultern einiger junger Kardinäle und der Brüder des Herzogs, Cesare und Jofré, geladen worden. Durch eine bewegte, betende Menge bahnte sich der traurige Zug, angeführt von den Seminaristen und dem Klerus der Stadt, seinen Weg über den Platz. Ihnen folgten die Dominikaner, die Konventualen der Heiligen Apostel, die Eremiten von Sant'Agostino, die Bruderschaft der Allerheiligsten Dreifaltigkeit, eine enorme Herde von Franziskanern, die mit ihren Holzschuhen klapperten, und verschiedene Nonnenorden. Alle trugen brennende Wachskerzen in den Händen. Den Leichnam Juan Borgias hatte man unverhüllt auf die Bahre gelegt, damit alle ihn sehen konnten. Er trug seine kostbarsten Prunkgewänder und sah überhaupt nicht wie das Opfer eines fürchterlichen Verbrechens aus, sondern wie ein schlafender Jüngling, im Schatten eines Baumes in einem blühenden Garten.

Beim Vorüberziehen der Bahre knieten die Menschen nieder und beteten. Viele Frauen brachen in Tränen aus. Hinter der Bahre gingen die Knappen der Herzogsfamilie, die die Zeichen derer von Gandìa gut sichtbar in die Höhe hielten. Ihnen folgten die Schildträger mit dem Wappen der Borgia, dem Stier auf der Weide. Und zum Schluß des Zuges schritten viele Kardinäle.

Aber es waren nicht alle gekommen. Es fehlten die großen Feinde des Papstes, die, auf denen der Verdacht lag, die Mörder des Herzogs gedungen zu haben. Es fehlte der Erbittertste von allen, Kardinal Della Rovere, der Alexander VI. als Julius II. auf den Papstthron folgen sollte. In jenen Tagen hatte er sich in seine uneinnehmbare Burg bei Ostia geflüchtet. Und es fehlten Kardinal Giovan Battista Orsini, der die Feindseligkeiten des Papstes gegenüber seiner Familie noch nie gut ertragen hatte, und Kardinal Sforza, der Vizekanzler der Kirche. Dieser hatte sich im Palazzo Cesarini, seiner Kanzlei, eingeschlossen, aus Angst vor Repressalien von seiten der spanischen Soldaten am Papsthof.

Der langsame Trauerzug, von Tausenden von Fackeln und Kerzen erhellt, war jetzt bei der Treppe vor der Kirche angekommen, wo Vannozza und die anderen Mitglieder der Familie Borgia die unverdeckte Bahre erwarteten. Nur der Papst fehlte: Um seinen Schmerz nicht zum öffentlichen Schauspiel zu machen, hatte Alexander VI. schon in der Engelsburg von seinem Sohn Abschied genommen, fernab von indiskreten Blicken und vor allem vom Diplomatenklatsch der Gesandten der italienischen Staaten. Die Sargträger erklommen langsam die ersten Stufen und erreichten den Kirchplatz, der die große Steintreppe unterteilt. Dort stellten sie die Bahre ab.

Als erste warf sich Vannozza über den Leichnam des Herzogs von Gandìa und nahm ihn in die Arme. Die arme Mutter, die einst ganz Rom um ihre Schönheit, ihr Glück und ihre reiche Kinderschar beneidet hatte, weinte voller Verzweiflung und bedeckte das Gesicht ihres toten Sohnes mit Küssen und Tränen. Dann übermannte sie der Schmerz und eine gnädige Ohnmacht raubte ihr die Sinne. Die Männer neben ihr konnten sie gerade noch auffangen und in ihren Armen in die Kirche bringen.

Danach war Lucrezia Borgia an der Reihe, die zu dem traurigen Anlaß den Konvent San Sisto verlassen hatte. Lucrezia beugte sich mit einer Geste der Verzweiflung und der Trauer über den bleichen Körper und das Gesicht des Bruders und übergoß ihn mit allen Tränen, zu denen die junge, unglückliche Frau fähig war. Damals war sie wohl gerade siebzehn Jahre alt. Mir fiel auf, daß ihre Küsse und Tränen nicht wie der Ausdruck eines nur schwesterlichen Schmerzes wirkten, sondern etwas Tiefergehendes in ihnen war.

Das war die Szene, die später die ganze Christenheit kennenlernen sollte: Der Trauerfeier der Familie Borgia wohnte auch der junge Michelangelo bei. Und an diese Szene erinnerte er sich, als er mit der Arbeit zu seiner berühmten marmornen Pietà begann. Denn für jeden, der damals auf dem Platz dabei war, gilt als sicher: Die Pietà stellt ganz exakt die Umarmung Lucrezia Borgias mit ihrem ermordeten Bruder dar, wie zum Beweis, daß die Wege der Kunst, genau wie die der göttlichen Vorsehung, unergründlich sind.

Danach war es an dem jungen Jofré, seinem Bruder den letzten Gruß zu entbieten. Dann folgten die anderen Verwandten: Zuerst seine Schwägerin Sancia d'Aragona, die Gattin Jofrés, in einem grünen, hautengen Kleid, das ihren drallen Busen und ihre üppige Schönheit hervorhob. Als ich sie sah, kam mir plötzlich ein Gedanke: Vielleicht war sie die schwarzhaarige Dame, die zusammen mit dem Herzog im Hause Lucrezia Pisanas ein- und ausgegangen war. Sie entsprach in allem der Beschreibung der Frau, die mit der Käuzchenmaske vor dem Gesicht an den erotischen Spielen, an den phantasievollen Paarungen und Orgien teilgenommen hatte. Daß sie dem fürstlichen Geschlecht derer von Aragon aus Neapel entstammte und darüber hinaus Gattin eines Papstsohnes war, konnte die Sorgfalt erklären, mit der sie ihre Identität stets vor allen geheimgehalten hatte.

Sancia war eine Tochter des Königs Alfonso d'Aragona, jenes

grausamen und unfähigen Herrschers, der beim italienischen Kriegszug des französischen Königs Karls VIII. feige seinen Thron verlassen hatte. Ihre Ehe mit dem Borgia war drei Jahre vorher, Sancia war fünfzehn, Jofré gerade zwölf Jahre alt, in der Kapelle von Castel Nuovo, geschlossen worden – nicht zufällig nur vier Tage nachdem ein päpstlicher Legat, der Kardinal von Monreale, Alfonso zum neapolitanischen König gekrönt hatte.

Nach dem prunkvollen Hochzeitsmahl hatten sich die jungen Brautleute in ihre Gemächer zurückgezogen. Während der König, zusammen mit dem Kardinal, vor der Tür auf den Vollzug der Ehe wartete, zogen Hofdamen die beiden Halbwüchsigen aus und brachten sie ins Bett. Erst als sie nackt unter dem Bettlaken lagen, wurden der Vater und der Kardinal ins Zimmer gebeten. Aber anscheinend konnte der zwölfjährige Jofré, so sehr er sich auch mühte, bei dieser Gelegenheit die Ehe nicht vollziehen – trotz aller Anfeuerungen der beiden Männer und der kundigen Ratschläge der Hofdamen. Gleich darauf verbreitete sich das böse Gerede über Sancia. Es hieß, der junge Bräutigam habe ihr Jungfernhäutchen nicht bezwingen können, weil Sancias Vagina zu eng geworden war durch die Behandlung mit Pinienharz und Alaunstein, mit denen man eine schon vor Jahren verlorene Jungfernschaft wiederherzustellen versucht hatte. Andererseits war man zu jener Zeit über diese Tatsache auch nicht allzusehr verwundert. Die fünfzehnjährige Sancia, dieses feurige und üppig gebaute Mädchen, war am Hof von Neapel geboren und aufgewachsen, einem Ort, wo man jungen Mädchen im heiratsfähigen Alter sicher keine Tugend lehrt, sondern alle möglichen weiblichen Listen, mit denen die Männer zu umgarnen sind.

Dies alles bestärkte mich in meinem Verdacht, daß Sancia die schwarzhaarige Begleiterin des Herzogs von Gandìa war, jene ausschweifende Neapolitanerin, die mit Lucrezia Pisana feurige lesbische Küsse getauscht und sich nicht gescheut hatte, sich von zwei Männern gleichzeitig besitzen zu lassen. Wenn das stimmte, würde das eine Menge ändern: Meine Ermittlungen würden notgedrungen eine Richtung einschlagen, die direkt zur Familie meines Auftraggebers und dem Haus Borgia führte. Und als erstes mußte ich mich jetzt fragen: Hatte Jofré Borgia vielleicht davon erfahren, welch ein verruchtes Verhältnis seine Gattin mit seinem Bruder Juan unterhielt. Aber noch viel dringender war jetzt für mich die Frage, was Kardinal Valenza sagen würde, wenn ich dieser Spur weiter nachging.

Niccolino neben mir hatte schweigend den Fortgang der Ereignisse verfolgt. Jetzt wurde die Bahre auf Schultern in das Kircheninnere getragen, zur letzten Segnung, bevor sie in der Familienkrypta eingemauert werden sollte.

»Hör mal«, sagte ich zu ihm, als der Leichnam hinter dem Portal verschwand, »ich glaube, ich habe jetzt alles gesehen, was interessant für uns sein könnte. Von mir aus können wir gehen.«

»Maestro«, antwortete er, »habt Ihr eigentlich die tiefe Trauer und das ungewöhnliche Verhalten von Lucrezia Borgia und Sancia d'Aragona bemerkt? Mehr als Schwester und Schwägerin schienen sie die Witwen zu sein.«

Ich nickte langsam. Wirklich nicht auf den Kopf gefallen, mein Gefährte. Dann begannen wir, ohne weitere Worte, uns einen Weg durch die Menge zu bahnen und verließen den großen Platz in Richtung Rione Borgo.

V

Nachdem wir in den Palast zurückgekehrt waren, machten wir uns ans Abendessen, das sich die ganze Nacht über hinzog. Niccolino verschlang eine ganze Porchetta* und trank ordentlich Wein dazu. Jetzt, da er als mein Begleiter in der Küche alles bestellen durfte, worauf er Lust hatte, nutzte er die Gelegenheit, um endlich seinen gewaltigen, unstillbar scheinenden Hunger

* gegrilltes Spanferkel, d. Übers.

wenigstens etwas zu besänftigen. Es war schon Morgen, als wir uns schließlich zur Ruhe legten.
Todmüde und schwer von dem vielen Essen verschliefen wir den ganzen Tag und auch die darauffolgende Nacht.

Nach einem ausgiebigen Frühstück am anderen Morgen entschloß ich mich, Vannozza in ihrem Haus in der Via Santa Lucia in Selce aufzusuchen.

Vom Palazzo Della Rovere zum Hause Vannozzas braucht man gewöhnlich nicht länger als zehn Minuten.

Dort angekommen, wurde Niccolino von allen freudig begrüßt. Als Knappe von Kardinal Valenza war er ein gern gesehener, ja beliebter Gast in dem großen Anwesen Santa Lucia in Selce. Alle erklärten sich sofort bereit, mit uns zu sprechen und auf unsere Fragen zu antworten. Einige Minuten schenkte uns sogar die leidgeprüfte Hausherrin selbst, die gerade zwei Tage vorher ihren Sohn Juan zu Grabe getragen und sich seitdem nur noch betend und weinend in ihrem Zimmer aufgehalten hatte.

Als sie Niccolino erblickte, umarmte sie ihn gerührt und brach dann erneut in Tränen aus. »Bevor mir das unbarmherzige Schicksal meinen Sohn entrissen hat«, sagte sie weinend, »war ich die glücklichste Frau der Welt. Aber jetzt bleiben mir nur noch Tränen und die Erinnerung.«

»Edle Herrin, Ihr müßt Euren Schmerz überwinden, so wie unsere heilige Madonna über dem Leib des gekreuzigten Jesus ihren Schmerz überwunden hat.«

»Ich kann nicht ... Sie war ja die Mutter des Herrn, doch ich bin nur ein armes Weib – ein Weib aus Fleisch und Blut. Staub bin ich und zum Staub werde ich einst zurückkehren.«

»Der Schmerz wird vorübergehen, Signora. Wozu keine Vernunft fähig ist, das gelingt fast immer der Natur und der Zeit, die barmherzig vorwärtsschreitet.«

Ohne uns auch nur nach den Gründen unseres Besuchs gefragt zu haben, kehrte Vannozza, begleitet von zwei Dienerinnen, in ihr Gemach zurück. Mir war das nicht unlieb. Gewisse Fragen stellte man besser der Dienerschaft, die im Haus so zahlreich war, daß man sogar einen Haushofmeister angestellt hatte.

Das Domizil von Vannozza De Cattaneis war ein prächtiges, großzügig angelegtes und gastlich eingerichtetes Haus, das sich über vier Stockwerke erstreckte. Bis vor nicht allzulanger Zeit noch war es nur ein unscheinbares, von Weingärten umgebenes Häuschen am Stadtrand gewesen, das zur Weinherstellung und -lagerung genutzt wurde. Vor allem aber hatte es dazu gedient, um der drückenden Sommerhitze, dem Gestank und Staub der Stadt zu entfliehen. Doch seitdem Vannozza nicht mehr die Konkubine des Papstes war, lebte sie hier das ganze Jahr über. Sie hatte ihr Domizil, das sie in der Nähe des Vatikans besessen hatte, verkauft und das Häuschen am Stadtrand zu jenem prunkvollen Palast ausbauen lassen. Im ganzen umfaßte er an die dreißig große Zimmer, dazu im ersten Stock einen weiträumigen Saal, der in der Ausstattung denen der prächtigsten Adelshäuser in nichts nachstand. Auf der Rückseite hatte man einen großen Garten angelegt, der den Bedarf des vielköpfigen Haushalts an frischem Gemüse deckte. Das ganze umliegende Land, das von einer hohen Mauer eingefaßt wurde, war mit Weinreben bepflanzt, die dichte Lauben bildeten. Im hinteren Teil des Anwesens lag ein großer Stall, an den zu einer Seite eine Art Höhle anschloß, die zur Weinlagerung diente, sowie einige weitere Kellerräume, in denen die Geräte zur Weinherstellung standen.

Als ersten baten wir Don Pedro, den alten Haushofmeister, sich uns für einige Fragen zur Verfügung zu stellen. Seinem Namen zum Trotz war er Neapolitaner, und wie alle Neapolitaner der höheren Klassen zeichnete ihn eine strenge Würde aus. Er war nach spanischer Art gekleidet und trug einen langen weißen Bart, der vielleicht den totalen Mangel an Haupthaaren ausgleichen sollte. Don Pedro erzählte uns, nur ein kühler, ganz leicht süßlicher Weißwein könne seinen Durst stillen und seine Zunge lösen und lud uns dazu ein, mit ihm auf unser aller Gesundheit zu trinken. Ich zeigte ihm fünf Dukaten und versicherte ihm, daß das Geld ihm gehöre, wenn er unsere Fragen ehrlich beantworte: Augenblicklich löste sich seine Zunge.

Unser Gespräch fand im Speisesaal im Erdgeschoß statt, an dem großen Tisch, an dem sich gewöhnlich die große Schar von Bediensteten zum Essen versammelte. Ein sanftmütiges Mägdlein von vielleicht fünfzehn Jahren namens Filippa, rosig und fest im Fleisch wie ein Novemberapfel, brachte einen großen Krug Wein, den uns Don Pedro anzubieten vorgab, in Wirklichkeit aber dann ganz alleine in sich hineinschüttete.

Währenddessen versuchte er, das feste Hinterteil des Mädchens zu ertasten, indem er seine Hand unter ihr Leinenkleidchen schob, das eng wie eine Apfelschale ihren Körper umschloß. Als sich Filippa erbost wegdrehte, um sein Vorhaben zu vereiteln, sagte Don Pedro mit einer Logik, die sich mir nicht ganz erschloß: »Warum stellst du dich nur so an? Weißt du nicht, daß ich dein Vater sein könnte?«

Bei diesen Worten fuhr er sich mit einer bedächtigen, zufriedenen Handbewegung über den Bart, auf den er besonders stolz zu sein schien, eine Geste, die vielleicht den väterlichen Charakter seiner Autorität unterstreichen sollte.

Als das Mädchen schließlich aus dem Raum entschwunden war, gelang es mir endlich, Don Pedro einige Fragen zu stellen. Seine Antworten war höchst aufschlußreich.

»Don Pedro«, begann ich, »Ihr seid hier der Haushofmeister, und ich würde gern von Euch wissen, was sich am Abend des 14. Juni bei dem Festmahl zugetragen hat, bei dem auch der unglückliche Herzog von Gandìa zugegen war.«

»Am Abend empfing ich zusammen mit der Hausherrin die Gäste und verblieb auch zunächst im festlich geschmückten Salon, um ein Auge auf die Dienerschaft zu haben. So war ich zugegen, als die ersten Gänge aufgetragen wurden, passierte Gemüsesuppe, Fleischbrühe, schwarze Brühe, Kaisersuppe und französische Suppe. Danach zog ich mich zurück.«

»Wollten die Kinder Vannozzas über geheime Familienangelegenheiten sprechen?« fragte ich. »War das vielleicht sogar der Hintergrund des Familientreffens?«

»Nein«, antwortete Don Pedro sofort, »unsere Herrin wollte die freudigen Ereignisse jener Tage zusammen mit ihren Kindern feiern, und sie zugleich versöhnen, denn ihr war nicht verborgen geblieben, daß sich in jüngster Zeit tiefe Gräben zwischen ihnen aufgetan hatten. Und dies konnte ihr Mutterherz nicht ertragen.«

Während Filippa mit zwei neuen Krügen Wein den Raum betrat, begann ich noch einmal über die Ereignisse nachzudenken, die die Brüder voneinander entfernt hatten: Ferrandino d'Aragona stand im Begriff, seinem Onkel Federico den Thron von Neapel zu überlassen, und in diese Probleme um die Erbfolge waren der Papst und alle Mitglieder der Familie Borgia verwickelt. Denn das Königtum Neapel war schon seit jeher päpstliches Lehen, und so hatte Federico den Papst in einem Schreiben gebeten, ihn zum König von Neapel zu krönen, ein Ritus, der praktisch unverzichtbar für Federico war. Denn der Thron des Hauses Aragon war in ernster Gefahr: Die Dynastie, so hieß es, könne sich nicht mehr lange gegen den Haß der mächtigen Barone des Königreichs sowie gegen die Feindseligkeiten des neapolitanischen Volkes halten, das immer noch den glücklichen Zeiten unter den letzten Anjou nachtrauerte.

Alexander VI. hatte Federico d'Aragona zu verstehen gegeben, daß er ihn nur unter einer Bedingung zum König krönen würde: Die Stadt Benevento, die der Papst als Fürstentum für seinen Sohn Juan beanspruchte, sollte vom Königreich Neapel abgetrennt werden. Nachdem der Papst diese Forderung durchgesetzt hatte, entschloß er sich, die beiden Städte Terracina und Pontecorvo aus dem Kirchenstaat herauszulösen und dem neu entstandenen Fürstentum Benevento zuzuschlagen. Auf diese Weise erwartete Juan Borgia, den Herzog von Gandìa, ein stattliches Fürstentum.

Cesare Borgia hingegen, dessen eigenem Machtstreben durch seine Rolle als Kardinal und Kirchenfürst enge Zügel angelegt waren, wollte nicht, daß sein jüngerer Bruder mit knapp zwanzig

Jahren schon solch ein mächtiger und reicher Fürst würde. Um so mehr, als dieser das Fürstentum dazu benutzen konnte, angesichts des abzusehenden Falls der aragonesischen Dynastie seinen Anspruch auf den Thron von Neapel geltend zu machen.

Der Papst hatte sich gezwungen gesehen, den Zorn seines Sohnes Cesare irgendwie zu besänftigen: Ihm sollte die für einen knapp zweiundzwanzigjährigen Mann außergewöhnliche Ehre zuteil werden, als päpstlicher Legat die Königskrönung in Neapel durchzuführen. Dort würde er, als Stellvertreter des Papstes und Überbringer des Banners der Heiligen Katholischen Kirche, mit königlichen Ehren empfangen werden. Und Aragona würde ihm den Treueschwur leisten.

Während ich so meinen Gedanken nachhing, hatte sich die Hand Don Pedros wieder unter die leichte Bekleidung der schönen Filippa verirrt, die neuen Wein gebracht hatte und sich mittlerweile den suchenden Händen des Alten nicht mehr widersetzte. Es sah ganz so aus, als würde darüber sein Gesprächspartner allmählich in Vergessenheit geraten.

»Maestro«, fragte ich ihn deshalb, »könnt Ihr Euch erinnern, wer alles bei dem Festmahl zugegen war?«

»Für die Gäste«, antwortete Don Pedro, »hatte man den langen Tisch im großen Saal gedeckt, an dem bis zu vierundzwanzig Personen Platz finden. Aber anwesend waren dann nur die drei Papstsöhne, Cesare, Juan und Jofré sowie ihr Vetter, der Kardinal von Monreale, und ein weiterer Vetter namens Lieto. Der einzige weibliche Gast war die edle Sancia d'Aragona, die Frau Jofrés, des Fürsten von Squillace. Ursprünglich hatte auch Lucrezia Borgia am Festmahl teilnehmen wollen, aber im letzten Moment teilte man uns mit, die Papsttochter habe sich in ein Kloster zurückgezogen und beabsichtige nicht, beim Fest ihrer Mutter zu erscheinen.«

»Speisten die Knappen und Bediensteten zusammen mit ihren Herrschaften am großen Tisch?«

»Nein, natürlich nicht ... Für sie hatte man in diesem Raum hier gedeckt, der als Speisesaal für die Dienerschaft genutzt wird.

Wie Ihr seht, faßt er mindestens vierzig Personen. Ich, in meiner Eigenschaft als Haushofmeister, aß mit ihnen.«

»Und hier saß auch Giannettino, der Knappe, den man später tot aufgefunden hat?«

»Ja sicher, und an jenem Abend erschien er mir seltsam traurig, so als habe er schon das Schicksal erahnt, das ihn auf der Piazza della Giudìa erwartete.«

»Da Ihr also auch hier gegessen habt, wißt Ihr wahrscheinlich nicht, wann diese ganz in Schwarz gekleidete, maskierte Kupplerin aufgetaucht ist, die Frau also, mit der der Herzog dann zusammen aufgebrochen ist?«

»Ganz im Gegenteil, ich weiß es sogar sehr genau«, antwortete Don Pedro. »Ich bin verantwortlich für alles, was im Haus geschieht. Die maskierte Kupplerin wurde von den Wachposten am Tor aufgehalten. Sie kannten sie nicht und ließen sie nicht passieren. Man rief mich herbei, damit ich mir die Frau ansehe. Und da war das Festmahl, ich erinnere mich genau, noch in vollem Gange.«

»Könntet Ihr sie trotz der Maske beschreiben? Eure Antwort ist sehr wichtig. Vielleicht haben sich Feinde des Herzogs dieser Kupplerin ohne Gesicht und Namen bedient, um ihn in eine Falle zu locken und zu töten.«

»Die Kupplerin trug schwarze Beinkleider, und auch Wams, Korsett und Jacke hatten die gleiche Farbe. Ihre Finger steckten in schwarzen Lederhandschuhen und sogar die Scheide ihres Degens war schwarz.«

»Eine Kupplerin mit einem Degen? Das erscheint mir doch recht merkwürdig.«

»Und das ist bei weitem nicht die einzige Merkwürdigkeit, Don Biagio«, antwortete der Haushofmeister, »aber erlaubt mir, in meiner Erzählung fortzufahren. Diese seltsame Person erwartete mich also am Eingangstor. Ich forderte die Wachen auf, sie durchzulassen und brachte sie in den großen Saal, wo, wie bereits gesagt, das Festmahl noch in vollem Gange war. Der Herzog empfing sie freudig und wechselte einige Worte mit ihr, die ich nicht verstehen konnte. Dann befahl er mir, sie in den Speisesaal der Dienerschaft zu begleiten und sie dort zu beköstigen. Ich zog es jedoch vor, sie direkt in die Küche zu führen. Dies angesichts der Tatsache, daß der Speisesaal voller Knappen und Soldaten war, so daß ich fürchten mußte, man würde sich dort einen Spaß daraus machen, die Kupplerin zu verhöhnen und zu beleidigen, wie es mit derlei gleichermaßen nützlichen wie verachteten Frauen nicht selten geschieht.«

»Abgesehen von der Kleidung, wie sah die Kupplerin aus? Könnt Ihr Euch daran erinnern?«

»Sie war mittelgroß und dürr und hatte ein hageres, faltiges Gesicht – wenigstens soweit ich es von der Seite unter der Maske erkennen konnte. Auf dem Kopf trug sie einen großen Stoffhut, der schwarz war wie alles übrige auch, und unter dem Hut schaute ein dichtes Büschel rattengrauer Haare hervor. Ich erinnere mich noch sehr gut daran, denn dieser graue Haarschopf stand in auffälligem Kontrast zu all dem Schwarz, das die Kupplerin trug. Wie schon gesagt, diese Kupplerin kam mir von Anfang an recht sonderbar vor ... vor allem wegen des Degens.«

»Das ist sicher keine typische Frauenwaffe. Aber vielleicht war sie ja ein Mann?«

»Ja, vielleicht. Schon vom ersten Moment an hatte ich das Gefühl, sie sei keine Frau, sondern ein Mann, genauer ein ehemaliger Soldat. Man weiß ja, daß sich viele Männer auf ihre alten Tage, vor allem ehemalige Soldaten und Banditen, ihren Lebensunterhalt als Kuppler verdienen.«

»Ist Euch sonst noch etwas aufgefallen, was dafür sprechen würde, daß die Kupplerin mit der schwarzen Maske keine Frau war?«

Don Pedro schenkte sich ein letztes Glas Weißwein aus der Karaffe ein, dann antwortete er: »Man wird Euch erzählt haben, daß die Frau nach dem Essen zusammen mit dem Herzog fortgeritten ist, daß er sie – wie eine Frau – hinter sich auf sein Maultier steigen ließ. Aber ich habe sie ja nicht nur fortreiten, sondern auch ankommen sehen, oder vielmehr sah ich sie, als sie beim Palasteingang darauf wartete, daß die Wachen sie vorbeiließen. Ich kann Euch also mit Bestimmtheit sagen, daß sie auf einem Fuchshengst mit weißen Streifen über den Hufen hierher geritten kam, einem feurigen, schwer zu bändigenden Reittier. Und jene Frau ritt dieses Pferd in einer Manier, die nur einem sehr guten und kräftigen Reiter gegeben ist, einem Reiter, der sein Tier mehr mit den Knien als durch Zaumzeug und Steigbügel beherrscht ... Aber noch etwas anderes ist mir aufgefallen. Ich sagte Euch ja, daß ich die Frau auf Befehl des Herzogs in die Küche geführt habe, wo sie bei einem ordentlichen Bissen auf das Ende des Festmahls warten sollte. Und da in der Küche eine große Zahl von Getränken aufgereiht waren, bat sie mich, ihr einen starken, trockenen Weißwein einzuschenken. Ich bediente sie mit einem herzhaften kalabresischen Wein, der anscheinend ganz nach ihrem Geschmack war.«

»Wie war ihre Stimme?«

»Leider sprach sie mit der Maske über dem Gesicht, und dadurch wurden die Worte und der Klang ihrer Stimme verfälscht. Mein Verdacht wurde aber noch durch ein weiteres Element genährt. Zum Trinken zog die schwarze Unbekannte ihre Handschuhe aus. Mir fiel sofort auf, daß ihre linke Hand eine lange Narbe aufwies, die zweifellos von einer Schnittwunde herrührte, wie man sie nur im Nahkampf mit Klingen davonträgt. Außerdem fehlten an der Hand sowohl der Ringfinger als auch der kleine Finger. Als dann das Festmahl beendet war, führte ich die Kupplerin erneut zum Herzog in den großen Saal, wo die beiden sofort einige Worte wechselten.«

»Konntet Ihr verstehen, was sie sagten?«

»Die maskierte Person sprach mit leiser, kaum vernehmlicher Stimme. Aber die Antwort des Herzogs habe ich deutlich verstanden. Und daher kann ich Euch versichern, daß ihr kurzes Gespräch eines Freudenhauses würdig gewesen wäre und daß die Botschaft der Kupplerin zu den schamlosesten und vulgärsten zählte, die man sich vorstellen kann. Denn nachdem der Herzog zunächst in heftiges Gelächter ausgebrochen war, antwortete er:

›Sie soll sich nur noch einen Moment gedulden. Gleich bin ich da, um ihr Höllenfeuer zu löschen. Und dann werde ich sie die ganze Nacht zureiten, wie ein Hengst eine läufige Stute ... Am Schluß wird sie es sein, die mich anflehen wird aufzuhören.‹«

»Habt Ihr sonst noch etwas aufgeschnappt, Maestro?« fragte ich, als ich sah, daß Don Pedro Anstalten machte zu gehen.

»Nein, mein Herr. Das ist alles. Danach haben alle den Festsaal und das Haus verlassen.«

Ich händigte ihm die versprochenen fünf Dukaten aus. Don Pedro ließ sie in Windeseile in seiner großen Jackentasche verschwinden und bewegte sich dann wankenden Schritts in Richtung Tür. Die zahlreichen Karaffen Wein waren nicht spurlos an ihm vorübergegangen. Er hatte fast die Tür erreicht, als ich ihm nachlief und ihn am Arm packte. Don Pedro schaute mich überrascht und leicht ungehalten an.

»Laßt mich los«, murmelte er sich krümmend, »sonst platzt meine Blase wie ein morsches Faß voll neuen Weins.«

»Eine letzte Frage noch«, erwiderte ich entschieden. »Ihr habt mir soeben erzählt, daß die schwarz gekleidete Person an jenem Abend auf einem Fuchs angeritten kam. Das stimmt doch?«

»Ja, das stimmt! Und ich habe Euch auch gesagt, daß diese Person das Pferd kraftvoll und wie ein sehr guter Reiter beherrschte.«

»Gut, dann müßt Ihr mir nur eine Sache erklären: Wenn die Kupplerin zusammen mit dem Herzog auf einem Maultier davongeritten ist, wo ist dann das Pferd geblieben, mit dem sie gekommen ist?«

»Ich glaube, das steht noch in unseren Stallungen. An jenem Abend habe ich Stefanello, einen unserer Stallburschen, angewiesen, sich um das Tier zu kümmern. Und nun laßt mich endlich gehen, in Gottes Namen ...«

Wir durchquerten den Weingarten, um zu den Stallungen zu gelangen, die man, wie gewöhnlich, so weit wie möglich vom Wohnbereich entfernt errichtet hatte.

Sie waren außerordentlich gut in Stand und sorgfältig ausgemistet. Die Futterkrippen waren voll mit frischem Hafer und auch die Raufen waren gut gefüllt. Unter den wachsamen Augen des Stallmeisters versorgten die Stallburschen die Pferde, so gut es in ihren Kräften stand.

Wir sagten, daß wir von Don Pedro kämen und daß wir mit Stefanello sprechen müßten. Sofort ließ man ihn rufen. Der Junge schien nicht auf den Kopf gefallen. Wir fragten ihn, ob er sich an das Pferd der schwarz gekleideten Frau erinnere, das man ihm vor einigen Tagen anvertraut hatte.

»Ja, sehr gut sogar«, antwortete Stefanello. »Wie könnte es auch anders sein. Solch ein schönes Tier hatte ich in meinem Leben noch nicht gesehen.«

»Es war ein Fuchs mit weißen Flecken über den Hufen«, schaltete sich der Stallmeister ein. »Das Pferd muß ein Vermögen gekostet haben, mindestens zweihundert Dukaten. Ich erinnere mich noch, wie ich gedacht habe, ›diese verderbten Kupplerinnen müssen ja sehr gut verdienen, wenn sie sich solche Tiere leisten können‹.«

»Und was habt ihr mit dem Tier gemacht, nachdem ihr es in den Stall geführt hattet? Habt ihr es gestriegelt?«

»Ja, natürlich«, antwortete der Stallmeister. »Aber vorher habe ich Stefanello noch angewiesen, es mit einem Wolltuch abzutrocknen. Es war schweißnaß und hatte Schaum am Hals …«

»Zweifellos hatte es einen langen Ritt hinter sich«, bestätigte der Stallbursche.

»Glaubst du, daß es von außerhalb der Stadt kam?« fragte ich ihn.

»Das kann ich nicht mit Gewißheit sagen«, antwortete Stefanello. »Es wird aber bestimmt, bevor es zu uns kam, dreißig Meilen im Galopp zurückgelegt haben.«

»Und wo ist das Pferd jetzt?«

»Keine Ahnung, es ist verschwunden«, antwortete der Stallmeister. »Als ich am anderen Morgen meinen täglichen Rundgang machte, war der Fuchs nicht mehr da.«

»Ihr meint also, die Reiterin, die es hierher geritten hatte, hat es in der Nacht wieder abgeholt?«

»Vielleicht. Oder sie hat einen Reitknecht damit beauftragt«, antwortete Stefanello. »In jener Nacht hatte ich Stallwache, aber ich habe geschlafen und deswegen kann ich nicht sagen, was genau passiert ist. Aber wer es auch fortgeführt haben mag, er muß sehr leise und behutsam zu Werke gegangen sein. Vielleicht fürchtete er, entdeckt zu werden. Jedenfalls hat er das Pferd aus dem Stall geführt, ohne daß jemand auch nur das Geringste davon gemerkt hat.«

»Ich habe alle im Stall Beschäftigten befragt«, fügte der Stallmeister hinzu, »keiner weiß etwas. Allerdings sind wir auch nur für unsere eigenen Pferde verantwortlich, und nicht für die von Fremden.«

»Aber es war doch ein außerordentlich wertvolles Pferd. Ist euch da nicht der Verdacht gekommen, daß es sich um einen Diebstahl handeln könnte?«

»Das Pferd war ziemlich wild. Es wäre wahrscheinlich keiner Person gefolgt, die es nicht kannte«, sagte Stefanello. »Nein, nein, das war kein Dieb. Seine Besitzerin hat es wieder abgeholt.«

Wir verließen die Stallungen und kehrten zum Haus zurück. Durch die kunstvoll bemalte Loggia erreichten wir wieder den Speisesaal. Es war sehr heiß, und Niccolino schlug daher vor, noch etwas zu bleiben und Filippa zu bitten, uns noch einen letzten Krug kühlen Weißweins zu bringen, bevor wir uns wieder zu den glühenden Straßen Roms aufmachen wollten. Ich war sofort einverstanden. Schon kurz darauf kam das Mädchen aus dem Keller zurück, und während sie uns zwei große Zinnbecher füllte, sagte sie an mich gewandt: »Werter Herr, bei allem Respekt, den ich Don Pedro schulde, der mich aus meiner Stellung als Putzmädchen befreit und hier im Haus zur Tischdienerin gemacht hat, muß ich Euch sagen: Er hat Euch nicht die Wahrheit erzählt.«

Überrascht hielt ich im Trinken inne, und auch Niccolino starrte das Mädchen neugierig an.

»Willst du damit vielleicht sagen, daß Don Pedro uns angelogen hat?« fragte ich.

»Nein, natürlich nicht«, entgegnete sie sofort. »Das habe ich nicht gesagt. Don Pedro weiß ja nicht, was an jenem Abend im Festsaal passiert ist. Er kann es gar nicht wissen, weil er die meiste Zeit bei den lärmenden Knappen und Waffenknechten hier im Speisesaal verbracht hat. Ich hingegen durfte den Wein beim Bankett servieren, und so habe ich alles mitangehört, was die Gäste miteinander geredet haben. Und ich kann Euch sagen, der Abend stand keineswegs im Zeichen der Freundschaft und der Bruderliebe. Die beiden Brüder, der Kardinal und der Herzog, haben sich beharkt wie zwei Hähne im Hühnerstall, und mehrere Male sind sie sogar aufgesprungen und haben die Hände an die Waffen gelegt. Wären Madonna Vannozza und die edle Sancia nicht zugegen gewesen, hätten sie sich wahrscheinlich ohne Erbarmen gegenseitig abgeschlachtet.«

Das war wirklich eine unerwartete Neuigkeit. Ich nahm zwei goldene Dukaten aus meinem Geldbeutel und zeigte sie Filippa. Das Mädchen mißdeutete meine Geste und entledigte sich sogleich mit einer Handbewegung ihres Korsetts und ließ ihr Hemd über die Schultern rutschen, so daß sie mit nacktem Oberkörper vor uns stand. Ihre Brüste waren so weiß und zart wie frischer Käse. Dann machte sie Anstalten, auch noch den Rock abzulegen.

»Filippa, zieh dich sofort wieder an«, befahl ich ihr. »Die zwei Dukaten bekommst du, wenn du mir genau erzählst, was sich der Herzog und der Kardinal an jenem Abend beim Festmahl zu sagen hatten. Und warum sie sich, vor den Augen ihrer eigenen Mutter, ans Leder wollten.«

Das Mädchen begann sich wieder anzuziehen, wobei es uns verwundert ansah. Aus dem lüsternen Blick, mit dem sie Niccolino bedachte, konnte ich schließen, daß sie sich die zwei Dukaten lieber auf die andere Art verdient hätte. Als sie wieder vollständig bekleidet war, bat ich sie, sich zu setzen, und schenkte ihr einen Becher von dem Wein ein, den sie uns gerade gebracht hatte. Aus eigener Erfahrung weiß ich, daß ein guter Wein, in Maßen genossen, die Zunge löst und dem Gedächtnis auf die Sprünge hilft.

»Kardinal Valenza schien an jenem Abend außer sich vor Zorn«, begann Filippa zu erzählen. »Von Anfang an konnte er es nicht lassen, seinen Bruder wüst zu beschimpfen und ihm die schlimmsten Beleidigungen, die man sich denken kann, an den Kopf zu werfen. Und obwohl Madonna Vannozza ihn ein ums andere Mal anflehte, sich nicht wie Kain zu Abel zu verhalten, benahm sich der Kardinal weiter so, als säße ihm nicht sein Bruder, sondern sein ärgster Todfeind gegenüber.«

»Und was haben die Brüder genau zueinander gesagt?« fragte ich, während ich die Münzen in meiner Hand tanzen ließ.

»Cesare Borgia meinte, es sei eine verrückte Idee, seinem Bruder das Fürstentum Benevento anzuvertrauen. Der Papst müsse umnachtet gewesen sein, als er diese Entscheidung traf. Weiter sagte er, es sei sehr unklug, das Schicksal der Familie Borgia in die Hände eines so unfähigen und feigen Jünglings zu legen, und daß damit künftiges Unheil für die Familie heraufbeschworen werde. Das Gesicht des Herzogs von Gandìa wurde daraufhin rot vor Zorn. Er ereiferte sich wie ein Bulle, der zur Besteigung geführt wird, und antwortete auf die Beleidigungen seines Bruders mit unflätigen Worten. Der Kardinal schien sich daraufhin zunächst einmal zu beruhigen, aber wenig später begann er, den Herzog erneut zu verhöhnen. Er riet ihm, sich in Mailand oder Venedig einen unerschrockenen und fähigen Condottiere zu suchen, der ihm sein Heer führen könne. Nur so bestehe die, wenn auch geringe Hoffnung, daß er selbst das Kriegshandwerk erlerne. Zutiefst beleidigt antwortete Juan Borgia: ›Gott bestrafe dich mit einer langen Krankheit, du neidischer, dummer Bauernlümmel. Unser Vater weiß sehr gut, was er tut. Und keine seiner Entscheidungen erscheint mir überlegter als die, mir das Fürstentum Benevento und Terracina zu übertragen. Ja, ich werde der Fürst in meinem eigenen Fürstentum sein‹, sagte der Herzog, ›und ich werde meine Gemahlin aus Spanien kommen lassen, und dann widme ich mich ganz der Kunst der Kriegsführung und werde ein gefürchteter und unbesiegbarer Condottiere. Du aber wirst dein ganzes Leben nichts weiter als ein armer Pfaffe sein.‹

Der Kardinal schien jedoch an jenem Abend von einem infernalischen Haß beseelt. Und sobald sein Bruder geendet hatte, fragte er ihn voller Hohn, ob er schon vergessen habe, was in Soriano nel Cimino passiert war.«

Jedermann in Rom wußte von diesem Erlebnis des Herzogs. Er war damals in der Schlacht an der Lippe verletzt worden und hatte sich beim Anblick seines Blutes so erschrocken, daß er Hals über Kopf in das kleine Dorf Ronciglione geflohen war und die Männer unter seinem Kommando der Niederlage und dem Tod überantwortet hatte.

»Angesichts dieser Vorwürfe«, fuhr Filippa fort, nachdem sie sich die Kehle mit einem kräftigen Schluck Wein angefeuchtet hatte, »sprang Juan Borgia auf, legte die Hand an den Degen und fletschte die Zähne wie ein ausgehungerter Wolf vor einer Schafherde. Allein das energische Eingreifen von Madonna Vannozza und der edlen Sancia d'Aragona verhinderte, daß die Brüder übereinander herfielen. Etwas später war es dann der Herzog, der den Kardinal zu provozieren suchte, indem er mit einer Frauengeschichte anfing.«

»Und was hat der Herzog gesagt?« fragte ich, »von welcher Frau hat er gesprochen?«

»Er sagte, auf dem Schlachtfeld sei ihm das Schicksal nicht wohlgesonnen gewesen, auf dem Feld der Liebe aber habe er einen glorreichen Sieg davongetragen. Er habe die üppig gebaute, schwarzhaarige Dame erobert, die stets von Männern aus den höchsten Kreisen Roms begehrt und belagert werde.«

»Haben sie tatsächlich von einer schwarzhaarigen Dame gesprochen?« fragte ich verwundert, nicht zuletzt, weil ich zu wissen glaubte, daß die betreffende Dame bei dem Mahl anwesend war. »Hast du verstehen können, auf welche Dame sie anspielten?«

»Der Herzog und der Kardinal haben es sorgfältig vermieden, ihren Namen zu erwähnen. Ich hatte den Eindruck, daß sie beide sehr auf die Ehre der Dame hielten. Und sicher hätte sich ihr heftiges Wortgefecht noch stundenlang hingezogen, wenn nicht Sancia d'Aragona irgendwann eingegriffen und ihre Schwäger zum Schweigen gebracht hätte. ›Warum ereifert ihr euch in einem fort über die Abenteuer der schwarzhaarigen Dame‹, fragte sie. ›Und warum sprecht ihr nicht über das ruchlose Treiben der blonden Dame? Vielleicht weil in ihren Adern das gleiche Blut wie in euren fließt?‹«

»Und was geschah dann?«

»Die Brüder hörten auf, sich mit Hohn und Spott zu übergießen. Die Wogen glätteten sich, und die ganze Familie schien zu Frieden und Eintracht zurückgefunden zu haben, bis dann ein Streit zwischen Sancia d'Aragona und Fürst Jofré entbrannte.«

»Ein Streit zwischen Sancia und ihrem Gatten? Davon höre ich zum ersten Mal. Worüber haben sie gestritten?«

»Es war eigentlich kein Streit. Eher ein erregtes Gespräch. Soweit ich verstanden habe, hatte Jofré eine Reise vor, und es bekümmerte ihn, seine Frau allein in Rom zurückzulassen. So überlegte er hin und her, ob er Sancia mit auf die Reise nehmen sollte. ›Zuviele Gefahren und Entbehrungen bringt die Fahrt mit sich‹, sagte er. ›Und doch erscheint es mir hassenswert, dich meiner Gesellschaft zu berauben ... Von Euch fortzugehen kommt einer Trennung von meinem eigenen Leben gleich.‹«

»Vielleicht war ja Sancia ganz froh darüber, daß ihr Mann Rom verlassen wollte«, warf ich ein.

»O nein, ganz im Gegenteil. Sancia flehte ihn an: ›O geliebter Gatte, welch törichte Gedanken trüben dein Herz? Ich will mit Euch kommen, wo immer Ihr auch hingeht. Ich bin bereit, nackt durchs Feuer zu gehen, nur um bei Euch zu sein. Und sollte die Reise auch Gefahren und Entbehrungen mit sich bringen, ich will sie mit Euch zusammen meistern. Doch solltet Ihr mich allein in Rom zurücklassen, müßte ich an Eurer Liebe zweifeln.‹«

»Und wo sollte die Reise hingehen?«

»Er sprach so, als müsse er ins Heilige Land ziehen. Tatsächlich lag aber das Ziel erheblich näher: Città di Castello in Umbrien.«

»Città di Castello?« wiederholte ich ungläubig. »Er machte soviel Aufhebens wegen einer Reise von noch nicht einmal hundert Meilen?«

»Es tut mir leid, mehr kann ich Euch auch nicht sagen.«

Ich reichte ihr die versprochenen zwei Dukaten. Doch bevor wir uns verabschiedeten, fragte ich sie noch: »Ist dir an jenem Abend auch diese seltsame, ganz in Schwarz gekleidete Person aufgefallen?«

»Ja, sicher, die habe ich gesehen. Sie war tatsächlich ungewöhnlich.«

»Schien sie dir von nahem eher eine Frau oder ein Mann zu sein?«

»Anders gefragt«, schaltete sich Niccolino ein. »Hat diese Person vielleicht versucht, dir das Hinterteil zu tätscheln?«

»Nein. Sie trug Handschuhe und hat sich mir gegenüber auch keine Freiheiten herausgenommen. Aber jetzt, da Ihr mich fragt, fällt mir ein, daß sie ab und zu eine auffällige Geste machte: Sie legte eine Hand zwischen die Schenkel, genauer auf den Hosenlatz, und kratzte sich wie wild.«

»Und was willst du damit sagen?« fragte ich.

»Daß es sich um eine vulgäre Handbewegung handelte, wie nur Männer sie machen, Frauen nie«, antwortete das Mädchen.

»Aber sie hatte immerhin einen langen Ritt hinter sich«, gab ich zu bedenken.

»Eine Frau würde niemals solch eine obszöne Geste machen – die Gebärde eines Reitknechts oder eines Soldaten«, schloß sie mit verächtlicher Miene.

VI

Am Tag darauf entschloß ich mich beim Aufstehen, endlich das zu tun, was mir der Kardinal schon geraten hatte, als er mir den Auftrag gab: Ich wollte den Beschäftigten der päpstlichen Kanzlei einen Besuch abstatten, unter denen ich viele Freunde hatte –

alle genauso geschwätzig wie ich selbst. Über sie würde ich den neuesten Klatsch und Tratsch aus Rom erfahren, darüber hinaus aber auch sicherlich einige wertvolle Auskünfte erhalten. Wie schon der Geschichtsschreiber Tacitus zu seiner Zeit wußte, ist Rom eine Stadt, in der nichts lang geheim bleibt. Es kam also darauf an, hinsichtlich der Informationen die Spreu vom Weizen zu trennen.

Ich stieg die Treppen zur Palastküche hinab, wo ich es mir an einem Tisch bequem machte und mich mit etwas Konfitüre und einem Krug griechischen Weins stärkte. Niccolino war schon länger in der Küche und hatte bereits ein halbes gebratenes Zicklein, eine Gekrösesuppe und einen ganzen Laib Brot verspeist und dazu ein Fäßchen korsischen Wein getrunken. Gemeinsam erhoben wir uns vom Frühstückstisch, um uns an die Arbeit zu machen. Wir waren gerade dabei, die Vorhalle zu durchqueren, als uns eine Stimme von oben, von der großen Treppe her, anrief. Es war Ajello, der Privatsekretär des Kardinals, ein Mann, der sich – wie bereits erwähnt – damit brüstete, alles immer als erster zu wissen, und der überzeugt war, daß diese Eigenschaft einen guten Sekretär ausmache.

»Heh, ihr beiden, bleibt stehen«, rief er jetzt. »Ich habe soeben etwas erfahren, das der Arbeit, die man Euch anvertraut hat, eine entscheidende Wende geben wird.«

»Worum handelt es sich?« fragte ich, während er die Treppen zu uns herunterkam.

»Die Sbirren haben diejenigen ausfindig gemacht, die den Tod des Herzogs von Gandìa zu verantworten haben. Man hat herausgefunden, daß sich der Herzog eine Geliebte aus vornehmstem Hause hielt, deren Reize er in aller Heimlichkeit genoß.«

Das war sicher keine Neuigkeit für uns. Trotzdem wunderte ich mich, daß die Männer des Bargello, die gewöhnlich immer alles als letzte erfuhren, so schnell von der Geliebten des Herzogs Kenntnis erhalten hatten.

»Hat man dir auch gesagt, um wen es sich bei dem edlen Fräulein handelt?« fragte ich leicht skeptisch.

»Ja, natürlich«, antwortete Ajello stolz. »Es handelt sich um eine junge Gräfin, eine gewisse Barbara. Die Tochter des Grafen von Mirandola, eines Edelmanns aus Ferrara, der nach Rom gekommen ist, um sein Glück zu machen. Und es scheint so, als habe er sein Glück – wie es häufig in Rom geschieht – durch die Pflaume seines sechzehnjährigen Töchterchens gefunden. Sie hat den Herzog verführt und sich ihr frisches Fleisch gut bezahlen lassen. So bekam ihr Vater zwei sehr begehrte und einträgliche Ämter übertragen: Er wurde oberster *Elemosiniere* und Richter der *Sacra Romana Rota*. Und genau dies hat den Verdacht des Bargello erregt. Jemand hat ihm wohl zugetragen, daß der Graf von Mirandola in letzter Zeit Ämter und Pfründe in einem Maß anhäufen konnte, als sei er ein Günstling vom spanischen König persönlich.«

»Und welche Maßnahmen gedenkt der Bargello nach dieser Entdeckung zu ergreifen?«

»Sie werden natürlich ihre Pflicht tun. Der Bargello hat ein paar seiner weniger rohen Männer zum Haus des Grafen geschickt, um ihn und seine Tochter festnehmen zu lassen. Man wird sie ins berüchtigte Gefängnis Torre di Nona bringen und sie dort nach allen Regeln der Kunst verhören.«

»Mit ihren Verhörmethoden werden sie nicht lange brauchen, bis sie die Täter überführt haben«, stellte ich fest.

»Da könnt Ihr recht haben, mein überheblicher Freund«, antwortete Ajello. »Der Bargello und sogar der Gouverneur von Rom haben sich sofort zum Torre di Nona begeben. Denn sie sind überzeugt, den Mann gefaßt zu haben, der – um die verlorene Ehre seiner Tochter zu rächen – den Mord am Herzog von Gandìa in Auftrag gegeben hat. Und damit, denke ich, könnt Ihr Eure Arbeit als erledigt betrachten.«

»Kardinal Valenza, der zweifellos ein weiser Mann ist, hat uns von Anfang an vorhergesagt, daß die Männer des Bargello nicht nur einen, sondern mindestens zehn Täter ausfindig machen würden – besonders dann, wenn sie fleißig von der Folter Gebrauch machen.«

»Ja und? Was heißt das schon? Ein Täter ist immer noch besser als gar keiner. So läßt sich wenigstens der Schmerz des armen Vaters mildern.«

»Jeder, der in die Verliese von Torre di Nona gebracht wird, und sei es Jesus Christus persönlich, verläßt es als geständiger Täter. Ich möchte nicht in der Haut des Grafen von Mirandola stecken und noch viel weniger in der seiner Tochter. Sie soll ja ein sehr schönes Mädchen sein.«

»Willst du damit sagen, daß du die neuesten Entwicklungen in diesem Fall außer acht lassen willst?«

»Wir folgen anderen Spuren. Und deshalb, Ajello, geh mit Gott und laß uns endlich in Ruhe arbeiten.«

Irritiert durch meine wenig freundliche Verabschiedung, drehte sich der Sekretär, der an die Unterwürfigkeit aller für den Kardinal Tätigen gewöhnt war, beleidigt um und stieg die Treppe wieder hinauf.

Niccolino schien sehr besorgt. »Maestro«, sagte er, »es kommt noch so weit, daß die Männer des Bargello, trotz all unserer mühevollen Kleinarbeit, vor uns am Ziel sind.«

»Ajello ist doch ein dummer Wichtigtuer ... Oder glaubst du vielleicht auch, daß der Graf von Mirandola unser Mann ist?«

»Nein, natürlich nicht ... Er hat sich doch die Feige seiner Tochter mit Ämtern und Pfründen bezahlen lassen. Und kein Bauer schlachtet eine Kuh, die ihm täglich dreißig Bottiche Milch bringt.«

»Du bist wirklich ein gelehriger Schüler, Niccolino.«

»Vielen Dank, Maestro ... Aber was gedenkt Ihr jetzt zu tun?«

»Ich werde mich zur apostolischen Kanzlei aufmachen, um von meinen Freunden dort die neuesten Gerüchte und üblen Nachreden zu erfahren, die in Rom in Umlauf sind.«

»Aber wir sollten trotzdem den Graf von Mirandola und seine Tochter Barbara nicht ganz außer acht lassen. Auch wenn sie als Täter nicht in Betracht kommen, könnten sie uns auf die Spur der maskierten Kupplerin bringen – oder des Kupplers, wenn Don Pedro recht haben sollte.«

»Also gut, trennen wir uns also heute morgen. Ich höre mich in der Kanzlei um, und du gehst zum Palazzo Mirandola und versuchst, etwas bei der Dienerschaft herauszubekommen.«

»Und dann gehe ich noch beim Torre di Nona vorbei und quetsche die Sbirren aus, die die beiden verhaftet haben … Ich will ja nicht prahlen, aber mit einigen von ihnen bin ich ganz gut befreundet.«

»Ich bezweifle, daß man den Grafen zum Torre di Nona gebracht hat. Immerhin ist er ein Adliger und mit einer der einflußreichsten Familien Roms verschwägert. Aber wie dem auch sei, ich bin jedenfalls froh, daß du mit den Sbirren im Kerker reden willst. Denn diesen Menschenschlag verabscheue ich aus tiefstem Herzen.«

Der Palazzo Cesarini, Sitz der Apostolischen Kanzlei, ist das Herzstück der Welt der Schreibstuben und öffentlichen Angelegenheiten Roms. Das große Gebäude ist bevölkert von einer ganzen Heerschar von Kurialen, Notaren, Rechtsgelehrten und einfachen Schreibern, denn von hier gehen alle Episteln des päpstlichen Hofs in die Welt, alle Schreiben und Botschaften an die christlichen – und manchmal auch unchristlichen – Herrscher und Mächtigen der ganzen Erde. Hier werden die Briefe aufgesetzt, die an Fürsten, Äbte, Bischöfe, Erzbischöfe und Metropoliten gerichtet sind, an alle, gleich welchen Ranges, die irgendeine Vergünstigung oder ein Privileg von seiten der Kirche genießen.

Um die Eintönigkeit der täglichen Arbeit in der Kanzlei zu bekämpfen, tauschen die Kurialen mit Eifer alle Neuigkeiten aus, die sich auf den Straßen und Plätzen der Stadt, in den Palästen und an den Kardinalshöfen zutragen.

Aber ich wollte nicht direkt zur Kanzlei, sondern eine der zahlreichen Tavernen aufsuchen, die den Palazzo Cesarini umgeben, ja richtiggehend umlagern. Hier suchen die Kurialen und Kanzleischreiber Zuflucht, so oft es ihnen möglich ist, und auch die Besten und Gewissenhaftesten unter ihnen haben es sich zur Gewohnheit gemacht, hier einen nicht geringen Teil ihrer Arbeitszeit zu verbringen. In diesen Tavernen ist es oft leichter, Neuigkeiten zu erfahren als in der Kanzlei selbst.

In vino veritas heißt es, und wer dem Wein zu sehr zuspricht, kann kein Geheimnis mehr für sich behalten.

In der ersten Taverne traf ich einen alten Freund namens Folchetto Cavicchia, Doktor der Rechte, ein eingebildeter Mensch, der sich von leeren Worten nährte wie andere von Brot und Fleisch.

Bei meinem Freund bestand die Anfangsschwierigkeit darin, seine Schwatzlust zu entfachen, denn zunächst schien er immer alles, was er wußte, für sich behalten zu wollen. Doch war er einmal ins Reden gekommen, so hätte man ihn schon erwürgen müssen, um ihn wieder zum Schweigen zu bringen.

»Also«, begann ich, nachdem ich sein Glas vollgegossen hatte, »ist es wahr, was man sich so über die Dame aus Pesaro, die edle Lucrezia Borgia, erzählt?«

Das ganze Jahr über erzählte man sich in Rom irgend etwas, meist etwas Schlechtes, über die Tochter des Papstes und ihren skandalösen Lebenswandel. Mir war in letzter Zeit nur zu Ohren gekommen, daß sie seit einigen Wochen zurückgezogen in einem Dominikanerinnen-Kloster lebte. Aber ich hatte das richtige Thema angesprochen, denn Cavicchia biß sofort an.

»Sicher«, antwortete er, während er sich mit der Hand über den Mund fuhr. »Ganz Rom weiß ja, daß Lucrezia Borgia auf Befehl des Papstes im Konvent von San Sisto praktisch unter Hausarrest steht. Aber den wahren Grund, warum man sie im Kloster hat verschwinden lassen, kennt keiner.«

»Wohl wahr«, bestätigte ich, »in Rom sind die absurdesten Gerüchte in Umlauf.«

»Es gibt nur einen Grund, warum man sie so streng behandelt: Ihr Vater und ihr Bruder Cesare haben herausgefunden, daß ihre Monatsblutung ausgeblieben ist, mit anderen Worten: Sie ist schwanger. Deswegen hat man sie aus dem Verkehr gezogen, damit die Schande nicht ruchbar wird.«

»Und warum soll das eine Schande sein?« warf ich ein. »Ist

Lucrezia Borgia etwa nicht vermählt, mit Giovanni Sforza, dem Herrn von Pesaro?«

»Ja, natürlich. Aber die Leute wissen eben nicht – und nur ich weiß es – wer die Papsttochter geschwängert hat«, sagte Cavicchia, wobei er sich verstohlen umschaute, um sich zu vergewissern, daß die lärmenden Betrunkenen an den Nebentischen nicht mithörten.

»Also gut, nur du weißt den Namen«, ermunterte ich ihn, »alle anderen in Rom haben keine Ahnung ...«

»Nun gut, ich werde dir alles genau erzählen, aber vorher mußt du mir schwören, daß du keiner Menschenseele etwas davon verrätst, noch nicht einmal deinem Beichtvater.«

»Cavicchia«, gab ich in feierlichem Ton zurück, »du weißt doch, wieviel mir an unserer Freundschaft liegt. Eher würde ich mir die Zunge abbeißen, als Dinge auszuposaunen, die du als Geheimnis gewahrt wissen möchtest.«

»Du wirst davon gehört haben, daß der Papst seit Jahren schon die Sforza aus Mailand als seine Feinde betrachtet. Und nach dem Italienfeldzug des französischen Königs, Karls VIII., hat er wieder verstärkt die Freundschaft und den Schutz des Hauses Aragon in Neapel gesucht. Es ist jetzt schon ganz schön lange her, daß der Heilige Vater einem Mitglied des Hauses Sforza, das heißt einem aus der jüngeren Linie aus Pesaro, sein liebes Töchterchen zur Frau gegeben hat. Heute bereut er diese Entscheidung und will hingegen die Verbindung zum neapolitanischen Königshaus enger knüpfen. Deswegen hat er ja auch seinen Jüngsten mit Sancia d'Aragona verheiratet. Und um dieses Band zwischen seiner Familie und den Herrschern in Neapel noch haltbarer zu machen, würde er Lucrezia am liebsten mit einem Aragonesen-Prinzen verheiraten. In der apostolischen Kanzlei werden schon der Fürst von Otranto und der Herzog von Bisceglie als mögliche Kandidaten gehandelt.«

Was mein Freund mir da erzählte, hörte sich sehr interessant an. Aber nicht alles in seiner Theorie paßte zusammen. Daher fragte ich: »Wie soll Lucrezia Borgia einen Aragonesen-Prinzen heiraten können, wenn ihr jetziger Gatte noch lebt? Meinst du vielleicht, der Papst wolle Giovanni Sforza gefangennehmen und umbringen lassen, um so aus der jungen Gattin Lucrezia Borgia eine junge Witwe zu machen?«

»Ich bin sicher, das hätte Alexander VI. schon getan, wenn sich die Gelegenheit dazu ergeben hätte«, erklärte Cavicchia geduldig. »Aber Giovanni Sforza muß etwas von dem Ziegel geahnt haben, der ihm da auf den Kopf zu fallen drohte, und so bestieg er eilig sein Pferd, gab ihm die Sporen und jagte davon, ohne anzuhalten, bis die Mauern der Stadt Pesaro in Sichtweite waren. Doch schon bald schien ihm auch seine eigene Stadt nicht mehr sicher genug, und so flüchtete er nach Mailand, um sich unter den Schutz seines Onkels und politischen Ziehvaters, Lodovico il Moro, zu stellen. Der Papst mußte einsehen, daß er des Sforza nicht mehr habhaft werden konnte. Und daher entschloß er sich, Giovanni Sforza, kraft der Schlüsselgewalt seines Amtes, der *impotentia coeundi* zu bezichtigen und seine Ehe mit Lucrezia für ungültig zu erklären. Mit anderen Worten, der Papst behauptet, daß die Ehe in den vier Jahren ihres Bestehens nie vollzogen wurde und daß seine Tochter noch Jungfrau sei. Jetzt verstehst du, warum Lucrezia, die von ihrem Mann schwanger ist, ins abgeschlossenste Kloster Roms geschickt wurde.«

»Ja, sicher, die Behauptung, Giovanni Sforza sei impotent, würde in sich zusammenbrechen, wenn ...«

»Und eben deswegen ist Lucrezia jetzt im Kloster, damit sie dort abtreiben oder auch heimlich gebären kann.«

Eine Zeitlang schwiegen wir beide, und während mein Freund sich sein Glas noch einmal vollgoß, nutzte ich die Pause, um meine Gedanken zu ordnen. Weit davon entfernt, wirklich klar zu sehen, sagte ich dann: »Was du mir da erzählst, Cavicchia, läßt Raum für zahlreiche Vermutungen. Denn wenn es stimmt, daß Giovanni Sforza von all dem wußte, könnte er es gewesen sein, der, aus Angst oder aus Wut, eine Bande käuflicher Mörder beauftragt hat, dem Herzog von Gandìa die Kehle durchzuschneiden ... Der Sforza wußte ja, daß er den Papst am schlimmsten treffen konnte, wenn er sich gegen dessen Lieblingssohn verging.«

»Ich weiß mit Sicherheit, daß Giovanni Sforza nicht der Täter und nicht der Auftraggeber ist«, entgegnete Cavicchia entschieden. »Der Tod des Herzogs hat mit einer Frauengeschichte zu tun.«

»Ja, natürlich«, stimmte ich zu. »Aber die Mörder könnten sich, aus welchem Motiv auch immer, einer Frau nur bedient haben, um an den Herzog heranzukommen. Alle Huren, auch die teuersten, sind von Natur aus verschlagen und tückisch ... Sag mal, Cavicchia, du weißt doch alles; hast du schon mal von Lucrezia Pisana gehört?«

Cavicchia sah mich einen Moment unsicher an, dann lachte er los.

»Wer hätte das nicht? Lucrezia Pisana ist doch stadtbekannt. Aber ich halte es für ausgeschlossen, daß dieses zarte Geschöpf in ein solch abscheuliches Verbrechen verwickelt ist.«

»Aber man erzählt sich doch, sie habe den Herzog sehr geliebt und sei lange Zeit seine engste Freundin gewesen, bis sie dann von einer anderen verdrängt wurde. Und kein wildes Tier ist grausamer und unbarmherziger als eine verliebte Frau, die erniedrigt und betrogen wird. Warum hältst du sie für unschuldig?«

»Weil ich weiß, daß eine andere Hure zuletzt eine wichtigere Rolle im Leben des Herzogs gespielt hat. Einigen meiner Bekannten gegenüber hat sie stolz erzählt, daß der Herzog ständiger Gast in ihrem Bette sei. Sie heißt Damiata, und ich halte es für sehr gut möglich, daß sie den Herzog zunächst verführt und sich in sein Vertrauen geschlichen hat, um ihn dann in eine Falle zu locken – natürlich nicht wie Judas für dreißig Silberlinge, sondern für dreißigtausend goldene Dukaten.«

»Damiata, hast du gesagt? Ich muß dir gestehen, den Namen höre ich zum erstenmal.«

»Wie man sieht, mein lieber Bonaccorsi, hattest du noch nie im Leben zwanzig Dukaten übrig, um sie mit einer Edelnutte durchzubringen!«

»Und wo wohnt diese Damiata – nur für den Fall, daß ich zu dem nötigen Kleingeld kommen sollte.«

»In einem schönen Haus im Rione Trevi, direkt am Fuße des Quirinals. Mehr kann ich dir leider nicht erzählen. Ich weiß nur, daß der Herzog in glühender Leidenschaft für sie entflammt war und daß diese Damiata stolz aller Welt verkündet hat: ›Den Herzog hab' ich an die Leine gelegt, und jetzt führ' ich ihn spazieren, wie und wohin ich will.‹«

Ich hatte den Eindruck, daß Cavicchia mir alles erzählt hatte, was er wußte. Wie bei ihm üblich, handelte es sich um einige Perlen in einem großen Misthaufen. Ich würde später sehen, welche seiner Informationen mir dienlich sein konnten. Die interessanteste erschien mir aber die von Damiata zu sein, die den Herzog an die Leine gelegt haben wollte.

Nach einem letzten Krug Wein verabschiedete ich mich von meinem Freund und verließ die stinkende, verräucherte Spelunke.

In einer anderen, nicht weit entfernt liegenden Taverne, traf ich Alfonso – auch ein teurer Freund von mir. Das Lokal war ein richtig nobler Ort, wenn man bei einem Ort, der auf dem Laster der Trunksucht gedeiht, überhaupt von nobel sprechen kann. Der Raum war geräumig, hell und gut in Stand, die Tische sauber, und die Kleider der Bedienungen stanken nicht nach Most und Speiseresten. Es war die Lieblingstaverne der Kurialen der apostolischen Kanzlei. Gegen Mittag und zu Ende des Arbeitstags waren sie hier zahlreicher zu finden als bei der Arbeit in den Schreibstuben.

Obwohl ein Mann der Feder, war Alfonso eine auffällige Persönlichkeit. Er war groß, schön, kräftig und gut gebaut und hatte insgesamt mehr von einem Soldaten als von einem Kurialen.

Während ich für meinen Freund Alfonso und mich einen exzellenten toskanischen Wein aus dem Era-Tal bestellte, bemerkte ich, daß sich in der Mitte des Raums eine vielköpfige Gruppe von Schreibern und Kurialen der apostolischen Kanzlei zusammengefunden hatte, die ich zum großen Teil vom Sehen kannte. Ohne Zurückhaltung und ohne jede Vorsicht diskutierten sie, wer den Herzog von Gandìa umgebracht oder seine Ermordung in Auftrag gegeben haben könnte.

Der Name, der in der hitzigen Diskussion zwischen den Kurialen am häufigsten fiel, war der der Familie Orsini.

»Hör nicht auf diese Dummköpfe«, sagte Alfonso mit einem amüsierten Lächeln zu mir. »Das sind alles Leute, die nicht weiter als bis zu ihrer eigenen Nasenspitze denken können.«

»Schon möglich. Aber trotzdem hört sich das, was sie da sagen, gar nicht so unbesonnen an«, gab ich zu bedenken. »Oder hältst du es für unmöglich, daß die Orsini hinter der Tat stecken?«

»Mein lieber Bonaccorsi, wenn du unbedingt wissen willst, wer den Herzog von Gandìa hat umbringen lassen, kann ich dir weiterhelfen.«

»Ach, in diesen Tagen weiß doch jeder in Rom, wer der Täter ist, und alle würden einen Eid auf ihre Meinung schwören. Doch jeder nennt einen anderen Namen. Und deswegen sind ja auch die Sbirren in solcher Verlegenheit. Man weiß schon nicht mehr, wen man noch alles verhaften soll.«

Alfonso rückte dicht an mich heran und sah mir lange tief in die Augen, so als wolle er mir im nächsten Augenblick sein größtes Geheimnis anvertrauen. Doch dann sagte er ganz unerwartet: »Mir ist zu Ohren gekommen, daß du aus dem Dienst bei Kardinal Carafa geschieden bist und jetzt für einen anderen Kardinal arbeitest. Stimmt das?«

»Ja, das ist wahr«, gab ich unumwunden zu. »Ich stehe jetzt in Diensten des Papstsohnes, aber nur *pro tempore*.«

»Bravo, eine weise Entscheidung. Jetzt, da der Herzog von Gandìa tot ist, wird in Kürze Kardinal Valenza der wahre Herrscher in Rom sein. Ihm konnte das Hinscheiden seines Bruders nicht gelegener kommen.«

»Willst du damit vielleicht andeuten, Cesare Borgia habe seinen Bruder Juan ermorden lassen? Womöglich um seinen Platz einzunehmen?«

»Mißverstehe mich nicht. Ich will ja nur sagen, daß Valenza nach allem, was geschehen ist, auf seinem Weg zum mächtigsten Mann Roms nicht mehr zu bremsen sein wird. Besonders dann, wenn sein Vater, der Papst, stirbt.«

»Aber doch nur, wenn ihn das Kardinalskollegium nach dem Tod Alexanders VI. zum Papst und Stellvertreter Christi auf Erden wählt. Und das halte ich für sehr unwahrscheinlich.«

»Bis jetzt haben noch nicht viele Kenntnis davon«, sagte Alfonso mit einem geheimnisvollen Lächeln. »Aber ich weiß es aus sicherer Quelle: Der Papst wird in Kürze das Amt des Oberhaupts der Kirche erblich machen. Und dabei kann er auf die Unterstützung Frankreichs, aber auch anderer christlicher Nationen zählen.«

»Soll das dein Ernst sein? Das wäre doch Wahnsinn, nicht nur vom politischen, sondern auch vom theologischen Standpunkt aus. Ein Papst, der seinen Söhnen seine Nachfolge sichert? Unmöglich.«

»Der Ehrgeiz Rodrigo Borgias kennt keine Grenzen. Im übrigen wäre das auch nur die Neuauflage einer Regelung, die schon bei den Juden zur Zeit des Reiches Juda in Kraft war. Aber wie dem auch sei, du hast jedenfalls den richtigen Zeitpunkt gewählt, um in die Dienste Kardinal Valenzas zu treten. Ich sage das auch, weil ich dir in nächster Zeit einen Besuch abstatten und dich bitten will, mir bei der Suche nach einer neuen Stelle behilflich zu sein. Einer Stelle, die meinen Fähigkeiten und meinem Wissen eher entspricht, und bei der ich mehr verdienen kann als den Hungerlohn, mit dem ich im Moment zufrieden sein muß.«

»Spielst du etwa mit dem Gedanken, Kardinal Ascanio Sforza zu verlassen?« fragte ich überrascht.

»Ich muß dir gestehen, daß mich die Gerüchte beunruhigen, die über ihn in Umlauf sind«, antwortete Alfonso. »Mich kann es nicht kalt lassen, wenn er als Hauptverdächtiger für die Ermordung des Herzogs genannt wird. Und wenn diese Unterstellungen nicht bald verstummen oder sich sogar als richtig erweisen, wird mein Kardinal aus Rom fliehen müssen, um nicht festgenommen und abgeurteilt zu werden.«

»Wenn du um deine Arbeit fürchtest, kann ich dich beruhigen. Niemand wird es wagen, seine Hand gegen einen Kardinal zu erheben, dessen Bruder der mächtigste Fürst Italiens ist, gegen einen Kirchenfürsten, der gute Aussichten hat, aus dem nächsten Konklave als neuer Papst hervorzugehen.«

»Aber ich bin sicher, wenn eines Tages der Sforza aus Mailand stürzen sollte, reißt er auch seinen Bruder Ascanio mit sich in die Tiefe.«

»Mein lieber Alfonso«, sagte ich achselzuckend, »auch das Reich des Augustus ist untergegangen! Deshalb soll uns um die Zukunft nicht bange sein. Laß uns lieber jeden Tag so genießen, als sei es der letzte, den uns der Herr zugesteht. Wie schon der weise Hraz sagte: *Spem curamque, timores inter et iras, omnem crede diem tibi diluxisse supremum* ... Wir gehen durchs Leben mit dem Tod an unserer Seite. Daher sollten wir jeden Tag, der uns zu leben gestattet ist, wie ein freundliches Geschenk annehmen.«

Als ich die Taverne verließ, war es schon fast Abend. Durch den Besuch bei meinen Freunden aus der Kanzlei war mir noch deutlicher geworden, wie schwer es sein würde, die Auftraggeber des Verbrechens ausfindig zu machen: Es gab zu viele Verdächtige, und alle waren sie zu mächtig. In seinem kurzen Leben hatte sich der Herzog von Gandìa, dieser impulsive und hemmungslose junge Mann, eine Menge Feinde gemacht, darunter in allererster Linie seine zwei Brüder und seinen Schwager. Es gab nur einen Weg, um die Wahrheit ans Licht zu bringen: Ich mußte zuerst die Personen finden, die das Verbrechen ausgeführt hatten, diejenigen also, die den Hinterhalt organisiert und den Herzog so erbarmungslos ermordet hatten. Nur über die Mörder selbst würde mein Weg dann auch zu den Hintermännern, den wahren Verantwortlichen der abscheulichen Tat, führen.

Im Palazzo des Kardinals wartete Niccolino schon ungeduldig

auf mich. Sogleich erzählte er mir, er habe zwar weder mit dem Graf von Mirandola noch mit seiner Tochter Barbara sprechen können, trotzdem aber wichtige Informationen gesammelt, die uns bei unseren Ermittlungen sehr dienlich sein würden. Er hätte es so eilig, mir alles zu berichten, daß ich sogar darauf verzichtete, mit den anderen zu Abend zu essen. Statt dessen ließen wir uns etwas Brot, ein Stück Käse und zwei Karaffen Wein geben, und zogen uns damit auf unsere Kammer im obersten Stockwerk zurück. Während ich aß, erzählte mir Niccolino, was er herausbekommen hatte.

»Ihr könnt Euch denken«, begann er, »warum ich nicht mit dem Grafen reden konnte: Als ich bei ihm ankam, hatte man ihn schon verhaftet. Gestern abend sind die Männer des Bargello in sein Haus eingedrungen, das nicht weit von der Salita del Grillo entfernt liegt, und haben ihn zum Torre di Nona gebracht, wo er die ganze Nacht über verhört wurde. Der Bargello und der Gouverneur von Rom haben das Verhör persönlich geleitet. Immerhin hatte der Graf, bevor die Sbirren ihn in ihre Klauen bekamen, noch seiner Tochter zur Flucht verhelfen können. Sie versteckt sich jetzt in einem der zahlreichen Klöster der Stadt. Nicht ohne Grund fürchtete der Graf, daß die Rohlinge im Gefängnis sie andernfalls gefoltert oder gar vergewaltigt hätten.«

Ich unterbrach ihn mit einer Handbewegung und fragte ihn: »Hast du denn wenigstens in Erfahrung bringen können, in welchem Kloster sie sich versteckt?«

»Wie sollte ich? Noch nicht einmal die Männer des Bargello haben das geschafft.«

»Warum hast du nicht mit ein paar der Dukaten, die Kardinal Valenza uns so großzügig zur Verfügung gestellt hat, der Dienerschaft des Grafen ein bißchen auf die Sprünge geholfen? So hättest du bestimmt herausbekommen können, wo die Gräfin Zuflucht gesucht hat.«

»Maestro, am Schluß habe ich der Kammerzofe der Gräfin sogar zehn Dukaten geboten, und zwanzig der übrigen Dienerschaft, aber ohne Erfolg. Ich glaube, sie wußten einfach nichts.

Das einzige, was sie mir sagen konnten, war, daß sie zusammen mit ihrer Amme ins nächstbeste Kloster geflohen ist. Vielleicht weiß der Graf ja selbst nicht – wie er auch dem Bargello gegenüber erklärt hat –, wo sich seine Tochter aufhält.«

»Hast du erfahren, was der Graf sonst noch im Verhör gesagt hat?«

»Ja, ich weiß praktisch alles«, erklärte Niccolino nicht ohne Stolz. »Nach meinem Besuch im Haus des Grafen bin ich sofort zum Gefängnis Torre di Nona. Und da habe ich eine Menge herausbekommen, denn unter den Gefängniswärtern sind einige gute Freunde und Saufkumpane von mir.«

»Na, da hast du ja schöne Freunde«, bemerkte ich spitz.

»Wie heißt es doch in dem Sprichwort: gut Freund mit den Heiligen in der Kirche und den Gaunern in der Taverne. Meine Freunde genießen vielleicht nicht den besten Ruf, aber manchmal sind sie äußerst nützlich. Stellt Euch vor, einer meiner besten Freunde, ein Kumpel, mit dem ich in Neapel Brot und Frauen geteilt habe, hatte Dienst in dem Raum, wo der Graf die ganze Nacht über bis zum späten Vormittag des nächsten Tages verhört wurde.«

»Und was hat der Graf bezüglich des Lebenswandels und Umgangs seiner Tochter ausgesagt?«

»Er hat alles abgestritten und behauptet, den Herzog von Gandìa niemals in seinem Hause empfangen zu haben. Nur bei offiziellen Anlässen im Vatikan und im Papstpalast will er ihn ein paar Mal getroffen haben.«

»Und wie hat er die vielen Ämter und Pfründe plausibel machen können, mit denen er in letzter Zeit überhäuft wurde?«

»Seine Erklärung war einfach, aber nicht unglaubhaft. Er meinte, diese Schenkungen habe er sich alle redlich verdient. Als tugendhafter Mann habe er sich große Verdienste erworben, und außerdem habe er auch viele Freunde im Vatikan und den höchsten Kreisen der Stadt. Da er aus Ferrara stammt, ist ihm Kardinal Ippolito d'Este besonders wohlgesonnen. Und es scheint auch sicher, daß seine Tochter mit den Vergünstigungen und Schenkungen nichts zu tun hat. Denn seitdem sie so attraktiv und wohlgestaltet ist, hat der Graf sie praktisch unter Verschluß gehalten, um unliebsamen Überraschungen vorzubeugen.«

»Wieso bist du dir so sicher, daß die junge Gräfin keine Liaison mit dem Herzog hatte? Sie wäre beileibe nicht das erste verschlagene junge Mädchen, das sich hinter dem Rücken eines einfältigen Papas mit Männern amüsiert. Und außerdem muß er doch schon irgendeinen Verdacht gehabt haben, wenn er sie wirklich so von der Außenwelt abgeschlossen hielt.«

»Da habt Ihr ganz recht. Seit einiger Zeit wurde der Graf von Ängsten und Befürchtungen gequält. Und hier beginnt der interessanteste Teil des Verhörs. Er hat nämlich zugegeben, daß man ihm von verschiedenen Seiten zugetragen hatte, seine Tochter gebe sich dem Herzog von Gandìa hin. Daraufhin hat er seine Tochter mehrmals einer Flut von Fragen ausgesetzt, auf die sie immer nur unter Tränen geantwortet hat, daß sie den Herzog noch nie gesehen habe. Deshalb glaubte der Graf zunächst auch, er habe es hier mit unbegründeten Gerüchten und vulgären Verleumdungen zu tun. Aber dann kam ihm zu Ohren, seine Tochter sei nicht nur die Geliebte des Herzogs, sondern sie befriedige ihn auch wie die erfahrenste und unersättlichste aller Huren. Das raubte dem Grafen vollends den Schlaf, und erneut stellte er sein Töchterchen zur Rede, um zu erfahren, ob an den Verleumdungen irgend etwas dran sei.«

»Und das Mädchen hat natürlich wiederum alles abgestritten. Was hätte sie auch sonst machen sollen?«

»Ja, Barbara leugnete alles, mit größter Hartnäckigkeit. Hinzu kommt, daß der Graf sie zu jenem Zeitpunkt schon seit einem Monat im Haus eingeschlossen hielt. Er verbot ihr sogar, sonntags zur Kirche zu gehen, und ließ einen Priester kommen, der in der Familienkapelle die Messe las.«

»Daß er sie so unter Verschluß hielt, bedeutet gar nichts. Noch jedem Mädchen, das es darauf angelegt hat, ist es gelungen, mit Hilfe einer gewitzten Amme oder einer fähigen Kupplerin den Vater an der Nase herumzuführen.«

»Der Graf hat dann aber – um ganz sicherzugehen, daß seine Tochter keine Nutte ist – nach langem Zögern zu einem sicheren Mittel gegriffen: Er hat nachprüfen lassen, wie es um die Jungfernschaft seiner Tochter steht. Dazu bestellte er eine alte Matrone, eine Hebamme und eine ehemalige Nutte, die jetzt als Nonne im Kloster Convertite di Maria lebt, zu sich nach Hause. Nach der Untersuchung erklärten die drei Frauen einstimmig, die kleine Gräfin sei so keusch und rein, daß sie auf der Stelle in ihren Orden eintreten könne.«

»Vielleicht wußte der Graf nicht, daß es genügend Substanzen gibt, mit denen sich eine verlorene Jungfernschaft wiederherstellen läßt. Sehr beliebt in Freudenhäusern, wenn eine Hure als reiner Engel ausgegeben werden soll.«

»Davon hatte der Vater aber auch schon gehört, und deshalb mußte die frühere Hure das Mädchen eingehend auf solche Substanzen hin untersuchen. Doch ihre Jungfernschaft erwies sich als echt und nicht künstlich herbeigeführt.«

»Wurde der Graf am Schluß denn wieder auf freien Fuß gesetzt?«

»Keineswegs. Er ist immer noch Gast im Torre di Nona. Der Bargello will, vor einer eventuellen Freilassung, die kleine Gräfin selbst untersuchen lassen. Eine Matrone und eine Hebamme seines Vertrauens sollen feststellen, ob das Mädchen tatsächlich noch Jungfrau ist. Das Problem ist nur, daß niemand weiß, wo die junge Gräfin steckt.«

»Frauenkonvente wird es in Rom nicht mehr als vielleicht hundert geben. Und wahrscheinlich hat sie eins der vornehmeren gewählt ...«

»Ja, aber es sieht so aus, als seien die Äbtissinnen wenig geneigt, die Namen der Mädchen zu verraten, die in ihren Klöstern Schutz suchen. Besonders dann, wenn ihnen die Sbirren auf den Fersen sind. Ja, Maestro, das ist eigentlich alles, was ich Euch erzählen kann. Aber wie sieht es bei Euch aus? Welche Neuigkeiten habt Ihr von den Kurialen erfahren können?«

»Die sind fast alle der Ansicht, daß es sich um ein politisch motiviertes Verbrechen handelt, mit dem in erster Linie der Papst getroffen werden sollte. Als Hintermänner werden die Namen genannt, die uns auch bekannt sind. Die einzige Neuigkeit ist der Name einer Frau ..., einer Hure, versteht sich.«

»Noch eine?«

»Es scheint so, als habe diese Hure sich damit gebrüstet, den Herzog des öfteren mit ihren Künsten verwöhnt zu haben ... Und mein Freund, der mir das erzählt hat, hält es für gut möglich, daß sie den Feinden des Herzogs dabei geholfen hat, ihn in die Falle zu locken. Dafür soll sie dreißigtausend Dukaten bekommen haben. Ein Vermögen!«

»Hat man Euch den Namen der Hure genannt?«

»Ja, ein seltsamer Name ... Damiata, glaube ich.«

»Meint Ihr die Damiata, die im Rione Trevi ihrem Gewerbe nachgeht, die Hure, von der man sich erzählt, daß sie nie ihr Haus verläßt?«

»Ich glaube, ja ... Morgen werden wir ihr mal einen Besuch abstatten.«

Der Tag brach an, als wir im Rione Trevi ankamen.

Niccolino riet mir, gut auf meinen Geldbeutel achtzugeben, denn, so meinte er, hier werde man bestohlen, ohne daß man es überhaupt merkte. Doch das Viertel war fast menschenleer. Als wir begannen, ein paar der wenigen Personen, die wir trafen, nach dem Haus eines Mädchens namens Damiata zu fragen, wollte niemand diesen Namen je gehört haben. Manche weigerten sich auch ganz einfach, uns zu antworten, und zogen schnurstracks, ein paar Flüche murmelnd, ihres Wegs.

»Warum behandeln die uns wie Aussätzige?« fragte ich Niccolino.

»Weil hier in der Gegend nur Schurken wohnen«, antwortete der Riese. »Wenn hier einer rumläuft und Fragen stellt, gilt er sofort als Sbirre oder Spitzel. Deshalb kriegt man hier eher ein Messer in den Bauch als eine Antwort ...«

»Und wie sollen wir dann das Haus finden?«

In jenem Moment kam ein vielleicht zwanzigjähriger Junge vorbei, ziemlich mager, mit einer Adlernase und Ärmchen wie Froschschenkel. Mit einer plötzlichen Bewegung packte ihn Niccolino an den Schultern, hob ihn mühelos hoch und drückte ihn fest gegen eine Hauswand. Der Jüngling wurde weiß im Gesicht wie ein Leintuch.

»Ich habe eine Zweihellermünze in der Tasche«, stotterte er ängstlich, »nehmt sie nur und laßt mich mit Gott gehen ...«

»Dein Geld interessiert uns nicht«, antwortete Niccolino, indem er ihn wieder auf den Boden stellte. »Wir wollen bloß eine Auskunft. Man hat uns gesagt, daß hier im Viertel eine sehr schöne Hure lebt. Damiata heißt sie. Kannst du uns sagen, wo sie wohnt?«

Der Jüngling starrte uns ungläubig an.

»Ihr sucht Damiata? Ja, warum habt ihr das nicht gleich gesagt?«

»Wo können wir sie finden?«

»Sie wohnt direkt am Ende dieser Straße hier, in einem eleganten kleinen Hause, mit Gemüsegarten und Brunnen ... ein gelbes Haus. Sie wohnt da mit einem gewissen Paco ..., einem rauflustigen Spanier, der für sie den Schutzengel spielt und ihr als Zuhälter und Ehemann dient.«

Niccolino ließ den verschreckten Jüngling gehen, der sich langsam und verwundert entfernte; dann, nachdem er einen gewissen Abstand gewonnen hatte, fing er an zu laufen wie ein aufgescheuchter Hase.

»Es war wohl falsch, ihn gehen zu lassen«, meinte Niccolino mißmutig. »Ich hätte ihn mitnehmen müssen, um sicherzugehen, daß er die Wahrheit sagt.«

Aber das gelbe Haus gab es tatsächlich; ein wenig entfernt konnten wir es schon am Ende der Straße ausmachen. Es erstreckte sich über zwei Stockwerke und hatte einen Gemüsegarten, der gepflegt und gut in Stand war. Als wir nur noch wenige Schritte vom Haus entfernt waren, wurde plötzlich eins der Fenster im oberen Stockwerk aufgerissen und eine sehr schöne Frau erschien, nur leicht bekleidet und mit offenem Haar, die aus vollem Halse zu schreien begann: »Hilfe, Hilfe, kommt schnell ... Hier sind Diebe, ... schnell, schnell ... Hilfe, Hilfe.«

In wenigen Sätzen erreichten wir die Tür; sie war weit aufgerissen. In der Vorhalle sahen wir die erste Leiche: eine ältere Frau, ganz in Schwarz gekleidet, mit grauen Haaren, die voller Blut waren. Auf der Brust, im Gesicht und an den Armen war sie von zahlreichen Degenhieben getroffen worden – und dann, zum Schluß, hatten ihr die Mörder den Rest gegeben und ohne Erbarmen den Bauch aufgeschlitzt. Das unglückliche Opfer lag in der Mitte des Raums in einer großen Lache aus Blut, das immer noch dampfte. Vor ihm, auf dem Boden, die Eingeweide und Gedärme in einem widerlichen Gemisch aus Scheiße und halbverdauter Nahrung.

Dieser fürchterliche Anblick ließ uns einen Moment wie gelähmt bei dem Opfer verweilen, doch dann machten wir uns schnell, mit den Degen in der Hand, auf die Suche nach Damiata. Auf dem Treppenabsatz stießen wir auf eine zweite Leiche. Diesmal handelte es sich um einen jungen, kräftig gebauten Mann. In der Hand hielt er noch den Degen, mit dem er sich zu verteidigen gesucht hatte. Zweifellos war er von hinten überrascht worden, denn sein Hals war nicht nur mit den üblichen Schnittwunden übersät, sondern steckte auch in einer Schlinge. Eine Schlinge, die man so fest zusammengezogen hatte, daß er davon erdrosselt worden war: Sein Gesicht war so violett wie das eines Garrottierten, und seine Zunge hing ihm schwarz und dick aus dem Mund. Einer mußte ihn von hinten stranguliert haben, während die anderen ihn von vorne mit Schwerthieben traktiert und schließlich mit einem Stoßdegen die Eingeweide herausgeschnitten hatten.

»Das sind keine Diebe, sondern Mörder«, sagte Niccolino mit leiser Stimme. »Wir müssen sie aufscheuchen, bevor sie auch noch die Frau umbringen, die um Hilfe gerufen hat.«

Lautlos stieg er, drei Stufen auf einmal nehmend, die Treppe hinauf. Ich folgte ihm. Im ersten Stock erstreckte sich ein Korridor über die gesamte Breite des Hauses, an dem zahlreiche Türen lagen. Vor einer standen drei Männer, ganz in Schwarz gekleidet, mit Masken vor den Gesichtern. Sie waren gerade dabei die Tür einzuschlagen, die wahrscheinlich zu dem Raum führte, in dem das Mädchen immer noch um Hilfe schrie. Unser Eintreffen überraschte und erschreckte die Männer. Da wir aus dem dunklen Treppenhaus, mit den Waffen in der Hand, aufgetaucht waren, konnten sie nicht wissen, ob uns noch mehr bewaffnete Männer folgten. Einen Moment lang dachten sie daran, sich uns entgegenzustellen. Aber wirklich nur einen Moment lang: Der Mann, der ihr Anführer zu sein schien, ein kleingewachsener stämmiger Kerl mit einem Spitzbärtchen, das ihm unter der Maske hervorlugte, wurde beim bloßen Anblick meines riesigen, finster dreinschauenden Gefährten von blankem Entsetzen gepackt und ergriff feige die Flucht. Seine Kumpane hinter ihm her.

Die drei erreichten ein offenes Fenster am Ende des Korridors und stürzten sich in die Tiefe, wohl wissend, daß die weiche Erde des Gemüsegartens den Aufprall abfedern würde. Ich hoffte, daß sich wenigstens einer von ihnen ein Bein brechen würde – dann hätten wir ihn leicht erwischen können –, aber als wir beim Fenster ankamen, suchten alle drei schon das Weite.

Wir verzichteten darauf, sie zu verfolgen, und klopften an die Tür, um der Frau am Fenster mitzuteilen, daß die Gefahr vorüber sei. Niccolino versuchte sie zum Öffnen zu bewegen.

»Madonna Damiata«, sagte er in einem liebenswürdigen, gewinnenden Ton, »habt keine Angst. Die Gefahr ist vorüber. Die Mörder sind über alle Berge. Öffnet die Tür, ich bitte Euch ...«

»Madonna Damiata«, fügte ich hinzu, »ich bin ein Kuriale, und ein gütiges Schicksal hat mich heute zu Euch geführt ... Laßt uns herein. Wir sind hier, um mit Euch zu sprechen.«

Wir hörten, wie der Sicherheitsbalken von der Tür genommen und leise der Riegel zurückgezogen wurde.

Schließlich öffnete sich die Türe einen Spalt, und Damiata erschien auf der Schwelle.

»Seid ihr wirklich mit friedlichen Absichten gekommen?« fragte sie zögernd und immer noch verstört. »Was wollt ihr von mir?«

Die Augen der jungen Frau waren gerötet vom Weinen, und ihre Stimme klang rauh vom lauten Schreien. Ihre kastanienbraunen Haare, die sie im venezianischen Stil zusammengebunden trug, waren dicht und gelockt. Ja, sie war wirklich eine sehr schöne Frau. Trotz der schimpflichen Arbeit, der sie nachging, wirkte ihr Gesicht sehr frisch, und ihre ganze Erscheinung hatte etwas Vornehmes, ja Königliches.

»Ich kenne euch nicht«, sagte Damiata, wobei sie uns immer noch den Weg in ihr Zimmer versperrte, »aber da ihr mir das Leben gerettet habt, werde ich mich erkenntlich zeigen und alles tun, was ihr von mir verlangt.«

Und an der Art, wie sie ihre Brüste vor uns ins rechte Licht rückte, war leicht zu erkennen, wie sie sich erkenntlich zeigen wollte. Darüber trug sie ein damastfarbenes Kleid, das Brust und Knie unverhüllt ließ und eine reine Haut hervorhob, die so weiß war wie Gebirgsschnee; eine Haut, auf die sie besonders stolz zu sein schien, da sie dadurch wie ein Mädchen aus edlem Hause aussah, das nie die Mühen der Arbeit und die erbarmungslose Kraft der Sonne auf den Feldern kennengelernt hat.

Als sie endlich überzeugt war, daß wir nicht gekommen waren, um sie zu berauben oder zu ermorden, machte sie die Türe ganz auf und ließ uns eintreten. Die Wände waren mit mantuanischen Teppichen verkleidet, und in der Mitte des Raums stand ein großes quadratisches Bett ohne Kopfende, auf dem große Kissen aus indischer Seide ausgebreitet waren. Auf einem Tisch in einer Ecke stand ein mittelgroßer Geldschrein aus Silber. Vielleicht war er der Grund, warum man die Tür mit einem stabilen Sicherheitsbalken aus massivem Nußholz und einem Eisenriegel ausgerüstet hatte, Sicherheitsvorkehrungen, die allen Bemühungen der drei Mörder standgehalten und der Hausherrin das Leben gerettet hatten.

»Wo ist Paco?« fragte sie sogleich. »Und was ist mit Nanna passiert? Ich habe sie schreien hören, als wollte man sie vergewaltigen.«

»Nicht weil man sie vergewaltigte, hat sie so geschrien, sondern weil man dabei war, sie abzuschlachten.«

»Meine Amme ist tot?« fragte Damiata bestürzt. »Und wo war Paco? Warum hat er sie nicht verteidigt? Hat er nicht gesehen, daß das Mörder waren?«

»Paco hat versucht, Euch und sie zu retten«, antwortete ich. »Aber diese Männer waren skrupellos und so gut bewaffnet, daß sie schließlich keine Schwierigkeit hatten, die Oberhand zu gewinnen.«

»Paco ist auch tot?« fragte sie stöhnend.

»Paco ist wie ein Mann gestorben, mit dem Schwert in der Hand. Sein lebloser Körper liegt dort unten auf der Treppe. Sein Mut und seine Entschlossenheit haben Euch das Leben gerettet … Kommt, Madonna Damiata, und seht Euch mit eigenen Augen an, welch entsetzliches Blutbad jene Männer in Eurem Hause angerichtet haben.«

Zusammen erreichten wir den Treppenabsatz. Als Damiata sah, was die Mörder mit ihrem Beschützer angestellt hatten, brach sie in heftiges Schluchzen aus. Dann kniete sie an seiner Seite nieder, hob seinen Kopf und küßte voller Verzweiflung sein violettes Gesicht. Nur mit Mühe konnten wir sie von dem Toten losreißen, um ihr den anderen Leichnam, den von Nanna, in der Vorhalle zu zeigen. Mehr noch als voller Trauer schien Damiata zu Tode erschrocken. Als sie den Körper ihrer alten Amme sah, überkam sie eine Ohnmacht, und sie wäre zu Boden gestürzt, hätte Niccolino sie nicht im letzten Moment aufgefangen. Mühelos nahm er sie auf seine Arme und öffnete dann mit einem Tritt eine der Türen in der Vorhalle. Der Raum dahinter war anscheinend für die Dienerschaft bestimmt, denn in einer Ecke stand ein kleines Bett. Dort legte Niccolino die junge Frau nieder und machte ihr dann das Kleid und das Korsett noch weiter auf, damit sie besser Luft bekam. Ich hingegen besorgte frisches Wasser, das ich am Brunnen im Gemüsegarten in einen Kupfereimer schöpfte, und besprenkelte ihr damit das Gesicht sowie Hals und Brust. Schließlich kam sie wieder zu sich.

»Was machen nur der Bargello und die verfluchten Sbirren?« murmelte sie stöhnend. »Im Rione Trevi dürfen die Diebe ihr Unwesen treiben wie in einer Stadt, die zur Plünderung freigegeben ist. Keiner hindert sie daran, ehrliche Leute zu berauben und zu ermorden.«

»Vielleicht waren die drei, die hier eingedrungen sind, keine gewöhnlichen Diebe«, sagte Niccolino. »Die stehlen nur, und wenn sie entdeckt werden, ergreifen sie die Flucht. Diese hier aber hatten anderes im Sinn – sie wollten morden. Und nachdem sie Eure Amme und Paco umgebracht hatten, haben sie versucht, mit Euch das gleiche zu tun.«

»Wer seid ihr beiden eigentlich?« unterbrach Damiata ihn. »Und wieso seid ihr genau zum Zeitpunkt des Gemetzels hier aufgetaucht?«

»Viel eher müßtet Ihr Euch fragen, weshalb diese Männer Euch mit solch einem wilden Eifer gesucht haben ... Schließlich mußten zwei Menschen sterben, nur weil sie sich den Mördern auf dem Weg zu Euch entgegenstellten.«

»Vielleicht wollten sie gar nichts von mir, sondern hatten es nur auf den Schrein in meinem Zimmer abgesehen, in dem ich mein gesamtes Vermögen aufbewahre. Ihr wißt doch, daß es hier im Viertel von Dieben nur so wimmelt.«

»Ihr mögt recht haben, Madonna«, antwortete ich. »Trotzdem bin ich der Meinung, daß die drei Männer keine Diebe waren, sondern gedungene Mörder, die in höherem Auftrag handelten.«

»Glaubt Ihr wirklich?« stammelte sie, wiederum den Tränen nahe.

»Habt Ihr vielleicht eine Idee, wer sie geschickt haben könnte, und aus welchem Grund?«

»Aber warum sollte mich jemand umbringen wollen, außer um mein gesamtes Vermögen zu rauben? Wenn Ihr wüßtet, wieviel ich in dem Schrein aufbewahre ...«

»Madonna, soweit mir bekannt ist, seid Ihr eine Liebesdienerin von hohem Ansehen, und auf Grund dieser speziellen Tätigkeit kennt Ihr Monsignori der Kurie, Äbte, Kardinäle, Bankiers ...«

»Ja, das stimmt ... aber was wollt Ihr damit sagen?«

»Daß Ihr vielleicht im Besitz eines Geheimnisses seid, an dessen Wahrung einer Persönlichkeit aus höchsten Kreisen sehr viel gelegen ist. Und diese Mörder hatten den Auftrag, Euren Mund für immer zu schließen.«

»Ich kenne die Laster und abartigen Neigungen vieler illustrer Herren Roms. Keinem von ihnen würde es gefallen, wenn diese Dinge in der Öffentlichkeit bekannt würden. Dieses Wissen gehört eben zu meinem Beruf. Aber keins dieser Geheimnisse ist so wichtig, daß es diese bestialische Gewalt, diese unglaubliche Grausamkeit rechtfertigen würde.«

Ohne auf ihre Worte einzugehen, setzte ich mich neben sie aufs Bett, ergriff ihre Hände und sah ihr fest und aufmerksam in die Augen. Nicht die geringste Regung in ihrem Gesicht sollte mir entgehen, als ich sie jetzt fragte: »Ich glaube, die Männer, die Euch umbringen wollten, sind der Überzeugung, daß Ihr um ein Geheimnis wißt, das mit der Ermordung des Herzogs von Gandìa zu tun hat ... Mir ist zu Ohren gekommen, daß man Euch dreißigtausend Dukaten bezahlt hat, um den Herzog in die Falle zu locken. Entspricht das der Wahrheit?«

Damiata erbleichte und starrte mich, die Augen weit aufgerissen, einige Augenblicke ängstlich an. Dann gelang es ihr, überraschend schnell, sich wieder zu fassen und ihren Gemütszustand unter Kontrolle zu bringen. Die absurde Antwort, die sie mir dann gab, verriet sie jedoch.

»Den Herzog von Gandìa?« antwortete sie gleichmütig, »von dem habe ich noch nie gehört ...«

»Und doch wurde mir von verschiedenen Seiten berichtet, Ihr hättet dem Herzog gestattet, ausgiebig vom Honig Eurer Anmut und Eurer Schönheit zu kosten ...«

»Ich habe den Herzog von Gandìa nie kennengelernt«, erwiderte Damiata, die sich jetzt wieder besser unter Kontrolle hatte.

»Ich schwöre Euch, der Sohn des Papstes hat dieses Haus nie betreten. Ich schwöre es bei der Jungfrau der Sieben Schwerter.«

»Der Herzog von Gandìa zeigte sich gewöhnlich sehr großzügig Frauen gegenüber, an denen er Gefallen fand ...«

»Ja glaubt Ihr tatsächlich, ich würde noch in diesem Viertel leben, wenn ich die Freundin des Papstsohns gewesen wäre? Nein, dann lebte ich längst in einem dreigeschossigen Palast in der Via Lata oder in einer Villa auf dem Monte Cavallo.«

»Vielleicht ..., aber habt Ihr mir nicht selbst von Eurem wohlgefüllten Schrein erzählt? Diese Schätze könnten der Großzügigkeit des Herzogs entspringen – oder der seiner Feinde.«

Aber mittlerweile ließ sich Damiata nicht mehr einschüchtern.

»Für mich waren die drei Männer nichts weiter als Straßenräuber«, sagte sie. »Und daher bitte ich Euch, mir nicht weiter mit Euren Fragen Kopfschmerzen zu bereiten; ich will in Frieden meine armen Toten beweinen ... Bei dieser Hitze muß ich sie so schnell wie möglich beerdigen. Ich werde mich mit dem Pfarrer von Ara Coeli in Verbindung setzen müssen, um mit ihm den Zeitpunkt der stillen Feier abzusprechen. Darum geht mit Gott. Mehr kann ich Euch nicht sagen.«

Während wir aufstanden murmelte Niccolino halblaut, aber deutlich genug, daß es zu verstehen war: »Dankbarkeit ist eben keine Tugend der Huren. Und dabei hatte sie uns noch großspurig versprochen, all unseren Wünschen nachzukommen ...«

Ich nahm mir vor, später, zu einem geeigneteren Zeitpunkt, noch einmal zu ihr zurückzukehren, um sie erneut zu befragen. Damiata, da war ich sicher, wußte viel mehr, als sie zuzugeben bereit war. Und dabei handelte es sich zweifellos um gefahrliche Geheimnisse. Als wir die Vorhalle durchquerten, blieb ich noch einmal bei dem so fürchterlich zugerichteten Körper von Damiatas Amme, der armen Nanna, stehen. Wegen der Hitze und des Luftmangels stank die Leiche bereits und war über und über mit Schmeißfliegen bedeckt. Sie bot einen so schrecklichen Anblick, daß einem unwillkürlich der Satz Juvenals in den Sinn kam: *Mors sola fatetur quantula sint hominum corpuscula*. Wie wahr: Nichts mehr als der Tod enthüllt die Erbärmlichkeit des menschlichen Körpers. Ich beugte mich über die Alte und hob ihren linken Arm an. Die Hand wies keine besonderen Kennzeichen auf, weder fehlten Finger, noch war etwas von einer Narbe, die von einer Schnittwunde hergerührt hätte, zu bemerken.

Niccolino hatte mich bei meinem Tun beobachtet und fragte mich jetzt: »Glaubt Ihr, daß sie die schwarz gekleidete Kupplerin mit der Maske war, die den Herzog im Haus seiner Mutter abgeholt hat?«

»Vielleicht«, antwortete ich. »Damiata könnte die Hure sein, derer sich die Feinde des Herzogs bedient haben. Aber ob Nanna wirklich die Kupplerin war, die ihn beim Fest im Hause Vannozzas aufgesucht hat, vermag ich noch nicht zu sagen ...«

VII

Am Tag darauf ließ mir Kardinal Valenza durch einen Boten mitteilen, daß er mich zu einem Meinungsaustausch erwarte. Es war noch sehr früh am Morgen, ungefähr die dritte Stunde. Als ich das Vorzimmer seiner Gemächer betrat, wurde mir auf der Stelle klar, daß für ihn der Tag noch nicht begonnen hatte, sondern die Nacht weiterging. Durch die Tür konnte ich einen Blick in sein Schlafzimmer werfen, wo sein Bett noch unberührt war und zwei Kammerdiener ihm beim Ausziehen und den Vorbereitungen für die »Nachtruhe« behilflich waren.

»Maestro, wie weit bist du mit deinen Ermittlungen?« fragte er mich, während ein Kammerdiener ihm jetzt das Hemd auszog. Dabei forderte er mich mit einer Geste auf, näherzutreten.

»Mein Herr«, antwortete ich mit einer tiefen Verbeugung, »der Verdacht, den Ihr noch vor der Entdeckung des grausamen Verbrechens geäußert habt, scheint sich zu bestätigen. Der Tod Eures Bruders ist mit Sicherheit das Werk eines mächtigen Edelmanns, der mit den Gegebenheiten in der Stadt Rom gut vertraut ist, oder gar das eines einflußreichen Adelsgeschlechts, wie dem der Caetani, der Orsini oder der Savelli. Zu kompliziert sind die Machenschaften bei diesem infamen Verbrechen, zu weit verzweigt und verwickelt die Fäden der Verschwörung, als daß es sich um den Racheakt eines gehörnten Ehemanns, eines Bruders oder Vaters handeln könnte, die mit Blut die verlorene Ehre eines unschuldigen Mädchens wiederherstellen wollten.«

»Da bin ich ganz deiner Meinung, mein lieber Bonaccorsi. Und ich werde dir einen weiteren Namen nennen, der der Liste der Verdächtigen hinzuzufügen ist. Und zwar den des Herrschers von Urbino ...«

»Ihr meint Guidobaldo da Montefeltro?«

Der Kardinal stand jetzt nackt vor mir. Doch sogleich beeilte sich ein Kammerdiener, ihm ein Nachthemd aus feiner Reimser Baumwolle mit wunderschönen, kunstvoll geklöppelten Spitzen überzustreifen.

»Ja, genau der«, antwortete Cesare Borgia gähnend. »Vielleicht wollte er sich für eine schlimme Beleidigung rächen, von der du wahrscheinlich gar nichts weißt ...«

»Was für eine Beleidigung?« fragte ich, neugierig geworden. »Die Montefeltros hatten doch seit jeher ein ausgezeichnetes Verhältnis zur Familie Borgia und haben immer wieder ihre militärischen Fähigkeiten in den Dienst des Obersten Hirten der Christenheit gestellt ...«

»Ja, schon. Doch als Guidobaldo bei der Schlacht von Soriano nel Cimino in Gefangenschaft geriet, nicht zuletzt aufgrund der Unerfahrenheit und Feigheit meines verstorbenen Bruders«, erklärte der Kardinal, »bat er meinen Vater, den Papst, um vierzigtausend Dukaten, denn diese Summe verlangten die Orsinis als Lösegeld. Mein Vater jedoch, der unter chronischem Geldmangel leidet, verschloß sich seiner Bitte. Und so mußte der arme Guidobaldo viele Monate im feuchten Kerker der Orsini-Burg in Soriano ausharren. Später verlegte man ihn dann ins Castello von Bracciano, wo er weitere zwei Monate schmachtete. Und hier erging es ihm, soweit das überhaupt möglich war, noch schlechter als in Soriano. Denn in Bracciano war er in die Hände eines geldgierigen, niederträchtigen und rachsüchtigen Mannweibs gefallen – in die von Bartolomea Orsini. Guidobaldo hat mir später erzählt, die Hexe sei fast täglich zu ihm in den Kerker hinabgestiegen, um ihm den Tod anzudrohen, falls niemand die für seine Befreiung verlangte Summe zahlen sollte. Sie sagte, sie würde seiner Familie zuerst seine Ohren schicken, dann die Nase, die Hoden und schließlich seinen Kopf. Und da man weiß, daß Bartolomea keine Frau leerer Drohungen ist, setzte die Familie Montefeltro alles daran, die vierzigtausend Dukaten zusammenzubekommen. Was ihr dann auch gelang. Zu jener Zeit ließ sich Bartolomea von einer zwielichtigen Person beraten, die so glitschig ist wie eine Kröte. Ich spreche von Paolo Orsini, dem Herrn von Palombara Sabina und Sohn von Kardinal Latino Orsini, einem habsüchtigen und grausamen Condottiere auf der ständigen Jagd nach Reichtümern.«

Ich erinnerte mich sehr gut an die Vorkommnisse, von denen der Kardinal berichtete. Es handelte sich hierbei um eine der zahlreichen Episoden im Krieg zwischen den Familien Borgia und Orsini, ein Krieg, der um so heftiger entbrannt war, nachdem erstere mit Rodrigo Borgia den Heiligen Stuhl erklommen hatten. Guidobaldo da Montefeltro, der Herzog von Urbino, stand im Ruf, ein hervorragender Heerführer zu sein. Man berief Guidobaldo nach Rom, um ihm eine wichtige Aufgabe zu übertragen: Er sollte dem jungen, unerfahrenen Herzog von Gandìa zur Seite stehen und mit ihm zusammen ein delikates Unternehmen des päpstlichens Heeres leiten, bei dem die dreizehn Orsini-Burgen nördlich von Rom erobert werden sollten.

Die ersten Aktionen des Feldzugs waren erfolgreich, nicht zuletzt weil der Gegenseite zwei ihrer besten militärischen Köpfe fehlten: Virginio Orsini und sein Sohn Paolo Giordano. Bei dem Versuch, das Königreich Neapel für die französische Krone zurückzugewinnen, waren die beiden beim Angriff auf die Festung Atella in Gefangenschaft geraten und im Castel dell'Ovo in Neapel eingekerkert worden.

Im Verlauf des Monats November gelangen den päpstlichen Truppen einige glänzende Siege. Fast alle Burgen der Orsini fielen in ihre Hände.

Doch die Eroberung von Bracciano war ein schwierigeres Unterfangen. Die mächtige Trutzburg war erst kürzlich fertiggestellt worden und galt mit ihren steil aufragenden Mauern als nahezu uneinnehmbar. Während die Truppen des Papstes ihren Belagerungsring aufbauten, wurde auf den Burgtürmen zur Verhöhnung der Borgia die französische Fahne gehißt. Die eingeschlossenen Truppen wurden von Bartolomea Orsini befehligt, der Schwester des großen Virginio – mit dem sie die Berufung zum Kriegshandwerk teilte – und Gattin von Bartolomeo d'Alviano, dem kühnsten und fähigsten Condottiere in den Reihen der Familie Orsini.

Dann hatten die Belagerten Verstärkung bekommen. Im Haß auf den Papst vereint, gelang es Vitellozzo Vitelli, dem Herrn von Città di Castello, und Paolo Orsini, dem Herrn von Palombara Sabina, mit ihren frischen Truppen den Belagerungsring um Bracciano zu durchbrechen. Aus Furcht, eingekesselt zu werden, zog der Herzog von Gandìa seine Männer bis nach Sutri zurück, und hier, an den Hängen des Monte Cimini, nicht weit entfernt von dem Ort Soriano, fand die Entscheidungsschlacht statt. Das Heer des Papstes wurde von den Männern Paolo Orsinis und den Truppen, die die streitbare Bartolomea anführte, in die Zange genommen, aufgerieben und vernichtend geschlagen. Der Herzog von Gandìa, der zu Beginn der Auseinandersetzung an der Lippe verwundet wurde, war daraufhin Hals über Kopf bis nach Rom geflohen und hatte das ganze Gewicht der Schlacht den Schultern des anderen Heerführers, Guidobaldo da Montefeltro, überantwortet. Und als sich das Schicksal dann gegen die päpstlichen Truppen wendete, geriet dieser in die Gefangenschaft der Orsini. Als Guidobaldo da Montefeltro endlich die Burg von Bracciano als freier Mann verlassen konnte, schwor er ewigen Haß und Feindschaft – den Orsini, vor allem aber den Borgia.

Angesichts dieser Situation war es sicher nicht auszuschließen, daß Guidobaldo dem Papst dessen undankbares Verhalten hatte heimzahlen wollen. Um so mehr, als er für seinen rachsüchtigen Charakter bekannt war und ihm die Mittel für eine solche Tat zur Verfügung standen: Geld, Macht, eine weitverzweigte Verwandtschaft und einflußreiche Freunde.

»Ihr könntet recht haben«, sagte ich zu Kardinal Valenza, »aber eben weil hinter dem heimtückischen Mord an Eurem Bruder eine nahezu allmächtige Person zu stehen scheint, müssen wir sehr vorsichtig sein: Es gibt zu viele Männer, auf die diese Bezeichnung zutrifft und die seinen Tod gewollt haben könnten. Und daher bin ich mittlerweile überzeugt, daß wir einen anderen Weg einschlagen müssen, obwohl der möglicherweise länger und beschwerlicher ist.«

Der Kardinal war von meinen Worten überrascht. Er war gerade dabei, wie stets vor dem Zubettgehen, ein Glas kühlen Weins zu trinken. Jetzt setzte er das Glas ab und sah mich an.

»Einen anderen Weg?« fragte er. »Und was hast du vor?«

»Ich möchte zunächst die eigentlichen Täter fassen, das heißt die Leute, die den Herzog in eine Falle gelockt und dann umgebracht haben. Und über diese gedungenen Mörder führt der Weg dann zu den mächtigen Drahtziehern des ruchlosen Verbrechens. Vielleicht gehört die Kupplerin – oder der Kuppler – zur reichen Schar der Bediensteten des Kardinals Ascanio Sforza, und Ihr könnt mir glauben, es ist nicht gerade einfach, an diese heranzukommen, noch dazu, wo sich der Kardinal in diesen Tagen in seiner Villa verbarrikadiert hat. Daher wollte ich Euch bitten, mir meine Aufgabe zu erleichtern, indem Ihr mich dem Kardinal empfehlt.«

Cesare Borgia zögerte.

»Solch eine Empfehlung wäre natürlich ein leichtes für mich«, sagte er nach einer Weile. »Doch wenn er weiß, daß du für mich arbeitest, erfährst du von ihm sicher nicht das, was du wissen willst.«

»Schon möglich, aber nur wenn er der Schuldige ist«, entgegnete ich entschlossen. »Wenn er aber unschuldig ist am Tode Eures Bruders, wird er mir seine volle Unterstützung gewähren. Es geht mir hauptsächlich darum, einige Stunden mit den Männern seiner Gefolgschaft zu verbringen, um dabei so viel wie möglich von ihnen zu erfahren.«

»Also gut. Noch heute werde ich dich dem Kardinal vorstellen. Für den frühen Abend, zur sechsten Stunde, hat der Papst ein Konsistorium einberufen. Ich weiß zwar nicht, worüber er sprechen will, aber ich bin sicher, daß Kardinal Sforza zugegen sein wird. Ich werde dich als einen meiner Diener in den Vatikan mitnehmen und dich ihm mit dem ganzen Gewicht meiner Autorität empfehlen.«

»Niccolino hoffentlich auch. Ich würde ihn gerne an meiner Seite wissen. Nicht nur weil er bärenstark und geschickt im Umgang mit Waffen ist, sondern weil er bewiesen hat, daß ihm eine scharfe Beobachtungsgabe und ein bemerkenswertes Maß an Intelligenz gegeben ist.«

»Es wird besser sein, wenn du heute abend allein gehst. Kardinal Ascanio weiß, wer Niccolino ist. Er hat ihn schon bei mehr als einer Gelegenheit kennengelernt, und ich möchte nicht, daß er sich falsche Vorstellungen von dem Auftrag macht, den ich dir anvertraut habe.«

»Falsche Vorstellungen? In welchem Sinne?« fragte ich stirnrunzelnd.

»Niccolino ist, wie du weißt, ein geborener Soldat. Und daher hat er meine Befehle stets auf der Stelle und ohne lange Fragen ausgeführt. Egal ob es sich um die Beseitigung eines Gegners handelte oder darum, jemanden aus Rom verschwinden zu lassen. Ich möchte nicht, daß der Kardinal denkt, ich hätte die Absicht, Niccolino auf ihn anzusetzen. Er könnte sich erschrecken ...« Und nach einem letzten Gähnen stieg der Kardinal ins Bett und entließ mich mit den Worten: »Bis heute nachmittag, zur fünften Stunde.«

Das Konsistorium wurde in den Gemächern der Borgia im Vatikan abgehalten. Es war öffentlich. Die Kardinäle konnten mit ihren Familien erscheinen, und es war Brauch, daß auch die Vertreter der wichtigsten italienischen und europäischen Staaten daran teilnahmen. Ich erkannte die Gesandten Spaniens und des Deutschen Reiches, die von Florenz, Venedig und Neapel. Auch die Kardinäle waren zahlreich vertreten, ja, es waren praktisch alle gekommen. Ich sah Kardinal Carafa, meinen betagten und gelehrten Herrn, der mir von weitem freundlich zuwinkte; ich sah Kardinal Farnese, schön und äußerst elegant, wie es sich für einen siebenundzwanzigjährigen Prälaten gehört, dem alle Frauenherzen zufliegen; ich sah Kardinal Sanseverino, der sich, in Erwartung des Papstes, mit den anwesenden Gesandten unterhielt, denn es war seine Pflicht und Ehre, die Beziehungen zu allen großen und kleinen Staaten der Christenheit zu pflegen. Und sogar Kardinal Giuliano Della Rovere war zu dieser Gelegenheit aus Ostia eingetroffen, wo er aus Angst vor bösen Überraschungen von seiten der Borgia, die ihn haßten, die meiste Zeit über in seinem Schloß verbarrikadiert lebte. Anwesend war auch Kardinal Giovanni de' Medici, geschwätzig und fröhlich wie immer, heute jedoch von allen gemieden, weil er eine Fistel am After hatte, die erbärmlich stank. Weiter Kardinal Gherardo, den einige Diener auf einem Sessel in den Vatikan getragen hatten. Er mußte mittlerweile schon die Hundert überschritten haben. Mit seinen triefenden Äuglein schaute er sich jetzt blöde um und erkannte niemanden. Und auch Kardinal Giovanbattista Orsini war gekommen, obwohl er ein wichtiger Vertreter jener Familie war, die sich beim Papst so verhaßt gemacht hatte. Kurz und gut: Niemand hatte bei der Versammlung fehlen wollen. Nur einen erblickte ich nicht, und das war genau der, den ich hatte treffen wollen: Kardinal Ascanio Sforza, über den man im Saal munkelte, er sei nicht erschienen aus Furcht, gefangengenommen, in der Engelsburg eingekerkert und schließlich als Verantwortlicher der Ermordung des Papstsohnes hingerichtet zu werden.

Jetzt öffnete sich die Tür, Alexander VI. erschien und hielt seinen feierlichen Einzug in den Saal. Die Kardinäle zogen nun, einer nach dem anderen, am Papst vorbei, um ihm ihr Beileid auszusprechen und ihre Teilnahme an seinem Schmerz zu bezeugen.

Dann waren die Diplomaten an der Reihe, die Legaten und Residenten. Schließlich bestieg Alexander VI. langsamen, schleppenden Schritts seinen Thron, der auf einer Seite des Saales stand. Johannes Burchard, der päpstliche Zeremonienmeister, stimmte das *Domine labia mea aperies* an, und schon bald stimmten alle Anwesenden in den Choral ein. Als das Loblied verklungen war, ergriff der Heilige Vater das Wort.

»Ihr alle wißt«, sagte er feierlich, »daß mein Haus vom Blitz getroffen wurde und ein schrecklicher Schicksalsschlag mich ereilt hat. Die eisigen Finger des Todes haben nach dem Herzen meines Sohnes gegriffen. Mein Schmerz ist unermeßlich. Ein Schmerz, weniger über den Tod dieses jungen Mannes, um dessen Sterblichkeit ich von Geburt an wußte, als über die grausame, infame Art und Weise, in der man ihn seines jungen Lebens beraubt hat.«

Der Heilige Vater hielt inne und ließ einen langen, durchdringenden Blick, einen Blick, dem nichts entging, über die Anwesenden schweifen. Dann fuhr er feierlich fort: »Hartnäckig hält sich das Gerücht, das ach so verabscheuungswürdige Verbrechen sei das Werk von Giovanni Sforza, des Herrn von Pesaro und Gatten meiner Tochter Lucrezia. Ich bin jedoch sicher, daß er es nicht war, daß er es nicht gewesen sein kann, und auch nicht sein Bruder Giacomo, wie man von einigen Seiten hört. Andere machen den Herzog von Urbino, Guidobaldo da Montefeltro, für die Ermordung meines Sohnes verantwortlich. Und zwar wegen gewisser Unstimmigkeiten und Meinungsverschiedenheiten, die es zwischen uns in der Vergangenheit gab. Doch für mich steht zweifelsfrei fest: Unser Guidobaldo hat mit dem Verbrechen nichts zu tun. Und schließlich hört man das Volk von einem Hauptverdächtigen murmeln, dem Kardinal Sforza, meinem brüderlichen Freund, den ich heute allerdings nicht unter den Anwesenden ausmachen kann. Wirklich eigenartig! Sollte jemand von euch Näheres wissen, so bitte ich ihn, mir zu berichten, warum Ascanio Sforza heute nicht unter uns ist.«

Bei diesen Worten trat unter den neugierigen Blicken aller Anwesenden Garcilao del Vago vor, der spanische Gesandte beim Heiligen Stuhl.

»Ehrwürdiger Heiliger Vater«, begann er, »ich bin beauftragt, Eure Heiligkeit im Namen seiner Eminenz Ascanio Sforza um Verzeihung zu bitten und Euch sein aufrichtigstes Beileid auszusprechen für den Tod Eures Sohnes. Kardinal Sforza wollte eigentlich hier zugegen sein. Er hat jedoch Abstand davon genommen, weil er von den Gerüchten hörte, die in Rom in Umlauf sind, wo ihn mittlerweile jedermann ganz offen beschuldigt, die Ermordung des Herzogs von Gandìa angeordnet zu haben. Er bittet Eure Heiligkeit, diesen infamen Anschuldigungen keinen Glauben zu schenken und läßt Euch durch mich ausrichten, er werde Euch, sobald sich die Wogen etwas geglättet haben, persönlich aufsuchen, um sich vor Euch niederzuwerfen, sich zu rechtfertigen und seine Unschuld zu beteuern.«

Der Papst ließ einige Augenblicke verstreichen, bevor er antwortete. Dann breitete er die Arme aus und sagte: »Ich rufe Gott zum Zeugen an, daß ich solchen Verdächtigungen nicht einen Moment Glauben geschenkt habe. Ich traue es dem lieben Kardinal Sforza nicht zu, eine Verschwörung solchen Ausmaßes gegen mich angezettelt zu haben. Schließlich war ich immer wie ein Bruder zu ihm, und er konnte in allen Angelegenheiten auf meine Unterstützung zählen. Ich hege nicht den leisesten Verdacht gegen ihn, und in meinem Haus soll er stets willkommen sein …

Doch nicht mehr von irdischen Dingen will ich jetzt sprechen, sondern von heiligen. Und so sage ich Euch: Der Heilige Geist hat mir befohlen, ab heute eine Reform der Kirche mit all meinen Kräften in Angriff zu nehmen. *In capite et in membris*, an Haupt und Gliedern. Wir müssen eine neue irdische Ordnung der Kirche schaffen, damit endlich wieder Frieden und Eintracht einkehren kann in der Kirche Christi, und die Skandale, die heute ihr Bild entstellen, ein Ende haben. Zu diesem Zweck werde ich eine Kommission ins Leben rufen, der sechs Kardinäle, zwei eines jeden Ranges, angehören sollen. Dies werden sein: die Kardinalsbischöfe von Neapel und von Lissabon, die Kardinalspriester von Santa Prassede und Alexandria und die Kardinalsdiakone von Siena und San Giorgio. Diese Kardinäle werden regelmäßig im Vatikan zusammenkommen, um mit Hilfe des Heiligen Geistes alle notwendigen Maßnahmen für eine Neuordnung der irdischen Ordnung der Kirche zu erarbeiten. An erster Stelle wird zweifellos das Amt des Papstes zu erneuern sein, der als Oberhaupt der zerstrittenen Kirche seine eigentlichen Aufgaben sträflich vernachlässigt hat. Hiermit erkläre und schwöre ich, daß ich mich allen Maßnahmen fügen werde, die die von mir erwählten Kardinäle für notwendig befinden, auch solchen, die mich persönlich berühren. Denn ich weiß: Will ich die anderen reformieren, muß ich bei mir selbst mit der Reform beginnen. Gott gebe mir die Kraft und die Standfestigkeit, dieses große, heilige Werk zu Ende zu führen. Die meisten unter Euch werden wohl der Meinung sein, ich sei den Mühen dieser schweren Aufgabe nicht gewachsen. Zu luxuriös und zu ausschweifend sei mein bisheriges Leben gewesen. Ja, ich gestehe: Schwer, sehr schwer ist die Last meiner Sünden, aber nicht unendlich schwer. Unendlich ist allein die Gnade und die Kraft von IHM, unserem Erlöser, den die Kirche heute wieder um Rettung anfleht. Bitten wir den Herrn unseren Gott um Kraft und Ausdauer und vertrauen wir auf die Gnade Gottes, der Mensch geworden ist, um uns allen Trost und Hilfe zu bringen.«

Keiner der Kardinäle und Edelleute, die bei dem Konsistorium zugegen waren, ergriff das Wort, nachdem der Papst seine außergewöhnliche Ansprache beendet hatte. Alle schienen zutiefst verwundert – und das nicht ohne Grund. Denn die Vorschläge des Heiligen Vaters für eine baldige und tiefgreifende Reform der Kirche – ein Vorhaben, an dem viele seiner Vorgänger gescheitert waren – paßten so gar nicht zu Papst Alexander. Sowohl seine Freunde als auch seine Feinde wußten nur zu gut, in welchem Maß er der Politik, der Völlerei und Hurerei zugetan war. Zu unersättlich war sein Hunger nach weltlichen Freuden, als daß er die Kraft hätte aufbringen können, sein feierliches Versprechen vor dem Kardinalskollegium wirklich einzuhalten.

Aber in jenem Moment schien er es ernst zu meinen – und viele glaubten ihm.

Bei meiner Rückkehr in den Palast traf ich Niccolino im Atrium an. Er hatte gegessen und auf mich gewartet. Aber vor allen Dingen hatte er getrunken. Als er mir entgegenkommen wollte, stellte ich fest, daß er sich kaum noch auf den Beinen halten konnte.

»Du bist ja betrunken wie ein Bayer«, tadelte ich ihn. »Weißt du nicht, daß Wein dem Menschen nur in Maßen genossen wohltut? Andernfalls begibt man sich auf das Niveau der Tiere – und der Deutschen.«

»Doch, ich weiß«, antwortete er lallend. »Heute habe ich wohl etwas zu tief ins Glas geschaut.«

»Du solltest eigentlich wissen, wie unstillbar der Durst nach Wein ist ... Nicht ohne Grund warnt der Dichter Lucanus vor der Unersättlichkeit, die der Genußsucht innewohnt: *Luxuries numquam parvo contenta paratu ...*«

»Natürlich weiß ich, daß Wein tückisch ist. Je mehr man trinkt, desto größer wird der Durst. Eigentlich habe ich heute nur soviel in mich hineingeschüttet, weil ich vergessen wollte ... Vergessen, daß Ihr mir nicht mehr vertraut.«

»Wie kannst du nur so etwas denken?«

»Ihr habt mich heute nicht in den Vatikan mitgenommen, wo Ihr Kardinal Ascanio Sforza treffen wolltet.«

»Kardinal Valenza hat mir heute morgen empfohlen, dich zu Hause zu lassen. Nur deshalb bin ich alleine gegangen. Kardinal Sforza kenne dich zu gut, sagte er, und deine Anwesenheit hätte ihn mißtrauisch machen können. Aber ab morgen werden wir wieder zusammenarbeiten. Da kannst du sicher sein. Ich würde ganz gerne noch einmal bei Damiata vorbeischauen. Ich bin immer mehr davon überzeugt, daß sie uns nicht alles erzählt hat, was sie weiß.«

Bei meinen Worten schien sich Niccolinos Miene aufzuhellen. Dankbar schaute er mich an.

»Glaubt Ihr wirklich«, sagte er, »daß Damiata uns etwas verschwiegen hat bezüglich der Ermordung des Herzogs? Wenn das so ist, könnt Ihr sie beruhigt mir überlassen. Ich drehe ihr ein bißchen den Arm um, und schon wird sie singen wie eine Nachtigall. Und sollte das nichts nützen, könnte ich ihr auch die Handgelenke brechen.«

»Ja, ja, schon gut. Aber jetzt gehen wir zuerst einmal in unsere Kammer und legen uns schlafen.«

»Ich kann jetzt noch nicht schlafen. Nach dem vielen Wein fühle ich mich, als zerplatze mir der Schädel. Ich muß zuerst noch einmal an die frische Luft und ein paar Schritte laufen. Ich werde wohl einen kleinen Spaziergang machen, vielleicht zur Piazza della Giudìa.«

»Mit anderen Worten, du hast die Absicht, den Schwestern Fai-che-io-fo einen Besuch abzustatten.«

»Warum nicht? Wer weiß, vielleicht haben die beiden listigen Mädchen mir etwas Neues zu berichten. Wißt Ihr, was Neuigkeiten angeht, sind Huren wie griechische Schwämme: Alles was ihnen zu Ohren kommt, saugen sie auf und halten es fest. Und dann braucht man sie nur ein wenig auszuwringen, damit alles wieder herauskommt.«

Ich hatte auch noch keine große Lust, mich niederzulegen. Es war noch recht früh, die neunte Stunde, und mit Sicherheit stand in unserer Kammer noch die Hitze des Tages. Daher sagte ich zu Niccolino: »Einverstanden, ich komme mit dir. Ein kleiner Spaziergang wird auch mir guttun.«

Wir verließen den Palast und schlugen den Weg in Richtung Piazza della Giudìa ein. Ich wußte nicht, ob Niccolino mich aus einem bestimmten Grund zu den Schwestern führen wollte, oder ob es ihn unabhängig von den Neuigkeiten, die wir vielleicht erfahren würden, zu den beiden Huren hinzog.

Während wir auf den Rione Campitelli zuhielten, erzählte Niccolino mir, daß er den ganzen Nachmittag in Tavernen und Wirtshäusern in der Nähe der Privatresidenz von Kardinal Ascanio zugebracht hatte. Das in der Hoffnung, Knappen oder Bedienstete des Kardinals zu treffen, bei einer Karaffe Wein mit ihnen ins Gespräch zu kommen und ihnen auf diese Weise die eine oder andere Vertraulichkeit entlocken zu können. Statt dessen hatte er jedoch Unmengen billigen Weins in sich hineingeschüttet, ohne etwas herauszubekommen, was für unsere Ermittlungen von Bedeutung gewesen wäre.

Zügig schritten wir voran, atmeten die frische Luft und spürten, wie nach und nach neues Leben in uns einkehrte. Wir waren gerade an der Ecke Via dei Carrettieri und Largo dello Stallatico angekommen, und ich dachte schon daran, zur Piazza della Giudìa abzubiegen – denn auch mir mißfiel der Gedanke keineswegs, den Schwestern Fai-che-io-fo einen Besuch abzustatten –, als plötzlich aus dem Dunkel, wie Teufel, die die Nacht geboren hat, zwei finstere Gestalten vor mir auftauchten. Sie trugen dichte schwarze Bärte und sahen ganz so aus, als wenn sie nur auf mich gewartet hätten. Ich griff zum Degen und wollte mich hilfesuchend zu Niccolino umdrehen. Doch genau in diesem Moment erhielt ich einen gewaltigen Schlag auf den Kopf, der mir alle Kräfte nahm und mich zu Boden gehen ließ. Ich hätte gedacht, daß Niccolino mir zu Hilfe kommen würde, um den Angriff zurückzuschlagen und den Bösewichtern die Lektion zu erteilen, die sie verdienten. Ich sah jedoch, daß auch der Hüne in großen Schwierigkeiten war. Sechs oder sieben Männer hatten ihn umstellt und versperrten ihm jede Möglichkeit auszuweichen. Einer der Angreifer senkte jetzt den Kopf, stürzte sich mit einer blitzartigen Bewegung auf Niccolinos Beine, umklammerte sie mit eisernem Griff und versuchte auf diese Weise, den Riesen zu Fall zu bringen. Und so sehr dieser sich auch wehrte, mit Fausthieben, die Schultern und Kopf des Angreifers wie Hammerschläge trafen, der Mann ließ nicht locker. Als Niccolino am Boden lag, stürzten sich die anderen auf ihn, wie eine Meute Hunde auf ein gestelltes Wildschwein: Einer packte ihn am Arm, ein anderer am Bein, wieder ein anderer versuchte, ihm an die Gurgel zu gehen. Niccolino gelang es, sich die Meute vom Leib zu halten und immer wieder abzuschütteln. Dann griff einer der

Männer, der wohl einsah, wie schwer Niccolino auf diese Weise zu bändigen war, zu einem Pflasterstein, der so groß war wie eine Wassermelone. Damit schlug er mehrere Male mit aller Kraft auf Niccolinos Schädel ein, solange bis mein Gefährte reglos am Boden lag, während aus einer Wunde an der Stirn das Blut hervorzuschießen begann. Einen Moment lang dachte ich, sie hätten ihn umgebracht und auf mich warte jetzt das gleiche Schicksal. Doch dann sah ich, wie die Männer sich daran machten, meinen Freund mit einem dicken Seil zu fesseln: Also lebte er noch.

Mittlerweile hatten die Männer, die mich zu Boden geworfen hatten, damit begonnen, mir wie einem gefährlichen Verbrecher die Hände auf dem Rücken zusammenzubinden. Und da ich laut um Hilfe schrie, drückten sie mir, aus Angst, mein Geschrei könnte die Sbirren auf uns aufmerksam machen, einen dreckigen, stinkenden Hanffetzen in den Mund, der nach ranzigem Fett und Schweiß roch, und einer der Männer zischte mir ins Ohr: »Jetzt werdet ihr dafür bezahlen, daß ihr es einem der mächtigsten Männer Roms gegenüber an Respekt habt fehlen lassen.«

Der Mann, der der Kopf der Bande zu sein schien, stieß nun einen langen Pfiff aus, und auf der Stelle tauchten aus dem Dunkel der Piazza zwei kräftige Maultiere auf, die von zwei Maultiertreibern am Halfter geführt wurden. Die Tiere trugen an einer Flanke große Weidenkörbe, wie man sie für den Transport von Stoffballen oder auch von Kranken und Leichen benutzt. Die Männer packten uns und warfen uns in die Körbe. Ohne sich weiter um uns zu kümmern, setzten sie sich dann in Bewegung, wobei sie wie bei einer Prozession langsam hinter den Maultieren einherschritten.

Ich glaubte zu wissen, wohin wir unterwegs waren. Man verfrachtete uns zum Tiberufer. Offensichtlich war uns das gleiche Schicksal bestimmt wie dem Herzog von Gandìa. Angestrengt fragte ich mich, wer wohl unseren Tod wünschen konnte, als ich plötzlich sah – während wir an einem von zahlreichen Kerzen erleuchteten Tabernakel der Madonna der Sieben Schmerzen vorbeizogen –, daß der größte Teil der Männer, die uns überwältigt hatten, Waffenröcke mit einem deutlich erkennbaren Familienwappen trug: Es zeigte den Adler mit den ausgebreiteten Schwingen und die große Natter mit dem Knäblein im Maul. Die Männer, die uns überwältigt hatten und nun unserem Leben ein Ende machen wollten, standen also im Dienst der Sforza aus Mailand und arbeiteten mit größter Wahrscheinlichkeit für Kardinal Ascanio.

Man konnte sicher nicht behaupten, daß wir es ihm gegenüber an Respekt hatten fehlen lassen. Aber vielleicht fürchtete Ascanio Sforza, wir könnten ihm seine Schuld am Tod des Herzogs von Gandìa nachweisen und hatte sich daher entschlossen, uns für immer aus dem Weg zu räumen.

Wir erreichten das Tiberufer in der Nähe der Engelsbrücke, ohne daß jemand auf uns aufmerksam wurde. Unser trauriger Zug machte jedoch nicht halt, sondern überquerte die Brücke und schlug dann den Weg in Richtung des Porto Ripetta und des Slawonier-Hospitals ein. Vielleicht hatten die Männer Befehl, uns an derselben Stelle abzuladen, an der sie auch die Leiche des Herzogs von Gandìa ins Wasser geworfen hatten. Doch die Maultiere trabten immer weiter, auf dem holprigen, staubigen Pfad, der am Flußhafen entlangführt. Jetzt allmählich begann ich, neue Hoffnung zu schöpfen: Möglicherweise hatte Kardinal Ascanio seinen Männern gar nicht aufgetragen, uns umzubringen, sondern uns zu ihm in seine Villa zu führen, die genau an der Stelle am Flußufer gelegen ist, wo die Via di Ripetta in die Piazza Santa Maria del Popolo einmündet.

Ich hatte recht. Unter den wachsamen Blicken einiger bewaffneter Männer zogen unsere Begleiter mit den Maultieren durch das große Tor in den Garten vor der Villa ein. Hier wurden wir wie billige Ware unsanft abgeladen. Niccolino neben mir kam jetzt wieder zu Sinnen, und da er seiner Fesseln und seines geschundenen Körpers gewahr wurde, begann er, laut und wild zu fluchen. Ich freute mich, denn seine Verwünschungen und Beleidigungen bestätigten mir, daß er seinen Tatendrang nicht verloren hatte. Doch niemand schien ihn zu hören, niemand beachtete ihn. Mir hingegen wurde der Knebel aus dem Mund genommen, an dem ich mittlerweile zu ersticken drohte. Meine Hände blieben jedoch gefesselt. Dann nahmen mich zwei Männer mit gezückten Degen in ihre Mitte und führten mich unter Tritten und Knüffen über eine Treppe und durch einen langen Flur in einen kleinen Raum, wo Kardinal Ascanio Sforza bereits auf mich wartete. Er trug einen leichten Schlafrock und goldbestickte Hausschuhe aus Atlas. Und er war allein.

Kardinal Ascanio war damals noch keine vierzig Jahre alt. Er war groß und kräftig, hatte eine dicke, markante Nase und zeigte die forsche, selbstbewußte Haltung, wie sie allen Männern der Familie Sforza eigen ist. Seit fünf Jahren war er Vizekanzler der Kirche. Er war für seine weitreichenden Beziehungen und seine wichtigen Freundschaften bekannt. So stand er der französischen Krone nahe und genoß den Schutz seines Bruders Lodovico il Moro, des Herzogs von Mailand, und vieler anderer norditalienischer Herrscher. Beim letzten Konklave hatte er das Papstamt angestrebt, doch war seine Kandidatur aufgrund seiner vielfältigen Beziehungen nach Frankreich auf den erbitterten Widerstand der meisten Kardinäle gestoßen.

Es war allgemein bekannt, daß Kardinal Ascanio Sforza zwei tiefen Leidenschaften frönte: der Jagd und den Frauen. So hatte er nicht nur einen großen Verschleiß an Spürhunden, Windhunden und Jagdfalken, sondern auch an Jungfrauen, frisch vermählten Ehefrauen, erfahrenen Huren und auch, so wurde jedenfalls gemunkelt, an Nonnen in Klausur.

Dies war der Mann, der mir jetzt gegenüberstand und mit dem Lächeln eines Wolfes, der ein verlorenes Schaf mustert, zu mir sagte: »Du bist also der berühmte Bonaccorsi.«

»Mein Ruf übersteigt bei weitem meine Verdienste, Eminenz. Aber Ihr habt recht. Ich bin Biagio Bonaccorsi, stets zu Euren Diensten.«

»Am besten kannst du mir zu Diensten sein, wenn du mir sagst, warum du überall in Rom unverschämte Fragen zu meiner

Person stellst und infame Gerüchte über mich in Umlauf bringst.«

»Ich habe nicht im entferntesten daran gedacht, irgend etwas zu tun, was einen Kirchenfürsten beleidigen oder ihm mißfallen könnte.«

Meine Antwort schien dem Kardinal nicht zu genügen, denn seine Miene verfinsterte sich merklich. Sogleich schlug mir der Mann, der rechts neben mir stand, ins Gesicht, und auch der andere wollte da nicht zurückstehen: Er ließ seine Faust mit solcher Gewalt zwischen meinen Schulterblättern niederfahren, daß es mir für einen Moment den Atem nahm.

»Siehst du, jetzt hast du meine Männer nervös gemacht. Denke das nächste Mal also besser nach, bevor du antwortest. Mir ist zu Ohren gekommen, daß du bei einer der bekanntesten Kurtisanen Roms Erkundigungen über mich eingezogen hast, weil ich angeblich der Beschützer dieser Dame sei ... Du weißt sicher, von wem ich spreche.«

Ja, das wußte ich. Lucrezia Pisana hatte mich denunziert, um sich so für den Aufruhr zu rächen, den ich in ihrem Haus entfacht hatte.

»Ja, Ihr habt recht. Ich habe ein paar Fragen gestellt, jedoch allein aus persönlicher Neugier. Ich wollte immer schon wissen, wie die Mächtigen Roms leben.«

Wieder gab der Kardinal seinen Männern ein Zeichen, und die beiden Büttel schlugen mir erneut mit aller Kraft ins Gesicht und ins Kreuz.

»Meine Männer hören sofort auf, wenn du mir die Wahrheit sagst«, sagte der Kardinal in sachlichem Ton.

»Gebietet Euren Männern Einhalt, Exzellenz«, stöhnte ich, »ich werde Euch alles erzählen.«

Die beiden Männer hörten auf, auf mich einzutreten, und halfen mir wieder auf die Beine.

Ascanio Sforza wartete geduldig, bis ich wieder bei Atem war.

»Kardinal Valenza«, sagte ich langsam, wohl wissend, daß gleich ein Donnerwetter losgehen würde, »hat mich gebeten, den oder die Verantwortlichen für die Ermordung seines Bruders Juan, des verblichenen Herzogs von Gandìa, ausfindig zu machen.«

Ich war darauf gefaßt, daß die Männer mir jetzt den Rest geben würden, doch nichts dergleichen geschah. Kardinal Ascanio beschränkte sich darauf, gutmütig zu nicken.

»Bravo«, sagte er, »du hast gut daran getan, mit der Wahrheit herauszurücken. Genau das hatte ich mir auch schon gedacht. Von Anfang an wußte ich über dich Bescheid.« Während seine Stimme einen bedrohlichen Unterton annahm, fügte er hinzu: »Was ich allerdings nicht verstehe, ist, warum du deine Ermittlungen gerade auf mich und meine Männer konzentrierst.«

»Das ist nicht der Fall. Ich kann meinen Auftrag jedoch nur erfüllen, wenn ich systematisch Erkundigungen über alle Personen einziehe, die einen Grund hatten, dem Herzog ans Leder zu wollen. Also über alle Personen, denen der Herzog verhaßt war.«

»Ein richtiger Weg, scheint mir. Ich bin mir allerdings immer noch nicht über die Gründe im klaren, die dich dazu bewogen haben, mich in diesen Kreis mit einzubeziehen, mich, den Kardinal Sforza, der heute sogar vom Papst im Konsistorium von jeder Schuld freigesprochen wurde ...«

»Mir wurde berichtet, der Herzog von Gandìa habe einen Eurer Armbrustschützen und vier weitere Männer Eurer Gefolgschaft festnehmen und auf grausame Weise hinrichten lassen.«

»Wenn du dich von solch gewöhnlichen Vorkommnissen beeindrucken läßt, mußt du deine Ermittlungen auf ganz Rom ausdehnen.«

»Genau das versuchen wir«, sagte ich, »und wir scheuen uns auch nicht, uns über sehr mächtige Leute zu erkundigen, trotz aller Schwierigkeiten, auf die wir dabei stoßen.«

»Ich würde gerne von dir wissen, welche Schlußfolgerungen du schon gezogen hast. Bist du bereit, mir Genaueres darüber zu erzählen?«

Bei diesen Worten gab er seinen Männern ein Zeichen, sich bereit zu halten, um mir gegebenenfalls, das heißt wenn ihn meine

Antwort nicht zufriedenstellen sollte, die Seele aus dem Leib zu prügeln.

»Ich bin mehr und mehr zu der Überzeugung gelangt«, erklärte ich ohne langes Zaudern, »daß die Ermordung des Herzogs von Gandìa kein einfacher Racheakt eines zornigen Vaters war, und auch nicht der eines eifersüchtigen Gatten, einer geschändeten Frau oder eines in der Ehre verletzten Mannes. Nein, die Sache ist vielschichtiger und komplizierter. Das Verbrechen wurde von langer Hand vorbereitet, mit Sicherheit von einem genialen Kopf, der zunächst den Plan dazu ausheckte und nun, nach vollbrachter Tat, dabei ist, alle Spuren zu verwischen, die zu ihm führen könnten. Es handelt sich also um eine sehr mächtige Person, die sich auf eine große Gefolgschaft, viel Geld und beste Beziehungen in Rom stützen kann. Und diese Person setzt alles daran, Beweise zu vernichten und falsche Fährten auszulegen. Denn würde man ihr Spiel durchschauen, hätte sie sehr viel zu verlieren ...«

»Bravo Maestro ... Eine gute Antwort«, unterbrach mich der Kardinal, der jetzt zum ersten Mal in freundlichem Ton mit mir redete. Und er lächelte mich sogar an, was mir einen Schauer über den Rücken jagte. »Ich muß sagen, es tut mir richtig leid, daß du nicht in meinen Diensten stehst. Du bist tüchtiger, als ich dachte, und hast anscheinend den richtigen Weg eingeschlagen. Deine Worte kennzeichnen sehr treffend die Person, die meiner Meinung nach tatsächlich für das Verbrechen verantwortlich ist: Die Person also, die vom Tod des Herzogs am meisten profitiert. Wie man schon in der Antike wußte, hat man sich in solchen Fällen immer zu fragen: *cui prodest*. Und du hast gerade sehr treffend jenen Mann beschrieben, dem dieser Tod von größtem Nutzen ist ...«

»Und wer soll das sein?«

»Jetzt enttäuschst du mich wieder. Vor lauter Bäumen siehst du den Wald nicht. Wem könnte der Tod des Herzogs mehr nützen als seinem älteren Bruder? Ich spreche von Cesare Borgia, dem Kardinal Valenza.«

»Ist es denn möglich, daß ein Mann praktisch unter den Augen von Vater und Mutter den eigenen Bruder umbringt?« murmelte ich verwirrt.

»Den großartigen Plänen Cesare Borgias stand immer ein unüberwindliches Hindernis im Wege – der Herzog von Gandìa«, erklärte der Kardinal geduldig. »Cesare träumt davon, weltlicher Herrscher in einem großen Staat zu werden, der Romagna zum Beispiel, oder auch Ungarn oder Neapel. Er fühlt sich als Mann der Tat, als Eroberer und Kriegsherr, und ganz sicher nicht als Pfaffe. Wie ich erfahren habe, hat er sich vor kurzem erst von einem Handwerker ein wunderschönes Schwert schmieden lassen, mit dem eingravierten Motto: *Aut Caesar, aut nihil*, entweder Caesar oder gar nichts. Eindeutiger geht es wohl nicht mehr. Als ersten Schritt seiner militärischen Laufbahn hat er sich die Liquidierung der Adelsfamilien im römischen Umland vorgenommen, der Colonna und Orsini, der Savelli und Caetani, die wie ein Ring die territoriale Macht des Papstes einschnüren und fast ersticken. Der zweite Schritt wird die Auslöschung der Kleinstaaten im Kirchenstaat selbst, der sogenannten ›Vicariati‹, sein. Er will alle Vikare* der Kirche verjagen und sie möglicherweise – um den Borgia die alleinige Kontrolle zu sichern – wie Hunde niedermetzeln lassen.«

»Sind dies nicht Pläne, mit deren Ausführung der Heilige Vater, Alexander VI., zur Zeit schon befaßt ist?«

»Ja, du hast recht«, stimmte Kardinal Sforza zu. »Und genau dadurch wurde der Bruderhaß Kardinal Valenzas erst richtig entfacht. Denn bei der großangelegten Militäraktion gegen die Orsini mußte Cesare voller Zorn und Neid untätig mitansehen, wie der Papst dem jungen, unerfahrenen Herzog von Gandìa das Oberkommando anvertraute. Das Resultat kennst du. Aber noch

* Im Kirchenstaat wurden Städte und Ländereien vom Papst an mächtige Familien vergeben, die als *Vicari apostolici* fungierten. Z. B. die Malatesta in Rimini, Fano und Cesena oder die Da Polenta in Ravenna, d. Übers.

nicht einmal durch die schimpfliche Niederlage bei Soriano nel Cimino wurden dem Papst die Augen geöffnet. Bei jeder Gelegenheit hat er dem Herzog neue Titel und neue Besitzungen zukommen lassen. Ihm war das Fürstentum Benevento und Terracina zugedacht. Ihm der Thron des Königreichs Neapel vorherbestimmt, für den Fall, daß die Aragona vom aufgebrachten Volk verjagt würden. Mir ist sogar zu Ohren gekommen, er habe als Anwärter auf den Herzogtitel von Città di Castello bereitgestanden, wenn die verhaßte Herrschaft der Familie Vitelli unter dem Volkszorn – den man durch Geheimagenten nach Kräften schürte – zusammengebrochen wäre ...«

Zum zweiten Mal schon innerhalb der letzten Tage erwähnte jemand im Gespräch mit mir die Stadt Città di Castello. Bei wem war der Name zuerst gefallen? Richtig, bei Filippa, als sie mir vom Gastmahl im Hause ihrer Herrin Vannozza erzählte. Aber nicht im Zusammenhang mit dem Herzog von Gandìa, sondern mit seinem Bruder Jofré, der sich nicht hatte entschließen können, ob er allein oder in Begleitung seiner Gattin Sancia dorthin reisen sollte. Was hatte der Bruder des Herzogs in Città di Castello zu tun? War er vielleicht der Geheimagent ...? Ich würde später gründlicher darüber nachdenken. Im Moment hatte ich den Ausführungen Ascanio Sforzas zu folgen.

» ... ich denke, für Cesare Borgia gab es nur eine einzige Möglichkeit, um aus der Sackgasse herauszufinden, in die ihn die Politik seines Vaters manövriert hatte: seinen Bruder umzubringen oder umbringen zu lassen, um dann die Priesterwürde abzulegen und sich an seiner Statt zum Generalkapitän der Kirche ernennen zu lassen. Diese Ernennung bahnt ihm den Weg zu einer militärischen Laufbahn und zu großen Eroberungen in Italien und Europa. Was meinst du? Ist der verhinderte Ehrgeiz Cesares, der zu einem Pfaffendasein verdammt ist, während er davon träumt, ein neuer Alexander der Große zu werden, nicht ein ausreichendes Motiv für eine solch abscheuliche Tat wie den Brudermord? Ein Verbrechen, das, wie die Geschichte lehrt, typisch ist für ehrgeizige Fürsten. Hinzu kommt noch die krankhafte Eifersucht, die Kardinal Valenza gegenüber seinem jüngeren Bruder hegte. Man weiß ja, daß die beiden oft in dieselben Frauen verliebt waren, unter anderem auch Frauen aus der eigenen Familie. Und es sieht so aus, als wenn diese Frauen durchweg dem Jüngeren, Feurigeren, Verdorbeneren den Vorzug gaben: einem Mann, der auch für die Liebe in Gruppen und für die perversesten Spiele zu haben war. Aus diesem Grund will ich dir, lieber Maestro, noch einen Rat geben, der dir sicher bei der Lösung des Rätsels sehr zugute kommen wird.«

»Einen guten Rat, Exzellenz, weist man nie zurück, besonders in meiner Situation.«

»Du mußt dir klarmachen«, fuhr Ascanio Sforza fort, »daß es einen schwachen Punkt gibt in der Mauer des Schweigens und der Komplizenschaft, die den Kardinal Valenza von allen Seiten umgibt. Und das sind die Frauen. Dieser Spur mußt du bei deinen Ermittlungen folgen … Frauen sind von Natur aus flatterhaft und unbeständig. Sie haben kein Hirn und können kein Geheimnis wahren, weil sie Klatsch und Tratsch über alles lieben. Wenn du wirklich so schlau bist, wie man sagt, wirst du jetzt so schnell wie möglich Lucrezia Borgia und Sancia d'Aragona befragen. Ich bin sicher, sie werden dir unglaubliche Dinge berichten können, Dinge, die dich auf den richtigen Weg bringen werden – vorausgesetzt, du willst immer noch den Mörder des Herzogs von Gandìa finden. Den wahren Mörder.«

»Eine Befragung Lucrezia Borgias und ihrer Dienerschaft habe ich fest eingeplant. Vorausgesetzt natürlich, Ihr erlaubt es mir, Euer gastliches Haus zu verlassen und in den Palazzo Della Rovere zurückzukehren.«

»Von diesem Moment an kannst du tun, was dir beliebt. Ich betrachte dich als Freund, weil ich jetzt weiß, daß du die Wahrheit suchst.«

Mit einer aufgrund der zahlreichen Tritte und Schläge ins Kreuz nur angedeuteten Verbeugung und im gestelzt unterwürfigen Ton eines Höflings sagte ich: »Monsignore, mit Eurer gütigen Erlaubnis bitte ich darum, mich verabschieden und in den

Palazzo zurückkehren zu dürfen. Wenn möglich, in Begleitung meines Gefährten Niccolino, der beim Zusammentreffen mit Euren Männern den kürzeren gezogen hat und, wie mir scheint, der Pflege bedarf.«

»Mein lieber Bonaccorsi, wenn du willst, kannst du morgen gerne nach Hause gehen. Diese Nacht aber seid ihr, du und dein Freund Niccolino, meine Gäste. Ich habe einiges gutzumachen bei euch, zumal Niccolino beim Zusammenstoß mit meinen Soldaten ernstlich verletzt wurde. Mein Leibarzt persönlich wird ihn untersuchen. Ich würde es mir nie verzeihen, wenn die erlittene Behandlung bleibende Spuren hinterlassen würde – und er mir auch nicht.«

Obwohl uns immer noch alle Knochen im Leibe weh taten, lebten Niccolino und ich in jener Nacht wie im Paradies. Knappen und Schreiber haben ja nicht oft Gelegenheit, nach Herzenslust über Küche, Vorratskammer und Weinkeller eines reichen Palastes zu verfügen. Und wir machten hemmungslos Gebrauch davon. Wir waren schon mehr als satt, unsere Bäuche gefüllt mit Fleisch und Wein, als sich mitten in der Nacht zwei Dienerinnen des Hauses zu uns gesellten, zwei Mädchen von vielleicht sechzehn Jahren, mollig und weich, mit einer Haut so weiß wie Brotkrumen, die ganz keck zu uns sagten: »Der Haushofmeister hat uns befohlen, euch in allem, was ihr gerne habt, zu Gefallen zu sein.«

Dann begannen sie, sich auszuziehen. Niccolino und ich starrten sie verblüfft an. Die Großzügigkeit und Gastfreundschaft Kardinal Ascanio Sforzas übertraf nun wirklich alle Erwartungen.

Bevor wir nach Hause gingen, erlaubten wir uns eine letzte Karaffe Casteggio-Weins. Niccolino schien sehr befriedigt über den Ausgang unseres nächtlichen Abenteuers und hatte auch die Verletzung durch den Pflasterstein vollkommen vergessen. Gut gelaunt und angetrunken stimmten wir gemeinsam, fast gerührt, ein Loblied an auf die außergewöhnliche Gastfreundschaft Kardinal

Sforzas. Dabei wurde mir deutlich bewußt, daß die Sforzas im Grunde keine Mailänder Familie sind, sondern ganz unverkennbar romagnolisches Blut in ihren Adern fließt. Giacomuzzo Sforza, Muzio genannt, Vater des berühmten Francesco Sforza und Großvater sowohl Ascanios als auch Lodovicos il Moro, mit dem der Aufstieg der Familie begann, war zunächst nur ein armer Bauer aus der Romagna gewesen, der noch Beinkleider aus Tuch getragen hatte. Von Cotignola, seiner Heimatstadt, war er dann ausgezogen, um sein Glück zu machen – und hatte es auch gefunden. Aber sowohl er als auch seine Enkel waren, so sagte man, im Herzen und in ihren Gebräuchen Romagnolen geblieben. Und aus der Tradition der Romagna rührte auch ihr außerordentlicher Sinn für Gastfreundschaft. Aber ich fragte mich jetzt, ob die Gastfreundschaft Ascanio Sforzas wirklich typisch romagnolisch war, oder ob man sie nicht eher als Versuch sehen mußte, uns zu kaufen und auf die Seite der Sforza zu ziehen. Wie es schon bei dem großen Dichter Virgil heißt: *Timeo Danaos et dona ferentes*, und dem kann ich nur zustimmen. Mißtraue den Sforza, auch wenn sie dich mit Gaben überhäufen – und mit jungen, appetitlichen Dienerinnen, weiß und weich wie Ricotta aus Siena.

VIII

Es war nun an der Zeit, Lucrezia Borgia, der Herrin von Pesaro, einige Fragen zu stellen.

Obwohl ich Niccolino als Bediensteten Cesare Borgias nicht mehr ganz traute, bat ich ihn, mich zu begleiten. Ich wollte nicht, daß er sich wieder allein gelassen und verraten fühlte und mir deswegen etwas vorheulte. Aber vor allem sollte er keinen Verdacht schöpfen.

»Wir brauchen sicher die Erlaubnis des Papstes, um zu Lucrezia in diesem abgeschotteten Kloster vorzudringen«, meinte er, nachdem ich ihn zum Mitkommen aufgefordert hatte.

»Nein, es wird sicher nicht nötig sein, den Heiligen Vater zu bemühen«, erwiderte ich. »Ihr Bruder, Kardinal Valenza, wird uns sicher ein Empfehlungsschreiben aufsetzen können.«

»Dann wäre es vielleicht noch besser, sich an Adriana Mila zu wenden. Sie war nicht nur die Amme und Lehrerin Lucrezias, sondern hat auch Mutterstelle bei ihr eingenommen.«

»Aber dann bräuchten wir wieder jemanden, der uns zu ihr führt und mit ihr bekannt macht. Auch zu ihr soll man nur sehr schwer vordringen können.«

»Wenn's weiter nichts ist ... Ich kenne Madonna Adriana. Sie liebt mich wie einen eigenen Sohn, seit der Zeit, als ich in den Dienst des Kardinals trat. Auch Cesare Borgia wurde als Knabe praktisch von ihr aufgezogen. Und auch er betrachtet sie als seine zweite Mutter. Wenn Ihr wollt, können wir sie sogleich aufsuchen.«

»Laß uns lieber zuerst beim Palazzo Della Rovere vorbeigehen. Dort können wir uns etwas ausruhen, uns waschen und eine Kleinigkeit essen. Mein Rücken ist doch arg mitgenommen. Und du hast immer noch deinen blutbesudelten Rock an. Du siehst aus wie ein Straßenräuber. Außerdem muß ich wenigstens mein Hemd und meine Beinkleider wechseln, die mir die Schergen des Kardinals zerrissen haben.«

»Ihr habt recht. Ich hätte auch nicht wenig Lust, mich einige Stunden aufs Ohr zu legen. Und danach könnten wir in die Badestube runtergehen. Ich würde gern den Straßenstaub von meinem Körper waschen, und den Gestank der Medikamente, mit denen sie meine Wunde behandelt haben.«

»Und ordentlich rasieren müssen wir uns auch mal. Mit unseren Dreitagebärten sehen wir wie Taugenichtse aus und werden es schwer haben, Zugang zu einem strengen Nonnenkloster zu bekommen.«

»Einverstanden, Maestro. Und wenn ich es mir recht überlege, werden wohl zwei Stündchen Schlaf nicht ausreichen«, lächelte Niccolino, »nicht nach dem langen Ritt heute nacht ...«

Wir schliefen bis zum Morgengrauen des folgenden Tages. Und nachdem wir eine gute Stunde in der Badestube verbracht hatten, verging eine weitere Stunde, bis wir ausgehfertig waren. Frisch gewaschen, rasiert und mit Rosenwasser parfümiert, in sauberer Kleidung und mit Lederschuhen an den Füßen, wie es sich für Bedienstete eines reichen und mächtigen Kardinals geziemt, machten wir uns auf den Weg zum Haus von Adriana Mila, nicht weit vom Palast Cesare Borgias entfernt.

Das Gebäude, in dem Adriana wohnte, der »Palazzo di Santa Maria in Portico« nahe der gleichnamigen Kirche, war ein schönes, zweistöckiges Herrenhaus mit einem großen, wohlgepflegten Garten. Der Pförtner erkannte Niccolino, und so hatten wir keinerlei Schwierigkeiten hineinzugelangen. Adriana Mila war gerade dabei, den Mägden die Essensrationen für den Tag zuzuteilen. Sie maß Scheffel Mehl ab, teilte Flaschen mit Olivenöl, Körbe mit Eiern und Berge von frischem Gemüse aus und wies jeder Magd eine kleine Menge Wein und Fleisch zu. Als sie uns sah, begrüßte sie Niccolino wie einen verlorenen Sohn, nahm ihn in ihre Arme und bedeckte ihn mit Küssen.

Madonna Adriana könnte man als die Person bezeichnen, die die Schlüssel zum Herzen Papst Alexander VI. besaß und es nach eigenem Gutdünken öffnete und verschloß. Sie war die Tochter von Rodrigo Borgias Bruder Pedro Luiz, der zur Zeit des Borgia-Papstes Kalixtus III. nach Rom gekommen war. Hier war sie geboren, und in dieser Stadt, die ihr mehr als eine zweite Heimat war, war ihr nichts fremd, wußte sie um jedes Geheimnis, jede Intrige. Seit der Zeit, als ihr Vetter Rodrigo ein junger Kardinal war, war sie ihm mit ihrer Schönheit und ihren weiblichen Reizen zu Willen gewesen. Und noch bevor diese verblüht waren, hatte sie dann – um seine Freundschaft und seine Protektion nicht zu verlieren – damit begonnen, ihrem lüsternen Blutsverwandten die jungen Mädchen zuzuführen, an denen er so großen Gefallen fand. Und so hatte sie in jenen Jahren zu Rodrigo Borgia ein sehr inniges Verhältnis, war seine Vertraute bei seinem skandalösen Lebenswandel, ja seine wichtigste, fast allmächtige Freundin.

Ihre enge Beziehung hatte sich dann gelockert, als Rodrigo sich in Vannozza De Cattaneis verliebte, die ihm fünf Kinder gebar. In jener Zeit heiratete Adriana einen Orsini, und zwar Lodovico, den Herrn von Bassanello, der ihr ein schönes Haus am Monte Giordano im Herzen Roms schenkte. Ein Haus, das von Adriana sehr offen geführt wurde und wo die angesehensten und mächtigsten Persönlichkeiten Roms ein und aus gingen.

Und als dann auch Vannozzas Reize zu verblühen begannen, kam der Papst wieder auf Adriana Mila zurück. Und von neuem versorgte sie ihn mit blutjungen Mädchen, die ihm eine Ausflucht boten aus seinem Alltagsleben, das einem normalen Eheleben sehr ähnlich geworden war. Und so wie Vannozzas Stern nach und nach unterging, so gewann der von Adriana neuen Glanz. Mehr und mehr eroberte sie sich eine herausragende Position in der Stadt und in den Palästen des Vatikans.

Adriana war eine sehr feine und gebildete Frau. Sie kannte den *Canzoniere* von Petrarca auswendig. Ebenso Dantes *Commedia* und Boccaccios *Centonovelle*, sprach mehrere Sprachen, unter anderem jene, die damals in den päpstlichen Palästen die gebräuchlichsten waren: Latein, Kastilisch und Katalanisch. Und darüber hinaus hatte sie nach der Heirat mit dem Orsini bewiesen, daß sie mit geschickter Hand ein eigenes Haus zu führen verstand. Aus diesem Grund wählte Alexander VI. sie zur Amme der Kinder, die ihm Vannozza De Cattaneis geboren hatte und schenkte ihr dazu einen wunderschönen Palast, den er von Kardinal Giovan Battista Zeno erworben hatte. Und so zog Adriana nach Santa Maria in Portico, nicht weit vom Vatikan entfernt, denn es lag dem Papst viel daran, seine Kinder, wann immer er Lust dazu hatte, um sich zu haben.

Jahrelang wünschte Adriana sich eine kleine Tochter, schön und gehorsam, aus der sie eine künftige Konkubine des Papstes machen wollte. Aber sie gebar nur einen Sohn, der weder schön war noch schlau, sondern mißgestaltet und dumm. Sie nannte ihn Orsino. Später verheiratete sie ihn mit der Tochter des ungeschlachten, aber mächtigen Pier Luigi Farnese. Das Mädchen hieß Giulia und wuchs mit den Jahren zu einer der faszinierendsten Frauen Roms heran, weswegen man sie bald auch nur noch Giulia la Bella, die schöne Giulia nannte. Und so wurde Adriana, der es das Schicksal verwehrt hatte, eine Tochter mit dem Papst verkuppeln zu können, zur Kupplerin ihrer Schwiegertochter. Damals teilte der Papst schon seit zehn Jahren nicht mehr das Bett mit Vannozza, und als er dann Giulia kennenlernte, verliebte er sich auf der Stelle hoffnungslos in sie. Um seine Gelüste stets ungestört ausleben zu können, überhäufte der Papst sie – ebenso wie Giulia – mit Schenkungen, Gütern und Privilegien. Und auch die Farnese erkannten in der voll entbrannten Altersleidenschaft des Papstes die einzigartige Gelegenheit, ihrer bescheidenen Familie zu nie gekannter Macht und Ansehen zu verhelfen. Eins der päpstlichen Geschenke an Pier Luigi, den Vater Giulias, war zum Beispiel die Ernennung seines Sohnes Alessandro zum Kardinal der Heiligen Römischen Kirche, obwohl dieser ein unfähiger und unnützer Lümmel war, der überall den denkbar schlechtesten Ruf genoß. Orsino Orsini aber, der rechtmäßige Gatte Giulias, ließ das alles mit sich machen und sah dem Treiben tatenlos zu. Der Papst hatte ihn in die kleine Burg seiner Vorfahren in Bassanello verbannt, mit der Auflage, sich nie in Rom blicken zu lassen. Doch ab und zu besuchte ihn Giulia dort heimlich, um ihm Gelegenheit zu geben, seine ehelichen Rechte auszuüben. Und wenn die junge Frau aus Rom floh und wie eine brünstige Stute zu ihrem Hengst eilte, wurde der Papst fast verrückt vor Eifersucht und Wut.

Trotz dieser gelegentlichen Eintrübungen war Adriana Mila immer noch der Mensch mit dem größten Einfluß auf den Papst. Ohne ihren Segen wurde im Vatikan keine Entscheidung getroffen, und deshalb galt sie allgemein als die eigentliche Herrin von Rom, als Päpstin, wie manche, etwas einfältige Höflinge auch sagten.

Da Niccolino mich in ihr Haus eingeführt hatte, wurde ich jetzt von der Päpstin sehr herzlich empfangen. Besaß sie die Schlüssel zum Herzen des Papstes, so besaß Niccolino zweifellos

– aus Gründen, die mir unbekannt waren, sicher aber mit seiner stattlichen männlichen Erscheinung zu tun hatten – die Schlüssel zum Herzen dieser Frau. Nach der Begrüßung wusch sich Adriana die Hände, legte die Schürze ab und führte uns in einen Raum im ersten Obergeschoß des Palastes, der ganz neutral »Gästezimmer« genannt wurde. Es war aber der Raum, wo der Papst mit Giulia la Bella zusammen war, so oft es ihm seine sechsundsechzig Jahre und seine zahlreichen Verpflichtungen als Oberhaupt der Christenheit erlaubten.

»Wie schön, daß du dich ab und zu wenigstens an die Frau erinnerst, die dich wie eine Mutter liebt«, sagte Adriana fröhlich. »Mir ist zu Ohren gekommen, daß Kardinal Cesare dir seit einiger Zeit wichtige Aufgaben anvertraut. Er schätzt dich sehr, und das freut mich über alle Maßen. Ich weiß, du verdienst sein Vertrauen, denn du warst ihm stets ein gehorsamer Diener. Doch wenn du mich besuchst, heißt das wohl, daß du meine Hilfe brauchst. Nicht wahr?«

»Ihr habt recht wie immer, Madonna Adriana«, sagte Niccolino, verlegen wie ein Junge, den man auf einem Feigenbaum erwischt hat. »Wenn jemand in Rom Hilfe braucht, denkt er sofort an Euch, denn Ihr seid die großzügigste Frau der ganzen Stadt.«

»Und du weißt, daß ich dir noch nie etwas abschlagen konnte.«

»Mein Freund hier, Maestro Biagio, und ich möchten gerne von Euch wissen, ob Ihr in der Lage seid, uns zu Eurem Patenkind, der göttlichen Lucrezia Borgia, Zugang zu verschaffen.«

Bei dem Namen Lucrezia versteifte sich Adriana augenblicklich und begann, uns mißtrauisch zu mustern.

»Zunächst muß ich wissen, welcher Arbeit dein Freund nachgeht«, sagte sie, um Zeit zu gewinnen. »Ist er vielleicht Arzt, da du ihn Maestro nennst?«

»Mein Freund ist nur ein kluger Kuriale, der das Vertrauen Kardinal Valenzas genießt.«

Die Frau drehte sich zu mir um und sah mich an, als wolle sie die Gedanken lesen, die mir in jenem Moment durch den Kopf gingen.

»Maestro«, sagte sie, »warum wollt Ihr mit Lucrezia sprechen?«

»Einer der Gründe für das Vertrauen, mit dem mich Kardinal Valenza beehrt, ist der, daß ich niemals und niemandem seine Geheimnisse verrate.«

»Das stimmt«, pflichtete Niccolino mir bei. »Und da ich es war, der ihn zu Euch geführt hat, könnt Ihr sicher sein, daß es sich bei ihm um einen treuen Diener des Hauses Borgia handelt.«

»Entschuldigt mein Mißtrauen«, sagte Adriana. »Der Heilige Vater persönlich hat mir aufgetragen, über Lucrezia zu wachen und niemandem zu erlauben, ihr zu nahe zu kommen. Denn Ihr müßt wissen, Giovanni Sforza, ihr Gatte, läßt schon seit geraumer Zeit nichts unversucht, um Kontakt mit ihr aufzunehmen. Ja, er will sie dazu bringen, aus dem Kloster zu ihm nach Mailand zu fliehen, wo er sich unter den Schutz Lodovicos il Moro gestellt hat.«

»Und Ihr haltet es für möglich, daß sich Lucrezia für dieses Vorhaben gewinnen ließe?« fragte ich.

»Soweit mir bekannt ist«, antwortete Adriana, »hält sie sich nicht gegen ihren Willen im Kloster San Sisto auf ... Meine Lucrezia ist ein gehorsames und frommes Mädchen, und es käme ihr nie in den Sinn, sich den Plänen ihres Vaters entgegenzustellen. Ich weiß, daß der Papst ihre gescheiterte Ehe mit Anstand beenden will. Das heißt, er will eine Scheidung für seine geliebte Tochter erreichen, indem er die Ehe wegen erwiesener Impotenz des Ehegatten für ungültig erklären läßt. Und danach soll sie einen Prinzen aus dem Königshaus Aragon in Neapel heiraten. Ihr seht, der Heilige Vater hat Großes vor mit seinen Kindern. Aber wenn ihr treue Diener Kardinal Valenzas seid, müßtet ihr eigentlich darüber unterrichtet sein.«

»Ja, das sind wir. Aber nicht darüber wollte ich mit Euch sprechen«, stellte ich klar. »Mich interessieren andere Dinge.«

»Und deswegen sind wir hier, Madonna Adriana«, fügte Niccolino hinzu. »Wir möchten von Euch wissen, ob Ihr uns mit Lucrezia zusammenbringen könnt?«

»Ja, natürlich kann ich das«, antwortete Adriana Mila. »Zunächst wollte ich jedoch sichergehen, daß Ihr sie mit guten Absichten sprechen wollt, und nicht um ihr eine Botschaft ihres Mannes oder irgendeines anderen Sforza zu überbringen. Ich werde euch einen Brief an Schwester Girolama Pichi mitgeben. Sie ist die Äbtissin dieser Oase des Friedens und der Einkehr, wo Mädchen aus vornehmen Familien ein neues Zuhause finden, die den Verlockungen und Gefahren der Welt entfliehen wollen.«

Sie ging zu einem kleinen Schreibtisch, nahm einen Briefbogen zur Hand und beschrieb ihn mit einer breiten, gestochenen Handschrift. Dann faltete sie den Bogen dreimal und verschloß ihn mit dem Siegel der Borgia.

Niccolino und ich überquerten erneut die Engelsbrücke und gelangten bald in die Gegend des Campo Vaccino und Circus Maximus. Hier endet die eigentliche Stadt, und eine unwirtliche Gegend beginnt. Zwischen Gestrüpp und dichten Dornenbüschen liegen wild verstreut Gemüse- und Weingärten. Hunde streunen umher, die so wild und gefährlich sind wie die Wölfe in den Abruzzen. Daher legten wir nun beide die Hand an die Degen. Um uns in diesem Labyrinth zu orientieren, in dem es praktisch keine Pfade gibt, suchten wir immer wieder mit Blicken die großen Bögen der zerstörten Caracallathermen. Denn direkt dahinter liegt das Dominikanerinnenkloster San Sisto. Nicht um eine Einsiedelei zu schaffen, hat man es in dieser wilden, unzugänglichen Gegend errichtet, sondern weil der Heilige Dominikus, der Legende nach, an diesem Ort den Leichnam eines von Briganten ermordeten Pilgers gefunden haben soll. Er erweckte ihn wieder zum Leben, und so konnte dieser das Gelübde erfüllen, das ihn in die Stadt des Heiligen Petrus geführt hatte.

Von außen schon strahlte der ganze Klosterbereich Ruhe, Ordnung, Sauberkeit, Würde und Einkehr aus. Wir zogen an der Glocke des Kreuzgangs und sogleich erschien eine Nonne, die wie alle Klosterpförtnerinnen uralt war. Für diese Aufgabe werden stets die betagtesten Schwestern ausgewählt, weil sie die Verbindung des Klosters zur Außenwelt darstellen und daher gefeit sein müssen gegen fleischliche Versuchungen. Und unsere Schwester war bestimmt hundert Jahre alt, denn sie war dünn wie ein Nagel und faltig wie Hecuba.

Als wir ihr unser Anliegen erklärt hatten, wollte sie zunächst den Brief mit dem päpstlichen Siegel sehen. Dann rief sie eine Laienschwester herbei, damit diese der Äbtissin, Suor Girolama, unser Empfehlungsschreiben überbringe. Gleich darauf kam die Laienschwester schon zurück, neben ihr jene Frau, an die die Zeilen gerichtet waren.

»Seid ihr die Herren, die mich zu sprechen wünschen?« fragte Suor Girolama.

Noch bevor wir antworten konnten, entließ sie mit einer Handbewegung die anderen Schwestern. Und während die Laienschwester der Aufforderung gleichgültig nachkam, schien es die Alte sehr zu bedauern, unser Gespräch nicht mit anhören zu dürfen.

»Zunächst möchte ich euch darum bitten«, begann die Äbtissin, »trotz eures Empfehlungsschreibens darauf zu verzichten, das Klosterinnere zu betreten. Ich möchte nicht, daß durch die Anwesenheit zweier wohlgestalteter junger Männer die frommen Gedanken der auserwählten Mädchen gestört werden, die an diesem geweihten Ort Schutz und Zuflucht vor der Welt gefunden haben.«

»Diesem Wunsch wollen wir gerne entsprechen«, beeilte ich mich zu versichern, »wenn Ihr uns nur Gelegenheit gebt, mit Madonna Lucrezia zu sprechen.«

»Ihr könnt sie im Parlatorium treffen. Es ist so gemütlich und hell, wie unsere strengen Regeln es zulassen. Jedoch kann ich euch nicht mit ihr alleine lassen. Ich werde bei eurem Gespräch zugegen sein, wie es die heilige Regel unseres Ordens vorschreibt.«

»Hochverehrte Mutter«, erwiderte ich, »wir haben nichts dagegen, uns mit Madonna Lucrezia im Parlatorium zu treffen. Eure Anwesenheit können wir jedoch keinesfalls zulassen. Wir haben über heikle Familienangelegenheiten zu sprechen und über

Dinge, bei denen nur verheiratete Frauen sich auskennen. Über Themen also, die nicht für die keuschen Ohren einer Schwester bestimmt sind, die sich, wie Ihr, der Liebe zu unserem Herrn Jesus Christus verschrieben hat und schon im Ruf der Heiligkeit steht.«

»Ja, was sind das denn für Dinge, die ich nicht wissen darf? Worüber wollt ihr mit der jungen Lucrezia sprechen?«

»Über die Impotenz ihres Mannes«, antwortete ich ohne Umschweife. »Über seine Unfähigkeit, sich mit seiner Gattin fleischlich zu vereinigen und sie zu schwängern.«

Da ich sah, wie mich die Äbtissin verstört anstarrte, entschloß ich mich, noch eins drauf zu geben. Ich wollte ihr unbedingt die Lust nehmen, unserem Gespräch mit Lucrezia beizuwohnen, und so erklärte ich mit drastischen Worten: »Wir haben mit Madonna Lucrezia zu klären, ob ihr Gatte, wenn er in sie einzudringen versuchte, von einer *impotentia coeundi* befallen wurde oder von einer *impotentia erigendi*, oder einfacher gesagt, ob ihm eine *impotentia penetrandi in vas voluptatis* zu schaffen machte. Und ob sie in diesem Fall gezwungen war, vom *fellatio* Gebrauch zu machen, um seine schlummernden Sinne zu wecken. Versteht Ihr, was ich von Lucrezia erfahren möchte, hochverehrte Mutter? Ihr wißt doch, was *fellatio* ist?«

»Nein, ich glaube nicht ...«, antwortete die Äbtissin verwirrt. »Ich werde euch wohl allein lassen können, da Lucrezia keine Novizin, sondern nur Gast bei uns ist. Außerdem ist sie rechtmäßig verheiratet. Eure Unterredung darf jedoch nicht länger als zehn Minuten dauern. Mehr kann ich euch nicht zugestehen ... Und nun geht und folgt der Schwester Guardian. Aber wie gesagt: Nicht länger als zehn Minuten ... Ich werde die Sanduhr sogleich in Bewegung setzen.«

Die Schwester Guardian musterte uns neugierig von oben bis unten und ging uns dann voraus zum Parlatorium, das außerhalb des Klausurbereichs lag. Es handelte sich um einen großen Raum mit einer sehr hohen Decke, in den nur wenig Licht fiel, und zwar durch zwei winzige Fenster in drei Ruten Höhe über dem Fußboden. Ein hohes Holzgitter, das bis zur Decke reichte, unterteilte der Länge nach den ganzen Raum.

Wenige Augenblicke nachdem wir das Parlatorium betreten hatten, erschien Lucrezia Borgia in der Tür jenseits des Holzgitters. Sie wurde von einer jungen Laienschwester begleitet, deren außergewöhnliche Schönheit trotz des Nonnenschleiers sofort ins Auge sprang. Aufmerksam, ja man kann fast sagen neugierig, schaute sie mich an und ließ dabei jene Zurückhaltung vollkommen vermissen, die sich für junge Nonnen geziemt: Denn die Ordensregeln schreiben ihnen vor, den Blick stets auf den Boden zu richten. Einen Augenblick schien es mir, als kenne ich dieses neugierige Mädchen. Doch bevor ich darüber nachdenken konnte, wer sie wohl war und wo ich sie vielleicht kennengelernt hatte, verschwand sie und ließ Madonna Lucrezia mit uns allein.

Jetzt stand sie also vor mir, jenseits des Holzgitters, nur wenige Schritte von mir entfernt: Lucrezia Borgia, die Herrin von Pesaro und Tochter des Heiligen Vaters. Es war das erste Mal, daß ich sie aus nächster Nähe sah und aufmerksam betrachten konnte. Die junge Frau trug weltliche Kleidung, kein Nonnengewand, und erstrahlte in der ganzen Schönheit ihrer siebzehn Jahre. Im Halbdunkel des Parlatoriums erschien sie mir ganz genau so, wie sie heute in Gestalt der Heiligen Katharina für alle Welt zu sehen ist. Und zwar in dem Fresko, das Pinturicchio für den Vatikan gemalt hat und das den »Disput der Heiligen Katharina vor Kaiser Maximinus« darstellt. Ihr ovales Gesicht mit den großen, tiefblau strahlenden Augen wurde von langen blonden Haaren umrahmt und erhellt, die natürlich gelockt waren und über ihre Schultern bis fast zu den Hüften fielen. Lucrezia soll damals das genaue Ebenbild ihrer Mutter gewesen sein, als diese siebzehnjährig von Mantua nach Rom gekommen war, in Begleitung des Kardinals Rodrigo Borgia, der sie ihrem Gatten abgekauft hatte. Lucrezia hatte, wie ihre Mutter, ein fliehendes rundes Kinn und eine helle, weiß schimmernde Haut, wie sie für blonde Frauen aus der Lombardei typisch ist.

Da man ihr als Papsttochter keine Novizinnentracht vorgeschrieben hatte, war sie für eine Klosterbewohnerin ungewöhnlich elegant gekleidet. Sie trug ein eng tailliertes Kleid aus dunklem Samt und auf dem Kopf einen Turban aus dem gleichen Stoff. Durch den Kontrast mit dem schwarzen Samt kamen das Blau ihrer Augen und das reine Weiß ihrer Haut besonders vorteilhaft zur Geltung.

Aus einer Nische in der Ecke, wo eine Statue des Heiligen Dominikus aufgestellt war, nahm Lucrezia jetzt eine Kerze und näherte sie dem Holzgitter in Höhe meines Gesichts. Sie wollte anscheinend feststellen, ob sie mich kannte – doch an ihrer Miene konnte ich ohne Schwierigkeiten ablesen, daß dies nicht der Fall war. Dann ließ sie den Schein der flackernden Kerze auf Niccolinos Gesicht fallen, und dieses Mal hatte ich das Gefühl, daß sie einen ihr bekannten Menschen erblickte. Aber es war nicht mehr als ein Gefühl, denn die junge Frau vermied es sogar, ihn zu begrüßen.

»Da ihr ein Empfehlungsschreiben von Adriana vorweisen könnt«, sagte Lucrezia, »einer Frau, die ich wie eine Mutter liebe, will ich annehmen, daß ihr meines Vertrauens würdig seid. Ihr wollt mir also ein paar Fragen stellen. Sagt, was wollt ihr von mir wissen? Und haltet euch nicht mit langen Vorreden auf. Die Sanduhr gesteht uns nicht mehr als zehn Minuten zu.«

»Als erstes, Herzogin«, kam ich sofort zur Sache, »möchte ich Euch fragen, wieso Ihr nicht an dem Festessen teilgenommen habt, das Eure Mutter Vannozza für all ihre Kinder gegeben hat. Außer Euch waren alle zugegen.«

»Am sechsten Tag dieses Monats habe ich mich in dieses Kloster begeben und es seitdem nur einmal verlassen: zu den Trauerfeierlichkeiten für meinen Bruder Juan. Ich habe mir die Teilnahme an dem Bankett versagt, weil ich schon wußte, wie es enden würde ... Leider haben die Ereignisse mir recht gegeben.«

»Habt Ihr vielleicht einen Raub oder ein anderes Verbrechen befürchtet?« fragte ich.

»Nein, das nicht. Ich habe mir jedoch gedacht, daß meine Brüder heftig aneinandergeraten und vielleicht sogar handgreiflich würden. Außerdem scheint es mir verfehlt, daß eine junge Frau, und sei sie auch verheiratet, an solcherart Zusammenkünften teilnimmt, wo der Wein in Strömen fließt und zu unschicklichen Gesprächen ermuntert, die verdorbener Huren vielleicht würdig sind, nicht jedoch einer Frau aus vornehmem Hause.«

»Euer Bruder Jofré scheint da anderer Meinung gewesen zu sein. Er hat seine Gattin, die edle Sancia d'Aragona, zu dem Festmahl mitgenommen.«

»Mit verdorbenen Huren meine ich nicht nur jene armen Geschöpfe, die ihren Körper feilzubieten gezwungen sind, sondern auch die reichen, vornehmen und nicht selten verheirateten Frauen, die ihre Ehre besudeln und dem Ehebruch und wildesten Perversionen huldigen.«

»Spielt Ihr mit diesen harten Worten etwa auf den Lebenswandel der edlen Sancia an?«

»Ja. Und nur, weil wir uns hier in den heiligen Gemäuern eines Klosters befinden, kann ich Euch nicht alles sagen, was ich über Sancia denke. Sie ist eine verdorbene Frau, eine Frau, die ihren geschlechtlichen Gelüsten niemals Zügel anlegt, schlimmer als die verderbteste Hure. Aber sie ist eben eine echte Aragona, eine würdige Tochter des niederträchtigen Königs Alfonso, dieses grausamen und feigen Tyrannen.«

»Haßt Ihr diese Frau vielleicht, weil sie Euch den Herzog von Gandìa weggenommen hat?«

»Was wollt Ihr damit sagen?«

»Wart Ihr vielleicht eifersüchtig auf sie, weil sie Euch, wie man in Rom munkelt, der Liebe Eures Bruders beraubt hat?«

»Wie könnt Ihr es wagen, mir solch eine unverschämte Frage zu stellen«, brauste Lucrezia auf, die nun ihre Gereiztheit nicht mehr zu verbergen suchte. »Seid Ihr gekommen, um mir solche Fragen zu stellen?«

»Wir sind hier, weil wir den Mann suchen, der die Ermordung Eures Bruders geplant und ausgeführt hat. Und dieser Mann könnte vielleicht Jofré sein, der Gatte Sancias. Haltet Ihr es für möglich, daß er hinter die Beziehung seiner Frau mit Juan gekommen ist und seine besudelte Ehre als Sancias Gatte mit dem Blut seines Bruders reinwaschen wollte?«

»Nein, das ist ganz ausgeschlossen«, entgegnete Lucrezia entschieden. »Jofré ist nichts weiter als ein schüchterner, ängstlicher Junge, der seiner treulosen Frau vollkommen hörig ist. Nein, das ist unmöglich.«

»Wie man hört, war der Herzog von Gandìa jedoch nicht der einzige, der sich der Gunst von Prinzessin Sancia erfreuen durfte.«

»Die Frau, die Ihr soeben wie ein echter Kavalier Prinzessin genannt habt, ist nichts weiter als eine durch und durch verdorbene und verlogene Nutte, die sich, wenn sie brünstig ist, noch mit dem stinkendsten Stallburschen paaren würde. Wollte Jofré seine Ehre wiederherstellen, müßte er halb Rom umbringen. Aber mein Brüderchen ist ein unreifes Bübchen, nicht nur unfähig, die geschlechtlichen Gelüste seiner Frau zu befriedigen, sondern auch dazu, an ein so furchtbares Verbrechen wie einen Brudermord auch nur zu denken. Wenn Ihr also annehmt, er habe mit der Ermordung Juans zu tun, irrt Ihr Euch gewaltig.«

Damit waren wir beim entscheidenden Punkt unseres Gesprächs angelangt. Bevor ich zu meiner Frage ansetzte, atmete ich noch einmal tief durch.

»Signora, verzeiht mir, daß ich Euch eine fürchterliche Frage stellen muß«, sagte ich. »Ist es wahr, daß Ihr Euren Bruder Cesare liebt, den Kardinal Valenza, mit einer Liebe, die über eine schwesterliche Zuneigung bei weitem hinausgeht? Und ist es wahr, daß der Kardinal diese verbotene Liebe erwidert?«

Ich hielt inne, selbst erschrocken über die Tragweite meiner Anschuldigung. Aber Lucrezia ließ sich durch meine Worte nicht im geringsten einschüchtern und sah mich herausfordernd an.

»Ja«, antwortete sie dann hochmütig, »ich liebte und liebe meinen Bruder, den Kardinal. Er ist der liebenswürdigste, stolzeste und mutigste Mann, den ich kenne. Schon seit der Zeit, als wir zusammen im Haus von Madonna Adriana Mila lebten, war er viel mehr für mich als ein Bruder. Er war mir Freund, Spielgefährte, Beschützer ...«

»War er auch Euer Geliebter? Liebte er Euch so, wie – nach Sueton – Kaiser Caligula seine drei Schwestern geliebt haben soll?«

»Eure Frage geht mir nun doch zu weit«, antwortete Lucrezia ganz ruhig. »Findet Euch damit ab, daß es im Herzen einer jungen Frau verborgene Nischen gibt, in denen sie ihre Geheimnisse aufbewahrt.«

»Aber dann«, fuhr ich unbeirrt fort, »ist, wie ich gehört habe, der Herzog von Gandìa auf den Plan getreten – jünger, kühner und schöner als Cesare –, hat Euer Herz erobert, wie das so vieler Frauen, um Euch dann reuig und leidend auf dem Weg zum Kalvarienberg zurückzulassen.«

Lucrezia sprang auf und zeigte mit dem Finger anklagend auf mich.

»Deswegen also habt Ihr Euch an Madonna Adriana gewandt«, fuhr sie mich wütend an. »Deswegen also habt Ihr Euch in ihr Vertrauen geschlichen. Wie konnte sie Euch nur glauben? Mein Bruder Cesare kann unmöglich etwas mit dem abscheulichen Verbrechen zu tun haben. Kardinal Valenza ist der edelste und großzügigste Mann, der je in Rom gelebt hat ... Ja, schon möglich, daß mich, wie Ihr sagt, der Herzog von Gandìa hat leiden lassen, durch seine gewissenlosen, im Überschwang der Jugend begangenen Taten. Aber Cesare hätte auch nicht im Traum daran gedacht, den Bruder mit dem Tod zu bestrafen für die Freiheiten, die er sich mir gegenüber herausnahm. Als ich das letzte Mal mit Cesare gesprochen habe, ist mir klar geworden, wie sehr er seinen Bruder Juan liebte. Er hätte niemals den Dolch der Rache gegen ihn erhoben. Nein, Maestro, hier seid Ihr auf dem Holzweg. Außerdem bin ich nach dem kurzen Zwischenspiel, zu dem mich meine jugendliche Unbesonnenheit verleitet hat, bald wieder zu Cesare zurückgekehrt, mit der ganzen Liebe und Leidenschaft, die ich schon immer für ihn empfunden habe.«

»Wenn das wahr ist, was Ihr da sagt – und ich habe keinen

Grund, an Euren Worten zu zweifeln –, warum mußtet Ihr dann befürchten, das Festmahl im Hause Eurer Mutter könnte mit einem schlimmen Streit enden, einem Streit, den Cesare und Juan vielleicht sogar mit Waffen austragen würden?«

»Ich wußte, daß meine Brüder sich durch Liebe und Haß verbunden waren, und ich war mir sicher, an jenem Abend würde der Haß die Oberhand gewinnen. Und das wollte ich nicht miterleben.«

»Weil Ihr wußtet, daß Ihr der Grund für diesen Haß wart?«

»Nein, keineswegs. Es ging da eher um Sancia, diese Hure, und einige andere Dinge, über die sich die Brüder uneins waren. Cesare war zum Beispiel neidisch auf die bevorstehende Ernennung Juans zum Fürsten von Benevento und Terracina, eine Ernennung, die Cesare seit langem angestrebt hatte. Doch mein Vater, der Papst, kann nicht mehr klar denken, seitdem er sich die Unterwerfung des Königreichs Neapel in den Kopf gesetzt hat. Sein seniler Geist ist nur noch mit diesem Plan beschäftigt. Und aus diesem Grund bin ich auch gezwungen, auf meinen Gatten, den Herzog von Pesaro, zu verzichten, den ich einst aus ganzem Herzen liebte. Ich soll einen Prinzen aus dem Hause Aragon heiraten, um mit goldenen Ringen die ehernen Bande weiter zu festigen, die zwischen den Borgia und dem Hause Aragon schon seit langem bestehen. Dieses gefühllose, feige und grausame Geschlecht wird jedoch bald wieder in jener Hölle versinken, aus der es hervorgekrochen ist, um auf Erden alle möglichen abscheulichen Verbrechen zu begehen.«

»Meint Ihr damit vielleicht die Ermordung Eures Bruders Juan?« fragte ich, hellhörig geworden.

»Was abscheuliche Verbrechen angeht, hat man bei den Aragona die Qual der Wahl.«

»Denkt Ihr an ein bestimmtes Verbrechen? An den Tod eines Menschen, der Euch besonders nahe stand?«

»Ich werde niemals die grausame Rache vergessen, die die Aragona an Virginio Orsini geübt haben, dem Edelmann, der ihnen bei der Eroberung der Burg von Atella in die Hände fiel und den sie in den Kerkern des Castel dell'Ovo elend verenden ließen. Aber eigentlich trägt mein Vater die Schuld daran. Und er erlaubt sich auch, meine tiefsten Gefühle zu mißachten. Immer wieder mißbraucht er mich für seine unvorhersehbaren Rösselsprünge auf dem politischen Schachbrett Italiens. Betrachtet man Frauen gewöhnlich als Objekte, die allein zum Vergnügen der Männer da sind, wie Jagdhunde, Rennpferde und gut abgerichtete Falken, so dient eine Papsttochter allein dazu, die Macht der Familie zu vergrößern, im Ehebett, aber auch oft genug außerhalb davon. Meine Gefühle als Frau und Mutter werden zertrampelt wie das Gras unter den Hufen einer Herde Wildpferde.«

In jenem Moment öffnete sich die Tür des Parlatoriums, und auf der Schwelle erschien die junge Laienschwester, die Lucrezia Borgia vorhin zu uns begleitet hatte. Indem sie mir einen bösen Blick zuwarf, sagte sie: »Die hochverehrte Mutter Oberin läßt Euch ausrichten, daß die zehn Minuten gleich um sind. Sie fordert Euch auf, die heiligen Regeln zu respektieren.«

Während die Laienschwester sprach, wurde mir plötzlich klar, wer sie war, und ich verstand auch, warum es mir so schwergefallen war, sie wiederzuerkennen. Ich hatte sie ohne Nonnenschleier gesehen, in weltlicher, sehr bunter und freizügiger Kleidung. Jetzt wirkte ihr Gesicht überaus ernst; damals, als ich sie zum ersten Mal gesehen hatte, war es von Entsetzen und Angst verzerrt gewesen. Es gab keinen Zweifel: Die Laienschwester war niemand anders als Damiata, die junge Hure mit dem wohlgeformten Körper und den kastanienbraunen Locken. Die gleichen Augen, das gleiche Gesicht, die gleichen üppigen Brüste, der gleiche frische Mund. Und die wenigen Haarbüschel, die unter ihrem Schleier hervorschauten, waren gelockt und kastanienbraun.

Während Lucrezia sich anschickte, uns zu verabschieden, sagte ich, um mir die unerwartete Entdeckung bestätigen zu lassen: »Ich dachte, San Sisto sei ein Kloster mit sehr strengen Regeln, in dem auch die Laienschwestern ausnahmslos Töchter aus vornehmen Häusern sind.«

»So ist es«, antwortete sie. »Nur Töchter aus den besten Familien Roms werden hier aufgenommen. Das gilt für Novizinnen und Schülerinnen ebenso wie für Laienschwestern. Ich selbst habe hier in diesem Kloster, nach der Zeit bei meiner Mutter Vannozza und bevor ich ins Haus von Adriana Mila kam, zwei Jahre als Zögling verbracht.«

»Schon möglich, aber wie ich sehe, finden hier auch Freudenmädchen Aufnahme, die sich bekehrt haben und ein neues Leben im Zeichen der Gnade, des Gebets und des Gehorsams beginnen wollen.«

»Wie kommt Ihr denn auf diesen abwegigen Gedanken, Maestro?«

»Durch die Laienschwester, die soeben den Raum verlassen hat. Bis vor wenigen Tagen noch führte sie ein sehr weltliches Leben und übte ihr Gewerbe, die Prostitution, mit beträchtlichem Erfolg aus ... Ich weiß zufällig, daß man ihr nach dem Leben trachtete. Deswegen hat sie wahrscheinlich hier, in einem der abgeschiedensten Klöster Roms, Zuflucht gesucht.«

»Mein Maestro hat recht«, sprang Niccolino mir bei. »Ich weiß zwar nicht, was dieses Mädchen erzählt hat, als man sie hier aufnahm, noch wer sie empfohlen hat, aber es ist noch nicht lange her, da brachte sie ihren Körper in einem Hause im Rione Trevi an den Mann.«

»Da kann es sich nur um eine Verwechslung handeln«, erwiderte Lucrezia Borgia. »Ich habe mich lange mit ihr unterhalten und kann euch versichern, sie ist keusch und rein, und jede Arglist ist ihr fremd ... Außerdem hat sie eine hervorragende Erziehung genossen. Sie ist mit den Werken der größten Dichter Italiens vertraut ... Petrarca, Poliziano, Loredan. Ihre große Leidenschaft ist aber ein neues Epos, das ein Dichter aus ihrer Heimat geschrieben hat. Es heißt *Der Verliebte Roland* und werde, so meint sie, sehr bald in ganz Italien bekannt sein. Glaubt mir, sie ist nicht die Frau, für die ihr sie haltet. Wahrscheinlich weiß sie noch nicht einmal, wo der Rione Trevi liegt. Sie kommt aus Mirandola, einem schönen Städtchen im Herzogtum der Familie Este.«

Plötzlich fiel es mir wie Schuppen von den Augen. »Ist sie etwa die Gräfin Barbara della Mirandola?« fragte ich.

»Ja«, antwortete Lucrezia, überrascht und erschrocken. »Ich bitte euch jedoch, es niemandem weiterzuerzählen. Sie hat hier im Kloster Zuflucht gesucht vor den Nachstellungen der Männer des Bargello ... Jemand hat sie beschuldigt, mit der Ermordung meines Bruders zu tun zu haben ... Doch jetzt, da ich sie etwas kenne, weiß ich, daß das nicht stimmen kann. Sie ist ein sehr braves und sanftes Mädchen und hätte sich nie als Köder mißbrauchen lassen bei dem tödlichen Anschlag auf meinen Bruder. Aber jetzt muß ich wirklich gehen, meine Herren. Die uns zugestandene Zeit ist schon lange abgelaufen.«

Mit einer leichten Verbeugung verabschiedete sich Lucrezia und entschwand durch die Tür, die ins Klosterinnere führte. Kurz darauf erschien die ältere Schwester Guardian und brachte uns zum Klosterausgang.

Wir machten uns wieder auf den Weg und folgten dem staubigen Pfad in Richtung Campo Vaccino.

Wir waren erst ein paar Meter gegangen, als Niccolino seiner Verwunderung lautstark Luft machte: »Das kann doch kein Zufall sein«, rief er, »daß die Gräfin von Mirandola gerade in diesem Kloster Zuflucht gesucht hat. Ich würde zu gerne wissen, welche Rolle sie bei der Verschwörung gespielt hat.«

»Wenn Lucrezia die Wahrheit sagt, können wir davon ausgehen, daß sie überhaupt nichts mit der ganzen Sache zu tun hat ... Aber ich bin sicher, jemand hat zumindest versucht, sie in die Angelegenheit zu verwickeln und für seine Zwecke einzuspannen.«

»Und wer könnte das gewesen sein?«

»Auf alle Fälle jemand, dem die unglaubliche Ähnlichkeit zwischen der Gräfin von Mirandola und der Dirne Damiata aufgefallen ist. Wir müssen sofort zu ihr ... Hoffentlich lebt sie überhaupt noch.«

»Ich frage mich nur, warum nie jemand etwas von dieser verblüffenden Ähnlichkeit bemerkt hat«, brummte Niccolino.

»Wie gesagt, irgend jemandem ist sie aufgefallen. Und diese

Person hat versucht, sie sich zunutze zu machen ... Ich glaube auch zu wissen, wer das war. Und zwar die zweite Kupplerin, die für Damiata auf Kundenfang ging. Wir statten der Hure jetzt sofort einen Besuch ab und zwingen sie, uns den Namen der Frau zu sagen. Ich bin sicher, es handelt sich um die maskierte Kupplerin. Hoffentlich rückt sie freiwillig mit der Sprache raus. Andernfalls müssen wir etwas nachhelfen.«

»Überlaßt das nur mir, Maestro«, sagte Niccolino, während seine Augen freudig aufblitzten. »Bis jetzt hat mir noch jeder, den ich auf meine spezielle Art gefragt habe, alles erzählt, was ich wissen wollte. Und die junge Hure wird da sicher keine Ausnahme machen. Ich freue mich schon darauf, sie ein bißchen auszuquetschen, weiß, weich und zart, wie sie ist.«

Damiata empfing uns so überschwenglich wie alte Freunde, wobei sie Niccolino umarmte und ihm dicke Küsse auf die Wangen drückte. Ihrer Kleidung nach zu urteilen erwartete sie edle, zahlungskräftige Kundschaft. Sie trug ein gelbes Kleid, eng tailliert und so tief ausgeschnitten, daß ihr bei jeder etwas abrupten Bewegung ein Busen – wenn nicht gar alle beide – aus dem Ausschnitt fiel. Ihr langes, kastanienbraunes Haar hatte sie über dem Kopf mit einem gelben, genau zum Kleid passenden Haarband zusammengebunden. Einige braune Locken fielen ihr jedoch frei in die weiße Stirn. Obwohl sie ganz anders gekleidet und zurechtgemacht war als die Laienschwester, die wir im Kloster San Sisto kennengelernt hatten, gab es keinen Zweifel, daß sich die Hure und die Gräfin wie ein Ei dem anderen glichen.

Damiata empfing uns, wie gesagt, sehr herzlich und mit großem Getue. Wahrscheinlich dachte sie sich, daß wir gekommen waren, um ihr weitere Fragen zu stellen und versuchte deshalb Zeit zu gewinnen und das – unvermeidliche – Verhör hinauszuschieben. Als erstes erzählte sie uns von dem ehrenvollen Begräbnis, das sie für Paco und ihre Amme Nanna ausgerichtet hatte, eine aufwendige und ergreifende Feier, die sie sich dreißig Dukaten hatte kosten lassen. Dann wollte sie uns unbedingt all die Veränderungen zeigen, für die sie in ihrem Hause gesorgt hatte, unter kräftiger Mithilfe eines gewissen Moisè, eines Händlers für gebrauchte Möbel. Und sie erzählte uns, sie habe zwei neue Kupplerinnen in ihren Dienst genommen. Zwei blutjunge Mädchen von gerade dreizehn Jahren. Mit lauter Stimme rief sie die beiden herbei, damit wir sie, falls uns der Sinn danach stände, kennenlernen – und ausprobieren sollten.

Die zwei Mädchen kamen eilig angelaufen. Es waren Schwestern, die auf die Namen Settimia und Ottavia hörten. Damiata berichtete uns, sie habe sich dazu entschlossen, keine unansehnlichen alten Frauen mehr als Kupplerinnen zu beschäftigen, und diese Aufgabe den beiden fröhlichen, anmutigen Püppchen anvertraut. Sie arbeiteten sogar mit größerem Erfolg, da ihnen ihre Aufgabe nicht ins Gesicht geschrieben stehe. Daher fänden sie auch dort Einlaß, wo Nanna und die anderen Kupplerinnen, die für sie gearbeitet hatten, niemals hineingekommen wären.

»Ich verstehe«, sagte ich. »Du hast uns ja schon erzählt, du würdest stets nicht nur eine, sondern zwei Kupplerinnen beschäftigen. Du bist keine gewöhnliche Hure. Du arbeitest immer zu Hause und stellst deine Ware nicht, wie die meisten deiner Kolleginnen, in der Stadt aus, in Bianchi, vor der Engelsbrücke, unter dem Portico d'Ottavia, in der Via Lata oder auf der Piazza Montanara.«

»Ja, das stimmt. Ich biete meine Ware nicht gern öffentlich feil«, antwortete sie, und mit einer geschickten Bewegung ließ sie beide Brüste aus dem Ausschnitt rutschen, bot sie unseren Blicken dar und machte auch keine Anstalten, sie wieder verschwinden zu lassen.

Inzwischen waren wir auf dem *piano nobile* ihres Hauses angekommen, wo sie uns stolz die Neuanschaffungen in ihrem Schlafzimmer zeigte. In der Mitte des Raums stand ein großes, nicht sehr hohes Bett, an dessen Längsseiten zwei orientalische Diwane aufgestellt waren.

»Die zwei Liegen sind für die Zuschauer«, erklärte uns Damiata nicht ohne Stolz. »Diese Anschaffung wird meine Arbeit von Grund auf verändern. Ich bin dahintergekommen, daß die

Männer, diese verdorbenen Ferkel – besonders wenn es sich um Denker oder Kurialen handelt – gewisse Dinge nicht nur gerne selbst tun, sondern es auch lieben, dabei zuzuschauen … Wie man weiß, leisten sich viele Monsignori der Kurie nicht nur eine Mätresse, sondern dazu auch noch einen jungen Buhlen für ihre Mätresse. Und sie ergötzen sich sowohl selbst an ihrer Nutte, als auch an dem Schauspiel, wie der Buhle vor ihren Augen das Mädchen mit der ganzen Kraft und Wildheit seiner jungen Jahre durchbohrt. Und aus diesem Grund habe ich dieses kleine Theater einrichten lassen. Für drei Dukaten darf man zuschauen, für zehn mitmachen, und wenn ich's alleine nicht schaffe, helfen mir Settimia und Ottavia gerne aus …«

Während sie erzählte, schaute ich mich um. Ich stellte sofort fest, daß der Schrein fehlte, in dem Damiata bei unserem ersten Besuch noch ihr Geld aufbewahrt hatte.

»Nanna haben wir ja kennengelernt«, sagte ich, während ich meinen Blick weiter durch den Raum schweifen ließ, »wenn auch nur als Leiche. Aber du hast uns noch nicht gesagt, wer die zweite Kupplerin war und warum sie beim letzten Mal nicht im Haus war.«

»Sie heißt Fiammetta und ist eine sehr tatkräftige Frau …«

»Und wieso war sie nicht da, als das Gemetzel hier stattfand?«

»Das werde ich Euch nicht sagen«, antwortete Damiata trocken. »Das ist ein Geheimnis, das ich keinesfalls dem Erstbesten preisgeben kann, nur weil er mir sympathisch ist.«

»Aber uns wirst du es verraten müssen, meine Teuerste«, sagte Niccolino. Dabei packte er mit eisernem Griff ihr Handgelenk und begann, ihr brutal den Arm umzudrehen. »Hast du gehört, was der Maestro dich gefragt hat? Warum war diese Fiammetta an jenem Tag nicht zu Hause?«

Während er ihr den Arm umdrehte, zwang er sie, sich auf einen der Diwane zu setzen, die den Zuschauern des kleinen erotischen Theaters als Loge dienten. Ich ließ mich ihr gegenüber auf der Bettkante nieder, so daß ich ihr genau in die Augen sehen konnte.

»Wenn Ihr vorhabt, mich zu berauben«, sagte Damiata, während ihr die Tränen in die Augen traten, »muß ich Euch enttäuschen. Ich habe all meine Ersparnisse bei einem Bankier aus Siena deponiert. Jetzt, da mein geliebter Paco nicht mehr da ist und mich nicht mehr beschützen kann, muß ich stets auf der Hut sein. Ich bin doch nur eine schwache Frau …«

»Schon bei unserem ersten Besuch ist mir aufgefallen, daß du viele Dinge für dich behalten willst«, sagte ich ungerührt. »Doch jetzt wirst du uns brav alles erzählen, was du weißt, weil Niccolino dir sonst die Arme bricht, und danach die Beine. Oder soll er lieber bei den Brüsten anfangen, auf die du so stolz bist?«

»Ich werde Euch überhaupt nichts erzählen, aus dem einfachen Grund, weil ich überhaupt nichts weiß …«, protestierte Damiata. Sie erreichte damit jedoch nur, daß Niccolino ihre Brüste ergriff und sich daran machte, sie wie reife Orangen auszudrücken.

Damiata schrie laut auf, während ihr Tränen übers Gesicht liefen und sich Schweißperlen auf ihrer Stirn bildeten. Dann ließ Niccolino los. Die schneeweiße Haut hatte sich schwarzblau verfärbt.

»Nur eine einzige Sache will ich unbedingt von dir wissen«, bedrängte ich sie, »und du wirst gut daran tun, sie mir zu sagen, bevor Niccolino Gekröse für die Katzen aus deinem Busen macht. Wann hast du entdeckt, daß du der Gräfin von Mirandola ähnlich siehst? Und wodurch bist du auf den Gedanken gekommen, dir diese Tatsache zunutze zu machen? Denn ich weiß, daß du dich für die Gräfin ausgegeben hast, als du erfuhrst, daß der Herzog von Gandìa in sie verliebt ist, und daß du ihm Geld und Geschenke im Überfluß aus der Tasche gezogen hast.«

»Das ist überhaupt nicht wahr«, schluchzte Damiata. »Ich habe den Herzog von Gandìa nie gesehen und nie kennengelernt. Er war kein Kunde von mir … Und von dieser angeblichen Ähnlichkeit mit der Gräfin höre ich zum ersten Mal.«

Daß sie so hartnäckig das Offenkundige leugnete, bestärkte mich in der Annahme, daß sie um ein sehr gefährliches Geheimnis wußte. Und hatten nicht schon zwei Menschen ihr Leben lassen müssen, um die Aufdeckung dieses Geheimnisses zu verhindern?

Mittlerweile waren, herbeigerufen vom Geschrei ihrer Herrin, die zwei Dienerinnen Settimia und Ottavia herbeigeeilt. Als ich sah, wie entschlossen sie waren, Damiata tatkräftig zu helfen, sprang ich auf und führte die Hand zum Degen.

»Ihr verschwindet am besten gleich wieder«, sagte ich, »sonst ergeht es euch wie eurer Herrin ... Und es nützt euch auch gar nichts, die Sbirren zu rufen. Das sind unsere Freunde.«

So schnell wie sie gekommen waren, verzogen sich die Mädchen wieder und ließen ihre Herrin allein in den Händen ihrer Peiniger zurück. Ich setzte mich wieder und gab Niccolino mit einer Handbewegung zu verstehen, daß er sich noch einmal um die Brüste der Hure kümmern solle. Der Riese hatte einen Spaß wie ein Verrückter auf dem Jahrmarkt: Er knetete und drückte und ließ nicht eher locker, bis von Damiatas ganzem Stolz nur noch zwei blutige Klumpen Fleisch übrig waren.

»Wenn du uns nicht endlich alles erzählst, gibt's bei deinen Brüsten bald nichts mehr zu retten«, drohte ich ihr. »Und wenn wir mit ihnen fertig sind, brechen wir dir noch Arme und Beine und geben dich dann beim Bargello ab. Der sucht immer noch nach der Frau, die den Herzog von Gandìa am 14. Juni in die tödliche Falle gelockt hat.«

»Nein, tut das nicht«, flehte sie unter Tränen. »O Madonna der Sieben Schmerzen, gebiete ihnen Einhalt ... Ihr habt mich verunstaltet ... Meine Schönheit ist dahin ... Wie soll ich mir jetzt mein tägliches Brot verdienen?«

Ungerührt von ihrem Gejammer, fragte ich weiter: »Hat dich jemand – wahrscheinlich eine Person mit einer schwarzen Maske – für die Nacht des 14. Juni angeworben, damit du dich für die Gräfin von Mirandola ausgibst und den Herzog in einen Hinterhalt lockst? Ja oder nein?«

»Nein, das war ganz anders ... In jener Nacht habe ich den Herzog überhaupt nicht gesehen. Ja, es war mir sogar verboten, ihn zu sehen.«

»Aha«, sagte ich und gab Niccolino ein Zeichen, sie loszulassen. »Das heißt also, du hast dich andere Male sehr wohl mit dem Herzog getroffen, und sicher nicht, um ihm Petrarca-Verse aufzusagen ... Der Herzog soll Huren gegenüber immer sehr großzügig gewesen sein. Darum erzähl mir nun alles, was sich zugetragen hat. Aber die Wahrheit, sonst befehle ich Niccolino, dir die Brustwarzen abzuschneiden.«

»Als die ganze Sache anfing«, schluchzte Damiata, »konnte ich doch unmöglich wissen, wohin sie führen würde. Dabei habe ich noch nicht einmal besonders gut daran verdient ... Nie und nimmer hätte ich mich für diesen Schwindel hergeben dürfen ... Ich habe gespürt, es würde böse enden.«

Ich befahl Niccolino, sich ein Stück zu entfernen. Dann zog ich ein Säckchen mit fünfzig Dukaten aus meiner Tasche und setzte mich neben das Mädchen.

»Damiata«, sagte ich so überzeugend wie möglich, »wir sind keine Sbirren, sondern einfach zwei Männer auf der Suche nach der Wahrheit. Und wenn du unschuldig bist, wenn du wirklich nur eine kleine Rolle bei dem Anschlag auf den Herzog gespielt hast, ist es auch für dich am besten, wenn du uns alles erzählst. Als kleine Wiedergutmachung für die Schmerzen, die wir dir zugefügt haben, und als Belohnung für deine ehrliche Mithilfe, will ich dir dieses Säckchen geben. Es enthält fünfzig Golddukaten. Aber ich warne dich, belüge mich nicht, sonst überlasse ich dich wieder Niccolinos Spezialbehandlung, und danach bringen wir dich zum Bargello. Und was die Sbirren dort mit dir machen werden, ist sicher keine Schönheitskur.«

»Ich bin nur eine schwache, schutzlose Frau. Was bleibt mir da anderes übrig, als auf Eure Gnade zu hoffen.«

»Du kannst uns vertrauen. Erzähle uns alles, was du weißt, und vertraue uns.«

»Diese verfluchte Fiammetta ist an allem schuld.«

»Fiammetta ist also die zweite Kupplerin, die für dich gearbeitet hat und über die du nicht sprechen wolltest?«

»Ja. Dieses verfluchte Weib hat die ganze Sache angezettelt und sich dann aus dem Staub gemacht, als es gefährlich wurde. Und mich hat sie sitzen lassen. Wenn Ihr damals nicht gekommen wärt, hätten mich die Meuchelmörder längst umgebracht. Diese Fiammetta ist ungefähr fünfzig Jahre alt, ziemlich mager und unwahrscheinlich geldgierig. Und sie hat einen unstillbaren Hunger auf Männer. Früher war sie auch eine Dirne, und als sie alt wurde, ist es ihr sehr schwergefallen, den Beruf zu wechseln.«

»Macht sie vielleicht auch einen sehr energischen Eindruck? Und hat sie ein Gesicht voller Falten und einen dichten grauen Haarschopf?«

»Ja, das stimmt. Ihr scheint sie zu kennen. Dann wißt Ihr ja, wer sie ist.«

»Erzähle uns trotzdem alles der Reihe nach.«

»Im Februar hat die ganze Sache angefangen, als Fiammetta beim Fest der Madonna Candelora in der Kirche zufällig die Gräfin Barbara della Mirandola sah und so die unglaubliche Ähnlichkeit zwischen ihr und mir entdeckte. Von da an hat sich Fiammetta unablässig den Kopf darüber zerbrochen, wie diese Ähnlichkeit zu Geld zu machen sei. Eines Tages erfuhr sie dann, daß der Herzog von Gandìa Barbara della Mirandola gesehen und sich sogleich unsterblich in sie verliebt hatte. Barbara kannte jedoch seinen Ruf als Frauenheld und wußte auch von seiner Gattin in Spanien. Kurz und gut, sie wies ihn ab. Trotzdem verbot man der Gräfin fortan, den Fuß vor die Tür zu setzen, und sei es auch nur, um die Messe zu besuchen. Ihre Verwandten befürchteten, der Herzog, der sich als Herr ganz Roms gebärdete, wolle sie entführen und ihr mit Gewalt die Unschuld rauben. Das war die Situation, als Fiammetta auf die Idee kam, ich solle die Rolle der Gräfin übernehmen.«

»Ein riskantes Spiel. Und wenn man hinter den Betrug gekommen wäre?«

»Fiammetta meinte, die Sache sei ganz ungefährlich. Wenn es funktioniere, so sagte sie, wäre der Herzog im siebten Himmel mit seiner hochnoblen Bettgespielin. Und sollte er etwas von dem Betrug merken, würde er über den Spaß lachen, den man sich mit ihm erlaubt hatte. Und zunächst sah wirklich alles wie ein Spiel aus …«

»Ein Spiel, bei dem viel Geld herauszuholen war, versteht sich«, unterbrach Niccolino sie, der sich uns gegenüber gesetzt hatte.

Das Mädchen sah Niccolino an, wobei sie mit einer Hand schützend ihre geschundenen Brüste bedeckte: »Messer Niccolino, bedenkt meine Situation. Seit meinem zwölften Lebensjahr bin ich eine Dirne, seit dem Tag, als meine Mutter damit begann, meine Jungfernschaft unter den Händlern und Handwerkern unserer Nachbarschaft feilzubieten. Ich habe keine anderen Einkünfte als jene, die mir mein Körper einbringt – solange er jung und wohlgestaltet ist. Doch eines Tages zeigt die Haut unweigerlich Risse und Falten, die Wangen verlieren an Farbe, die Brüste werden schlaff und länger, und dann verhärten die Herzen, die Liebe erfriert, die Geldsäcke schließen sich, und kein Mann dreht sich mehr nach dir um, wenn du vorbeigehst. Und aus diesem Grund habe ich auf Fiammetta gehört und mich für die Gräfin Barbara ausgegeben.

Fiammetta ließ dann kostbare Kleider für mich kaufen, ließ die Initialen der Gräfin auf meine Röcke sticken und gab mir den *Canzoniere* von Petrarca zu lesen. Ich sollte die Verse auswendig lernen, um sie, genau wie die echte Gräfin von Mirandola, bei jeder Gelegenheit zitieren zu können. Dann beauftragte Fiammetta eine verarmte Edelfrau damit, mir feine Manieren beizubringen. So lernte ich, zu trinken wie eine vornehme Dame, zu essen wie eine Herzogin, zu lachen wie eine Prinzessin und mich auszuziehen wie eine Klosterschülerin. Doch als die Lehrerin sich auch noch anmaßte, mir zu erklären, wie ich mich nehmen lassen und den Herzog nehmen sollte, gebot ich ihr Einhalt und sagte ihr, im Bett würde ich auf meine Weise zu Werke gehen und nicht auf die ihre … Und ich tat gut daran, denn es ist ja allgemein bekannt, daß sich auch eine Jungfrau, sogar eine Novizin, wie eine Hure gebärdet, sobald sie spürt, was das für ein Horn ist, mit dem die Männer stoßen.

Als ich ausreichend vorbereitet war, begab sich Fiammetta zum Palast des Herzogs von Gandìa und verlangte, vorgelassen zu werden. Sie war ganz in Schwarz gekleidet und trug eine Maske. Sie sagte, daß sie von Beruf Kupplerin sei und daß sich die Gräfin von Mirandola an sie gewandt habe, mit der Bitte, eine Begegnung zwischen ihr und dem Herzog zu vermitteln. Fiammetta erzählte dem Herzog, auch die Gräfin habe Feuer gefangen und wünsche ihn zu sehen, doch müsse er sich verpflichten, die Sache geheimzuhalten und sich in allem ihren Wünschen zu fügen, damit Barbaras Ehre nicht ins Gerede komme. Der Herzog schwor, das Geheimnis zu wahren. Und schon bei der zweiten Unterredung gelang es Fiammetta, ein Treffen zwischen uns beiden abzumachen, ein Treffen, das in einem gastfreundlichen Haus in der Gegend hinter der Porta Flaminia stattfinden sollte. Der Herzog schluckte bereitwillig den Köder, den wir für ihn ausgelegt hatten, und so mußte ich jetzt, in aller Eile, wieder Jungfrau werden.«

»Richtig. Der Herzog dachte natürlich, eine unerfahrene Jungfrau ins Bett gelegt zu bekommen.«

»Genau so war es. Aber sowohl Fiammetta als auch Nanna kannten sich in ihrem Beruf als Kupplerinnen bestens aus …«

»Deine Amme war also auch in das Geheimnis eingeweiht?«

»Natürlich. Sie mußte doch Bescheid wissen, und Paco auch. Paco war sofort hellauf begeistert, als er von unserem Plan erfuhr, denn er war überzeugt, daß beim Herzog haufenweise Geld zu holen war. Und so begab ich mich einige Tage später, begleitet von Paco und Fiammetta, mit klopfendem Herzen zu dem Haus hinter der Porta Flaminia, das die beiden zu diesem Zweck gemietet hatten. Unsere erste Begegnung hätte nicht besser verlaufen können. Der Herzog schöpfte keinerlei Verdacht. Nur mit Mühe gelang es ihm, meine Jungfernschaft zu bezwingen. Und danach verlor ich dann jede Scham. Ich tat so, als sei ich unsterblich in ihn verliebt, und erfüllte ihm bereitwillig alle Wünsche und Bitten, so ausgefallen und verdorben sie auch sein mochten. Am Ende vereinbarten wir, uns so oft es ging wiederzusehen, mit größter Vorsicht natürlich, damit mein Vater nichts von meinem Liebhaber erfuhr und mich nicht in ein Kloster steckte. Fiammetta war dem Herzog von Anfang an stets als Mann verkleidet und mit einer großen schwarzen Maske vor dem Gesicht gegenübergetreten, einmal um unsere Beziehung noch geheimnisvoller und interessanter zu machen, aber vor allem, weil sie fürchtete, hart bestraft zu werden, falls man den Betrug aufdecken sollte.«

»Und du willst mir wirklich weismachen, der Herzog von Gandìa habe dich für deine erotischen Fertigkeiten bezahlt und trotzdem nie daran gedacht, daß du eine gelernte Hure sein könntest? Hat er dich denn tatsächlich richtig bezahlt?«

»Schon bei unserem ersten Treffen stellte sich das Problem der Bezahlung. Ein Mädchen aus vornehmem Haus kann sich ja nicht von dem Mann bezahlen lassen, den sie bis zum Wahnsinn zu lieben vorgibt. Von einem Mann, dem sie sich aus freien Stücken hingibt und zu dem sie sogar selbst den Kontakt hergestellt hat. Aber konnte ich es mir erlauben, gratis zu arbeiten? Nein, natürlich nicht. Und so einigten wir uns folgendermaßen: Ein verliebtes reiches Mädchen kann keine Geldgeschenke annehmen, eine geldgierige Kupplerin hingegen schon. Daher habe ich nie etwas verlangt für unsere Liebesnächte, Fiammetta aber vereinbarte einen Lohn von fünfzig Dukaten für jedes Treffen, das sie zwischen mir und dem Herzog vermitteln konnte. Dem Herzog war es egal, wieviel er bezahlen mußte, wenn er nur bekam, was er wollte. Fiammetta und ich haben das Geld dann geteilt ...«

»Und dem Herzog kam nie der Verdacht, er habe das falsche Mädchen erwischt?«

»Wir trafen uns immer, wenn es schon dunkel war. Und ich habe wenig geredet, dafür aber um so mehr getan ... Er hatte mich bei unserer ersten Begegnung für die Gräfin gehalten, warum sollte er da bei den folgenden Treffen Verdacht schöpfen? Und außerdem habe ich mich tatsächlich wie eine vornehme Dame benommen, unermüdlich, bei passenden und unpassenden Gelegenheiten, Verse von Petrarca aufgesagt, häufig geseufzt und mich ihm in allem gefügt. Und das fand er wohl, wie ich mir schon von Anfang an gedacht hatte, am faszinierendsten, daß ein ehrliches, gesittetes, im Kloster erzogenes Mädchen für jede Art der Unzucht zu haben war und sich niemals verweigerte, egal was für Ausschweifungen er von ihr verlangte. Und der Herzog war wirklich ein Meister, was Ausschweifungen angeht ... Häufig fragte er mich, ob ich Pfründe, Ämter, Privilegien für meinen Vater wolle. Ich habe stets nein gesagt, hatte aber immer den Verdacht, daß er mir nicht glaubte und annahm, ich hätte mich letztendlich doch mit meiner Familie abgesprochen.«

»Richtig. Graf von Mirandola wurde in jenen Monaten geradezu überschüttet mit Pfründen und allen möglichen Ämtern. Aber eitel wie er ist, glaubte er, sich diese tatsächlich verdient zu haben oder schrieb sie der Protektion durch Kardinal Ippolito d'Este zu. Es war dann genau dieser warme Pfründe-Regen, der dem Bargello verdächtig vorkam. Sie haben den Grafen festgenommen. Und seine Tochter suchen sie noch, um sie zu verhören.«

»Kennt Ihr die kleine Gräfin?« fragte mich Damiata. »Ist es wirklich wahr, daß wir uns gleichen wie ein Ei dem anderen?«

»Ja. Das kann man wohl sagen«, antwortete ich. »Nicht zufällig konntet Ihr Euch diese Ähnlichkeit drei oder vier Monate lang ungestört zunutze machen, ohne daß der Herzog oder irgendeiner seiner Männer Verdacht schöpfte. Und das, obwohl die Kupplerin so offensichtlich großen Wert darauf legte, ihre Identität geheimzuhalten. Apropos Kupplerin, ist es wahr, daß deine Fiammetta so kühn zu reiten versteht wie ein Mann?«

»Nein, überhaupt nicht«, antwortete Damiata zu meiner großen Überraschung. »Nur mit Mühe bestieg sie ein Maultier, wenn sie etwas außerhalb der Stadt zu erledigen hatte. Aber vor Pferden hatte sie schon immer eine Heidenangst.«

»Und du, hast du dich stets am gleichen Ort mit dem Herzog getroffen? Und was ist am Abend des 14. Juni geschehen, an jenem Abend also, als der Herzog zusammen mit Fiammetta verschwand und danach nie mehr lebend gesehen wurde?«

»Wir haben uns immer in einem Häuschen jenseits der Stadtmauer, hinter der Porta Flaminia getroffen, das zwei bigotten Schwestern gehört, Freundinnen von Fiammetta ...«

»Und hattest du keine Angst in solch einer verlassenen Gegend, die von Dieben und Halsabschneidern bevölkert ist?«

»Meist ließ ich mich von Paco begleiten – wenn er Zeit hatte. Mit ihm zusammen hatte ich nie Angst. Ihm wäre ich auch in die Hölle gefolgt.«

»Und wenn Paco nicht konnte, bist du alleine gegangen?«

»Nein, dann habe ich einen Freund mitgenommen, einen Jungen aus der Nachbarschaft namens Donato. Er ist fünfzehn und schön wie ein Engel. Paco war nicht eifersüchtig auf ihn, und so hat Donato mir immer wieder kleine Gefallen getan. Dafür habe ich ihm häufig mit der Hand eine kleine Freude gemacht und ihm erlaubt, mir beim Baden zuzuschauen ...«

»Ja, schon gut. Aber was ist nun am Abend des 14. Juni tatsächlich passiert? Ist der Herzog zu dem Schäferstündchen mit dir erschienen und dann wieder fortgeritten, oder hat man ihn davor schon umgebracht? Mit anderen Worten, hast du ihn an jenem Abend getroffen oder nicht?«

»Ich habe ihn nicht getroffen, aus dem einfachen Grund, weil wir nicht verabredet waren ... das ist die Wahrheit. Fiammetta hatte für den 14. Juni kein Treffen ausgemacht: Sie wußte und hatte mir auch erzählt, daß der Herzog abends bei seiner Mutter Vannozza an einem Festmahl teilnehmen würde. Deshalb bin ich zu Hause geblieben und habe auf Kundschaft gewartet. Ich erinnere mich noch sehr genau, denn an jenem Abend schleppte Paco drei reiche Florentiner Kaufleute an, die er in einer Osteria kennengelernt hatte. Nachdem sie sich ausgiebig an mir erfreut hatten, überredete ich sie zu einer Partie Karten, mit einem Einsatz von einem halben Dukaten für Konfekt. Und mit dem üblichen Trick haben wir sie dann um tausend Gulden erleichtert. Sie waren ziemlich wütend, als sie mein Haus verließen. Und deswegen habe ich auch, als die Mörder hier auftauchten, sofort gedacht, diese Florentiner wollten sich für den Betrug rächen.«

»Hör mal, Damiata. Du mußt uns unbedingt sagen, wo wir Fiammetta finden können. Sie hat euer Ränkespiel mit dem Herzog eingefädelt, und außerdem ist es schon mehr als verwunderlich, daß sie zufällig während des Gemetzels außer Haus war.«

»Das möchte ich lieber nicht. Ich bin sicher, es würde ihr schlecht bekommen, wenn Ihr sie in die Hände kriegt.«

»Vielleicht. Aber das ist noch gar nichts gegen das, was wir mit dir anstellen werden, wenn du nicht auf der Stelle damit rausrückst«, knurrte Niccolino und hielt ihr seine mächtigen Pranken drohend vors Gesicht.

»Ich habe Fiammetta schon lange nicht mehr gesehen«, beeilte sich Damiata zu versichern. »Gleich nach dem 14. Juni ist sie verschwunden, kaum daß sich die Nachricht verbreitet hatte, der Herzog von Gandìa sei entführt worden. Sie ist aus Rom geflohen, und zwar nach Trevignano, wo sie geboren ist und wo noch immer ihre Brüder leben. Sie befürchtete, man würde sich im Zusammenhang mit der Entführung und Ermordung des Herzogs für sie interessieren. Das um so mehr, als sie erfuhr, daß Juan das Haus seiner Mutter mit einer Person verlassen hatte, die wie ein Mann gekleidet war und eine schwarze Maske trug ... Bevor sie ging, versicherte sie mir, sie habe mit der ganzen Sache nichts zu tun und hoffe, noch einmal mit heiler Haut davonzukommen, da nie jemand ihr Gesicht gesehen habe. Nach drei Tagen ließ sie mir dann eine schriftliche Botschaft zukommen, in der sie mir mitteilte, sie wolle fürs erste in Trevignano bei ihren Brüdern bleiben und darauf warten, daß der wahre Mörder gefunden werde oder daß sich zumindest die Wogen etwas glätteten.«

»Und was machen die Brüder von Fiammetta?« fragte ich.

»Was soll ein Mann in Trevignano schon machen? Natürlich für die Orsini arbeiten. Von ihren fünf Brüdern ist einer Verwalter, einer Soldat, und drei sind Weinbauern, alle in Diensten der Orsini. Die Männer sind unzertrennlich, und außerdem verhaßt und gefürchtet in der Gegend, weil sie so brutal und gnadenlos sind. Nicht umsonst heißen sie überall ›Gebrüder Malacarne‹*. In ihrer Botschaft teilte mir Fiammetta außerdem mit, sie habe alles vernichtet, was die Sbirren auf ihre Spur bringen könnte, also vor allem die schwarzen Masken, die sie sich zugelegt hatte, und die schwarze Männerkleidung. Ihr seht, als das Gemetzel unter meinen Freunden angerichtet wurde, war Fiammetta schon seit einiger Zeit in Trevignano.«

»Und hast du nie daran gedacht, daß Fiammetta vielleicht sehr gut wußte, was hier im Haus passieren würde?«

»Ihr meint, daß sie wußte ...«

»... daß gedungene Mörder zu euch unterwegs waren, mit dem Auftrag, euch alle umzubringen, um unbequeme Zeugen aus dem Weg zu räumen.«

»Kann man eine solche Niedertracht für möglich halten?«

»Das werden wir wissen, sobald wir sie aufgespürt und ihr ein paar Fragen gestellt haben, vorausgesetzt, sie hält sich tatsächlich in Trevignano auf, wie sie dir berichtet hat.«

»Meint Ihr, sie ist vielleicht gar nicht dort?«

»Möglicherweise wollte sie dich mit der Botschaft auf eine falsche Fährte locken, oder genauer, all jene, die dich über ihren Verbleib ausfragen würden.«

»Denkt bitte nicht, ich hätte Euch belogen, falls Ihr sie in Trevignano nicht findet. Ihre Brüder müßtet Ihr jedoch auf alle Fälle dort antreffen.«

»Sollten wir sie in Trevignano nicht finden, ist das ein Beweis für ihre Schuld, vorausgesetzt natürlich, daß du uns die Wahrheit gesagt hast. Und das will ich doch sehr hoffen.«

Mit diesen Worten stand ich auf und reichte ihr das Säckchen mit den fünfzig Dukaten.

Damiata ging in eine Ecke des Raumes, hob einen Wollteppich an und brachte aus einer Vertiefung im Holzfußboden darunter ihren silbernen Geldschrein zum Vorschein. Ich stellte fest, daß der Deckel mit einem Adler mit ausgebreiteten Schwingen ver-

* wörtlich: verdorbenes Fleisch; Bezeichnung für Halunken, d. Übers.

ziert war. Vielleicht hatte ihr Kardinal Sforza den Schrein geschenkt, denn dies war eins der Wappen seines Hauses.

Der Schrein, beim letzten Mal noch gut gefüllt, war heute fast leer, was Damiatas Aussage belegte, sie habe nach Pacos Tod ihre Ersparnisse bei einem Sieneser Bankier deponiert. Zu den wenigen Dukaten, die sich noch in ihm befanden, legte Damiata – nicht ohne sie einzeln zu zählen – die fünfzig Dukaten, die ich ihr gegeben hatte. Dabei wurde sie von Settimia und Ottavia beobachtet, die unbemerkt von ihrer Herrin durch den Türspalt lugten. In ihren Augen meinte ich ein habsüchtiges Funkeln zu erkennen, das nichts Gutes versprach.

IX

Trevignano liegt ungefähr dreißig Meilen nördlich von Rom, inmitten ausgedehnter Wälder und Felder, die im Besitz der Orsini sind. Das Städtchen erhebt sich am Nordufer des Sees von Bracciano, genau gegenüber der großen Orsini-Burg, die das Herzstück der Grafschaft bildet. Wir hatten uns zwei gute Pferde aus dem Reitstall des Palazzo Della Rovere geben lassen. Dabei hatte ich beim Stallmeister darauf gedrungen, den Pferden Zaumzeug und Sättel ohne die Zeichen der Borgia anlegen zu lassen. Bekanntermaßen war man in Trevignano auf die Borgia nicht gut zu sprechen, was so weit ging, daß jeder, der unter ihrem Zeichen reiste, mit Beleidigungen, Streitereien oder gar heimtückischen Überfällen rechnen mußte.

Um die Morgenfrische auszunutzen, verließen wir den Palazzo della Rovere schon bei Sonnenaufgang. Wir ritten durch die Porta Flaminia und bogen dann, nachdem wir den Ponte Milvio überquert hatten, in die Via Cassia ein. Hinter einem Dörfchen, das Storta, also »Krumm« heißt, weil hier die alte Römerstraße eine ziemlich abrupte Biegung macht, kamen wir in den größten Wald in der Umgebung von Rom, den Wald von Baccano, den wir so schnell wie möglich zu durchqueren suchten, weil er von Banditen, Wegelagerern und versprengten Soldaten bevölkert ist. Hier in diesem Gestrüpp, in der dichten Vegetation haben sie einen ausgezeichneten Unterschlupf gefunden, den sie nur verlassen, um Reisenden aufzulauern oder die umliegenden Gehöfte zu überfallen, die hier Verteidigungszwecken dienen und wegen ihrer besonderen Bauweise allgemein »Torri«, Türme, genannt werden.

Direkt hinter dem Wald von Baccano, dort wo sich die antike Via Cassia wieder unter freiem Himmel vorwärts schlängelt, steht ein großes, gemütliches Wirtshaus, das über einen gut ausgestatteten Pferdestall verfügt. Es ist die erste Poststation, auf die man trifft, wenn man Rom in Richtung Norden verläßt, und die letzte, versteht sich, wenn man von Siena kommend auf Rom zureitet. Bei diesem berühmten Wirtshaus, das genau zu Füßen des sogenannten Campagnano-Hügels liegt, machten wir halt, um die Pferde ausruhen zu lassen und um eine Karaffe kühlen Weins zu trinken, denn mittlerweile war es Vormittag geworden, und die Sonne hatte zu stechen begonnen. Wir gönnten uns einen ziemlich berühmten Wein, den Wein von Baccano: ein trockener, leicht säuerlicher Rotwein, mit dem sich, meiner Meinung nach, vorzüglich ein großer Durst löschen läßt.

Unsere Pferde vertrauten wir einem Stallknecht an, dem wir auftrugen, die Tiere im Schatten trockenzureiben und sie mit einer kleinen Ration Hafer zu füttern. Dann betraten wir das Lokal mit dem wenig einladenden Namen *Locanda degli Impiccati*, »Wirtshaus der Gehängten«. Vielleicht verdankte es diesen Namen der Tatsache, daß im nahen Wald immer wieder Männer gefunden werden, die man an den hohen Buchen und Eichen, die dort zahlreich wachsen, aufgehängt hat.

Die Wirtsstube war zu jener Tageszeit noch nicht sehr voll. Einige Reisende saßen herum, sowie einige Kuriere und Knappen. Und natürlich ein paar Huren, die an einem Ort, wo Reisende und Fremde verkehren, nie fehlen. Der Wirt eilte beflissen an unseren Tisch, und wir trugen ihm auf, uns unverzüglich einen

Krug Wein zu bringen, der, so ermahnten wir ihn, schön kühl und klar sein sollte. Während wir warteten, waren wir plötzlich, ohne recht zu wissen, wie uns geschah, von zwei jungen, ausgelassenen Mädchen belagert, die uns munter in die Arme nahmen und damit begannen, uns schamlos abzuküssen.

»Wir sind die Schwestern Lavanderine«, erklärte das Mädchen, das etwas älter aussah, »und wir arbeiten immer zusammen ... Vielen Männern gefällt die etwas perverse Vorstellung, mit zwei Schwestern ins Bett zu gehen.«

»Wir haben wenig Zeit, und wir sind nicht pervers«, sagte ich. »Wir wollen uns hier nur die Kehle anfeuchten, bevor wir weiterziehen.«

»Ich heiße Silvana«, sagte die Ältere, entschlossen, nicht so leicht aufzugeben, »von Beruf bin ich Nutte, und daher hebe ich häufig die Kutte.«

Dann fragte sie, an Niccolino gewandt: »Und du, mein Schöner, wie heißt du?«

»Niccolino ...«

»Ich sehe, du bist ein schöner Junge, ich könnte dir eine Freude machen mit der Zunge.«

Auch die jüngere Schwester wollte bei dieser anspruchsvollen Unterhaltung in Versform, die eines Petrarca würdig gewesen wäre, nicht zurückstehen. »Ich heiße Zurlina, und bin bei meiner Arbeit, ob im Liegen oder gebückt, zu allem bereit.«

Nach diesen Worten begannen die Schwestern erneut, sich an uns zu schmiegen und uns wie wild zu küssen.

Niccolino und ich waren entschlossen, hart zu bleiben und dem überschwenglichen Getue, mit dem alle Huren auf Kundenfang gehen, ein Ende zu machen. Wohlvertraut mit den Geschmäckern und Gewohnheiten der leichten Mädchen, rief ich den Wirt und bestellte auch für die Schwestern eine Karaffe Wein. Silvana sagte, sie habe keine Lust auf Baccano-Wein, denn der komme ihr mittlerweile schon zu den Ohren raus. Und da es fast schon Mittag war, und sie Hunger hatte, nahm sie Cannellino, einen süßen Weißwein.

Als der Wirt mit der Karaffe zurückkam, sagte Zurlina, die jüngere Schwester: »Den Wein würde ich zu gerne oben, in unserer Kammer, mit euch trinken. Im zweiten Stock haben wir ein schönes Zimmer gemietet. Und dort verwöhnen wir normalerweise unsere Kunden auf hundertfache Weise. Was haltet ihr davon, mit hoch zu kommen?«

Ich bemerkte, daß Niccolino der Einladung nur zu gerne gefolgt wäre. Fast flehend sah er mich an. Ich hatte jedoch keinesfalls vor, mich länger bei den Mädchen aufzuhalten.

»Eine halbe Stunde unbeschreiblichen Vergnügens kostet Euch nur einen halben Dukaten«, versuchte es Silvana noch einmal. »Unsere Spezialität ist das lesbische Schauspiel mit doppeltem Cunnilingus. Manche Männer sind ganz verrückt danach ...«

»Hier habt ihr alle beide einen Dukaten«, sagte ich, indem ich ihnen die Münzen reichte. »Dafür müßt ihr uns aber jetzt gehen lassen. Wir wollen noch vor Mittag in Bracciano sein. Auf unserem Rückweg werden wir jedoch noch einmal bei euch halt machen und dann einen ganzen Tag mit euch vertrödeln.«

Silvana gab Niccolino einen langen Kuß.

»Dein Freund scheint mir einer zu sein, der gar nicht genug bekommen kann«, sagte sie dann. »Wir warten hier auf euch.«

Wir ließen das »Wirtshaus der Gehängten« hinter uns und hielten zügig reitend auf den Cimino See zu, der heute als Lago Vico bekannt ist und den schon Virgil beschrieb. Nach kurzer Zeit erreichten wir Anguillara Sabazia, ein winziges Dorf mit zwei, drei Bauernfamilien, das inmitten der Ruinenlandschaft einer riesigen römischen Villa errichtet wurde. Den See zu unserer Linken ritten wir weiter, und bald schon kam die Burg von Trevignano in Sicht. Die Burg war, wie schon berichtet, nur ein Jahr zuvor von den Truppen des Herzogs von Gandìa und Guidos da Montefeltro erobert worden, im Verlaufe der päpstlichen Militäraktion gegen die Orsinis, die die Auslöschung der ganzen Familie zum Ziel hatte. Die Einwohner von Trevignano hatten bei der Ankunft der feindlichen Truppen ihr Heil nicht in der Flucht gesucht, in die Wälder und Felder oder in den nahen Herrschaftsbereich der Familie Farnese, sondern hatten sich in die Burg zurückgezogen, die allgemein als uneinnehmbar galt. Und während die Soldaten im Dienste der Orsinis nach dem Fall der Burg zu den Truppen des Herzogs von Gandìa überlaufen durften, wurden die Bewohner von Trevignano als Verräter betrachtet und entsprechend behandelt: Die Männer köpfte man auf den nächstbesten Baumstümpfen oder streckte sie mit Schwerterstreichen nieder, die Frauen, egal ob jung oder alt, wurden unzählige Male vergewaltigt. Viele starben daran. Dieses Gemetzel war ein weiterer Grund, warum die Borgia und ihre Anhänger in der Gegend verhaßt waren.

Wie wir bei unserer Ankunft sofort feststellen konnten, legte man in Trevignano großen Wert auf Recht und Ordnung. Denn vor dem Ortseingang, auf einer Lichtung direkt am Seeufer, schwelten noch die Reste eines Scheiterhaufens, auf dem man wohl irgendeinen Verbrecher verbrannt hatte. Dem verkohlten Körper nach zu urteilen, der klein und zierlich war, mußte es sich um eine Frau gehandelt haben. Und tatsächlich, nicht weit entfernt vom Scheiterhaufen fanden wir ein Schild, auf dem zu lesen war: HIER WURDE DIE BERÜHMTE HEXE NAMENS MATTEINA ZU TODE GEBRACHT UND VERBRANNT. ALS MAHNENDES BEISPIEL UND ZUR IMMERWÄHRENDEN ERINNERUNG AN IHRE TEUFLISCHEN HEXEREIEN.

Neugierig geworden, näherten wir uns dem Schauplatz, um vielleicht zu erfahren, welch furchtbarer Verbrechen sich diese Hexe schuldig gemacht hatte. Sogleich waren wir von einigen Frauen umringt, die uns wahrscheinlich an unseren Pferden, die wir am Halfter führten, und unserer Kleidung als Fremde aus Rom erkannten. Sie schienen sehr stolz auf die Hinrichtung zu sein, denn sie waren sofort bereit, uns mehr über die Hexe und ihr trauriges Ende zu erzählen.

»Vielleicht habt Ihr noch nie von der Hexe Matteina gehört«, sagte eine dieser Frauen, »aber hier in der Gegend war sie sehr bekannt, denn mit Hilfe des Beelzebubs hat sie sich furchtbarer Verbrechen schuldig gemacht. Verbrechen, die nach der Rache Gottes schrien – und der ihrer Nachbarn ... Sie war klein, aber sehr gefährlich und verfügte über geheime Zauberkräfte.«

»Es ist natürlich alles ganz rechtmäßig vor sich gegangen«, beeilte sich eine andere hinzuzufügen, »denn wir aus Trevignano lieben Recht und Gerechtigkeit. Die Orsini haben uns extra einen Richter geschickt, der sich mit Hexereien auskennt. Und auch einen Dominikanerpater. Der hat soviel Verständnis und Güte ausgestrahlt, ließ sich aber natürlich nicht an der Nase herumführen von einer Freundin des Teufels. Man hat sie streng verhört, und dabei mußte mit der Folter nachgeholfen werden. Und nachdem dann alle Zeugen gegen sie ausgesagt hatten, konnte der Richter sie reinen Gewissens zum Tode auf dem Scheiterhaufen verurteilen.«

»So eine schöne Hinrichtung. Wir sind alle ganz stolz«, sagte eine dritte. »So eine schöne Hinrichtung hat es in Bracciano noch nie gegeben, und in Soriano nel Cimino auch nicht. Als der Richter das Urteil verkündet hatte, steckte der Capitano di Giustiza ihr sofort einen Knebel ins Maul, damit sie nicht schreien und fluchen oder am Ende gar noch reuig um Gnade flehen konnte. Dann hat er ihr die Arme auf dem Rücken zusammengebunden und eine Papiermitra auf den Kopf gesetzt. Auf einem alten Esel brachte man sie hierher, wo schon vor dem Prozeß alles vorbereitet war ... Einen großen Scheiterhaufen hatte man aufgerichtet, aus Buchenholz mit einigen gut getrockneten Weinstöcken dazwischen, die für einen angenehmen Geruch bei der Verbrennungszeremonie sorgen sollten. Als das Feuer entfacht war, nahm man ihr sofort den Knebel aus dem Mund. Und da wurden auch jene eines Besseren belehrt, die vorher nicht glauben wollten, daß Matteina eine Hexe ist. Denn kaum hatten die Feuerzungen ihr Kleid erfaßt, da begann sie schon zu schreien, zu fluchen und Verwünschungen auszustoßen, gegen alle Heiligen der Mutter Kirche und sogar gegen unsere geliebten Herren, die Orsini, denen sie die Rache der Borgia an den Hals wünschte. Als ihr Körper in Flammen stand und ihr unmenschliches Geschrei immer wilder wurde, stieg der unverwechselbare Gestank von verbrannter Hexe auf, der dem von gegrilltem Schweinefleisch sehr ähnlich ist. Schließlich stieg ihr der Rauch in die Kehle und erstickte ihre Stimme ..., was unser Vergnügen etwas schmälerte, denn sie hörte nun auf, wie ein abgestochenes Schwein zu brüllen. Und dann ging dieser ungeheure Wolkenbruch nieder, der das Feuer löschte und den Scheiterhaufen mit der Leiche in dem Zustand hinterließ, wie Ihr ihn hier sehen könnt. Natürlich hat der Teufel diese Sintflut geschickt, um seine Dienerin zu retten. Aber durch göttliche Fügung ist er zu spät gekommen.«

»Aus diesem Grund«, fügte eine vierte Bäuerin hinzu, »haben wir auch die verkohlte Leiche der Hexe auf dem Scheiterhaufen gelassen. So kann der Teufel sehen, wie anmaßend sein Streben ist, sich mit Gott zu messen.«

»Was hat die Hexe Matteina denn so Furchtbares verbrochen, daß ihr sie bei lebendigem Leib verbrennen mußtet«, fragte ich. »Hat sie vielleicht das Geschlecht der Orsini verflucht, in der Hoffnung, es auf diese Weise zum Untergang zu verurteilen? Oder hielt sie es gar mit den Borgia?«

»Matteina hat all das getan, wofür Hexen bekannt sind«, antwortete eine der Frauen. »Wenn zum Beispiel der Weizen schön reif auf den Feldern stand, hat sie die furchtbarsten Hagelschauer herbeigehext, die einen großen Teil der Ernte zerstörten ... Aber das war noch längst nicht alles. Kein Weinberg, kein Pferd, keine Kuh, die nicht eingegangen wären, wenn sie ihren bösen Blick auf sie warf. Und dann haben wir sogar entdeckt, daß sie heimlich die Bäuche schwangerer Frauen berührte. Das genügte schon, um winzige oder mißgestaltete Kinder zur Welt kommen zu lassen. Manchmal fehlte ein Arm oder ein Bein, und oft genug waren sie tot.«

»Man hat auch gesehen, wie sie in Sturmnächten in die Lüfte aufgestiegen und bis nach Benevento geflogen ist, auf einem geflügelten Pferd, in dem der Teufel steckte. Oder sie benutzte ihre

Zauberkräfte dazu, die Männer in die Frauen ihrer Nachbarn verliebt zu machen, oder sie verhexte die Frauen, so daß sie sich dem Erstbesten, der vorüberkam, an den Hals warfen. Und an dem ganzen Durcheinander der Sinne, das sie anrichtete, hatte sie einen Heidenspaß. Am besten konnte sie aber folgendes: Sie warf böse Blicke in die Kochtöpfe ihrer Nachbarinnen, wenn diese Bohnen kochten. Solch einer Verhexung bin ich selbst zum Opfer gefallen. Sie hatte solch eine Macht, daß die Bohnen, wenn sie kochten, von selbst aus dem Topf sprangen, so daß nur noch heißes Wasser zurückblieb. Und wenn dann die Männer und Brüder von der Arbeit nach Hause kamen, war nichts zu essen da und so ging der Streit los. Und Matteina hat sich ins Fäustchen gelacht.«

Ich hatte jetzt genug von den Taten der bösen Hexe und ihrem Helfershelfer, dem Satan, gehört und dachte mir, es sei an der Zeit sich zu erkundigen, wo im Ort wir die Gebrüder Malacarne finden konnten. Doch die Frauen, die sich gerade noch so offenherzig und fröhlich gezeigt hatten, verstummten bei meiner Frage auf der Stelle und entfernten sich grußlos, indem sie uns verstohlene, haßerfüllte Blicke zuwarfen.

»Was haben die nur?« fragte Niccolino mich verwundert. »Ob sie vielleicht ahnen, daß wir für die Borgia arbeiten?«

»Wahrscheinlich denken die Leute hier schon bei der bloßen Erwähnung des Namens Malacarne, daß man ein Freund der Brüder ist«, antwortete ich. »Und die Gebrüder Malacarne scheinen hier nicht sehr beliebt zu sein.«

»Wenn das wahr ist, wird es schwer werden, sie überhaupt ausfindig zu machen.«

Und tatsächlich mußten wir sehr bald erfahren, daß auch die Männer sich weigerten, uns Auskunft zu geben, und schnell ihres Weges gingen, allerdings nicht ohne uns vorher voller Verachtung vor die Füße zu spucken.

Endlich fanden wir auf dem kleinen Hauptplatz des Ortes einen Flickschuster, der, wie die meisten Flickschuster, weder auf den Kopf noch auf den Mund gefallen war. Nach einigem Zögern zeigte er sich bereit, uns Auskunft zu geben. Zunächst einmal wollte ich von ihm wissen: »War diese Matteina wirklich so eine furchtbare Hexe, wie die Frauen im Dorf erzählen?«

»Die war überhaupt keine Hexe«, antwortete der Flickschuster. »Sie war eine arme Frau, krank, allein und ausgehungert. Sie ernährte sich von Kastanien, von Wurzeln und Wildkräutern. Fleisch hatte sie nur, wenn ihr eine Maus in die Falle ging. Wahrscheinlich hat es bei ihr nie auch nur zu einem Krug Milch gereicht. Daher fluchte sie immer wieder auf die reichen Bauern und die mächtigen Grundbesitzer, die Orsini, und das war ein großer Fehler. In Trevignano ist es sehr gefährlich, auf die Orsini zu fluchen.«

»Ja, das sind wohl ziemlich rachsüchtige Leute, diese Orsini«, pflichtete ich ihm bei. Der Flickschuster brachte mich mit einer Handbewegung zum Schweigen und sagte: »Wollt Ihr auch ein böses Ende nehmen? Wollt Ihr gehängt, erschlagen, erdolcht oder auf dem Scheiterhaufen verbrannt werden? Dann redet nur weiter schlecht über die Orsini, und man wird Euch bald zufrieden stellen ... Aber allein deswegen werdet Ihr doch nicht hergekommen sein.«

»Nein, wir suchen das Haus der Familie Malacarne.«

Der Flickschuster sah uns verblüfft und erschrocken an. Er schien seinen Ohren nicht trauen zu wollen.

»Wollt Ihr im Ernst zu den Malacarne? Warum wollt Ihr Euch bloß solch einer Gefahr aussetzen? Die Brüder sind streitsüchtig, brutal und skrupellos. Daher meiden die Leute sie hier, so gut es geht, und wechseln die Straßenseite, wenn sie ihnen über den Weg laufen.«

»Wir haben geschäftlich mit ihnen zu reden«, antwortete ich. »Außerdem haben wir keine Angst vor ihnen. Schließlich sind wir keine armen Teufel wie diese angebliche Hexe Matteina.«

»Hier in Trevignano haßt man die Brüder jedenfalls wie die Schweinepest. Obwohl man eigentlich nicht sagen kann, daß sie schlimmer sind als viele andere Bauern.«

»Sie sind eben Bauern«, bemerkte Niccolino, indem er verächtlich das Gesicht verzog. »Das besagt alles. Die Bauern sind doch wie ihr Vieh.«

»Ach, viel schlimmer«, entgegnete der Flickschuster. »Aber ihr seht aus wie zwei Städter und könnt euch wohl nicht vorstellen, was das für Leute sind. Die Bauern sind von Natur aus roh, geizig und grausam, dazu listig wie der Fuchs, diebisch wie die Elster und gierig und blutrünstig wie der Wolf. Und ihr ganzes Leben lang sind sie dreckig und stinken. Nur sonntags waschen sie sich die Hände, ihre Fingernägel jedoch, die stets schwarz sind wie Pech, säubern sie nie. Wie die Schlangen ihre Haut, wechseln sie zweimal im Jahr ihr Hemd.«

Seine Auslassungen gegen die Bauern schienen kein Ende nehmen zu wollen. Daher unterbrach ich ihn, indem ich ihn fragte, wo denn nun das Haus der Gebrüder Malacarne zu finden sei.

»Etwas außerhalb des Dorfes«, antwortete der Flickschuster. »Es ist leicht zu erkennen an den zwei Türmchen vor dem Eingang. Aber seid vorsichtig und reizt sie nicht, sonst ist es um Euch geschehen. Die Malacarne sollen die Angewohnheit haben, ihre Feinde abzustechen und die Leichen an die Schweine zu verfüttern.«

»Wißt Ihr zufällig, ob eine Schwester bei ihnen lebt?«

»Meint Ihr eine ältere Frau mit einem mausgrauen Haarschopf, die nach Rom gegangen ist, um dort als Hure ein Auskommen zu finden?«

»Ja, genau die. Wißt Ihr, ob sie wieder zurückgekehrt ist?«

»Ja, sie lebt wieder bei ihnen. Aber ihr Gewerbe scheint ihr kein Glück gebracht zu haben, denn sie hat keinen Mann gefunden, und ihre Brüder halten sie jetzt wie eine Sklavin.«

Ohne Schwierigkeiten fanden wir das Haus der Gebrüder Malacarne am Ortsrand, wo uns der geschwätzige Flickschuster hingeschickt hatte. Mit den zwei Türmchen links und rechts des Eingangs hatte es mehr von einer Burg als von einem Bauernhaus. Vor dem Haus, direkt neben der Tenne, stand eine Frau, ganz in Schwarz gekleidet, mit Holzschuhen an den Füßen und einem Tuch im Haar, das ihre graue Mähne zusammenhielt. Unterstützt von einem etwa zehnjährigen Mädchen, das ihr den Futtereimer hielt, war sie dabei, die Hühner zu füttern. Wir schlichen uns von hinten an sie heran, um sie zu überraschen.

»Monna Fiammetta«, sprach ich sie an, »es ist mir eine Freude, Euch kennenzulernen. Wir kommen aus Rom und haben Euch herzliche Grüße von Damiata auszurichten.«

Mit einem Ruck drehte sich die Frau zu uns um. Sie war zutiefst erschrocken. Anstatt zu antworten, sah sie uns lange an. Sie versuchte wohl zu ergründen, wer wir waren und was wir von ihr wollten.

»Wer seid ihr und was führt euch zu mir?« fragte sie, als sie ihre Sprache wiedergefunden hatte. »Wie habt ihr mich gefunden? Am besten geht ihr gleich wieder. Wenn meine Brüder vom Feld kommen und euch hier finden, drehen sie euch den Hals um.«

»Das haben schon so viele versucht. Und niemandem ist es bisher gelungen ...«, sagte Niccolino, indem er sich mit seiner riesigen Gestalt vor ihr aufbaute.

»Ihr habt wohl noch nie von den Gebrüdern Malacarne gehört?« entgegnete Fiammetta. Und indem sie sich an das Mädchen wandte, das uns immer noch mit offenem Mund anstarrte, fuhr sie fort: »Giulietta, geh ins Haus und warte in der Küche auf mich. Ich komme gleich nach. Wenn ich in zehn Minuten nicht da bin, läufst du hoch zum Weinberg und sagst meinen Brüdern Bescheid.«

»Wir möchten Euch nur einige Fragen stellen«, sagte ich. »Euer Schützling Damiata war so freundlich, uns Euren Aufenthaltsort zu verraten ... Sie ist übrigens die einzige in Rom, die weiß, wo Ihr Euch versteckt haltet. Damiata hat uns auch erzählt, wie Ihr dem ermordeten Herzog von Gandìa das Geld aus der Tasche gezogen habt ...«

»Ach, nach allem was ich für sie getan, wie konnte es Damiata da nur übers Herz bringen, mich an die Sbirren zu verraten?« jammerte Fiammetta, während sie sich die mit Kleiebrei verklebten Hände an ihrer Hanfschürze abputzte.

»Wir sind keine Sbirren«, sagte ich, wobei ich einen strengeren Ton anschlug. »Wir werden jedoch nicht zögern, dich beim Bargello und der Familie Borgia anzuzeigen, falls du unsere Fragen nicht beantworten willst. Wenn du dich aber aufgeschlossen zeigst und uns deine Antworten überzeugen, werden wir dir zehn Dukaten geben, als Zeichen unserer Dankbarkeit. Sicher, zehn Dukaten werden dir recht bescheiden vorkommen, bei den Summen, um die du den Herzog von Gandìa erleichtert hast ...«

»Ja, Ihr habt recht ... Damiata hat viel Geld durch mich verdient. Und trotzdem hat sie sich immer wieder von Paco, diesem Halsabschneider, dazu überreden lassen, ihre Kunden beim Kartenspielen zu betrügen und auszunehmen, was sicher nicht ganz ungefährlich war. Alles, was sie verdiente, steckte sie in diesen verfluchten Schrein ... Da waren sicher mindestens dreitausend Dukaten und dreitausend Gulden drin. Und da wollt Ihr mir wirklich nur zehn Dukaten geben? Wenn Ihr mir wirklich Eure Dankbarkeit bekunden wollt, sollten es schon zwanzig sein. Ich bin ja jetzt nur noch eine arme Frau, die ihren Brüdern zur Last fällt. Und ich weiß nicht, wann ich wieder nach Rom zurückkehren kann, um mir meinen Lebensunterhalt wieder selbst zu verdienen.«

»Also gut«, sagte ich, um in einem solch wichtigen Moment keine Zeit mit langen Reden zu verlieren. »Ich werde dir zwanzig Dukaten geben. Nun erzähl uns alles, was du weißt.«

»Wenn Ihr, wie vorhin behauptet, schon so viel von Damiata erfahren habt, wieso seid Ihr dann überhaupt nach Trevignano gekommen und habt Euch der Gefahr ausgesetzt, meinen Brüdern über den Weg zu laufen. Es ist doch allgemein bekannt, daß sie unter dem Schutz Paolo Orsinis stehen, für den mein ältester Bruder das Gut von Palombara Sabina verwaltet.«

»Einige Dinge wollen wir eben direkt von dir erfahren. Damiata hat behauptet, dem Herzog von Gandìa sei nie der Verdacht gekommen, Opfer eines Betruges zu sein, ja, er sei sich immer ganz sicher gewesen, tatsächlich die Reize der Gräfin Barbara della Mirandola zu genießen. Weiter hat sie uns erzählt, wie sie die Nacht des 14. Juni verbracht hat, am Spieltisch nämlich, mit drei Florentiner Kaufleuten, denen sie mit Pacos Hilfe tausend Gulden aus der Tasche ziehen konnte. Sie konnte uns aber nicht sagen, was du in jener Nacht gemacht hast, nachdem du das Haus Vannozzas verlassen hast. Worüber hast du mit dem Herzog während des Festmahls geredet? Wohin seid ihr geritten, als ihr euch zusammen auf einem Maultier entfernt habt? Und warum ist der Herzog nicht mehr zurückgekommen?«

»Schon vom Morgen des folgenden Tages an«, antwortete Fiammetta, »als ich erfuhr, was in der Nacht passiert war, habe ich mir gedacht, daß mir die Sbirren genau diese Fragen stellen würden ... wenn es ihnen gelungen wäre, mich auf ihre Art zu verhören, nämlich mit einem Strick um meinen Hals. Also, wenn Ihr es genau wissen wollt: In jener Nacht war alles ganz anders, als Ihr denkt. Den Herzog habe ich überhaupt nicht getroffen. Ich war nicht die maskierte Frau, die ihn im Hause seiner Mutter abgeholt hat und mit ihm zusammen auf einem Maultier davongeritten ist.«

Niccolino sah mich zweifelnd an, während ich dazu neigte, Fiammettas Worten Glauben zu schenken, so unglaublich sich die Geschichte auch anhören mochte. Wahrscheinlich gab es zwei Kupplerinnen, die dem Herzog dienten – beide ganz in Schwarz und wie ein Mann gekleidet und einer großen Maske vor dem Gesicht. Und höchstwahrscheinlich war die zweite Kupplerin keine Frau, sondern tatsächlich ein Mann. Ich erinnerte mich der Worte Don Pedros, des Haushofmeisters Vannozzas, der mir erzählt hatte, ihm sei die schwarze Kupplerin wie ein Mann vorgekommen, da sie mit größter Geschicklichkeit zu reiten verstand.

Ich riß mich aus meinen Gedanken los und wandte mich wieder an Fiammetta.

»Du redest um den heißen Brei herum, Fiammetta. Du hast uns immer noch nicht gesagt, was du an jenem Abend gemacht hast.«

»An jenem Abend habe ich etwas so Ungeheures erlebt, daß

ich es lieber für mich behalte. Ihr würdet mir sowieso nicht glauben.«

»Erzähl einfach und überlaß uns die Entscheidung, ob deine Geschichte glaubhaft ist.«

»Am Abend, als der Herzog von Gandìa ermordet wurde, lag ich auf einem Bett und trieb es wie wild mit einem jungen, feurigen Arkebusier namens Marcuccio.«

Angesichts unserer ungläubigen Blicke beeilte sich Fiammetta zu erkären: »Was habt Ihr denn? In meinem Alter hat man nicht mehr viele Gelegenheiten. Und diese wenigen will ich mir nicht entgehen lassen.«

Niccolino und ich tauschten erneut einen vielsagenden Blick aus.

»Das ist ja das große Leid der Frauen, wenn sie einmal die Vierzig überschritten haben. In diesem Alter wird der Appetit immer größer, während die Möglichkeiten, ihn zu stillen, ständig abnehmen. Wie Katzen auf frisches Fleisch stürzen wir Alten uns daher auf jede sich bietende Gelegenheit. Und dieser Marcuccio schien mir eine Gelegenheit, wie man sie sich nicht entgehen lassen sollte. Ein Geschenk des Himmels. Man brauchte ihn nur anzuschauen, um sich sofort in ihn zu verlieben. Er war stämmig wie eine Säule, von der Sorte Mann, bei der man schon vom bloßen Anschauen naß wird. Daher war ich mit ihm vier oder fünf Stunden im Bett, ritt ihn und ließ mich reiten, auf tausend verschiedene Arten, und dabei fühlte ich mich wie früher, als ich achtzehn war, und ich sprudelte wie eine Fontäne.«

»Deine Geschichte weist einige Ungereimtheiten auf«, sagte ich, als sie ihre Ausführungen beendet hatte. »Aber ganz unglaubhaft ist sie nicht. Daß es eine nicht mehr ganz junge Frau eine ganze Nacht lang mit einem feurigen Soldaten treibt, ist ja durchaus nicht abwegig. Verrate mir nur, wer er ist, welchem Herrn er dient und wo wir ihn finden können. Ich muß unbedingt mit ihm reden, damit er mir bestätigt, daß er in jener Nacht, als der Herzog von Gandìa ermordet wurde, mit dir zusammen war.«

»Ich hatte ihn vorher noch nie gesehen ... daß er Marcuccio hieß, hat er mir gesagt, und daß er Arkebusier war, konnte man leicht daran erkennen, daß er seine Arkebuse stets bei sich hatte. Er war wohl ein Soldat oder ein Waffenknecht im Dienste einer mächtigen Familie, denn sein Rock war mit einem eigenartigen Wappen bestickt. Es zeigte drei laufende Hasen mit auffallend großen Zähnen.«

Niccolino und ich schauten uns überrascht an.

»Drei Hasen, hast du gesagt? Ich habe noch nie von einer Familie gehört, die drei Hasen im Wappen führt. Hasen sind ein Symbol für Feigheit, für Flucht ... sehr unwahrscheinlich, daß jemand sie als Wappentiere wählt. Welcher Familie diente er denn?«

»Ich habe ihn zwar danach gefragt, aber er wollte es mir nicht sagen, ja er drohte mir sogar, auf der Stelle zu gehen, wenn ich nicht lockerließe. Da habe ich nicht mehr weitergefragt. Ich fürchtete, er könne tatsächlich gehen und mich unverrichteter Dinge sitzen lassen.«

»Wenn du ihn gar nicht kanntest, wie kam es dann, daß du den ganzen Nachmittag und Abend mit ihm verbracht hast?«

»An jenem Nachmittag war ich eine alte Freundin besuchen, die in Campitelli wohnt. Um sie ein wenig neidisch zu machen, hatte ich mir ein Seidenkleid angezogen und außerdem jenen Schmuck aus Gold und Edelsteinen angelegt, den ich mir nach und nach gekauft hatte, seitdem ich für den Herzog von Gandìa arbeitete. Auf dem Heimweg kehrte ich in einer Osteria in Campitelli ein, um ein paar Gläser Wein zu trinken. Kurz darauf betrat der Soldat mit der Arkebuse das Lokal. Mir war schon aufgefallen, daß er mir folgte, seitdem ich das Haus meiner Freundin verlassen hatte. Er setzte sich zu mir an den Tisch, und nach einer kurzen Begrüßung und einem Lächeln fragte er mich sehr galant, ob er mir eine Karaffe Wein bestellen dürfe. Wie hätte ich da nein sagen können? Er war jung, so um die zwanzig, und erschien mir schöner als der Erzengel Michael. Er war genau das, wonach sich eine arme, alleinstehende Frau sehnt. Und obwohl er so massiv gebaut war wie ein Gebirge und so kräftig wie ein Zuchtbulle, wirkte er keineswegs grob oder ungehobelt. Im Gegenteil, er drückte sich wohlerzogen aus, in einer höflichen, etwas schleppenden Sprache.«

»Sprach er wie ein Perugianer?«

»Nein, eher so, als käme er aus den Marken. Er rief sogleich den Wirt herbei, bezahlte ihn aus seinem gut gefüllten Geldbeutel, und zusammen leerten wir eine Karaffe korsischen Weins. Ich war sehr guter Stimmung, denn es war schon Ewigkeiten her, daß mich zum letzten Mal ein Mann zu einem guten Wein eingeladen hatte. Vom korsischen wechselten wir zu einem griechischen Wein, dann zu einem Cannellino, einem Malvasier und schließlich zu einem Vernaccia. Dabei redeten wir und lachten fröhlich. Mein Gesicht glühte, und auch innen war mir ganz heiß. Aber ich versuchte, es mir nicht anmerken zu lassen.«

»Nicht von ungefähr ist Nonnen und sittsamen Frauen der Genuß von Wein untersagt«, bemerkte ich, »denn wie man weiß, ist Bacchus der beste Diener der Venus.«

»Den Wein hätte ich gar nicht gebraucht, denn ich fühlte mich dermaßen überwältigt von meiner Lust, daß ich ihn am liebsten gebeten hätte, es mir gleich dort im Lokal, auf einem Tisch in einer dunklen Ecke, zu besorgen. Statt dessen war er es, der mich höflich fragte, ob ich nicht zufällig Lust hätte, den fröhlichen Nachmittag mit ihm zu beschließen und mich in aller Ruhe auf einem Bett von ihm nehmen zu lassen. In einer Wohnung, die er in der Via della Misericordia gemietet hatte.«

»Via della Misericordia? Das ist doch die Straße, wo bei gutem Wetter gewöhnlich Scharen von Bettlern zu finden sind?«

»Ja, genau. Und dort, wo die Straße enger wird, steht ein Haus mit einem Tabernakel für den Heiligen Bartholomäus den Enthäuteten davor. Dorthin wollte Marcuccio mich bringen. Doch obwohl ich mich fühlte, als habe ich ein Stück glühende Kohle zwischen den Beinen, zögerte ich nun, auf seinen Vorschlag einzugehen. Aber nicht aus Scham, sondern aus Angst. Ich befürchtete, er wolle mir in seiner Wohnung den Schmuck rauben, den ich an jenem Tag angelegt hatte. Plötzlich kam es mir auch verdächtig vor, daß er mir den ganzen Weg vom Haus meiner Freundin gefolgt war.«

»Aber wie es scheint«, sagte ich lächelnd, »hast du aus irgendeinem Grund deine Meinung geändert.«

»Tja ... Marcuccio war so schön, so gut gebaut – breit in den Schultern und schmal in den Hüften – und sein Hosenlatz so prall, daß ich das Risiko gerne eingehen wollte. Eine einzige von mir organisierte Liebesnacht für den Herzog von Gandìa würde mich, so sagte ich mir, für den möglichen Verlust entschädigen. Als Marcuccio merkte, daß ich zögerte, sah er sich unauffällig in der Osteria um, und als er festgestellt hatte, daß uns niemand beobachtete, knöpfte er seinen Hosenlatz auf, holte seine Rute raus und zeigte sie mir. Sie war wirklich ein Kunstwerk. Wie von dem großen Verrocchio persönlich gemeißelt. Ich hatte nur einen Gedanken: ›Wenn du mir wirklich die Kehle durchschneiden willst, dann mach's bitte erst, nachdem du's mir damit besorgt hast.‹ O ja, auch wenn diese Rute mich das Leben gekostet hätte, ich hätte mir keine schönere Art zu sterben denken können ...«

Fiammetta hatte sich, während sie erzählte, bei der Erinnerung an ihr Abenteuer mit dem Soldaten Marcuccio derart erhitzt, daß sie zum Brunnen gehen mußte, um sich einen Eimer Wasser zu schöpfen und ein paar Kellen davon zu trinken. Als sie fertig war, setzte sie sich wieder neben uns.

»Entgegen meinen Befürchtungen«, nahm sie den Faden ihrer Erzählung wieder auf, »verlief alles nach Wunsch. Marcuccio verhielt sich wie ein echter Kavalier, was Ihr schon daran sehen könnt, daß ich noch lebe und Euch von meinem außergewöhnlichen Abenteuer berichten kann. Obwohl die Wohnung, die er in der Via della Misericordia gemietet hatte, zwei Zugänge hatte, einen direkt von der Straße aus, den anderen vom Gebäudeinneren her, wollte Marcuccio, daß wir durch das Haus auf sein Zimmer gingen. Wahrscheinlich um mir zu zeigen, daß er nichts zu verbergen hatte. Die Frau, die uns empfing, hieß, glaube ich, Marozia und war so fett und rund wie eine Schmalzblase.

Kaum waren wir in seinem Zimmer, da zog sich mein junger Apoll schon aus, bis er vollkommen nackt in seiner göttlichen Schönheit vor mir stand. Ich brauche Euch wohl nicht erzählen, was weiter passierte. Auf alle Fälle könnt Ihr mir glauben, noch nicht einmal, als ich achtzehn war und in voller Blüte stand, hat man mich jemals so verwöhnt. Nachdem Marcuccio mich auf dem Bett festgenagelt hatte, schlug er ein paarmal kräftig mit seinem Hammer auf den Amboß, und sogleich brach der Damm, und die Flut füllte meinen Keller. Dann begannen wir von vorn, immer wieder, den ganzen Abend, mal schlug der Hammer auf den Amboß, mal war es der Amboß, der auf den Hammer schlug. Als es dunkel wurde, erklärte mir Marcuccio, daß er eine wichtige Verabredung habe. Bevor er ging, sagte er, ich könne liegenbleiben, solange ich wolle, die Miete für das Zimmer sei bezahlt. Lange Zeit blieb ich auf dem Bett liegen. Ich war erschöpft, glücklich, unfähig, mich zu bewegen, mein Körper auf schönste Weise ermattet. Als ich aufstand, um mich zu waschen, merkte ich erst, daß es schon tiefe Nacht war. Da ich wußte, daß das Viertel nachts alles andere als sicher ist, folgte ich Marcuccios Rat und legte mich wieder ins Bett. Ich schlief ein und wachte vor Sonnenaufgang nicht mehr auf. Dann verließ ich das Haus, nicht ohne mich von der Hauswirtin zu verabschieden, die mich in jener Nacht beherbergt hatte.«

»Du behauptest also, die Nacht des 14. Juni in einem Zimmer in der Via della Misericordia verbracht zu haben. Kann diese Hauswirtin das vielleicht bestätigen?«

»Ja, natürlich. Sie hat gesehen, wann ich an jenem Nachmittag mit Marcuccio gekommen bin und wann ich ihr Haus wieder verlassen habe.«

»Und was hast du danach gemacht?«

»Beim Portico d'Ottavia angekommen, erfuhr ich, daß der Herzog von Gandìa in jener Nacht verschwunden war und daß man in diesem Zusammenhang eine schwarz gekleidete Frau mit einer runden Maske suchte: die Frau also, mit der Juan Borgia nach dem Festmahl bei seiner Mutter zusammen fortgeritten war.

Ich hatte furchtbare Angst, der Verdacht könnte auf mich fallen. Daher bin ich schnell nach Hause gerannt und habe alle Masken, die ich besaß, verbrannt. Die schwarze Männerkleidung, die ich bei meinen Treffen mit dem Herzog trug, habe ich auf einem Acker vergraben. Damiata war noch nicht aufgestanden, weil sie, wie mir Nanna erzählte, bis tief in die Nacht mit drei Florentiner Kaufleuten Karten gespielt hatte. So machte ich mich, ohne mich zu verabschieden, auf den Weg, verließ Rom und wanderte ohne Unterbrechung bis hierher nach Trevignano. Ich hoffte, Damiata würde niemandem etwas von unserem Geheimnis erzählen, weil sie sich mindestens ebenso schuldig gemacht hatte wie ich. Auch Paco und Nanna wußten über alles Bescheid, doch auch sie taten gut daran, den Mund zu halten, weil sich sonst die Sbirren um sie gekümmert hätten.«

»Die beiden werden nie mehr jemandem etwas erzählen. Sie sind tot ... ermordet«, unterbrach Niccolino sie. »Hast du das gewußt?«

»Nein. Seit ungefähr zehn Tagen, solange bin ich schon hier, weiß ich nicht mehr, was in Rom vorgeht. Wir stehen hier unter der Herrschaft der Orsini. Und das ist, als lebten wir in einer anderen Welt. Ist Damiata auch etwas passiert?«

»Sie hat Glück gehabt, daß wir rechtzeitig bei ihr eingetroffen sind, um die Mörderbande in die Flucht zu schlagen. Deshalb hat sie uns alles erzählt, was sie wußte ... Aber von dir will ich jetzt auch etwas wissen, was nur du mir sagen kannst ... Als man den Herzog von Gandìa aus dem Tiber gefischt hat, fehlten in seinem Geldbeutel fünfzig Dukaten. Hat er dir das Geld gegeben, als Dank für sein Schäferstündchen an jenem Abend?«

Fiammetta hielt meinem Blick ganz ruhig stand. Sie hatte sofort gemerkt, daß ich ihr eine Fangfrage gestellt hatte ...

»Wie soll er mir denn das Geld gegeben haben«, fragte sie zurück, »wenn ich ihn noch nicht einmal gesehen habe? Aber vielleicht hat er das Geld ja einer anderen Kupplerin gegeben, einer Kupplerin, die ihm ein anderes Mädchen besorgt hat. Er soll es ja sehr eilig gehabt haben, als er das Haus seiner Mutter verließ ... und das läßt darauf schließen, daß eine Frau im Spiel war.«

»Wirklich ein komischer Zufall ...«, bemerkte ich. »Der Herzog unterhält praktisch zur gleichen Zeit Beziehungen zu zwei Frauen – was nicht verwunderlich ist bei seinem Lebenswandel. Das Sonderbare ist aber, daß er sich dabei zweier Kupplerinnen bedient, die sich beide ganz in Schwarz kleiden und maskieren ...«

»Warum soll das sonderbar sein?« unterbrach mich Fiammetta heftig. »Vielleicht fühlte sich auch die andere Frau, die den Herzog bei seinen Bettgeschichten unterstützte, sicherer, wenn sie ihr Gesicht verbarg und unerkannt blieb. Und das ist doch wohl gut zu verstehen, nach allem was passiert ist ...«

Fiammettas Ausführungen schienen keinen schwachen Punkt aufzuweisen. Daher erhob ich mich jetzt von der Bank, auf der ich gesessen hatte, und reichte ihr die versprochenen zwanzig Dukaten. Die zehn Minuten waren lange vorbei, und das Mädchen, das vergeblich auf Fiammetta gewartet hatte, war zum Weinberg gelaufen, um ihre Brüder zu holen. In jenem Moment rückten die Gebrüder Malacarne an. Sie waren riesengroß und blickten bedrohlich finster drein. Einer hatte einen Degen in der Hand, der zweite eine Mistgabel und der dritte eine große Sense. Fiammetta sprang auf und lief ihnen entgegen, um ihnen zu sagen, daß wir Freunde wären und nichts Böses im Schilde führten ... Als ich ihre Gesichter und ihr Auftreten sah, dankte ich dem Himmel, daß ich daran gedacht hatte, die Wappen der Borgia vom Zaumzeug unserer Pferde entfernen zu lassen ... Andernfalls hätte es sehr gefährlich für uns werden können, auch wenn wir mittlerweile mit Fiammetta »Freundschaft« geschlossen hatten. Sie hätten uns, wie es ihre Art war, umbringen, in Stücke schneiden und an die Schweine verfüttern können, die, wie man weiß, Menschenfleisch lieben.

Auf dem Heimweg, während wir in leichtem Trab auf Rom zuhielten, fragte mich Niccolino: »Haltet Ihr es für möglich, daß

Fiammetta an jenem Abend den Herzog überhaupt nicht gesehen hat? Vergeßt nicht, Maestro, dieses Zimmer, auf das Marcuccio sie führte, hatte zwei Ausgänge. Einer führte auf den Flur, der andere auf die Straße, das heißt, man konnte, soweit ich verstanden habe, das Haus verlassen, ohne daß die Wirtin es merkte. Im Geldbeutel des Herzogs fehlten fünfzig Dukaten ... Wo sind die wohl geblieben? Ist es nicht unwahrscheinlich, daß die andere Kupplerin – oder Kuppler, wenn wir den Worten Don Pedros Glauben schenken wollen – genau den gleichen Lohn für ihre Dienste bekam? Kommt Euch dieser Zufall nicht auch verdächtig vor?«

»Du stellst die richtigen Fragen, mein teurer Niccolino«, antwortete ich. »Leider bin ich noch nicht in der Lage, sie dir genau zu beantworten. Doch ich bin sicher, sobald wir die Antwort darauf gefunden haben, werden wir auch wissen, wer den Herzog ermordet und die ganze Verschwörung angezettelt hat.«

»Übrigens, Maestro, habt Ihr darauf geachtet, ob Fiammetta an der linken Hand eine Narbe hatte, oder ob ihr an der Hand ein Finger fehlte?«

»Natürlich ... ihre linke Hand weist absolut keine Besonderheiten auf.«

»Aber diese graue Mähne entspricht genau der Beschreibung, die man uns gegeben hat.«

»Was heißt das schon? Die meisten Frauen bekommen graue Haare, wenn sie die Fünfzig einmal überschritten haben ...«

X

Am folgenden Morgen standen wir beizeiten auf, um uns in die Via della Misericordia zu begeben und Signora Marozia dort einen Besuch abzustatten. Wir wollten von ihr hören, was von Fiammettas Alibi zu halten war. Um zur Via della Misericordia zu gelangen, mußten wir die Piazza dei Miracoli überqueren, einen der buntesten, aber auch abstoßendsten und stinkendsten Plätze der Stadt, den jeder Römer, so gut es geht, meidet.

Hier gibt es Zuhälter, Falschspieler, Hochstapler, Söldner, Halsabschneider und Betrüger. Und doch gibt es noch ein Gesindel, das sind die Bettler, die sich von den Brosamen der Ordensbrüder, Parasiten und Müßiggänger nähren.

Und dieses Gesindel trifft sich mit Vorliebe, vom frühen Morgen an, in der Gegend um die Via Misericordia und die Piazza dei Miracoli. Hier befinden sich die wohlhabendsten Kirchen und Klöster Roms, diejenigen also, die ihren meist reich bemessenen Überfluß an Notleidende verteilen, was unweigerlich die Bettler anzieht wie faule Birnen die Fliegen. In dieser Straße und an diesem Platz liegen darüber hinaus auch einige der reichsten Mutterhäuser, leben einige der vornehmsten Familien Roms, kurz und gut, all jene, die sich das Verteilen von Essen, Kleidung – und frommen Worten an die Armen zur Gewohnheit gemacht haben. Aus diesem Grund treffen sich die Bettler – bevor sie zu den zahlreichen Kirchen und heiligen Stätten der Stadt ausschweifen, die von Pilgern besucht werden – in der Via Misericordia und auf der Piazza dei Miracoli, um Neuigkeiten auszutauschen, sich gegenseitig zu entlausen und von anderem Ungeziefer wie Flöhen und Zecken zu befreien. Und nicht zuletzt, um sich gegenseitig die Schminke zu erneuern, mit der sie ihre vermeintlichen Gebrechen vortäuschen. Denn die Bettler sind Meister darin, die Herzen ihrer Mitmenschen mit den schlimmsten Wunden und Verletzungen zu rühren, wozu sie sich über und über mit allerlei Substanzen beschmieren, so daß sie oft schlimmer aussehen als ein Esel, der im Misthaufen gelandet ist.

So bahnten wir uns nun unseren Weg durch diese kunterbunte Gesellschaft – wobei wir uns von den anhänglichsten Bettlern nur befreien konnten, indem wir gleichermaßen Fußtritte und kleine Kupfermünzen verteilten – und erreichten bald das Ende der Via della Misericordia. Genau an der Stelle, wo die Straße sich merklich verengt, stießen wir auf ein Haus aus Tivoli-Stein, das von zwei schäbigen Holzhütten eingerahmt war. Vor der Fassade stand ein Tabernakel mit vielen brennenden Kerzen, die sorgfältig vor einer Alabasterfigur des Heiligen Bartholomäus des Enthäuteten aufgereiht waren. Niccolino und ich blickten uns an. Wenn Fiammetta die Wahrheit erzählt hatte, standen wir vor dem Haus, das wir suchten.

Wir betätigten den Messingklöppel, und gleich darauf erschien eine Frau auf der Schwelle, die uns sehr freundlich empfing, vielleicht weil sie in uns zwei gute Kunden witterte. Sie war wohlbeleibt, genauso wie Fiammetta die Hauswirtin beschrieben hatte, und war gerade dabei, ein Schmalzbrot zu vertilgen, wobei sie die gerösteten Grieben knirschend zwischen den Zähnen zermalmte. Das konnte nur Marozia sein.

»Madonna Marozia?« fragte ich. »Seid Ihr die Dame, die hier im Hause eine elegante kleine Wohnung vermietet, mit zwei Eingängen, einem von der Straße aus und einem zweiten vom Treppenhaus?«

Bevor sie antwortete, putzte sich die Frau ihre fettigen Hände am Unterrock ab.

»Ja, das ist wirklich die schönste möblierte Unterkunft im ganzen Rione«, sagte sie. »Aber ich habe auch nette Zimmer zu vermieten mit Bett und Waschgelegenheit. Und wenn Ihr interessiert seid, werden sich auch ein paar nette Mädchen aus gutem Haus für Euch finden lassen, die hier in der Gegend wohnen. Fleißige Mädchen, die sich ein paar Heller zur Aussteuer dazuverdienen wollen.«

»Wieso könnt Ihr über so viele Zimmer verfügen?«

»Das ganze Haus gehört mir, und ich verdiene mir meinen Lebensunterhalt, indem ich Zimmer tage- und wochenweise vermiete … Dieses Haus ist alles, was mir mein Mann, Gott hab ihn selig, vermacht hat. Er war Schuhmacher für einige einflußreiche Monsignori der Kurie. Leider hat ihn der Himmlische Vater schon mit achtunddreißig Jahren zu sich gerufen. Ihr habt doch sicher schon von Bartolomeo, dem Schustermeister gehört. Er war der Beste in ganz Rom, und mit dem, was seine Kunst abwarf, hat er sich dieses prächtige Haus gebaut.« Sie holte Luft, biß noch einmal in ihr fettiges Brot, und fuhr dann fort: »Ja, ich habe sehr viele Zimmer, aber diese kleine Wohnung, nach der Ihr fragt, ist nicht mehr frei. Ich habe sie für vier Wochen vermietet.«

Ich nahm zwei Dukaten aus meiner Tasche und zeigte sie ihr.

»Die gehören Euch, Signora Marozia, wenn Ihr uns sagt, an wen Ihr die Unterkunft vermietet habt ... und ob hier danach vielleicht seltsame Dinge geschehen sind.«

»O ja«, antwortete Marozia, »hier sind tatsächlich sonderbare, ja unglaubliche Dinge vor sich gegangen.«

Sie streckte die Hand aus, um die Dukaten in Empfang zu nehmen. Ich gab ihr jedoch nur einen.

»Den anderen müßt Ihr Euch verdienen.«

»Ich werde Euch alles erzählen, von jenem Morgen an, als die zwei Frauen hier bei mir waren ...«, sagte Marozia. »Aber tretet doch bitte ein. Die Leute sind so neugierig, und ich habe eine Bohnensuppe auf dem Herd stehen.«

Ihre imposante Gestalt verschwand aus dem Türrahmen, und wir konnten eintreten. Es handelte sich tatsächlich um ein schönes Haus, geräumig, hell und stilvoll eingerichtet. Offensichtlich hatte ihr Mann sehr ordentlich bei den Monsignori der Kurie verdient. Wir wurden in die Küche geführt, die, wie das ganze Haus, sehr sauber war, ausgestattet mit einer stattlichen Anzahl an Kupfertöpfen und Pfannen, die ordentlich aufgereiht an der Wand hingen. Nachdem Marozia die Bohnensuppe mit einem Schuß Olivenöl verfeinert und kräftig umgerührt hatte, wandte sie sich wieder uns zu.

»So, was wollt Ihr von mir wissen?« fragte sie lächelnd.

»Könnt Ihr uns sagen, wer sich am Abend des 14. Juni in Eurer kleinen Wohnung aufhielt? Das war der Tag, als der Sohn des Heiligen Vaters verschwand, der später mit durchgeschnittener Kehle auf dem Grund des Tiber gefunden wurde.«

»Ja, an den Tag erinnere ich mich noch sehr gut«, antwortete Marozia, während sie sich einen Stuhl zurechtrückte. »Aber ich habe Euch ja versprochen, alles von Anfang an zu erzählen. Und da muß ich drei, vier Tage vorher beginnen, als die beiden Frauen zu mir kamen, eine mit einer Maske, die andere mit einem blutroten Feuermal auf der linken Wange.«

»Im Ernst, eine der beiden hatte ein Feuermal auf der linken Wange?« fragte ich. »Und waren es wirklich nur zwei Personen? War da nicht auch ein Mann dabei, ein Soldat namens Marcuccio?«

»Werter Herr«, erwiderte Marozia gereizt, »zu viele Fragen auf einmal verwirren mich nur. Wenn Ihr mich nicht unterbrecht, werdet Ihr alles erfahren.«

Mit einer Handbewegung bat ich sie um Entschuldigung und lehnte mich auf meinem Stuhl bequem zurück.

»Zunächst müßt Ihr wissen«, begann die Frau, »daß diese Wohnung zwar klein, aber sehr gemütlich und schön eingerichtet ist. Aus diesem Grunde habe ich sehr viele Nachfragen, nicht nur von Leuten aus unserem Viertel, sondern von Kunden aus ganz Rom. Und das, obwohl ich eineinhalb Dukaten in der Woche dafür verlange. Natürlich sind meine Gäste in erster Linie Dirnen, denn die Unterkunft ist ruhig, hat gute Betten mit stets frischer Bettwäsche, und auch für Wasser und Holz ist gesorgt … Kurz und gut, für Frauen eines bestimmten Gewerbes ist sie der ideale Ort, um hier mit einem reichen Freund abzusteigen und ihn ungestört in aller Ruhe auszunehmen. Kupplerinnen oder Dienerinnen von Edelnutten suchen mich also häufig auf, um die Zimmer zu mieten. Daher habe ich mich auch nicht gewundert, als drei oder vier Tage vor dem 14. Juni zwei Frauen bei mir auftauchten, die die Wohnung für vier Wochen mieten wollten. Ich sagte ihnen, das mache sechs Dukaten, die im voraus zu zahlen seien, und sofort händigten mir die Frauen das Geld aus ohne zu zögern und ohne zu feilschen, wie ich es eigentlich von dieser Sorte Frauen gewohnt bin. Die jüngere der beiden, die mit dem Feuermal auf der Backe, war höchstens sechzehn Jahre alt und schien mir die Nutte zu sein. Die andere war wie ein Mann gekleidet, ganz in Schwarz, und trug eine schwarze Seidenmaske, die ihr ganzes Gesicht verdeckte. Für mich war klar, daß sie die Kupplerin war, und ich bin sicher, auch Ihr wäret darauf reingefallen …«

»Reingefallen? Worauf denn?«

»Werter Herr, Ihr hattet versprochen, mich nicht mehr zu unterbrechen«, beschwerte sich Marozia. »Also, ich habe sie für die Kupplerin gehalten, weil nur sie anfangs gesprochen hat, während das junge Mädchen den Mund nicht aufbekam. Dann fiel mir auf, daß das Auftreten der schwarz gekleideten Frau sehr schroff und bestimmt, ja autoritär war. Also gar nicht so wie das einer Kupplerin, denn diese sind daran gewöhnt zu gehorchen und nicht zu befehlen. So kam mir der Verdacht, daß mit der Frau irgend etwas nicht stimmte. Die andere schien mir hingegen eine ganz normale junge Nutte zu sein. Ein sauberes, frisches Mädchen mit einem wohlgestalteten festen Körper, einer samtenen, glatten Haut wie ein Fisch und einem üppigen Busen. Ihre Zähne waren makellos und ihre Augen leuchteten in einem tiefen Schwarz. Sie hätte wunderschön sein können, wäre da nicht dieser große, dunkelrote Fleck auf der linken Wange gewesen. Aber bekanntlich schauen ja die Männer bei dieser Sorte Frauen nicht nach dem Gesicht. Sauber und frisch müssen sie sein und ihre Körper fest und duftend wie Quitten. Und Ihr könnt mir glauben, dieses Mädchen im Bett, in einem dunklen Raum, wäre sogar für einen Kardinal ein echter Leckerbissen gewesen ...«

Einen Augenblick schwieg Marozia, um Luft zu holen. Sofort nutzte ich die Pause und fragte sie: »Könntet Ihr mir diese Kupplerin auch so genau beschreiben? Und ist Euch vielleicht der Verdacht gekommen, daß diese Frau in Männerkleidung vielleicht tatsächlich ein Mann gewesen sein könnte?«

»Unmöglich!« erklärte Morazia entschieden. »Das war eine Frau. Sie war dünn und hatte einen buschigen grauen Haarschopf. Ihr Gesicht war voller Falten, aber als Mädchen muß sie wohl einmal sehr schön gewesen sein. Ich schätzte sie auf ungefähr vierzig.«

»Wie könnt Ihr das so sicher behaupten, da sie doch eine Maske vor dem Gesicht trug?« fragte ich mit einem verhaltenen Lächeln.

»Ganz einfach. Ich habe sie auch ohne Maske gesehen. Und zwar vier Tage später«, antwortete Marozia beleidigt. »Und nun hört endlich auf, mich dauernd zu unterbrechen, und laßt mich in Ruhe in meiner Erzählung fortfahren ... Also, nachdem ich die sechs Dukaten eingesteckt hatte, gab ich der maskierten Frau den Schlüssel zu der Tür, die auf die Straße führt ... Das ist die Tür, die Kunden benutzen, die lieber unerkannt bleiben wollen. Drei Tage später, am Nachmittag des 14. Juni also, kam diese Kupplerin wieder, diesmal ohne Maske, begleitet von einem jungen Arkebusier ... dafür hielt ich ihn zumindest, wegen der Waffe, die er mit sich führte, einer Arkebuse, die er wie einen Schatz hütete. Und bei dieser Gelegenheit konnte ich auch der Frau genau ins Gesicht sehen. Dabei merkte ich, daß ich sie bei ihrem ersten Besuch falsch eingeschätzt hatte. Die zwei Frauen, die die Unterkunft gemietet hatten, waren keineswegs eine Kupplerin und eine junge Dirne, sondern eine vornehme Dame mit ihrer Dienerin.«

»Und warum sollte sie dann beim ersten Mal eine Maske getragen haben?«

»Das ist doch ganz klar. Die feine Dame wollte nicht erkannt werden bei der Suche nach einem guten Bett, auf dem sie ihre Venusschlachten auszufechten gedachte. Ich dachte sofort, das ist bestimmt eine unglücklich verheiratete Frau, die ihre Gelüste hinter dem Rücken ihres Gatten befriedigen will, vielleicht weil er zu alt für sie ist oder weil er seinerseits außer Haus mit jungen, frischen Mädchen seinen Acker bestellt.«

»Oder es handelte sich ganz einfach um eine Witwe«, erwiderte ich, »die ihre unbefriedigten fleischlichen Gelüste ausleben wollte. Die meisten Witwen, gleich welcher Herkunft, legen großen Wert auf die Wahrung ihres guten Rufs und ziehen es daher vor, ihr Vergnügen fernab von neugierigen Blicken von Brüdern, Kindern oder Eltern zu suchen.«

»Ja, und ich muß sagen, wenn diese feine Dame etwas nachzuholen hatte, hatte sie sich den Richtigen ausgesucht. Denn der junge Soldat, den sie mit auf ihr Zimmer schleppte, war ein wirklich schönes Stück Mann, ein richtiger Zuchtbulle, einer jener Männer, bei denen man nur weiß, wann sie anfangen, aber nicht, wann sie aufhören. Ich glaube, sie nannte ihn Marcuccio. Es war nicht zu übersehen, daß es die feine Dame überhaupt nicht mehr abwarten konnte.«

»Woran habt Ihr erkennen können, daß sie aus vornehmem Hause war?«

»Sie war sehr gut gekleidet und trug Schmuck aus Gold und Edelstein, der mindestens fünfzig Dukaten wert war ... Wie gesagt, die lüsterne Dame konnte ihre Lust auf den Arkebusier kaum mehr zügeln ... Und als sie dann auf dem Zimmer waren, benahm sie sich so, als sei sie schon viele Monate lang nicht mehr mit einem Mann zusammen gewesen. Nach den Geräuschen zu urteilen – dem Quietschen des Bettes, dem Röcheln des Soldaten, dem Geschrei und Gestöhne der reifen Edelfrau – haben die beiden eine richtige Orgie gefeiert ... Den ganzen Nachmittag und Abend haben sie nicht voneinander abgelassen. Und Ihr könnt Euch vorstellen, in welchem Zustand ich später das Bettuch vorgefunden habe – übersät mit Lustflecken. Der Arkebusier hat dann kurz vor Anbruch der Dunkelheit das Haus verlassen. Die Frau hingegen ist bis zum Morgen des anderen Tages im Bett geblieben und dann erst gegangen. Sie muß so müde und erschlagen gewesen sein, als sei eine Herde Wildpferde auf der Flucht über sie hinweggetrampelt.«

»Und danach habt Ihr sie nie wieder gesehen?«

»Nein. Überhaupt keinen von den dreien. Und das hat mich sehr überrascht, da sie doch die Unterkunft für vier Wochen gemietet hatten. Ich habe es mir so erklärt, daß die feine Dame nach jenem langen Abend gründlich satt war ... Aber die Wohnung kann ich Euch trotzdem nicht geben. Sie haben mir aufgetragen, sie immer für sie freizuhalten, und ich habe ihnen mein Wort gegeben. Doch habe ich noch viele andere schöne Zimmer, auf denen Ihr es Euch in netter Gesellschaft bequem machen könnt. Warum nutzt Ihr nicht diese Gelegenheit?«

Um keine lange Diskussion aufkommen zu lassen, reichte ich ihr den versprochenen zweiten Dukaten. Dann stand ich auf und schickte mich an zu gehen.

Wir waren schon fast zur Türe hinaus, als mir plötzlich eine

Idee kam: Ich nahm zehn Dukaten aus meinem Geldbeutel und zeigte sie Marozia, indem ich sagte: »Diese zehn Dukaten sind für Euch. Fünf bekommt Ihr sofort, den Rest später ...«

»Wann später ...?« fragte Marozia mit glänzenden Augen.

»Es könnte gut sein, daß die drei noch einmal zurückkommen, um die Wohnung wieder zu benutzen. Dann müßt Ihr mir so schnell wie möglich Bescheid sagen ... Und wenn die vier Wochen vorüber sind, kommt vielleicht jemand, um die Mietdauer zu verlängern. Auch in diesem Fall will ich sofort darüber unterrichtet werden.«

»Ich habe verstanden. Ich soll sie hier für Euch aufhalten. Aber Ihr habt mir noch gar nicht gesagt, wo Ihr zu finden seid.«

»Im Palazzo Della Rovere, wo Kardinal Valenza wohnt. Fragt einfach nach dem Maestro Bonaccorsi, und man wird Euch sagen, ob ich im Palast bin oder wo ich mich aufhalte, falls ich ausgegangen sein sollte ... Die Belohnung erhaltet Ihr natürlich auch, wenn nur einer der drei wieder bei euch auftaucht: also die Frau mit dem grauen Haarschopf, das junge Mädchen mit dem Feuermal oder der schöne, feurige Arkebusier ... Ach übrigens, könnt Ihr Euch daran erinnern, ob der Soldat irgendein Wappen auf dem Rock hatte?«

»Ja, wenn mich nicht alles täuscht«, antwortete Marozia. »Ich meine mich an ein Wappen mit drei Füchsen mit langen Schwänzen zu erinnern. Ein Wappen, das ich vorher noch nie gesehen hatte ... Vielleicht stand er gar nicht im Dienste einer mächtigen Familie, sondern war nur ein Jäger.«

»Und das Mädchen mit dem Feuermal, habt Ihr das vorher schon einmal gesehen? Und könnt Ihr mir sagen, wo sie zu finden ist?«

»Nein. Die habe ich damals zum ersten Mal gesehen. Sie war sicher nicht aus Rom, denn von einem Mädchen mit so einem Fleck hätte man sonst sicher schon mal gehört. Anscheinend kam sie vom Land, ihrer ungeschliffenen Sprache nach zu urteilen. Aber den Namen habe ich mitbekommen, denn die ältere Frau hat sie mehrmals angesprochen ... Quintilia hieß sie.«

In jenem Augenblick klopfte es an der Tür und die fette Marozia ging öffnen. Zwei neue Gäste standen auf der Schwelle: Sie eine von der Sonne verbrannte und von zuviel Weißbrot aufgedunsene Bäuerin; er ein kräftiger Hufschmied, mit einer Lederschürze vor dem Bauch und nackten Armen, die mit Brandnarben übersät waren. Sie suchten ein Zimmer für den ganzen Tag, das nicht mehr als zehn Heller kosten sollte.

Wir verabschiedeten uns von Marozia, die jetzt nur noch Augen für ihre Kunden hatte. Draußen war es drückend heiß. Um diese Tageszeit war die Piazza dei Miracoli menschenleer: Die Schar der Bettler war ausgeschwärmt, zu den Kirchen und heiligen Stätten Roms.

»Wer mag wohl dieses Mädchen mit dem Feuermal gewesen sein?« fragte Niccolino. »Ein schönes Mädchen mit einem solch markanten Kennzeichen dürfte nicht allzuschwer zu finden sein, auch nicht in einer Stadt wie Rom.«

»Hast du nicht gehört, was Marozia gesagt hat? Sie ist wahrscheinlich vom Land. Und wer weiß, ob sie tatsächlich Quintilia heißt, und ob sie überhaupt mit der Verschwörung zu tun hat.«

»Ich habe den Eindruck, die Sache wird immer komplizierter, Maestro. Und je mehr Zeit vergeht, desto schwieriger wird es sein, die Lösung zu finden.«

»Ganz im Gegenteil«, erwiderte ich. »Die Sache wird immer einfacher, oder zumindest beginnen sich die Mosaiksteinchen, die wir gesammelt haben, allmählich zu einem Muster zusammenzufügen.«

Niccolino schaute mich überrascht an, während er sich an der Wange kratzte, auf der ein Zweitagebart sproß.

»Im Ernst, Maestro? Könnt Ihr tatsächlich etwas erkennen in diesem Wirrwarr von habsüchtigen, schamlosen Nutten, falschen, jungfräulichen Gräfinnen, Huren aus den besten Familien, lüsternen Alten und schönen, feurigen Soldaten? Dann müßt Ihr tatsächlich so ein Genie sein, wie mein Herr meint ...«

»Wir haben bloß noch nicht alle Mosaiksteinchen zusammen, so daß wir auch keine endgültigen Schlüsse ziehen können.

Während die Hauswirtin erzählte, ist mir klar geworden, daß es da noch eine Person gibt – eigentlich sogar zwei, von denen wir viel zu wenig wissen.«

»Und wer wäre das, Maestro?«

»Jofré Borgia, der, wie man uns von verschiedenen Seiten erzählt hat, rasend eifersüchtig gewesen sein soll, weil der Herzog von Gandìa angeblich sein Ehebett besudelte. Und vor allen Dingen die edle Sancia, seine Gattin. Ist sie tatsächlich solch eine lüsterne, zügellose Frau, wie uns die Dienerinnen von Lucrezia Pisana erzählt haben und Lucrezia Borgia, die Schwester ihres Mannes, bestätigt hat? Wir müssen so schnell wie möglich einen Weg finden, um zu ihnen vorzudringen und sie zu befragen. Meinst du, Kardinal Valenza könnte ein Treffen mit seinem Bruder und seiner Schwägerin für uns vermitteln?«

»Das weiß ich nicht. Aber vielleicht gibt es auch noch eine andere Möglichkeit ... Ich bin zufällig mit einer der treuesten Dienerinnen der edlen Sancia befreundet. Giovannella heißt sie, ein nettes Mädchen aus meiner Heimat, aus Nola.«

»Und was macht diese Giovannella genau? Und woher willst du wissen, ob sie bereit ist, mit uns zusammenzuarbeiten?«

»Giovannella ist die Kammerzofe der Prinzessin und hat ihr schon früher in Neapel gedient. Daher bin ich überzeugt, daß sie über alle Geheimnisse der jungen Prinzessin Bescheid weiß, und auch über die ihres Gatten ... Kurz und gut, sie wird uns genau das erzählen können, was wir wissen wollen. Und sollte sie sich störrisch zeigen, kenne ich ein gutes Mittel, um ihre Zunge zu lösen. Sobald man ein wenig an ihrer Kaper schnuppert, schmilzt sie dahin wie Wachs in der Sonne.«

»Ja, vielleicht gar keine so schlechte Idee. Schließlich haben wir immer wieder feststellen können, daß man von den Bediensteten oft mehr erfährt als von ihren Herren. Wann kann ich sie denn mal befragen?«

»Ach, eigentlich wollte ich mich mit ihr treffen, an einem abgeschiedenen, geheimen Ort. Danach kann ich Euch dann gründlich, wie es meine Art ist, über alles Bericht erstatten. Ich bin sicher, Giovannella wird mir alles erzählen, was wir über ihre Herrschaften wissen wollen.«

»Du meinst also, sie leicht zu einem Treffen mit dir bewegen zu können?«

»O ja! Seitdem ich in Rom bin, bittet sie mich jedesmal, wenn wir uns sehen, um ein Stelldichein an einem verschwiegenen Ort, um sich gründlich und in aller Ruhe, so wie es ihr gefällt, von mir den Ofen anheizen zu lassen ... Daher bin ich überzeugt, daß ich nur unter ihrem Fenster zu pfeifen brauche, und schon kommt sie mit geschürzten Röcken runtergelaufen.«

»Also gut. Aber da gibt es noch eine Schwierigkeit, Niccolino. Ich möchte dabeisein, wenn du dich mit Giovannella beschäftigst.«

»So, seid Ihr sicher? Wozu soll das gut sein? Vertraut Ihr mir vielleicht nicht?«

»Das hat mit Vertrauen gar nichts zu tun«, erwiderte ich ernst. »Für mich ist es ausgesprochen wichtig, nicht nur zu erfahren, was sie gesagt hat. Ich will alle Nuancen ihrer Erzählung mitbekommen und, wenn möglich, sogar ihr Gesicht sehen, während sie erzählt.«

»Ach so! Wenn's nur darum geht. Das wird sich machen lassen. In unserer Kammer hängt doch ein schwerer Samtvorhang vor dem Fenster. Versteckt Euch dahinter, und Ihr werdet alles hören können, was sie sagt ... und macht.«

Wir waren kaum im Palast angekommen, als Niccolino sich schon wieder auf den Weg machte. Um Giovannella zu suchen, wie er sagte. Es war schon Nacht, als er leicht angeheitert und schwankend zurückkam und mir berichtete, er habe sie nicht finden können, doch werde er sie am anderen Morgen sicher treffen. Aber auch der nächste Tag verging, ohne daß Niccolino irgend etwas erreichte. Er hatte sich lange vor dem Palazzo Della Porta im Rione Borgo in der Nähe der Engelsburg herumgetrieben, wo Jofré Borgia und Sancia d'Aragona mit ihrer gesamten Dienerschaft Quartier bezogen hatten. Sein Plan war, Giovannella beim

Verlassen des Palastes abzufangen, mit ihr unter vier Augen zu sprechen und sie dazu zu bewegen, mit ihm auf unser Zimmer zu kommen. Doch unglücklicherweise gibt es im Rione Borgo eine stattliche Anzahl von Osterien und Tavernen, und so hatte er sich im Verlauf des Tages immer wieder, vom Durst getrieben, vor der Hitze des Tages in eins dieser Lokale geflüchtet. Vielleicht hatte Giovannella den Palast verlassen und wieder betreten, während er bei seinem Wein saß. Auch am nächsten Tag erging es ihm nicht besser, nur kehrte er noch betrunkener nach Hause zurück.

Am Morgen des folgenden Tages waren Niccolino und ich gerade dabei zu besprechen, wie wir Giovannella am geschicktesten eine Botschaft zukommen lassen könnten, als uns eine Nachricht erreichte, die all unsere Pläne über den Haufen warf. Ein furchtbares Verbrechen war begangen worden. Im Rione Trevi, genau zu Füßen des Quirinals, hatte man eine Hure namens Damiata ermordet. Für Rom war es sicher kein außergewöhnliches Ereignis, wenn eine Dirne auf der Straße oder im Bett ermordet wurde, aber man erzählte uns, diese Damiata sei auf sehr grausame Weise gestorben. Man hatte sie erdrosselt und dann in einen Brunnen geworfen.

Wir verzichteten also auf die Suche nach Giovannella und machten uns sofort auf den Weg zum Rione Trevi, wo Damiata gewohnt hatte. Als wir ankamen, war ihr Haus voller Leute: Nachbarn, Verwandte und Schaulustige, die die Neugierde hergeführt hatte, Huren, die sich vom tragischen Tod einer berühmten Kollegin rühren lassen wollten. Alle diskutierten eifrig über den Vorfall, und so nahm niemand unsere Anwesenheit zur Kenntnis. Auch die Sbirren waren zahlreich vertreten. Angeführt von einem Korporal, belagerten sie die Grüppchen, in denen die Huren und Nachbarn zusammenstanden und fragten reihum, ob jemand den Mörder gesehen habe, wann das Verbrechen geschehen sei und ob es vielleicht unter den anderen Nachbarn und Kolleginnen jemanden gebe, der ein besonderes Motiv für die schreckliche Tat gehabt haben könnte. Niccolino mischte sich sogleich unter die Leute. Ich wußte, wenn es etwas Interessantes aufzuschnappen gab, würde er es auf diese Weise mitbekommen. Und so nutzte ich die Gelegenheit, um mir die Leiche Damiatas ansehen zu gehen. Ich hielt auch nach Settimia und Ottavia Ausschau, den beiden Mädchen, die Damiata nach Nannas Tod und Fiammettas Flucht als Kupplerinnen eingestellt hatte. Sie schienen jedoch spurlos verschwunden.

Man hatte Damiatas Körper, nachdem man ihn aus dem Brunnen im Gemüsegarten heraufgeholt hatte, notdürftig wieder hergerichtet und auf einem der schmalen Betten im Erdgeschoß niedergelegt, wo sie bis zur Bestattung am Abend aufgebahrt bleiben sollte. Lange betrachtete ich die Leiche des Mädchens, das es mit soviel Geschick verstanden hatte, den makellosen Körper, den ihr Mutter Natur geschenkt hatte, zu Geld zu machen. Die Haare, einmal gelockt und kastanienbraun, waren nun ganz dunkel und klebrig wie Schneckenschleim und hingen ihr strähnig ins Gesicht, das die frische Farbe der Morgenröte verloren hatte und nun fahl und matt war. Auch ihr schöner Schwanenhals war entstellt von den schwärzlichen Wunden, die die dicke Schnur, als man sie erdrosselte, in ihre Haut gerissen hatte. Unter den trockenen Kleidern, die ihr die Nachbarinnen angelegt hatten, konnte man Damiatas Körper erahnen, einst fest und wohlgestaltet, nun aufgedunsen und bläulich von dem langen Aufenthalt im Wasser: Anscheinend hatte sie mehrere Tage in dem Brunnen gelegen. Aber am meisten ließ mich der Anblick ihres Mundes erschaudern. Er wurde von der Zunge halb offengehalten, die stark angeschwollen war und lang und dick zwischen den Lippen hervorschaute, so als wolle sie sie auseinanderreißen.

Auch in diesem Raum, der zum Aufbahrungszimmer geworden war, waren Settimia und Ottavia nicht zu sehen. Neben Damiatas Bett stand jedoch ein kräftiger Junge, der hemmungslos weinte. Er war vielleicht fünfzehn Jahre alt, groß, ärmlich gekleidet und hatte gelocktes Haar. Hin und wieder trocknete er sich die Tränen mit einem zerschlissenen Hemdsärmel. Plötzlich fiel mir wieder ein, daß Damiata bei unserem zweiten Besuch einen

Jungen in diesem Alter erwähnt hatte. Daher näherte ich mich dem Burschen und fragte ihn: »Du bist doch Donato, oder?«

»Ja«, antwortete der Junge überrascht. »Woher kennt Ihr mich?«

»Ich war ein alter Freund von Damiata.«

»So? Ich habe Euch nie in ihrem Haus gesehen. Ich dachte, alle ihre Freunde zu kennen.«

»Ich habe ihr einmal das Leben gerettet, als drei maskierte Mörder in ihr Haus eingedrungen sind. Damiata hat mir von dir erzählt und mir gesagt, sie warte nur auf eine günstige Gelegenheit, um sich von diesem Esel Paco zu befreien, und in der Zwischenzeit mache sie dir schon manchmal mit der Hand eine kleine Freude. Und dafür könne sie immer auf dich zählen, wenn sie dich brauche. War es so?«

»Ja, das stimmt«, antwortete Donato. »Ich sehe, Damiata hat Euch alles über mich erzählt. Gewöhnlich habe ich ihr geholfen, wenn Paco zu besoffen war und sich nicht mehr auf den Beinen halten konnte, oder wenn er irgendwo in Rom mit Dirnen das Geld durchbrachte, das Damiata ihm gab.«

»Dann hast du sie also auch manchmal nachts begleitet, wenn sie mit sehr reichen Kunden außer Haus verabredet war?«

»Ja, aber eigentlich kam das selten vor. Damiata war wie ein Höhlentier. Nur sehr ungern verließ sie ihr Haus. Hier empfing sie Freunde und Kunden, und Ihr könnt mir glauben, abends standen die Leute hier oft genug Schlange, um zu ihr vorgelassen zu werden.«

»Aber in letzter Zeit mußte sie abends doch öfter fort. Mindestens zwei- oder dreimal in der Woche.«

»Ja, das stimmt. Vor einiger Zeit hatte sie einen neuen Freund gefunden, mit dem sie sich in einem alleinstehenden Haus zwischen der Porta Flaminia und dem Ponte Milvio traf. Eine sehr gefährliche Gegend, und daher ließ sie sich fast immer von Paco begleiten. Und wenn er dazu nicht in der Lage war, übernahm ich diese Aufgabe. Ich wartete draußen auf sie, manchmal die ganze Nacht, und brachte sie dann nach Hause.«

»Würdest du mich für fünf Dukaten zu diesem abgelegenen Haus bringen?«

»Wenn Ihr unbedingt dorthin wollt, begleite ich Euch auch ohne Belohnung, aus Liebe zu Damiata ... Das Haus eignet sich besonders für Leute, die etwas zu verbergen haben. Es gehört zwei Frauen im fortgeschrittenen Alter, zwei Beginen, die selbst nicht mehr fähig sind zu sündigen und jetzt voller Eifer andere beim Sündigen unterstützen.«

Ich gab ihm fünf Dukaten, obwohl er das Geld abgelehnt hatte. »Die sind für dich«, murmelte ich. »Später wirst du uns zum Haus der beiden Beginen führen.«

»Was glaubt Ihr, wer sie umgebracht hat?« fragte mich Donato plötzlich. »Könnte es sich um diesen geheimnisvollen Freund handeln? Oder meint Ihr, daß es die Mörderbande war, die es vorher schon einmal versucht hatte?«

»Soweit ich es bisher beurteilen kann«, antwortete ich, »würde ich sagen, nein. Weißt du, Donato, ein Mörder ist wie ein Bildhauer, ein Maler oder Zureiter: Ein jeder hat sein Geheimnis, seine eigene Methode, das, was man *modus operandi* nennt. Und die Art und Weise, wie Paco und Nanna umgebracht wurden, scheint mir nicht die gleiche zu sein wie die, der die arme Damiata zum Opfer fiel.«

Da ich sah, wie sich Niccolino in jenem Augenblick einen Weg durch die Menge im Erdgeschoß bahnte, fügte ich hinzu: »Da kommt auch mein Freund. Er wird uns sicher Näheres über das traurige Ende Damiatas berichten können.«

Und als der Hüne neben uns stand, fragte ich ihn: »Nun? Hast du etwas Interessantes herausbekommen?«

»Ich glaube, ja«, antwortete Niccolino, »auch wenn die Leute natürlich wieder die verrücktesten Dinge erzählen.«

Er brach ab und bedachte Donato, der ihm aufmerksam zugehört hatte, mit einem abschätzenden Blick.

»Du kannst offen reden«, sagte ich. »Auch dieser junge Mann hier, Donato heißt er, war ein guter Freund von Damiata, und genau wie wir möchte er gerne wissen, wer sie umgebracht hat ...«

»Also gut«, setzte Niccolino noch einmal an, »zunächst habe ich erfahren, daß die Leiche nur durch Zufall gefunden wurde. Sie hätte sicher noch Monate im Brunnen gelegen, wäre da nicht eine Nachbarin gewesen, deren eigener Brunnen ausgetrocknet ist, weil es in Rom schon lange nicht mehr geregnet hat und der Tiber stellenweise kaum noch Wasser führt. Diese Frau also – sie heißt Manfrida – und die Männer des Bargello haben sie schon zum Torre di Nona gebracht, um sie dort in aller Ruhe zu verhören – ist heute morgen hierhergekommen, in der Hoffnung, einige Eimer Wasser aus Damiatas Brunnen schöpfen zu können, der sehr viel tiefer ist als ihr eigener. Doch traf sie niemanden hier an. Alle Türen des Hauses waren verriegelt, und auch die beiden Mädchen, Settimia und Ottavia, waren ausgeflogen. Da gedachte sich Manfrida, das Wasser auch ohne Erlaubnis zu holen. Doch als sie den Eimer hochzog, fand sie einen goldenen Pantoffel darin, und sie erinnerte sich, daß sie Pantoffel dieser Art schon einmal an Damiatas Füßen gesehen hatte. Deshalb rief sie schnell die Männer ihres Hauses herbei. Einer von ihnen ließ sich in den Brunnen hinab und entdeckte so die Leiche auf dem Grund. Zunächst dachten alle, es handele sich um einen tragischen Unfall, doch als sie die Leiche dann hochzogen und ans Tageslicht brachten, sahen sie die Schlinge um Damiatas Hals ... Übrigens sind viele Leute hier der Überzeugung, Damiata sei von den beiden jungen Mädchen ermordet worden, die sie vor kurzem in Dienst genommen hatte. Andere meinen, ohne die Hilfe eines Mannes hätten sie eine so kräftige Frau wie Damiata nicht erwürgen und in den Brunnen werfen können ...«

»Settimia und Ottavia kommen vom Land und sind ziemlich stark«, warf ich ein. »Von daher könnte es schon gut möglich sein, daß sie ihrer Herrin aufgelauert und sie ermordet haben. Wenn das stimmt, haben sie es ganz bestimmt wegen des Geldes getan, das Damiata in letzter Zeit zur Seite gelegt hat.«

»Aber niemand wußte, wo sie ihr Geld versteckt hielt«, bemerkte Donato.

»Doch, wir kannten das Versteck ...«, erwiderte ich. »Niccolino, erinnerst du dich, als wir das letzte Mal hier waren? Damiata hat damals die Dukaten in ihren Silberschrein gelegt und ihn vor unseren Augen wieder versteckt.«

»Dann gehn wir doch mal nachschauen, ob er immer noch dort ist«, schlug mein Gefährte vor.

In dem allgemeinen Durcheinander konnten wir alle drei unbemerkt die Treppe zum ersten Stock erklimmen. In Damiatas Schlafzimmer angekommen, ging ich sofort zu der Stelle in der Ecke und hob den Teppich an: Das Versteck war leer.

Donato sah mich enttäuscht an. Niccolino verzog keine Miene und beobachtete mich nur. Plötzlich trat ein bärtiger, muskulöser Mann auf uns zu, der unbemerkt von uns in der Fensternische gestanden hatte und dem das Wort »Sbirre« unverkennbar ins Gesicht geschrieben stand.

»Was macht ihr denn da?« fragte er höhnisch, »seid ihr auf der Jagd nach Ratten in den Deckenbalken? Oder wollt ihr vielleicht ein totes Mädchen berauben? Wieso wußtet ihr, daß die Hure dort ihre schmutzigen Ersparnisse aufbewahrte?«

Wir fühlten uns alle drei wie auf frischer Tat ertappt. Ich fand als erster die Sprache wieder und versuchte zu erklären: »Wir haben einmal gesehen, wie sie dort ihr Geld versteckte, und nun hofften wir, es an der gleichen Stelle wiederzufinden. Selbstverständlich hätten wir es beim Bargello abgegeben – wenn wir etwas gefunden hätten.«

»Selbstverständlich, selbstverständlich«, äffte der Sbirre mich kichernd nach. »Ja, habt ihr tatsächlich geglaubt, die Münzen wären immer noch dort? Warum hätte man sie dann umbringen sollen? Wie unser Herr Jesus Christus im Evangelium sagt: Werdet nicht zu Huren und häuft keine Reichtümer an auf Erden, sonst kommen Diebe und ermorden und berauben euch. Hätte diese Frau nur zehn Heller im Haus gehabt und sich nicht mehr als Gemüse für ein Süppchen kaufen können, wäre sie sicher nicht in diesem Brunnen verendet … Es ist das auf schändliche Weise verdiente Geld, das zu einem schändlichen Ende führt …«

Eine Stunde später verließen wir Damiatas Haus. Die Zahl der Schaulustigen, Kolleginnen und Freunde hatte sich noch merklich erhöht. Alle wollten sie sehen in ihrem weißen Totenkleid, und alle wollten vor ihrem reglosen Körper für ihre arme Seele beten. Donato hatte zwar versprochen, uns ganz uneigennützig zu dem Haus zu bringen, wo sich die Hure mit ihrem geheimnisvollen Freund getroffen hatte, doch als er meines guten gefüllten Geldbeutels ansichtig wurde, verlangte er weitere fünfzehn Dukaten von mir. Die brauche er, so erklärte er mir, um für Damiata eine festliche Bestattung auszurichten, mit vielen Kerzen und Chören aus den Konventen der Gegend. Er wollte ihr auch ein schönes Grab in der Krypta der Kirche Santa Maria in Ara Coeli kaufen, in jener Kirche also, wo Damiata regelmäßig die Messe besucht hatte. Unterwegs verlangte er dann noch einmal fünf Dukaten, um Messen in allen Kirchen des Rione Trevi bestellen zu können.

Aufgrund der Mittagshitze waren die Straßen des Viertels menschenleer. Auch die Piazza Santa Maria del Popolo, die wir bald erreichten, lag verödet vor uns. Hinter dem Tor, das durch die Aurelianische Stadtmauer führt, folgten wir der Via Flaminia in Richtung des Ponte Milvio. Die alte Römerstraße ist in diesem Abschnitt von großen Patriziergrabstätten gesäumt, darunter die Familiengruft der *Gens Domitia*, in der, der Legende nach, der Körper des Kaisers Nero bestattet wurde, nachdem er seinem Leben selbst ein Ende gemacht hatte, als er die Nachricht vom Anrücken der Truppen Galbas erhielt.

Die Gegend ist ein bunter Wirrwarr von ärmlichen Häusern, mehr schlecht als recht zusammengefügten Hütten aus Stroh und Lehm, abenteuerlichen Unterkünften in alten, teilweise eingestürzten Grabstätten. Da gibt es Gemüsegärten, wilde Brombeerhecken, Flächen mit verdorrtem Gras, Weingärten und Schilfhütten. Ungefähr dort, wo die alte Via Flaminia ein Stück am Tiber entlangführt, stand das Haus der beiden Beginen. Donato zeigte es uns voller Stolz in einiger Entfernung und verlangte noch einmal fünf Dukaten, weil er es in diesem Labyrinth gefunden hatte. Man erreichte das Haus über einen staubigen Pfad, der sich durch hohe Wände aus Dornenbüschen schlängelte. Sich nachts ohne Begleitung in diese Gegend zu wagen, wie der Herzog von Gandìa es gemacht hatte, war wirklich sehr leichtsinnig, denn mit einem Hinterhalt mußte man dort jederzeit rechnen. Ich mußte an die beiden Beginen denken: Wirklich sehr mutig, in solch einer Gegend zu leben, in der sich sonst nur Diebe und Mörder wohl fühlen. Und plötzlich wußte ich mit beängstigender Sicherheit, daß die beiden Betschwestern nicht mehr lebten. Sie kannten zu viele Geheimnisse, hatten zu viele mächtige Leute kennengelernt, denen sie nun im Wege waren. Und obwohl wir noch etwa hundert Meter vom Haus entfernt waren, kam es mir so vor, als steige mir schon der Leichengeruch in die Nase.

Und nicht nur mir allein ging es so. Wir waren vielleicht noch fünfzig Meter vom Haus entfernt, als Donato plötzlich rief: »O Gott, ist das ein Gestank. Hoffentlich ist den beiden Alten nichts Schlimmes zugestoßen.«

Vor dem Haus war der Gestank so penetrant, daß es einem den Atem verschlug. Die Tür des bescheidenen Häuschens war von innen verrammelt. Niccolino wollte sich sogleich daranmachen, sie aufzubrechen, doch ich brachte ihn von seinem Vorhaben ab.

»Halt ein«, sagte ich, »ich möchte, daß die Männer des Bargello alles genau so vorfinden, wie es jetzt ist. Vielleicht steht irgendwo ein Fenster offen.«

Wir gingen ums Haus herum. Und tatsächlich, auf der rückwärtigen, dem Tiber zugewandten Seite des Hauses fanden wir ein Fenster mit nur angelehnten Fensterläden. Ohne Schwierigkeiten konnten wir den Sims überklettern und ins Haus eindringen.

Innen war der Gestank so bestialisch und stieg so beißend in die Kehle, daß Donato, kreidebleich im Gesicht, entsetzt stehenblieb und sich auf der Stelle erbrach. Dann sagte er: »Ich sollte euch ja nur zum Haus führen. Alles Weitere ist eure Sache.« Und ohne uns auch nur die Zeit zu einer Antwort zu lassen, ergriff er in Windeseile die Flucht.

Wir brauchten nur der Quelle des Gestanks nachzugehen, um die leblosen Körper der beiden Alten auf dem Lehmfußboden in der Küche zu finden. Nach dem Zustand der Leichen zu urteilen, die schon halbverwest und über und über mit Schmeißfliegen, Schaben und anderem Getier bedeckt waren, mußten sie schon seit längerer Zeit tot sein.

»Genau, wie ich es mir gedacht habe«, stellte ich an Niccolino gewandt fest, indem ich auf die widerliche Szene deutete.

Auch bei den beiden Betschwestern hatten sich die Mörder nicht damit begnügt, ihren Opfern die Kehle durchzuschneiden, sondern sie dazu noch mit einem spitzen Stoßdegen ausgeweidet.

»Welch ein Gemetzel«, murmelte mein Gefährte. »Sieht so aus, als seien die Frauen vor vielen Tagen umgebracht worden, möglicherweise in der Nacht, als auch der Herzog von Gandìa ermordet wurde.«

Ich machte Niccolino darauf aufmerksam, daß am Gürtel der einen ein Geldsack befestigt war. Wir schauten nach, was darin war. Er enthielt sechs Dukaten und einige Silber- und Kupfermünzen.

»Das beweist«, stellte ich fest, »daß die Mordtat nicht das Werk von Dieben ist. Die Alten mußten sterben, damit sie nicht weitererzählen konnten, was sie in jener Nacht vor dem Haus gesehen hatten.«

»Ja, aber jetzt laßt uns lieber gehen. Sonst dreht sich mir auch noch der Magen um wie dem armen Donato«, erwiderte Niccolino.

Durch das Fenster verließen wir, wie wir hereingekommen waren, das Haus. Ich schaute mich um. Auf der Rückseite des Hauses lag ein Gemüsegarten, der gut in Stand war, und nur wenige Meter davon entfernt befand sich ein Brunnen, der den Mittelpunkt eines kleinen Platzes bildete. Von dort führte ein staubiger Pfad zum Tiberufer. Auf der anderen Flußseite schloß sich die ausgetrocknete, baumlose Ebene, die Prati di Castello genannt wird, ans jenseitige Tiberufer an. Noch weiter im Hintergrund waren links davon die imposanten Umrisse der Engelsburg auszumachen. Am Ende des Pfades war ein hölzerner, recht heruntergekommener Steg ins Wasser gebaut, an dem ein altes Boot mit flachem Boden festgemacht war. Vor uns zog das gelbliche, modrige Wasser des Tibers wegen der großen Trockenheit nur noch träge an uns vorbei.

»Die Leiche des Herzogs von Gandìa«, sagte ich, während mein Blick ins Weite ging, »wurde eine halbe Meile flußabwärts von hier aus dem Wasser gefischt. Sechsunddreißig Stunden nach seiner Ermordung.«

»Glaubt Ihr, Maestro, daß man ihn an dieser Stelle in den Fluß geworfen hat?«

»Ja, dessen bin ich fast sicher … Und allmählich kommt Licht in die dunkle Angelegenheit. Was meinst du?«

XI

Zurück im Palast, trafen wir in unserer Kammer auf einen etwa fünfzehnjährigen Jungen, der dort offensichtlich auf uns gewartet hatte. Es handelte sich um einen Pagen, der zu Niccolino wollte. Er überbrachte ihm ein Einladungsschreiben für einen Ball, der am selben Abend im Hause der Prinzessin Sancia d'Aragona, in Anwesenheit einiger der schönsten Edelfrauen der Stadt, stattfinden sollte. Niccolino zeigte sich – genau wie ich selbst – nicht wenig überrascht von dieser seltsamen Einladung, die ihn ausgerechnet zu einem Zeitpunkt erreichte, nachdem er drei Tage lang vergeblich versucht hatte, Kontakt zur Kammerzofe der Prinzessin aufzunehmen.

»Und wieso hat sich deine Herrin, die edle Sancia, meiner erinnert und will, daß ich zu ihrem Fest erscheine?« fragte Niccolino den Pagen.

Der Junge machte einen aufgeweckten und verschlagenen Eindruck und schien genau zu jener Sorte Pagen zu gehören, denen die vornehmen Damen bevorzugt Liebesbotschaften anvertrauen.

»Es war wohl nicht meine Herrin, die sich Eurer erinnert hat«, antwortete der Page ohne Umschweife. »Um ehrlich zu sein, glaube ich nicht, daß sie Euch überhaupt kennt. Es war Madonna Giovannella, die Euch hat einladen lassen. Sie erzählte der Prinzessin, sie habe große Lust, Euch zu sehen, da Ihr der höflichste, stärkste und schönste Mann ganz Roms wäret.«

»Das hat Giovannella tatsächlich gesagt?« fragte Niccolino. »Ich möchte nicht, daß deine Herrin am Ende enttäuscht ist und mich von ihren Dienern an die Luft setzen läßt.«

»Meine Herrin steht im Ruf, eine vorbildliche Gastgeberin zu sein, eine echte neapolitanische Prinzessin eben. Daher glaube ich wirklich nicht, daß Ihr Gefahr lauft, an die Luft gesetzt zu werden. Und für einen Dukaten könnte ich Euch noch einen guten Rat geben, der Euch heute abend sehr nützlich sein wird.«

Niccolino lachte höhnisch, während er sich vor dem Jüngling aufbaute.

»Für gute Ratschläge ist mir mein Geld zu schade«, sagte er.

»Wie Ihr meint, aber seid bloß vorsichtig, bei allem was Ihr heute tut, Cavaliere«, antwortete der Page mit besorgter Miene. »Euer Leben könnte davon abhängen ... Die Spiele, die im Hause meiner Herrin veranstaltet werden, können tödlich enden.«

Hatte der verschlagene Jüngling unsere Neugierde wecken wollen, so war ihm das hervorragend gelungen.

»Hör mal«, sagte ich zu ihm. »Den Dukaten, den du verlangst, werde ich dir geben. Hoffentlich ist dein Rat soviel wert.«

»Ich möchte den tüchtigen Cavaliere nur auf folgende einfache Tatsache aufmerksam machen: Einem so gut gebauten, stattlichen und in Liebesdingen vielversprechenden Mann könnte es leicht passieren, daß eine der anwesenden Damen, von der Fleischeslust getrieben, in seiner Gegenwart jede natürliche Scham vergißt und es darauf anlegt, sich von seinem wahrscheinlich gigantischen Weihwedel segnen zu lassen. Sogar die Prinzessin Sancia könnte versucht sein, ihn auszuprobieren.«

Niccolino warf mir einen belustigten Blick zu. Dann sagte er ohne allzugroße Bescheidenheit: »In meiner Gegenwart kommen viele Damen auf ganz bestimmte Gedanken.«

»Trotzdem rate ich Euch zu Zurückhaltung, falls meine Herrin oder eine der anderen Edelfrauen versuchen sollte, Euch in ihr Bett zu locken.«

»Die Grenzen zwischen Dienerschaft und Herren scheinen bei diesen Festen ja recht fließend zu sein«, warf ich ein.

»Ja, ein typisch neapolitanischer Brauch«, meinte Niccolino.

»Da hat er recht«, pflichtete der Page ihm bei. »Er geht auf die Zeit der Königin Giovanna zurück. Danach sind im Bett alle gleich, Männer und Frauen, egal welchem Stand sie angehören und welche gesellschaftliche Stellung sie einnehmen. Ein von Mutter Natur gut ausgestatteter Mann aus dem Volk zählt da mindestens so viel wie ein Fürst ... auch wenn die Fürsten da meist anderer Meinung sind. Bei dem Fest heute abend werden sicherlich viele neapolitanische Adlige zugegen sein, jedoch auch viele römische Edelmänner, Condottieri und Kirchenfürsten. Und sie würden sicher alles andere als begeistert sein, sollte ihnen ein einfacher Knappe vorgezogen werden, dessen einziges Verdienst darin besteht, ein Werkzeug wie ein Esel oder ein Stier zwischen den Beinen zu tragen. Meist sind die Herren sehr tolerant, was die Liebesabenteuer ihrer Frauen angeht, aber wenn sie der Zorn packt, bestrafen sie nicht die untreue Gattin, sondern den Buhlen, der ihnen Hörner aufgesetzt hat. In solchen Fällen kann der Unglückliche damit rechnen, mit durchgeschnittener Kehle im Tiber zu landen oder in einer dunklen Gasse wie ein Schwein abgestochen zu werden. Daher, Messer, rate ich Euch dringend: Haltet Euch von Madonna Sancia fern, und betrachtet ihre Lockungen und Schmeicheleien als Feuerzungen, die von der Hölle zu Euch auflodern ... Begnügt Euch mit der süßen Freundschaft der feurigen Giovannella, die ein Auge auf Euch geworfen hat und bereits von den Melonen aus Eurem Garten kosten durfte.«

Die Warnung des jungen Pagen erschien mir alles andere als dumm oder unangebracht. Darüber hinaus machte sie mir auch noch einmal eindringlich klar, welch typisch neapolitanischen Gebräuche am Hof der Prinzessin Sancia gepflegt wurden. Daher reichte ich ihm jetzt den Dukaten, indem ich sagte: »Dein Rat ist seinen Preis wert. Ich kenne meinen Freund und weiß, daß er es sich in seiner grenzenlosen Eitelkeit in den Kopf setzen könnte, mit Fürsten und Kardinälen zu wetteifern, womit er zweifellos den Zorn dieser Mächtigen auf sich ziehen würde. Und hier in Rom sind die Mächtigen tatsächlich sehr mächtig. Von dem jungen Gatten der schönen Sancia, dem Fürsten von Squillace, ganz zu schweigen. Er wäre sicher fähig, jemanden umzubringen, um die Ehre seines Hauses wiederherzustellen und seine Frau für ihre unzüchtigen Abenteuer zu bestrafen.«

»Wollte sich der verehrte Gemahl meiner hochverehrten Herrin tatsächlich für alle Schmähungen rächen, die seiner Ehre als Ehegatte ständig zugefügt werden, hätte er alle Hände voll zu tun. Allerdings gibt es noch einen anderen Mann, der sehr viel entschlossener und unbeugsamer als Fürst Jofré über die Ehre der jungen Sancia wacht.«

»Tatsächlich? Wer denn?« fragte ich.

»Ein Mann ohne Skrupel, jemand, der daran gewöhnt ist, Tag für Tag dem Tod ins Gesicht zu schauen. Ein Soldat, um genauer zu sein. Außerdem gibt es im Umkreis der schönen Sancia auch einen Kirchenfürsten, der sich in Rom alles erlauben kann, was er will.«

»Das ist nichts Besonderes«, sagte ich, »in einer Stadt wie Rom kann sich ein Kirchenfürst alles ungestraft erlauben ... außer vielleicht, den Sohn des Papstes umbringen zu lassen.«

»Von diesen Dingen will ich nichts wissen. Was aber Euren Freund angeht, kann ich nur noch einmal sagen: Er soll sich mit der Liebe der leidenschaftlichen Giovannella begnügen und sich fernhalten von der hochverehrten Sancia, auch wenn die Prinzessin in Liebe zu ihm entflammen sollte, was bei seinem Körperbau alles andere als unwahrscheinlich ist. Versteht Ihr, was ich meine?«

»Und ob«, antwortete ich nur, und um ihm zu zeigen, daß ich seinen Rat ernst nahm, gab ich ihm noch einen Dukaten.

Am Abend jenes Tages wusch und rasierte sich Niccolino mit aller Sorgfalt. Dann parfümierte er sich mit Jasminessenz und legte saubere, fast neue Kleidung an. Ich entschloß mich, in unserer Kammer zu bleiben und darauf zu warten, daß er mit seiner Gespielin zurückkehre. Doch je länger ich wartete, desto absurder und lächerlicher erschien mir der Plan, Giovannella in meinem Beisein – wenn auch hinter dem Vorhang versteckt – von Niccolino verhören zu lassen. Ein Plan, der schwerlich zum Erfolg führen konnte, denn Giovannella würde mit Sicherheit, wenn sie mit Niccolino das Zimmer betrat, anderes im Kopf haben, als auf irgendwelche Fragen zu antworten …

Sobald ich gewahr wurde, daß jemand an der Tür war, verschwand ich auf der Stelle hinter dem schweren, verblichenen Samtvorhang. Wenige Augenblicke später betrat Niccolino den Raum, in seiner Begleitung ein Mädchen, das niemand anderes als Giovannella sein konnte. Der Hüne hielt eine kleine Kerze in der Hand, mit der er die vier Leuchter anzündete, die sich in unserer Kammer befanden. Dadurch hatte ich Gelegenheit, mir das Mädchen genauer anzuschauen. Sie war eine typisch neapolitanische Schönheit, kräftig und fest im Fleisch, mit rabenschwarzen Locken und fleischigen Lippen, die das unverwechselbare Rot der Korallen von Torre del Greco* hatten. Über den Lippen und auf den Wangen hatte sie etwas Flaum, doch wie mir Niccolino berichtet hatte, war sie wohl auch an den Brüsten, dem Bauch und dem Rücken stark behaart. So behaart, daß, hätte sie sich enthaaren lassen, die Haare für ein weiches Kissen gereicht hätten.

»Wozu das helle Licht?« fragte Giovannella. »Gewisse Dinge kann man doch auch mit geschlossenen Augen tun.«

»Ich will deine Schönheit und Anmut aus nächster Nähe bewundern, und dabei soll mir nichts entgehen«, seufzte mein Gefährte.

Diese Antwort schien bei dem Mädchen auf ein besonderes Wohlwollen zu stoßen, denn auf der Stelle entledigte es sich sei-

* Ort bei Neapel, berühmt für seine Korallenverarbeitung, d. Übers.

ner Kleider, warf sich Niccolino an den Hals und begann ihm die Seele aus dem Leib zu küssen.

Derweilen streichelte Niccolino mit einer Hand ihre behaarten Beine, den Bauch und den großen, dichten Wald darunter, während er mit der anderen ihre Brüste knetete, die rund, voll und fest ... und natürlich auch behaart waren. Er nahm sie in den Mund und begann, an ihnen zu saugen, wobei er nur hin und wieder innehielt, um mit den Fingern ein Haar, das sich zwischen seine Zähne verirrt hatte, zu entfernen. Schließlich öffnete er seine Beinkleider, nahm seine Rute in die Hand und schickte sich an, das Mädchen zu stechen. Doch Giovannella stieß ihn unsanft zurück.

»Niccolino! Was machst du denn da?« fuhr sie ihn an. Mehr als eine Frau sah sie jetzt, da sie vollkommen nackt war, wie ein kleiner Bär aus.

»Ich mache das, wovon ich träume, seitdem ich dich bei dem Fest gesehen habe«, antwortete mein Gefährte keuchend.

»Du wirst mich doch wohl nicht auf diese Weise nehmen wollen. Im Stehen, wie eine Straßennutte.«

»Du hast recht, das ist nicht unbedingt die feine Art«, stimmte Niccolino ihr zu. »Aber genau dazu hätte ich größte Lust. Und ich nahm an, auch dir würde es so gefallen. Ach, zum Teufel, ich kann's gar nicht mehr erwarten, endlich loszulegen. Wo und wie ist mir ganz gleich.«

»Auch ich wünsche mir nichts sehnlicher«, erwiderte Giovannella. »Aber eben weil wir uns so lange gedulden mußten, sollten wir es nicht wie die Bauern machen, die sich wie ihre Kaninchen paaren, sondern wie Unseresgleichen, so wie die Natur es uns lehrt und der Anstand uns gebietet.«

Niccolino, dem wohl nicht klar war, was die Natur lehrt und der Anstand gebietet, machte sich daran, seine Beinkleider abzulegen. Dann sagte er, nachdem er der Spitze seines Werkzeugs einen Klaps versetzt hatte: »Hier stehen wir, kampfbereit, zu Ehren und zum Wohlgefallen der edelsten und süßesten Magd von ganz Rom.«

Das junge Mädchen hingegen strich sich mit einer Hand über den behaarten Bauch, so als streichele sie eine Katze, und sagte: »In dieser schönen Kammer wird es wohl auch einen Abort geben. Sag mir wo, denn ich muß mich etwas zurechtmachen.«

Niccolino deutete auf eine Tür.

»Dort findest du frisches Wasser und eine Waschschüssel«, sagte er mit einem Seufzer, »sowie Seife, Handtücher und einen Kamm. Du kannst alles benutzen, aber bleib nicht zu lange fort, wenn du nicht willst, daß er vor deinen Augen losgeht wie eine defekte Büchse.«

Während Giovannella hinter der Tür verschwand, schob ich den Vorhang ein Stück zur Seite und gab Niccolino mit einer Geste zu verstehen, daß ich bereit war und er jetzt endlich mit dem Verhör beginnen solle. Doch als Giovannella wieder zurück war, frisch gewaschen und gekämmt, war Reden das letzte, worauf sie Lust hatte. Sogar auf die Entfernung konnte ich in ihren Augen erkennen, wonach ihr der Sinn stand. Und auch Niccolino war nicht in der richtigen Verfassung, um ihr Fragen zu stellen. Aber Giovannella ließ ihm auch keine Zeit, es zu versuchen. Wie ein Ringkämpfer packte sie ihn an den Schultern und warf ihn aufs Bett, und nachdem sie sich auf ihn gelegt und mit der Kraft einer Krake, die sich an einer Klippe verankert, an ihm festgeklammert hatte, drückte sie ihren Mund auf den seinen und bewegte sich ruckartig vor und zurück, um sich wie eine Ketzerin pfählen zu lassen.

Nachdem das erste Feuer verraucht war, begann Giovannella mit jenen Spielchen, auf die Huren gerne zurückgreifen, wenn sie es mit Kunden mit Ladehemmung zu tun haben. Es versteht sich wohl von selbst, daß Niccolino das alles gerne mit sich machen ließ. Anstatt sie zu befragen, kicherte und brummte er wie ein armer Irrer, der nicht weiß, wie ihm geschieht. Danach ließ er sich wieder ausgiebig reiten, bevor er sie wie das Schäflein auf der Weide nahm. Und als die Glut meines Freundes ganz zu verlöschen drohte wie die Sterne im Morgengrauen, bestrich Giovannella seine Latte mit Honig, den sie mitgebracht hatte, und leckte sie ihm dann genüßlich sauber. Schließlich – auch sie war erschöpft und ihre Haare überall zerrauft – fragte sie ihn: »Hör mal Niccolino, hast du hier im Palast nicht zufällig einen Freund, den wir zu unserer kleinen Feier einladen könnten?«

»Was willst du denn mit einem Freund?« fragte Niccolino abwehrend zurück, wobei er einen verzweifelten Blick in Richtung meines Versteckes warf, so als erwarte er jeden Augenblick, mich hinter dem Vorhang hervortreten zu sehen.

»Ach Niccolino, du bist ja wirklich kräftig und unermüdlich, doch gibt es gewisse Dinge, die zu dritt sogar noch mehr Spaß machen ... Ob im Himmel oder im Bett, die Zahl drei ist immer perfekt.«

Niccolino fühlte sich offensichtlich durch diese Worte in seiner Mannesehre verletzt.

»Ich kann dir versichern, werte Freundin«, sagte er gespreizt, »daß hier kein zweiter Mann gebraucht wird ... allenfalls eine zweite Frau. Nimm bitte zur Kenntnis, daß ich schon das Sarazenspiel* in einer Nacht mit drei verschiedenen Frauen gespielt und jedesmal ins Schwarze getroffen habe – ohne einen einzigen Fehlversuch, wohlgemerkt. Und du solltest eigentlich wissen, daß meine Waffe robuster ist als das Schwert Rolands**.«

»Das weiß ich doch sehr gut, mein angebeteter Wüstling«, tirilierte Giovannella. »Ich meine ja bloß, daß sich zu dritt wunderschöne Kombinationen und amüsante Verschlingungen erfinden lassen.«

»Kaum zu glauben. Als ich dich kennenlernte, ziertest du dich sogar noch, ihn in die Hand zu nehmen, aus Angst, schwanger zu werden. Wie ist dein Sinneswandel zu erklären? Und wo hast du das alles gelernt? In einem Freudenhaus?«

»Nein, von meiner Herrin, am Hof in Neapel.«

›Aha‹, sagte ich mir, in meinem Versteck hinter dem Vorhang.

* Reiterspiel, bei dem mit einer Lanze eine Zielscheibe getroffen werden muß, d. Übers.

** Paladin Karls d. Großen, d. Übers.

›Das ist die passende Gelegenheit, um sie nach den Neigungen und Lastern von Sancia zu fragen. Hoffentlich läßt sich Niccolino ...‹, und tatsächlich, der Riese ließ sich die Gelegenheit nicht entgehen.

»Ja, ja«, sagte er, indem er sich mit gekreuzten Beinen im Bett aufsetzte, »gewisse Dinge sind mir hier in Rom auch zu Ohren gekommen.«

»So? Was ist dir denn zu Ohren gekommen, mein kleiner Dummkopf?«

»Daß die edle Sancia, trotz ihrer Abstammung aus dem aragonesischen Königshaus und trotz ihrer Stellung als Schwiegertochter des Papstes, all ihre Gelüste hemmungslos auslebt, und seien sie noch so ausgefallen und verdorben. So soll sie zum Beispiel nicht davor zurückschrecken, sich mit Verwandten zu paaren, sowohl Angeheirateten als auch Blutsverwandten. Sie sei mit Cesare Borgia, meinem Herrn, ins Bett gegangen, so hörte ich, und auch mit dessen Bruder Juan. Und vielleicht hat er dafür sogar mit dem Leben bezahlen müssen ... Ich nehme an, auch bei euch im Palazzo Della Porta wird man über den Tod des jungen Herzogs gesprochen haben. Eine maskierte Kupplerin, von der niemand weiß, wer sie war, soll ihn in eine verhängnisvolle Falle gelockt haben.«

»Sprich lieber nicht über den Herzog von Gandìa«, rief Giovannella aufgebracht. »Ach, wieviele Tränen habe ich wegen ihm vergossen. So ein wunderschöner stattlicher Jüngling ... Doch du hast recht. Meine Herrin hat sich nie einem Mann versagt, der ihr etwas zu bieten hatte, auch ihren Schwägern nicht, die, obwohl vom Blute ihres Mannes, sehr viel mehr Feuer haben und in Sachen Liebe wahre Meister sind.«

»Dem Herzog von Gandìa hat man deswegen den Garaus gemacht«, erwiderte Niccolino. »An Taverrnentischen und unter Wachmannschaften munkelt man, Jofré Borgia habe ihn umgebracht, weil er es nicht ertragen konnte, daß sein eigener Bruder sein eheliches Schlafgemach im Sturm genommen hatte.«

»Fürst Jofré ist doch noch ein Kind ... er kann es nicht gewesen sein«, entgegnete Giovannella, indem sie Niccolino aufs Bett niederdrückte und sich erneut daran machte, seinen Körper über und über mit Küssen zu bedecken. Und wie eine Mutter mit ihrem Säugling, wenn sie ihn fertig gewickelt und gepudert hat, so machte es Giovannella mit Niccolino, bis die erwünschte Wirkung nicht mehr zu übersehen war. Doch Niccolino, obwohl nackt und höchst erregt, fand die Kraft, sich wieder aufzusetzen und das Gespräch fortzuführen. »Ich meine nicht«, sagte er, »daß der Fürst von Squillace seinen Bruder eigenhändig getötet hat. Wahrscheinlich hätte es ihm, kränklich und schmächtig wie er ist, schon an Kraft und Mut zu einer solchen Tat gefehlt. Doch ein Befehl ist etwas ganz anderes. Ein Befehl ist schnell erteilt, und befehlen kann auch ein Gelähmter.«

»Auch das glaube ich nicht«, erwiderte das Mädchen, während es sich mit anderen Dingen beschäftigte. »Jofré ist zu vertrauensselig und zu unbedarft, um irgendein Unternehmen anzuführen, das, wenn schon nicht Mut, so doch ein gewisses Maß an Skrupellosigkeit und Entschlossenheit verlangt. Aber ich bitte dich, hör jetzt endlich auf … das Bübchen, das tot schien, ist zu neuem Leben erwacht und läßt Heldentaten erwarten.«

Und erneut ließ sich Giovannella auf ihrem Gespielen nieder und schickte sich an, noch einen Ritt zu wagen.

»Laß das jetzt!« fuhr Niccolino sie an, indem er sie an den Schultern packte und festhielt. »Ich will erst noch wissen, warum du es für unmöglich hältst, daß Sancias Gatte einem treuen und unerschrockenen Gefolgsmann befohlen hat, seinen Bruder aus dem Weg zu räumen. Wenn ich mich nicht täusche, habe ich heute abend auf dem Fest zum Beispiel Vitellozzo Vitelli in Jofrés Nähe gesehen. Ein bekanntermaßen skrupelloser Soldat.«

»Du weißt vielleicht nicht, daß alle Vertrauten des jungen Fürsten gleichzeitig auch die besten Freunde seiner Gattin sind, und sie über alles auf dem laufenden halten. Sowohl über das Tun des Fürsten als auch über das, was der Fürst zu tun gedenkt. Kurz und gut, keine Entscheidung ihres Gatten kommt für Sancia d'Aragona unerwartet.«

»Der Fürst könnte jedoch einem Freund, den er außerhalb des Palastes kennengelernt hat, den Auftrag gegeben haben. Wie zum Beispiel diesem Oliviero, der ihm den ganzen Abend nicht von der Seite gewichen ist.«

»Aber der ist doch auch ein sehr guter Freund meiner Herrin. Er würde nie etwas tun, ohne sie davon zu unterrichten.«

»Ist der vielleicht auch mit ihr ins Bett gegangen?«

Anstatt zu antworten, stieß Giovannella einen spitzen Schrei aus, so als hätte sie ein Gespenst gesehen.

»Was ist denn los?« fragte Niccolino überrascht.

»O nein, das Püppchen!« stöhnte Giovannella. »Schau her, es ist tot, trotz all meiner Bemühungen, ihm neues Leben einzuhauchen ... Du gemeiner Mörder, du nichtsnutziger Kerl ... Warum schwatzt du nur so viel heute nacht, anstatt dich ordentlich ins Zeug zu legen. Du kennst doch das Sprichwort: ›Mit Wasser und Reden macht man keinen Beischlaf.‹«

»Eigentlich lautet das Sprichwort: ›Mit Wasser und Reden macht man keinen Pfannkuchen.‹ Doch egal, im Grunde hast du recht. Beantworte jetzt meine letzte Frage, und ich verspreche dir, danach darfst du noch einmal wie eine Ketzerin reiten.«

»Warum willst du das alles überhaupt wissen? Bist du zufällig ein Sbirre geworden?«

»Antworte ... Ist Oliviero enger mit dem Fürsten oder dessen Gattin befreundet?«

»Ganz sicher enger mit meiner edlen Herrin. Er ist ein Söldner im Dienste von Vitellozzo Vitelli ... und sie verehrt diese Sorte Männer, weil, wie sie behauptet, Mutter Natur sie besonders großzügig ausgestattet haben soll. Für einen Söldner würde sie alles tun. Ihr Zuhause und ihren Gatten verlassen und das Risiko in Kauf nehmen, zu verarmen und gezwungen zu sein, sich vor einem Kloster einen Teller Suppe zu erbetteln.«

»Oliviero ist also ihr Geliebter?«

»Das glaube ich nicht. Er hat sich erst im April in Rom niedergelassen. Ungefähr zum gleichen Zeitpunkt, als auch Vitellozzo Vitelli, der Herr von Città di Castello, hier aufgetaucht ist, ein

Mann, breit wie ein Stier, grausam wie ein Tiger und ausdauernd wie ein Windhund. Genau die Sorte Mann, die meine Herrin anbetet.«

»So ist Vitellozzo also häufig in Rom anzutreffen?« fragte Niccolino.

»Soweit mir bekannt ist, nein«, antwortete Giovannella leicht ungehalten. »Er nimmt meist außerhalb der Stadt Quartier. Er steht sich gut mit den Orsini und wird wohl in deren Burg in Bracciano zu Gast sein, wo es mehr Räume gibt, als das Jahr Tage hat ... Jetzt reicht's aber wirklich, Niccolino. Entweder hältst du jetzt den Mund, oder ich gehe.«

Weitere zwei Stunden vergnügten sie sich miteinander, während ich hinter dem Vorhang vor hilfloser Wut fast verging, und mühsam versuchte, Müdigkeit und Überdruß zu bekämpfen. Als sie endlich genug hatten, begleitete Niccolino das Mädchen, das eigentlich alleine gehen wollte, nach Hause.

Kaum war er wieder in unserer Kammer, da fuhr ich ihn zornig an: »Wirklich ausgezeichnete Fragen hast du ihr da gestellt ... Jetzt sind wir ja so viel schlauer als vorher ...«

»Und ob«, gab Niccolino selbstbewußt zurück. »Jetzt wissen wir, daß Vitellozzo Vitelli, von dessen Aufenthalt in Rom niemand unterrichtet war, ein guter Freund des Fürsten von Squillace und seiner Frau Sancia ist. Und wir wissen, wer versucht hat, Damiata, die Hure aus dem Rione Trevi, umzubringen.«

»Ach, tatsächlich?«

»Ja. Oliviero Eufreducci, aus Fermo gebürtig und Söldner in Diensten von Vitellozzo Vitelli, dem Herrn von Città di Castello.«

»Wie kannst du das so sicher behaupten?« fragte ich überrascht.

»Nun, gestern abend beim Empfang der Prinzessin Sancia sehe ich einen Mann neben ihr stehen, ziemlich klein, der ihr nicht von der Seite weicht. Er trägt diesen erwähnten Spitzbart, hat ein brutal wirkendes Gesicht und Schlitzaugen wie ein Katze bei Tageslicht. Ich glaube, ihn zu kennen, weiß aber nicht, woher. Mir fällt sofort auf, daß er ein Freund von Prinzessin Sancia ist, aber auch ihres Gatten. Ich erkenne seinen Bart wieder, nicht aber sein Gesicht. Und dann kommen mir die drei Mordgesellen in den Sinn, die wir in Damiatas Haus in die Flucht geschlagen haben. Der Mann mit dem spanischen Bärtchen scheint nicht nur mit den Gastgebern, sondern auch noch mit einer anderen Person bei diesem Fest eng befreundet zu sein. Einem Mann, muskulös wie ein Stier und breitschultrig wie eine Sitztruhe. Darauf bedacht, unbemerkt zu bleiben, durchstreife ich den Ballsaal. Und als dann der Fackeltanz an der Reihe ist und ich sehe, daß Giovannella mit jenen beiden Männern tanzt, versuche ich zu erfahren, wer sie sind. Der Muskelprotz ist Vitellozzo Vitelli. Der andere, der mit dem Spitzbärtchen, in dem ich den Mörder Pacos und Nannas entdeckt zu haben glaube, ist ein Söldner in Diensten von Vitellozzo. Oliviero Eufreducci heißt er. Der Name sagt mir allerdings nichts ... Euch vielleicht?«

»Nein, überhaupt nichts.«

»Dort im Saal traf ich jedoch jemanden, der ihn sehr gut kannte und der mir erzählte, Oliviero sei ein geborener Mörder, der sogar noch seine Großmutter umlegen würde, um ihr eine silberne Nadel zu stehlen. Wie dem auch sei, ich habe eine Idee, wie wir noch mehr über ihn erfahren können. Ein Freund von mir hier in Rom ist auch in Fermo geboren. Er heißt Gregorio und ist Waffenschmied. Wir brauchen ihn nur aufzusuchen, und er wird uns alles erzählen, was wir über diesen Oliviero Eufreducci wissen wollen.«

»Und wo wohnt dieser Oliviero?«

»Mir wurde gesagt, er sei ein Adjutant von Vitellozzo. Wahrscheinlich wird er also mit ihm zusammen wohnen. Leider wußte mir niemand genau zu sagen, wo Vitellozzo Quartier bezogen hat. Giovannella meinte aber, er sei vielleicht Gast bei den Orsini in Bracciano. Es dürfte wohl nicht allzu schwierig sein, das herauszubekommen.«

»Ja, wahrscheinlich. Und das wird das erste sein, was wir morgen machen werden«, schloß ich unsere Unterhaltung. Der Tag hatte schon begonnen und ich konnte mittlerweile kaum mehr die Augen offenhalten.

Ich hatte mich niedergelegt und war gerade in den ersten tiefen Schlummer versunken, als Niccolino mich mit aller Kraft wachzurütteln begann und nicht von mir abließ, bis ich endlich die Augen aufschlug.

»Wir müssen doch etwas sehr Wichtiges schon heute morgen erledigen«, sagte er, während er erneut an mir zog und zerrte, aus Angst, ich könne wieder einschlafen.

»Und das können wir nicht auf morgen verschieben?« fragte ich bettelnd, in der Hoffnung, sein Herz zu erweichen.

»Nein, noch nicht einmal auf heute nachmittag. Euer Herr, Kardinal Carafa, hat jemanden vorbeigeschickt. Er läßt Euch mitteilen, daß er Euch dringend sprechen muß. Auch ich soll bei dem Treffen zugegen sein.«

Verwirrt blinzelte ich mit den Augenlidern. Ich war noch im Halbschlaf und hatte Mühe, den Sinn seiner Worte ganz zu erfassen.

»Warum will er dich wohl sehen? Er kennt dich doch noch nicht einmal.«

»Der Bote hat ausdrücklich gesagt: ›Richtet ihm aus, daß er unbedingt seinen Begleiter mitbringen soll. Diesen Niccolino.‹ Kardinal Carafa scheint also viel besser über unser Vorgehen unterrichtet zu sein, als Ihr annahmt. Und nun steht endlich auf. Wir können diesen frommen Mann doch nicht warten lassen …«

Während ich mich anzog, fragte ich mich, was mein eigentlicher Herr wohl von mir wollte. Und so sagte ich, etwas dümmlich, zu Niccolino: »Was wird der hochverehrte Kardinal Carafa wohl von uns wollen?«

»Das werden wir bald wissen«, antwortete Niccolino seelenruhig, »in höchstens einer halben Stunde … Wenn Ihr Euch beeilt, sogar noch früher.«

Im Palast des Kardinals Carafa erwarteten mich einige Überraschungen. Die erste war, daß die Vorhalle überfüllt war mit Soldaten. Hellebardiere und Armbrustschützen standen dicht gedrängt in Gruppen zusammen, und alle trugen sie das Hoheitszeichen der Orsini auf der Brust und dem Waffenrock. Auch auf dem großen Hof vor den Stallungen wimmelte es von Reitern und Pferden, die ebenfalls unübersehbar den aufgerichteten Bären, das Wappen der Orsini, zur Schau trugen. Die zweite Überraschung war, daß mir auf der großen Steintreppe Kardinal Carafa entgegenkam, der uns wahrscheinlich vom Fenster des Ehrensaals aus hatte ankommen sehen. Eine Geste, von der ich, als ich noch direkt für ihn arbeitete, nur hatte träumen können. Die dritte Überraschung war die herzliche Umarmung, mit der er mich auf der Treppe empfing. Lange hielt er mich in den Armen, so als sei ich der verlorene Sohn, der heruntergekommen, ausgehungert und verschuldet nach Hause zurückkehrt.

»Mein lieber Bonaccorsi«, sagte er, während er sich mit dem rechten Zeigefinger eine Träne aus dem Auge wischte, »wie freue ich mich, daß du meiner Bitte nachgekommen und ohne Zögern zu mir geeilt bist ...«

»Das war doch meine Pflicht, Exzellenz«, sagte ich mit einer ehrerbietigen Verbeugung. »Doch erlaubt mir nun, Euch meinen Gefährten und Gehilfen Niccolino da Nola vorzustellen. Wenn ich recht verstanden habe, verlangtet Ihr, auch ihn hier im Palast zu sehen.«

Der Kardinal wandte sich Niccolino zu und würdigte ihn eines flüchtigen Blickes, wobei er sich auf die Feststellung beschränkte: »Mir wurden Wunderdinge berichtet über ihn und seine unerhörten Körperkräfte.«

Ich war nicht wenig überrascht.

»Wer hat Euch das berichtet, Exzellenz?« fragte ich.

Mittlerweile hatten wir die letzte Stufe der großen Treppe erreicht und standen vor der Tür, die zum Ehrensaal führte. Wir traten ein.

»Das werde ich dir später sagen«, antwortete der Kardinal.

»Zunächst muß ich dir erklären, warum ich dich so dringend zu sprechen wünschte.«

»Ich bin sicher, Eure Exzellenz hatte gewichtige Gründe dafür.«

»Urteile selbst«, sagte er. »Ich möchte, daß du mich so ausführlich wie möglich über den Auftrag informierst, den dir Kardinal Valenza erteilt hat, sowie über den Stand deiner Bemühungen, die Mörder des armen Herzogs von Gandìa ... Gott sei seiner armen Seele gnädig ... ausfindig zu machen.« Dann, als er die Überraschung in meinem Gesicht wahrnahm, setzte er eilig hinzu: »Nicht für mich bitte ich dich darum, mein lieber Bonaccorsi, sondern für einen hochverehrten Kollegen, ein Mitglied des Kardinalskollegiums. Er wartet dort ...«

Dabei zeigte er auf die Tür, die zu einem kleinen Raum führte, der gewöhnlich als Wartezimmer für all diejenigen diente, die darauf warteten, in den Ehrensaal vorgelassen zu werden, und der aufgrund der langen Wartezeiten, auf die man dort drin gefaßt sein mußte, im ganzen Haus nur »Raum des Vergessens« genannt wurde.

»Handelt es sich vielleicht um Kardinal Giovan Battista Orsini?« erkühnte ich mich zu fragen.

»Ja«, antwortete er verwundert. »Wie hast du das erraten?«

»Das war nicht schwer. Mir sind in der Vorhalle die vielen Soldaten und Knappen mit den Zeichen der Orsini auf der Brust aufgefallen. Sie tragen eine solche Überheblichkeit zur Schau, daß man meinen könnte, sie hätten den Palast erobert. Daher dachte ich mir, daß dort in jenem Raum Euer Freund, der Kardinal, auf uns wartet.«

»So ist es. Da er um die Gefahren wußte, die hier in Rom auf ihn lauern, ließ er sich nicht nur wie gewöhnlich von seiner Leibgarde in die Stadt begleiten, sondern dazu noch von den Männern seines Neffen, des Herrn von Palombara Sabina. Den Orsini bläst zur Zeit der Wind ins Gesicht. Vielerorts hält man sie für schuldig am Tod des Papstsohns.«

»Also zum Schutz und nicht aus Überheblichkeit reisen sie mit solch großem Gefolge ...«

»Weißt du, mein lieber Bonaccorsi, ich bin schon lange ein wirklich guter Freund von Giovan Battista Orsini. Wir sind ungefähr im selben Alter und sind gleichzeitig Kardinäle geworden. Und niemals gab es Zwietracht zwischen uns. Ganz im Gegenteil. So hat er im Königreich Neapel, wo er sehr angesehen und mächtig ist, alles Menschenmögliche getan, um die Pläne der göttlichen Vorsehung zu unterstützen und den Orden des Heiligen Dominikus zu fördern und zu begünstigen.«

»Wenn ich richtig verstanden habe, Exzellenz, hat Kardinal Orsini Euch persönlich um Eure Vermittlung gebeten, um sich mit uns zu treffen.«

»Ganz richtig.«

»Hat er vielleicht auch gesagt, was er wissen will?«

»Da man die Orsini in Rom beschuldigt, fälschlicherweise wohlgemerkt, mit der Ermordung des Herzogs von Gandìa zu tun zu haben, wird er wohl von dir und deinem Gehilfen wissen wollen, wieweit Eure Nachforschungen gediehen sind.«

»Mit anderen Worten, ich soll ihm all unsere Geheimnisse verraten. Verhält es sich so?«

»Nicht ganz. Die kostbarsten Geheimnisse kannst du für dich behalten. Erzähl ihm nur alles, was du ihm erzählen kannst. Du weißt doch, daß es mir unmöglich ist, einem Freund eine Bitte abzuschlagen, noch dazu einem mächtigen Mitglied des Kardinalskollegiums. Darum bitte ich dich, mir in dieser heiklen Angelegenheit zu helfen, ohne allerdings deine Pflichten gegenüber Kardinal Valenza zu verletzen.«

»Wie stets ist Euer Wunsch mir Befehl«, antwortete ich.

Kardinal Carafa nickte, dankbar und sichtbar erleichtert. Dann ging er uns voraus zu dem kleinen Nebenraum. Während wir den Ehrensaal durchquerten, trat Niccolino ganz nahe an mich heran und flüsterte mir ins Ohr: »Maestro, seid vorsichtig. Dieser seltsame Besuch der Orsinis gefällt mir gar nicht. Denkt immer daran, für uns zählen sie zu den Hauptverdächtigen.«

»Mir gefällt die Sache auch nicht, Niccolino«, gab ich leise zurück. »Auf alle Fälle hältst du dich im Hintergrund, wenn wir vor Kardinal Orsini stehen. Und vor allem, laß dir nichts anmerken, falls du dich wundern solltest, was ich ihm erzähle. Am besten sagst du überhaupt nichts und überläßt es mir, auf seine Fragen zu antworten.«

Vor der Tür zum »Raum des Vergessens« ließ uns Kardinal Carafa allein, und wir traten ein. Nie hätte ich geglaubt, diese Herren einmal persönlich kennenzulernen: Vor uns standen die beiden mächtigsten Vertreter der Familie Orsini, die Männer, die die Geschicke dieses bedeutenden Geschlechts lenkten.

Der jüngere war vielleicht vierzig Jahre alt, ein muskulöser Mann, der, wie die meisten Soldaten, einen sehr tatkräftigen und verschlagenen Eindruck machte. Über dem Wams trug er einen Brustharnisch aus blitzendem Stahl. Mißtrauisch schaute er sich um, so als rechne er sogar im Hause Kardinal Carafas jederzeit mit einem Übergriff. Der Mann war Paolo Orsini, der Herr von Palombara Sabina. Als Sohn des Kardinals Latino Orsini hatte er schon von Jugend auf eine führende Rolle gespielt, wenn es galt, die Truppen der Orsini in die Schlacht zu führen, so daß er bald schon überall nur noch »Il Capitano« genannt wurde. Sowohl bei der Eroberung des Kirchenstaates als auch beim Einfall in das Königreich Neapel hatte er an der Seite Karls VIII. gekämpft. Nach der vernichtenden Niederlage und der Flucht des französischen Königs geriet er in die Hände der Aragona, die ihn im Castel dell'Ovo in Neapel gefangenhielten. Durch glückliche Umstände gelang es ihm jedoch, nach Bracciano zu fliehen, wo er sich an die Spitze der beiden Heere stellte, die von den päpstlichen Truppen unter Führung des Herzogs von Gandìa und Guidobaldo da Montefeltros überrannt zu werden drohten.

Über ihn waren verschiedene Gerüchte in Umlauf: Obwohl er ein unermüdlicher Haudegen und tüchtiger Feldherr war, erzählte man sich, er paare sich lieber mit Männern als mit Frauen, weswegen viele ihn auch verächtlich »Madonna Paolo Orsini« nannten. Eine Titulierung, mit der er sich verständlicherweise nie anfreunden konnte. Einmal soll er im Feldlager vor Benevento einen Soldaten, von dem ihm zugetragen wurde, er habe diesen

Schimpfnamen gebraucht, zur Rede gestellt und ihm schließlich eigenhändig den Kopf vom Leibe getrennt haben. Wie alle Orsini war er hochmütig und rachsüchtig, aber auch grausam und verdorben wie die meisten Männer, die vom Laster Sodoms heimgesucht werden. Daher hielt man Paolo Orsini vielerorts für unwürdig, als Oberhaupt des Hauses Orsini zu gelten. Ja, es hieß, er maße sich völlig unverdient die Stellung des verstorbenen Virginio Orsini an, der drei Jahrzehnte lang der unumstrittene Lenker der Geschicke dieser edlen Familie war. Dieser Virginio Orsini hatte von seinem Lehen Bracciano und seinen dreizehn Burgen aus unangefochten das nördliche Umland von Rom beherrscht und mit dem Bau der Befestigung von Monte Giordano in der ewigen Stadt – einer permanenten Herausforderung für den Papst – seine Macht sogar noch weiter ausbauen können. Zeit seines Lebens hintertrieb er die Einheitspolitik der Päpste. Mal verbündete er sich mit dem Hause Aragon in Neapel, dann wieder mit der französischen Krone, mal mit dem deutschen Kaiser, Florenz oder anderen freien Städten Mittelitaliens. Dabei galt er immer als tüchtiger Heerführer, geschickter Diplomat und weiser Staatsmann, so daß man von ihm sagen konnte: *Nihil illi deerat ad regnandum, praeter regnum**.

So war heute also Giovan Battista, Kardinalsdiakon der Kirche von Santa Maria Nuova, das wahre Oberhaupt der Familie Orsini. Dies war der andere Mann, der uns gegenüber stand, Kardinal Carafas Freund, der allgemein im Ruf stand, ein weiser und entgegenkommender älterer Herr zu sein.

Niccolino und ich verbeugten uns tief vor ihm, um seinen Ring zu küssen. Mit einer großmütigen Geste forderte er uns auf, uns wieder zu erheben. Das taten wir auch und standen dann reglos vor ihm. Obwohl ich den Blick als Zeichen der Hochachtung gesenkt hielt, war mir, als könne ich sehen, wie die beiden Orsini uns aufmerksam beobachteten, um zu erraten, welche Gedanken uns bewegten.

* »Nichts hatte ihm gefehlt, um Herrscher zu sein, als ein Reich.«

»Mein Freund, Kardinal Carafa«, sagte Giovan Battista schließlich an mich gewandt, »hat mir voller Bewunderung von deinen Verdiensten als Sekretär, Kuriale und Ermittler erzählt. Daher kann es nicht verwundern, daß der hochverehrte Kardinal Valenza, ein Mann mit scharfem Blick und wachem Verstand, dir einen Auftrag erteilt hat, dessen Tragweite bei jedem anderen starkes Herzklopfen auslösen würde. Doch von Kardinal Carafa weiß ich, daß du deinem Ruf voll und ganz gerecht wirst. Daher gedachte ich jetzt, da ich mit meinem Neffen Paolo zufällig in Rom zu tun habe, die Gelegenheit zu nutzen, um meinem alten Freund einen Besuch abzustatten und ihn dabei zu bitten, ein Treffen mit dir zu vermitteln. Ich möchte nämlich von dir wissen, wie weit du mit deinen Ermittlungen gekommen bist ... Du bist nicht auf den Kopf gefallen, und so scheint es mir sinnlos, dir verschweigen zu wollen, wie sehr ich an den Ergebnissen deiner Arbeit interessiert bin. Mit anderen Worten, was hast du herausbekommen? Ich muß dir ja nicht erzählen, daß man sich überall in der Stadt erzählt, die Orsini hätten aus Haß auf Papst Alexander VI. Mörder gedungen, um seinen geliebten Sohn, den Herzog von Gandìa, umbringen zu lassen. Aber ich bin sicher, du als ehrlicher und gelehrter Mann wirst diesen Verleumdungen keinen Glauben schenken. Denn seit mindestens sechs Jahrhunderten schon ist unsere Familie das festeste Bollwerk der päpstlichen Macht. Nicht umsonst sind zahlreiche Mitglieder unseres Geschlechts zu Kardinälen ernannt worden. Wir waren immer die treuesten Diener der Nachfolger Petri – und sind es auch heute noch, da der Heilige Vater unsere Familie mit seinem Haß verfolgt. Aber wir machen es wie das Schilf in den Sümpfen, das sich bis zur Erde neigt, wenn der Sturmwind weht, um sich danach, stärker und stolzer noch als zuvor, wieder aufzurichten.«

»Mein Onkel, der Kardinal, will damit sagen«, schaltete sich Paolo ein, der bis dahin eher ungeduldig zugehört hatte, »daß unsere Familie aufgrund ihrer vergangenen und gegenwärtigen Verdienste über jeden Verdacht erhaben sein sollte. Die Orsini sind überall bekannt dafür, daß sie jeden Dienst und jeden Gefallen, egal von welcher Seite, überaus großzügig vergelten.«

Das war es also! Der Grund, warum sie mich hatten sprechen wollen. Es handelte sich um einen Bestechungsversuch, so ungeschickt und unverblümt vorgetragen, daß er schon lächerlich wirkte. Und dies bewies – wenn es eines weiteren Beweises bedurft hätte –, daß sie eine Heidenangst vor dem Zorn des Papstes hatten und sich längst nicht so unverwundbar und mächtig fühlten, wie sie vorgaben.

»Exzellenz«, sagte ich, so überzeugend wie möglich, »ich habe Kardinal Valenza versprochen, die Mörder seines Bruders zu finden, und ich habe fest vor, dieses Versprechen zu halten, nicht zuletzt, weil er mir und meinem Gefährten reiche Belohnung zugesagt hat.«

Erleichterung zeichnete sich in den Gesichtern der beiden Orsini ab. Indem ich von Belohnung sprach, bediente ich mich einer Sprache, auf die sie sich bestens verstanden.

»Egal wie hoch die versprochene Belohnung sein mag, wir sind bereit, den Betrag zu verdoppeln«, sagte Paolo Orsini.

»Wir erhalten die Belohnung jedoch erst, wenn wir den Namen des Mörders preisgeben können«, sagte ich, ohne auch nur im geringsten auf die Worte von »Il Capitano« einzugehen, »und wir sind noch ein gutes Stück von der Lösung des Rätsels entfernt.«

»Tatsächlich?« fragte Paolo Orsini. »Euch fehlen also immer noch die Namen der Mörder?«

»Genau das ist unser Problem«, sagte ich mit gespieltem Bedauern. »In diesem Ränkespiel gibt es zu viele Verdächtige. Der Herzog hat ein ausschweifendes Leben geführt, und überall stoßen wir jetzt auf gehörnte Ehegatten, rachsüchtige Soldaten und in der Ehre gekränkte Edelmänner.«

Der Kardinal sah mir fest in die Augen und lächelte mich durch seinen schneeweißen Vollbart hindurch an.

»Hör mir mal gut zu, Maestro Bonaccorsi«, sagte er in väterlichem Ton. »Wenn Ihr Euch die Gunst des Papstes erwerben wollt, dann beschuldigt doch Kardinal Ascanio Sforza des Verbrechens. Seit der Papst das Bündnis mit dem Herzog von Mailand gebrochen hat, ist der Sforza in Ungnade gefallen. Und ich persönlich bin auch tatsächlich überzeugt, daß der Sforza dieses grausame Verbrechen zu verantworten hat. Seit der letzten Papstwahl haßt Ascanio den Papst wie die Pest. Entscheidend zurückgeworfen in seinem Anlauf auf den Heiligen Stuhl, begann er damals, Rodrigo Borgia zu hassen, weil dieser ihm, in seinen Augen, das höchste Amt der Christenheit geraubt hatte. Beschuldigst du also den Sforza, lieferst du nicht nur einen außerordentlich überzeugenden Täter, sondern kannst auch die hohe Belohnung einstreichen, die dir dein neuer Herr, Kardinal Valenza, versprochen hat. Vielleicht verdoppelt er die Prämie sogar noch aus Freude über deine gelungene Arbeit. Dazu kommt dann noch das Geschenk der Familie Orsini, die sich nie kleinlich zeigt denen gegenüber, die ihr zu dienen verstehen. Alles in allem könntest du auf eine Summe kommen, die es dir ohne weiteres erlauben würde, ein kleines Lehen und einen niederen Adelstitel irgendwo im Apennin zu erwerben ... Muß ich noch deutlicher werden?«

Nein, das war wirklich nicht nötig. Trotzdem gab ich vor, nicht ganz zu verstehen, um ihn zu zwingen, seine Deckung noch weiter zu verlassen.

»Wie soll ich nur so viel Geld zusammenbekommen?« murmelte ich, scheinbar verwirrt.

»Das habe ich dir doch gerade erklärt«, sagte der Kardinal, leicht ungehalten. »Am Ende wirst du auf mindestens zehntausend Dukaten kommen, genug um ein kleines Lehen mit dem Recht der hohen, mittleren und niederen Gerichtsbarkeit zu erwerben ... Alles weitere, lieber Bonaccorsi, kannst du nun mit meinem Neffen Paolo besprechen. Er wird dir genau erklären, was die Orsini von dir erwarten. Ich gehe dann rüber, um noch etwas mit meinem lieben Freund Kardinal Carafa zu plaudern. Der fromme Mann denkt nur an den Ruhm Gottes und die Ehre des Dominikanerordens ..., was für ihn praktisch das gleiche ist.«

Mit der gewohnt väterlichen Miene verabschiedete sich Kardinal Orsini von uns.

»Nun denn, ich glaube, es ist alles geklärt«, sagte ich an seinen Neffen gewandt.

»Keineswegs«, erwiderte der Orsini von oben herab. »Wir haben noch nicht einmal angefangen. Ich bin keineswegs einverstanden mit dem, was mein Onkel gesagt hat. Im Alter verschleiert sich mehr und mehr der einst klare Blick auf die Dinge. Es ist sehr leicht, Ascanio Sforza eines Mordes zu beschuldigen, aber auch sehr gefährlich. Ascanio ist ein mächtiger Mann, der sich mit Leichtigkeit gegen eine solche Anschuldigung zur Wehr setzen kann. Darüber hinaus würde er, sollte es ihm gelingen, nach Mailand zu fliehen, um sich einer Bestrafung zu entziehen, sicher irgendwann wieder auftauchen, um die Rechnung zu begleichen. Und zwar mit demjenigen, der ihm die Suppe eingebrockt hat. Außerdem ist da ja noch sein Bruder Lodovico il Moro, der auf der Stelle alles in die Wege leiten würde, um ihn zu rächen ... Nein, nein, mein Onkel macht einen Fehler. Seine Gedanken sind verwirrt von dem blinden Haß auf Ascanio Sforza. Dabei stimmt es gar nicht, daß er allein beim letzten Konklave seine Wahl zum Papst verhindert hat. Sicher, er hat sich der Nominierung meines Onkels widersetzt, weil er dessen Bande mit dem Hause Aragon für zu eng hielt. Daher würde er es nur zu gerne sehen, wenn Ascanio Sforza verhaftet und zum Tode verurteilt würde als Verantwortlicher für die Ermordung Juan Borgias. Aber lassen wir uns doch nicht zu Werkzeugen seiner persönlichen Rache machen. Der Täter kann kein Kardinal sein, ein Mann der Kirche, ein Mann des Friedens ..., so ehrgeizig er auch sein mag. Nur ein wirklich grausamer und unbarmherziger, skrupelloser und zynischer Mann kann den Befehl zur Ermordung des Herzogs gegeben haben. Mit anderen Worten, es muß ein Soldat gewesen sein. Und ich habe auch einen bestimmten im Sinn: Guidobaldo da Montefeltro, den Herrn von Urbino. Und ich kann seine Schuld beweisen.«

»Soviel ich weiß, hat der Papst selbst vor versammeltem Konsistorium seine Täterschaft ausgeschlossen«, wandte ich ein.

»Doch nur, weil er nicht die Informationen besaß, über die ich verfüge«, gab Paolo Orsini verächtlich zurück. »Der Herr von Urbino leitete vor gut einem Jahr zusammen mit dem Herzog von Gandìa den mißglückten Feldzug gegen unsere Familie, den der Papst angeordnet hatte, um uns für unsere Unterstützung des französischen Königs Karls VIII. zu bestrafen ... Sicher hat man dir erzählt, daß Guidobaldo bei der Schlacht von Soriano nel Cimino in unsere Hände fiel, und daß seine Gattin große Probleme hatte, das Geld zusammenzubringen, das wir für seine Freilassung verlangten – nicht zuletzt auch, weil der Papst ihr jede Hilfe verweigerte. Und darum mußte Montefeltro monatelang in unseren Kerkern schmachten.«

»Auch dieser Spur bin ich nachgegangen«, sagte ich, »doch sie hat uns leider nicht weitergebracht.«

»Das kann ich mir vorstellen«, erwiderte Paolo Orsini unbeirrt. »Denn du wußtest ja nicht – und der Papst weiß es auch nicht –, was Guidobaldo während seiner Gefangenschaft bei mir so von sich gegeben hat. Sein Groll gegen den Papst war grenzenlos. Noch größer jedoch war seine Wut auf den Herzog von Gandìa, den Mann, dem er seine mißliche Situation zu verdanken hatte und der sich in jenem Moment gerade beim römischen Karneval amüsierte. Und während die Boten ihn darüber unterrichteten, daß seine Frau Elisabetta Gonzaga dabei war, ihre letzten Juwelen für das Lösegeld zu verkaufen und sogar die großen Ländereien der Familie Della Rovere zu veräußern gedachte, hatte Guidobaldo nur einen Gedanken: sich zu rächen. Und, Maestro Bonaccorsi, hätte es eine gelungenere Rache geben können, als Juan zu töten und damit den verhaßten Papst mitten ins Herz zu treffen? – Das Lösegeld wurde dann bezahlt, und bevor der Herzog von Urbino uns verließ, verabschiedete er sich mit den Worten: ›Meine Rache wird fürchterlich sein. Eine Rache, von der man in der ganzen Christenheit lange reden wird. Der Papst wird Tränen vergießen zuhauf, und diese Tränen werden aus Blut sein.‹ ... Und kaum einen Monat später stirbt der Herzog von Gandìa auf grausame und mysteriöse Weise. Bedarf es da weiterer Worte?«

Ich nickte einige Male, um ihm zu bekunden, daß mich seine Argumente überzeugt hatten. »Überleg es dir also gut: Wenn du die Borgia von der Schuld Guidobaldos überzeugst – was dir nicht schwerfallen dürfte, da er überall als einer der Hauptverdächtigen gilt –, kannst du ein reicher Edelmann werden und hast der Wahrheit zum Sieg verholfen. Du wirst nicht nur den reichen Lohn Kardinal Valenzas erhalten sowie das kostbare Geschenk, mit dem die Orsini dir ihre Dankbarkeit bekunden werden, sondern ich, ja ich persönlich, werde dir aus eigener Tasche die Summe von zehntausend Dukaten zukommen lassen. Damit kannst du das ansehnliche Lehen in der Grafschaft Narni kaufen, das seit dem kürzlichen Hinscheiden des letzten Nachkommen der Familie Astalli zum Verkauf steht.«

»Ein verlockendes Angebot für einen armen Schreiber wie mich«, sagte ich. »Doch solltet Ihr nicht nur an mich denken, hochverehrter Herr, sondern auch an Niccolino hier, meinen treuen Gehilfen bei dieser schwierigen und langen Suche nach der Wahrheit.«

»Er wird natürlich auch nicht leer ausgehen ... Ja, ich denke, jung und stark wie er ist, könnte ich ihn sogar in meinen Dienst nehmen und ihm das Kommando über eine Schar von hundert Lanzenträgern übertragen, mit einem Sold von zweitausend Dukaten im Jahr.«

»Das wäre ja fast das Paradies auf Erden für mich«, sagte Niccolino, indem er sich in die Brust warf, »doch noch besser wäre natürlich ein Sold von dreitausend Dukaten im Jahr, ohne Zulagen ...«

»Komm mich doch in meiner Burg in Palombara Sabina besuchen. Ich bin sicher, es wird nicht zu deinem Schaden sein«, schloß Paolo Orsini. »Mutige und ergebene Soldaten können wir immer gebrauchen.«

Wir gingen in den Ehrensaal zurück, wo die beiden Kirchenfürsten angeregt plaudernd auf uns warteten.

Orsini und auch sein Neffe hatten es plötzlich eilig fortzukommen, eindeutiger Beweis dafür – wenn es dieses noch bedurft hätte –, daß die beiden illustren Anführer dieses Geschlechts nur aus einem Grund nach Rom gekommen waren: Um uns zu treffen und so aus erster Hand zu erfahren, was wir herausgefunden hatten.

Kardinal Carafa begleitete seine Gäste bis zur Schwelle und ging dann, gemäß einer lieben, typisch neapolitanischen Gewohnheit zum mittleren Fenster, genauer einer Glastür, die auf einen langen, schmalen Balkon führte, der direkt über dem Hauptportal lag. Von dort konnte er seinen Gästen, wenn sie seinen Palast verließen, noch einmal freundlich zuwinken. Jetzt traten auch Niccolino und ich mit ihm ins Freie. Unter uns zogen die Soldaten mit ihren Wappen und Hoheitszeichen vorbei. Und unter all den Uniformen, die mehr oder weniger gleich waren, traf mich der Anblick eines Rockes, der ganz anders war als die anderen, wie ein Peitschenhieb ins Gesicht. Er war mit drei Tieren bestickt, die Hunden ähnelten, jedoch enorme, weit hervorstehende Schneidezähne und lange Schwänze hatten. Man hätte sie für drei Ratten halten können, oder auch für Hasen oder Füchse. Da ich wußte, daß Kardinal Carafa weit gereist war und als Heraldikexperte gelten konnte, fragte ich ihn: »Seht Ihr dieses Wappen dort, Eminenz, das mit den drei Ratten oder Füchsen? Könnt Ihr mir sagen, welches Geschlecht diese Tiere im Wappen führt?«

»Natürlich«, antwortete der Kardinal. »Das sind keine Ratten, sondern Biber, Tiere, die an Flüssen heimisch sind und deren Schlauheit und Fleiß man rühmt. Wenn ich mich nicht irre, ist dies das Wappen der Familie Fogliano, deren Burg nicht zufällig an einem Fluß steht.«

»Sie sind wohl Vasallen der Orsini?« fragte ich weiter, während der Zug davonzog und nur eine dicke Staubwolke zurückließ.

»Nicht, daß ich wüßte. Ich glaube nicht, daß die Fogliano etwas mit den Orsini zu tun haben. Sie sind die Herren von Fermo, einer kleinen, wohlhabenden Stadt, die sie im Auftrag und im Namen der Sforza in Mailand, ihren politischen Schutzherren, regieren. Früher zog es Kardinal Ascanio Sforza öfter dorthin, wenn er den Gestank in der Stadt über hatte und saubere Luft atmen wollte. Ein wirklich schönes Städtchen, dieses Fermo, mit seinem Fluß, der tiefgrünen Tenna.«

Während der Kardinal den Orsini nachwinkte, drehte ich mich zu Niccolino um, der mir zunickte. Er hatte verstanden, was ich vorhatte: Es war nun dringender denn je, seinen Freund aus Fermo aufzusuchen, den Waffenschmied namens Gregorio.

XII

EISEN- UND WAFFENSCHMIED stand in großen Lettern über Gregorios Laden; und da Rom eine Stadt ist, wo Menschen verschiedenster Sprachen zusammenkommen, war darunter, etwas kleiner, ein Schriftzug in Latein angefügt, der ihn großspurig als MALLEATOR ET FABER IN CUNCTA OPERA AERIS ET FERRI auswies.

Als Niccolino und ich die große Säulenhalle betraten, die Gregorio als Laden, Werkstatt und Lager diente, war mir, als sei ich in der Höhle des Gottes Vulcanus gelandet.

Genau wie Vulcanus, der drei riesige Zyklopen als Gehilfen an seiner Seite hatte, nämlich Sterope, Bronte und Pirocmane, so dienten auch Gregorio drei kräftig gebaute Männer, die, etwas bescheidener, Pippo, Nando und Tore hießen. Alle drei hatten rußgeschwärzte Gesichter, ebenso wie der junge Bursche, der in einer Ecke saß und in einem Mörser Schneckenhäuser sowie Eier- und Muschelschalen zerstampfte, um auf diese Weise das sogenannte »Schmiedepulver« zu gewinnen, das zum Glätten des bearbeiteten Eisens dient.

Wie in jeder Werkstatt waren auch hier die verschiedensten Werkzeuge und Gerätschaften zu sehen: große Zangen, Hämmer und Schlaghölzer, Ambosse, die auf großen Baumstümpfen standen, Blasebalge und bis an den Rand mit Wasser gefüllte Bottiche, in die die geschmiedeten Gegenstände zum Abkühlen oder Härten geworfen wurden. Überall hingen und standen die fertigen Produkte ihrer Arbeit. Sie zeugten davon, daß Gregorio nicht nur ein Waffenschmied war, sondern sich auch auf alle möglichen anderen Eisen- und Bronzearbeiten sehr wohl verstand – wie es ja auch der lateinische Schriftzug über der Tür draußen versprach.

In einer Ecke hingen die verschiedensten Hieb- und Stichwaffen an der Wand: Schwerter, ein- oder zweischneidig, spitz oder gerundet, Einhänder und Zweihänder; dann Degen, Florette, Krummsäbel, Dolche, Stilette und Jagdmesser. An den anderen Wänden waren weitere Produkte der Werkstatt ausgestellt: Schiffsanker, dreieckige Eisenstifte zur Mauerbefestigung, Riegel für Türen und Tore, Fensterblenden, Schaufeln, Hacken, Haumesser, Hufeisen und große Eisenreifen für Wagenräder.

Wie nicht anders zu erwarten, war der Lärm in der Werkstatt ohrenbetäubend.

Niccolino, der wußte, daß bei der Schmiedearbeit leicht die Kehle austrocknet, hatte einen Krug kräftigen apulischen Wein mitgebracht. Gregorio bedankte sich, und nachdem er sich mit einer vom Kohlenstaub schwarzen Hand über sein rußverdrecktes Gesicht gewischt hatte, trank er sofort gierig die Hälfte aus. Mit der Zunge schnalzend als Zeichen der Anerkennung, reichte er den restlichen Wein an seine drei Gehilfen weiter. Dann sagte er zu Niccolino gewandt: »Brauchst du neue Waffen, mein teurer Freund? Mir ist zu Ohren gekommen, dein Herr, der hochverehrte Kardinal Valenza will dich vom Diener zum Schildknappen befördern. Ich habe hier einen wunderschönen dreißigpfündigen Streitkolben. Scheint wie für dich gemacht zu sein ... Doch wer ist dieser blasse Kerl in deiner Begleitung? Er sieht aus, als habe er einen Wundarzt oder Apotheker nötiger als einen Waffenschmied.«

Niccolino stellte mich Gregorio vor.

»Dieser Mann hier ist ein tüchtiger Kurienschreiber«, sagte er. »Deswegen sieht er immer ein wenig kränklich aus.«

»Also, was ist? Soll ich dir diesen Streitkolben mal zeigen?« fragte der Schmied, »oder seid ihr gekommen, um ein Tintenfaß zu kaufen?«

»Nein«, antwortete Niccolino. »Und wir wollen eigentlich auch keine Waffen kaufen sondern Informationen; und da wir wissen, daß Zeit Geld ist, wollen wir dir die Zeit vergüten, die du uns widmest.«

»Was kann ich armer Handwerker euch Höflingen schon erzählen?«

»Hier hast du fünf Dukaten«, sagte ich schnell, indem ich ihm das Geld reichte, das ihm noch wirkungsvoller als der Wein aus Apulien die Zunge lösen sollte.

»Solange ihr mich nicht fragt, wer mein Vater ist – darauf wüßte ich keine Antwort –, bin ich bereit, euch alles zu erzählen, was ihr hören wollt.«

»Bravo, Gregorio, das ist ein Wort«, sagte Niccolino. »Wir wollen von dir ein paar Auskünfte über die Herren von Fermo ..., die Fogliano heißen sie, glaube ich. Sind sie tatsächlich treue Vasallen der Sforza in Mailand? Und was weißt du über einen gewissen Oliviero Eufreducci, der in letzter Zeit öfter in Rom gesehen wurde? Er scheint mit einigen furchtbaren Verbrechen zu tun zu haben.«

Gregorio näherte sich seinen drei Gehilfen, die noch ihre Werkzeuge in Händen hielten und gewährte ihnen eine halbe Stunde Pause. Dann wandte er sich wieder uns zu, wobei er mit ungläubiger Miene die Münzen musterte, die ich ihm kurz vorher ausgehändigt hatte, und forderte uns auf, auf den Baumstümpfen Platz zu nehmen, die in der Mitte der Werkstatt standen.

»Die Fogliano«, begann er, »sind hochherzige und treue Freunde des Volkes, die die Stadt Fermo mit Klugheit regieren, die Gesetze der Kommune achten, mit Weisheit Recht sprechen und Mäßigung in der Steuererhebung zeigen. Daher hat sich meine geliebte Stadt, die lange von blutigen Kämpfen erschüttert wurde, unter ihrer Herrschaft zu einer blühenden, wohlhabenden Oase gewandelt. Und oft verfluche ich den Tag, da ich meine Heimatstadt verließ und nach Rom zog, in diese Kloake, die manche immer noch dreist *caput mundi* nennen. Ich war überzeugt, hier mein Glück zu machen. Doch häufig entspringen unsere Entscheidungen eher Gier und Habsucht als einem wohlüberlegten Urteil, so daß Fehler unvermeidlich sind ...«

»Und was könnt Ihr uns über die Sforza erzählen«, unterbrach ich seine langatmigen Ausführungen. »Stimmt es, daß die Fogliano es mehr mit den Sforza halten als mit der Regierung in Rom?«

»Nein, überhaupt nicht. Die Dinge liegen ganz anders«, erklärte Gregorio. »Die Sforza aus Mailand sind in Fermo recht verhaßt. Trotzdem unterhalten sie eine kleine Garnison in der Burg über der Stadt, weil man fürchtet, die Venezianer könnten sich mit Gewalt die Städte und Häfen der Marken anzueignen versuchen. Bekanntermaßen wollen sie ihr Herrschaftsgebiet auf die gesamte Adriaküste ausdehnen. Wie oft schon haben sie versucht, in Porto San Giorgia an Land zu gehen, ein Bollwerk, das wie eine Schutzmauer vor Fermo liegt. Nur weil sich die Fogliano auf diese Weise sicherer fühlen, dulden sie die Mailänder Sforza. Aber die Beziehungen zwischen den beiden Häusern waren noch nie gut, und besonders seit dem Tod des Großherzogs Francesco Sforza haben sie sich weiter verschlechtert: Sein Sohn Galeazzo ist ein blutrünstiger Tyrann, wie er schlimmer nicht sein könnte.«

»Und wie stehen die Fogliano zu den Orsini? Ist es möglich, daß einige Männer aus Fermo in den Dienst dieses mächtigen Geschlechts getreten sind?«

»Nein, unmöglich«, gab Gregorio im Brustton der Überzeugung zurück. »Zwischen den beiden Familien gibt es seit langem immer wieder blutige Auseinandersetzungen um einige Ländereien in Umbrien, die beide Seiten für sich beanspruchen.«

»Aber noch gestern haben wir in der Eskorte des Kardinals Giovan Battista Orsini einen Reiter gesehen, der einen Rock mit dem Wappen der Fogliano trug.«

»Ach so. Ja, das kann sein. Und damit kann ich gleich eure zweite Frage beantworten, die nach dem kleinen Oliviero Eufreducci. Wenn ich mich nicht täusche, wollt ihr vor allem über ihn mehr erfahren.«

Gregorio machte eine Pause und stand auf, um sich aus einem Eimer, der an einer Wand hing, eine Kelle Wasser zu schöpfen.

»Euer apulischer Wein war ausgezeichnet«, sagte er. »Ein richtiger Energiespender. Doch will man in diesem verfluchten Handwerk, bei dem man zwei Schritte neben dem Feuer lebt und dauernd schwitzt wie ein Pferd, tatsächlich den Durst löschen, gibt es nichts Besseres als klares Brunnenwasser ...«

Er trank rasch hintereinander drei Kellen davon und setzte sich dann wieder neben uns.

»Der kleine Eufreducci«, nahm er den Faden seiner Erzählung wieder auf, »– ich nenne ihn so, weil ich ihn schon aus der Zeit kenne, als er nicht größer war als ein Äffchen – ist der Sohn einer Schwester des edlen Giovanni Fogliano. Sein Onkel Giovanni war ihm schon immer sehr zugetan. Und als der Junge mit vier Jahren Vollwaise wurde, hat er Vaterstelle bei ihm eingenommen und sich vor allem um seine Erziehung gekümmert ...«

»Und wieso hält sich der kleine Eufreducci seit zwei oder drei Monaten in Rom auf?« fragte ich.

»Das kann ich Euch nicht sagen«, antwortete er.

»Schade. Es sieht nämlich so aus, als habe er bei einigen rätselhaften Verbrechen seine Hand im Spiel, genauer, der Ermordung einer Kupplerin und eines spanischen Zuhälters.«

»Ich kann Euch nur folgendes erzählen: Als Oliviero fünfzehn war, wurde dem Herrn von Fermo allmählich klar, daß sein Lieblingsneffe keinerlei Neigung zu einem Studium der Rechte zeigte und auch nicht zur Erlernung kaufmännischen Wissens oder einer anderen jener Tätigkeiten, denen sich die Heranwachsenden aus vornehmem Hause gewöhnlich widmen. Da er jedoch des öfteren einen gewissen Hang zur Gewalt zu erkennen gegeben hatte, dachte sein Onkel, es sei das beste, ihn eine militärische Laufbahn einschlagen zu lassen. So schickte er ihn nach Città di Castello, um ihn dort an den Waffen ausbilden zu lassen. Denn in dieser Stadt hatte er zwei alte Freunde, die Brüder Paolo und Vitellozzo Vitelli, die sich der Kunst der Kriegsführung verschrieben hatten und auf diese Weise berühmte Condottieri geworden waren. Soweit ich weiß, zeigte sich der junge Eufreducci hocherfreut über diese Entscheidung seines Onkels und brach kurz darauf mit einer kleinen Schar – Freunden, Knappen und Dienern – auf, um sich in den Dienst der Familie Vitelli zu stellen. Oliviero wurde sogleich ein Günstling des jüngeren der Vitelli-Brüder, von Vitellozzo also, der ihn seitdem ständig um sich haben will. Es heißt, er halte große Stücke auf ihn, da der Junge sich von Beginn als sehr mutig und sehr grausam erwiesen habe: beides Eigenschaften, die einen guten Soldaten ausmachen. Mir wurde auch erzählt, Oliviero habe großen Verdienst am Sieg des Orsini-Heeres bei Soriano nel Cimino. Seine Lehrzeit scheint also um zu sein, und bald wird er sich wohl selbständig machen, das heißt, Condottiere im Dienste eines hohen Herren oder der Republik Venedig werden.«

Gregorio machte eine kleine Pause und erhob sich erneut, um noch eine Kelle Wasser trinken zu gehen.

»Und nun, liebe Freunde«, sagte er dann lächelnd, »muß ich aber wieder an meine Arbeit. Sonst wird nicht nur das Eisen kalt, sondern auch die Muskeln. Und dann wird's doppelt schwer, den Hammer zu schwingen ...«

Als wir die Werkstatt verließen, waren auch wir eingeschwärzt von Ruß und Kohlenstaub, dazu schweißgebadet aufgrund der großen Hitze, die die Schmiedefeuer abstrahlten. Daher entschlossen wir uns, ein öffentliches Bad aufzusuchen, das nur wenige Schritte von Gregorios Werkstatt entfernt lag. Es handelte sich um ein sehr großes und heißes Badehaus, mit kleinen Fenstern und einer großen Halle, wo sich eine ansehnliche Zahl von Gästen nach dem Bad dem Müßiggang hingab, trank oder Würfel spielte. Die Hausherrin war eine Frau um die fünfzig, die so tatkräftig und robust wirkte wie ein Eselstreiber. Als sie uns sah, kam sie uns entgegen und fragte, ob wir uns von zwei Knaben oder zwei Mägden bedienen lassen wollten ... Selbstverständlich bevorzugten wir eine weibliche Bedienung. Auf einen Wink der Hausherrin hin erschienen zwei Mädchen von vielleicht fünfzehn Jahren, im Gesicht häßlich wie die Nacht, jedoch mit festen, wohlgestalteten Körpern, wie man unter den wenigen Stoffetzen, die sie am Leibe trugen, leicht erkennen konnte. Die beiden führten uns in einen kleineren Raum, wo es noch heißer und feuchter als in der Halle war.

Hier standen einige Kohlebecken voll glühender Kohlen. Nachdem die Mädchen uns aufgefordert hatten, unsere Kleidung abzulegen, vergossen sie einige Kellen Wasser, wodurch sich dichter Wasserdampf entwickelte, der bald die ganze Badestube ausfüllte. Es dauerte nicht lange, bis unsere Körper Schweiß versprühten wie Springbrunnenfiguren Wasser. Dann führten uns die Mädchen zu zwei niedrigen Pritschen aus Roßhaar. Wir legten uns hin, und sogleich begannen die beiden, uns mit weicher grauer Asche einzureiben, wobei sie sich aufreizend viel Zeit ließen, um unsere Körper gründlich von allem Dreck und allen Schmutzkrusten, die sich gebildet hatten, zu säubern. Dann schnitten sie uns die Haare auf der Brust und an anderen Körperstellen und befreiten uns gleich darauf von der Asche, indem sie uns in große Wannen steigen ließen und damit begannen, langsam Eimer Wasser über uns auszugießen. Schließlich hatten wir in ein großes Becken zu steigen, wobei die beiden Mädchen schallend über Niccolinos erwachte Männlichkeit lachten.

»Möge Santa Lucia Euch die Sehkraft erhalten, Messere«, sagte die frechere der beiden, »denn um Euren Luststab müßt ihr Euch sicher keine Sorgen machen.«

»Wir bekommen in unserem Gewerbe ja viele zu Gesicht«, meinte die zweite, die jetzt auch mutiger wurde, »und ich kann Euch versichern, so ein imposantes Ding haben wir noch selten gesehen.«

Als wir in dem Becken mit dem lauwarmen Wasser saßen, verließen uns die Mädchen, um andere Kunden zu bedienen. Doch es dauerte nicht lange, und die Herrin erschien, um uns, nachdem sie einen bewundernden Blick auf Niccolinos Werkzeug geworfen hatte, ganz unverblümt zu fragen: »Was haltet Ihr davon, wenn die beiden für eine Silbermünze das Werk beenden, das sie vorhin begonnen haben?«

Es ist ja kein Geheimnis, daß die Betreiber von Badehäusern auch Kuppler sind, und die gute Frau war da sicher keine Ausnahme.

Wir sagten ihr, daß wir es eilig hätten und nach dem Abtrocknen und Anziehen sogleich fort müßten.

Die Frau zog enttäuscht ab, während wir in dem Becken weiter das belebende Bad genossen.

»Nun, Maestro, glaubt Ihr, daß die Erzählung meines Freundes Gregorio uns weitergebracht hat?« fragte mich Niccolino, als wir endlich allein waren.

»Ich denke schon. Immerhin wissen wir jetzt, wie Eufreduccis Verbindung zu Vitellozzo Vitelli und der Familie Orsini zustande kam.«

»Ja, egal mit wem wir sprechen, immer wieder wird diese Schlacht von Soriano nel Cimino erwähnt.«

»Da hast du recht. Es ist ja noch nicht lange her, daß die Schlacht geschlagen wurde, am 24. Januar dieses Jahres, und die Konsequenzen sind überall noch spürbar. Außerdem scheint sie von zentraler Bedeutung für unseren Fall zu sein.«

Nach dem Bad ließen wir wieder die Mädchen kommen, um uns beim Abtrocknen helfen zu lassen. Dann zogen wir uns an und gingen zum Bezahlen in die große Vorhalle. Die Hausherrin schlug uns sogleich wieder vor, den Dienst ganz zu Ende führen zu lassen. »Sie sind vielleicht nicht schön«, sagte sie, »aber sehr jung und äußerst geschickt in jenen Spielchen, bei denen sich nur Jungfrauen auskennen.«

Wieder lehnten wir ab. Nicht viel später stellte sich dann heraus, daß dies eine glückliche Entscheidung war, denn als wir frisch gewaschen und gestriegelt in den Palazzo Della Rovere zurückkehrten, wartete dort eine Überraschung auf uns. Auf dem breiten Sockel vor dem Gebäude, der den Soldaten der Garnison gewöhnlich als Sitzplatz diente, sahen wir ein kleines Mädchen von vielleicht zehn Jahren, das in Tränen aufgelöst war. Einer der Wachsoldaten erklärte uns, das Kind wolle zu Biagio Bonaccorsi und seinem Gehilfen und warte schon eine halbe

Stunde auf uns. Und da man ihr erklärt hatte, daß wir nicht da seien und keiner wisse, wann wir zurückkämen, hatte es zu weinen angefangen.

Ich näherte mich dem Mädchen und sprach es an: »Warum weinst du, Kleine?« fragte ich.

»Weil ich Angst habe. Wenn es mir nicht gelingt, mit Maestro Bonaccorsi zu sprechen, gibt mir meine Herrin drei Tage nichts zu essen. Und dann verkauft sie mich an die Zigeuner.«

»Deine Herrin scheint wirklich eine grausame Frau zu sein. Sag mir, wer sie ist und wo sie wohnt.«

»Sie heißt Marozia und vermietet Wohnungen und Zimmer in der Via della Misericordia.«

»Du kannst aufhören zu weinen«, sagte ich lächelnd, indem ich ihr zärtlich übers Haar fuhr, »niemand wird dich verkaufen, und hungern mußt du auch nicht. Ich bin nämlich Maestro Bonaccorsi.«

Das Mädchen hob den Kopf und schaute mich, die Augen immer noch voller Tränen, ungläubig und dankbar an.

»Wenn Ihr das seid«, sagte sie, »soll ich Euch ausrichten, daß Ihr schnell kommen sollt. Die Frau mit der schwarzen Maske ist wiedergekommen. Donna Marozia sagt, daß sie sie vielleicht eine Zeitlang aufhalten kann. Aber Ihr sollt Euch beeilen, sonst ist sie wieder weg.«

»Keine Sorge. Ich komme sofort.«

Unverzüglich machten wir uns auf den Weg und gingen zügigen Schritts zur Via della Misericordia, während das kleine Mädchen uns vorauslief, wahrscheinlich um ihrer Herrin unser Kommen anzukündigen. Ich muß gestehen, daß ich ziemlich verwirrt war. Daß die schwarze Dame nach Rom zurückkehren würde, war wirklich das letzte, womit ich gerechnet hätte. Zudem paßte es nicht zu dem Bild von der Ermordung des Herzogs, das in meinem Kopf Gestalt anzunehmen begann. Und allem Anschein nach wurde auch Niccolino von denselben Zweifeln geplagt, denn er fragte mich jetzt: »Haltet Ihr es für möglich, daß Fiammetta wieder in Rom ist?«

»Nein, eigentlich nicht«, antwortete ich. »Fiammetta hat uns gesagt, sie wolle um jeden Preis verhindern, daß jemand sie mit dem Fall in Verbindung bringt. Deswegen hat sie ja auch all ihre schwarzen Masken verbrannt. Und außerdem, warum sollte sie sich überhaupt hier in Rom der Gefahr aussetzen, in die Fänge des Bargello und seiner Männer zu geraten?«

»Aber wer ist dann die schwarze Dame, die bei Donna Marozia auf uns wartet?«

»Möglicherweise die andere maskierte Kupplerin. Die Person also, ob Frau oder Mann, die so ausgezeichnet zu reiten versteht und sich dafür hergegeben hat, den Herzog in eine Falle zu locken. Natürlich könnte auch für diese zweite Person eine Rückkehr nach Rom sehr gefährlich sein. Und von daher müßte sie sehr gute Gründe dafür haben ... oder sehr niederträchtige.«

»Es gibt noch eine dritte Möglichkeit, an die Ihr, wie ich sehe, überhaupt noch nicht gedacht habt.«

»Und wie sähe die aus?«

»Die sähe zum Beispiel so aus, daß im Haus von Donna Marozia überhaupt keine Dame mit einer schwarzen Maske auf uns wartet, sondern drei bewaffnete Männer, die sich auf uns stürzen werden, um uns die Kehle durchzuschneiden und die Bäuche aufzuschlitzen.«

Bei diesen Worten verlangsamte ich auf der Stelle meinen Gang.

»Natürlich«, rief ich, indem ich mir mit der flachen Hand vor die Stirn schlug. »Sie könnten ein Kind zu uns geschickt haben, damit wir nicht mißtrauisch werden. Und jetzt ist das Mädchen vorgelaufen und sagt ihnen Bescheid, daß sie sich bereithalten sollen. Du hast recht, mein lieber Freund: Diese Möglichkeit scheint der Wahrheit leider sehr nahe zu kommen. Was schlägst du vor?«

»Ich würde vorschlagen, sehr auf der Hut zu sein«, antwortete Niccolino, »aber trotzdem hinzugehen. Da wir auf alles vorbereitet sind, werden wir schon nicht in die Falle tappen.«

»Jedenfalls wäre es nicht schlecht, zumindest einen der Männer in die Finger zu bekommen. Dem hätten wir eine Menge Fragen zu stellen, und die Antworten könnten sehr aufschlußreich sein.«

Marozia, neben ihr das kleine Mädchen, erwartete uns schon vor der Haustür, direkt unter dem Tabernakel des heiligen Bartholomäus. Sie schien vollkommen ruhig. Zwischen den Händen hielt sie eine halbe gebackene Porchetta, von der sie sich laufend Fleischfetzen abriß und in den Mund steckte. Ihre Kleider waren dementsprechend mit Fettflecken übersät. An den Füßen trug sie wie gewöhnlich ihre ausgetretenen Pantoffel. Kurz und gut, dem Anschein nach war alles völlig normal. Die Frau grüßte uns und wischte sich die Hände an der Schürze ab.

»Wo ist sie?« fragte ich.

Marozia streckte mir die aufgehaltene Rechte entgegen.

»Zuerst die fünf Dukaten«, verlangte sie.

Wortlos reichte ich ihr die Münzen.

»Ich habe sie ins Eßzimmer gebeten«, sagte sie mit zufriedener Miene. »Während wir redeten, habe ich gemerkt, daß sie großen Hunger hatte. So habe ich sie zu einer kleinen Stärkung mit Brot, Quark und Milch eingeladen. Kommt, ich bringe Euch zu ihr.«

Während wir die Schwelle überschritten, zogen Niccolino und ich die Degen und hielten sie, während wir langsam eintraten, gezückt vor uns.

»Was habt Ihr vor«, rief Marozia erbleichend. »Wollt Ihr sie umbringen? Hier in meinem Haus? Wenn das so ist, müßt Ihr mir schon zwanzig Dukaten geben, für das Risiko, das ich eingehe. Oder besser noch, fünfzig ...«

»Sei still«, zischte ich ihr ins Ohr.

Vor der Tür zum Eßzimmer blieben wir stehen. Niccolino öffnete sie, indem er sich mit einem kräftigen Ruck dagegen warf. In dem Raum saß nur eine schwarzgekleidete Frau, in Männerwams und -beinkleidern und mit einer runden Maske vor dem Gesicht. Als sie uns auf diese Weise eindringen sah, sprang sie erschrocken auf. Auch ich war verwirrt: Irgend etwas stimmte da nicht. Einmal war von einem mausgrauen Haarschopf nichts zu sehen, da sie ihre Haare unter einer großen schwarzen Mütze versteckt hatte. Und dann zeichneten sich unter ihrem enganliegenden Wams zwei üppige, jugendlich wirkende Brüste ab, die so gar nicht zu der Beschreibung passen wollten, die man uns von der Frau gegeben hatte. Auch die Hüften und Schenkel, in Männerbeinkleider eingezwängt, waren nicht die einer alten Stute, sondern eines Rassefüllens. Schließlich trug die Frau noch einen spanischen Degen an ihrer rechten Seite. Doch machte sie jetzt keinerlei Anstalten, sich seiner zu bedienen.

Niccolino hatte sich im Handumdrehen hinter ihr postiert und ihr beide Arme umgedreht, so daß sie sich nicht mehr bewegen konnte. So gefangen, begann die Frau, die vielleicht glaubte, ihr Ende sei nahe, zu schreien. Es waren die hilflosen Schreie einer verängstigten Frau, die nicht in das Bild von der verwegenen, unerschrockenen, fast männlichen Frau passen wollten, daß wir uns aufgrund der verschiedenen Erzählungen gemacht hatten. Dieser Gedanke war wie ein Blitz in der Dunkelheit. Als ich die Hand ausstreckte, um ihr die Maske abzunehmen, wußte ich schon, was ich unter dem schwarzen Stoff finden würde: Ein Mädchen von ungefähr sechzehn Jahren, mit großen dunklen Augen, langen, lockigen, pechschwarzen Haaren und korallenroten Lippen. Sie hätte wunderschön sein können, wäre da nicht dieser große violette Fleck auf der linken Wange gewesen, das Feuermal.

Ihrer schützenden Maske beraubt, fiel dem Mädchen nichts Besseres ein, als in Tränen auszubrechen und uns anzuflehen, sie zu schonen. Wir hatten Mühe, sie davon zu überzeugen, daß wir ihr nichts tun wollten und daß sie uns nur zu erzählen brauche, was sie in dieser Aufmachung in Marozias Haus vorhatte.

»Das ist nicht die echte Dame in Schwarz«, schaltete sich die Hausherrin ein, glücklich darüber, daß die Angelegenheit einen unblutigen Verlauf zu nehmen schien. »Das ist Quintilia, die Dienerin jener Dame, die die Suche nach einer möblierten Unterkunft damals zu mir geführt hat. Wie ich Euch schon gesagt habe, glaubte ich, die Dame in Schwarz sei eine Kupplerin und Quintilia die Hure. Dabei war die Signora die eigentliche Hure.«

Bei diesen Worten machte sich Quintilia aus Niccolinos Griff los und baute sich wie ein gereiztes Wildschwein vor Marozia auf: »Du alte Kupplerin, wie kannst du es wagen, so von meiner Herrin zu sprechen«, schrie sie. »Auf der ganzen Welt gibt es keine anständigere Frau als sie. Und keine treuere ... obwohl Signor Bartolomeo diese Treue nicht verdient hat, da er häufig den ganzen Tag jungen Bäuerinnen nachstellt.«

Marozia war merklich eingeschüchtert von diesem Wutausbruch. Wir baten sie, uns mit Quintilia allein zu lassen, indem wir ihr erklärten, wir würden Quintilia zunächst beruhigen und ihr dann einige Fragen stellen. Doch Marozia wollte das Mädchen anscheinend lieber auf der Stelle aus dem Haus jagen, und so mußte ich meiner Bitte mit zwei Dukaten Nachdruck verleihen. Endlich ging sie, meinte aber im Hinausgehen, es wäre besser gewesen, ihr zuerst die Hände und dann die Zunge abzuschneiden.

»Quintilia, was hast du in Rom vor?« fragte ich, als wir endlich mit dem Mädchen allein waren. »Und warum bist du in dieses Haus zurückgekehrt? Was hofftest du hier zu finden?«

»Ich suche Marcuccio. Meinen Marcuccio«, antwortete sie mürrisch.

»Und warum suchst du ihn?«

»Er hat mich oben im Kastell entjungfert und mir dann versprochen, mich zu heiraten, vor einem Priester. Und jetzt hat er sich plötzlich irgendwo verkrochen. Aber ich werde ihn schon finden, und wenn ich bis nach Fermo reisen müßte.«

»Und du hofftest, ihn hier zu treffen, in diesem Freudenhaus?«

»Ja, weil ich mehrmals mit ihm hierhergekommen bin. Noch bevor meine Herrin sich hier eingemietet hat.«

»Du sprichst doch von diesem Arkebusier Marcuccio, oder?"

»Natürlich, von wem denn sonst. Marcuccio ist schöner und begehrenswerter als alle anderen Knechte und Soldaten zusammen. Und deswegen habe ich ja auch immer alles mit mir machen lassen. Doch wenn er jetzt glaubt, mich so einfach loswerden zu können, hat er sich mächtig getäuscht. Ich werde ihn zwingen, mich zu heiraten, und wenn ich ihn vor Gericht schleppen muß.

Wegen Ehrverletzung und Vergewaltigung ... Das sind Vergehen, für die man in Rom hart gestraft wird.«

Ich hörte ihr schweigend zu und erzählte ihr nicht, daß Marcuccio weder sie noch eine andere heiraten würde. Wenn meine Vermutung zutraf, lag der Arkebusier schon eine Weile auf dem Grund des Tibers.

Plötzlich begann Quintilia sich zu winden, die Zähne zu fletschen und die Augen zu verdrehen, so als hätte sie starke Wehen. Niccolino und ich sahen uns hilflos an. Wir befürchteten, sie bekäme einen Krampfanfall.

»Was ist mit dir, Quintilia?« fragte ich.

»Verzeiht mir«, antwortete das Mädchen mit erstickter Stimme. »Doch Euer Eindringen hier mit gezückten Waffen hat mich zu Tode erschreckt. Und der Schreck hat meine Gedärme durcheinandergebracht. Ich kann sie nicht mehr unter Kontrolle halten und müßte mich dringend zurückziehen.«

Mit lauter Stimme rief ich nach Marozia. Neugierig wie alle Zimmerwirtinnen, hatte sie lauschend hinter der Tür gestanden. So kam sie jetzt gleich herbei, packte Quintilia am Arm und führte sie unsanft zum Abort. Das Mädchen trat ein und verschloß mit dem Holzriegel die Tür.

Niccolino und ich bezogen vor dem kleinen Raum Stellung und warteten. Marozia ergriff sofort die Gelegenheit, um uns zu fragen: »Hat dieses komische Mädchen in Männerkleidung Euch gesagt, was sie bei mir im Hause zu suchen hat?«

»Sie hoffte, hier den Arkebusier Marcuccio anzutreffen«, erklärte ich ihr. »Sie weiß, daß er hier verkehrt hat. Dieser Kerl hat ihr die Ehe versprochen, bevor er nach Rom kam, und jetzt will sie ihn an sein Versprechen erinnern.«

»Und der hält sich viel lieber an alte Weiber, die ihn ordentlich bezahlen«, meinte Marozia.

»Vielleicht wollte er auf diese Weise das nötige Kleingeld für die Hochzeit zusammensparen«, bemerkte Niccolino schmunzelnd.

»Ihr macht Euch darüber lustig«, erwiderte Marozia. »Dabei

sind hier im Viertel viele Mädchen gezwungen, sich auf ähnliche Weise das Geld für ihre Mitgift zu beschaffen. Und die meisten unter ihnen wissen, wie sie ihre Kunden zufriedenstellen und gleichzeitig als Jungfrauen in die Ehe gehen können ...«

So verging die Zeit und Quintilia ließ auf sich warten. Zunächst dachte ich, ihr sei nicht gut. Doch dann fiel mir auf, daß vom Abort keinerlei Geräusche nach außen drangen. Niccolino brach die Tür auf. Das Räumchen war leer. Das Mädchen war geflohen. Und es war auch nicht schwer zu erraten, wie: Direkt über dem Sitz stand ein Fensterchen offen. Offensichtlich war Quintilia dort hinausgeklettert, um sich nicht unseren Fragen stellen zu müssen. Das Fensterchen ging auf den Hinterhof, von dem aus, wie Marozia meinte, leicht die Straße zu erreichen war.

»Die kann noch nicht lange fort sein. Höchstens drei, vier Minuten«, sagte Niccolino. »Die kriegen wir noch.«

»Ein so schönes Mädchen mit einem so häßlichen Fleck im Gesicht kann sich schlecht verstecken«, beruhigte ich ihn. »Wir werden sie morgen in aller Ruhe ausfindig machen.«

Marozia wollte das Mädchen jedoch anzeigen. Denn bei seiner Flucht hatte es das Fenster eingeschlagen und einen Schaden von vielleicht zehn Hellern verursacht. Da ich verhindern wollte, daß die Sbirren ihre Nase in unsere Angelegenheiten steckten, gab ich ihr einen Dukaten, um sie von ihrem Vorhaben abzubringen.

Draußen, auf dem Weg zum Kardinalspalast, meinte Niccolino: »Wer weiß, was das Mädchen uns alles hätte erzählen können, wenn sie uns nicht entwischt wäre.«

»Vielleicht hat sie uns durch ihre Flucht noch mehr verraten«, erwiderte ich lächelnd. »Doch egal wie, morgen sehen wir sie wieder, und dann können wir sie nach Lust und Laune verhören.«

»Und Ihr seid tatsächlich so sicher, daß wir sie wiederfinden werden?«

»Warum nicht? Wie gesagt, mit diesem Feuermal im Gesicht müßte das ein leichtes sein.«

»Noch einfacher wäre es, wenn wir wüßten, wo wir sie suchen

sollen. Wenn es uns gelungen wäre, ihr den Namen ihrer Herrin zu entlocken, sähe die Sache schon anders aus.«

»Quintilia hat den Namen natürlich mit Absicht nicht erwähnt, um ihre Herrin nicht zu kompromittieren. Dafür hat sie uns aber den ihres Herrn verraten. Und über ihn werden wir sie auch wiederfinden. Ich hoffe nur, daß sie dann noch lebt. Obwohl das jetzt auch nicht mehr so wichtig ist. Wie dem auch sei, morgen werden wir uns auf die Suche machen.«

XIII

Auf zwei Füchsen mit sehr hellem, sandfarbenem Fell ritten wir am frühen Morgen in Rom los. Es waren außerordentlich edle Reittiere, die Niccolino da in meinem Namen in den Stallungen Kardinal Valenzas entliehen hatte. Ich hatte meinem Gefährten geraten, keine Kleidung mit dem Wappen der Borgia zu tragen, denn ich hatte die Absicht, mich erneut ins Herrschaftsgebiet der Orsini vorzuwagen. Wir hatten den Ponte Milvio überquert und folgten schon eine Weile der Via Cassia, als ich feststellte, daß dieses Wappen Sättel und Steigbügel unserer Pferde zierte. Die Zeichen fielen jedoch nicht sofort ins Auge, und so entschloß ich mich, teils aus Unbekümmertheit, teils aus Faulheit, nicht noch einmal umzukehren.

»Maestro, darf ich erfahren, wohin wir überhaupt reiten«, fragte Niccolino mich unterwegs.

»Zur Burg von Bracciano«, antwortete ich. »Wenn meine Vermutungen zutreffen, steht die junge Quintilia dort in Diensten.«

»Das könnte aber gefährlich werden. Sollte sie keine Lust haben, mit uns zu reden, wird sie um Hilfe schreien. Und dann kommt die ganze Burg herbeigerannt.«

»Niccolino, ich muß mich doch sehr über dich wundern ... Wir waren doch schon einmal im Gebiet der Orsini, in Trevignano, und es ist überhaupt nichts passiert.«

»Trevignano ist ein verschlafenes Nest und Bracciano das Herzstück des Herrschaftsgebiets der Orsini in Latium.«

»Sorg dich nicht ... Bei den ersten Anzeichen von Gefahr kehren wir um und reiten im vollen Galopp nach Rom zurück ... Bei solch prächtigen Pferden kann uns unmöglich jemand einholen.«

»Ja, wenn sie uns die Zeit zur Flucht lassen und den Tieren nicht sofort die Sprunggelenke durchtrennen. Wenn ich gewußt hätte, wo wir hinreiten, hätte ich nicht so schöne und auffällige Pferde genommen. Doch da seine Exzellenz, der Kardinal, befohlen hat, Euch stets in allem das Beste zur Verfügung zu stellen, haben die im Stall diesmal des Guten zuviel getan.«

Schweigend ritten wir nun weiter bis nach Storta. Von dort nahmen wir allerdings nicht die Abkürzung nach Bracciano, sondern folgten der Via Cassia und gelangten schon bald darauf in den Wald von Baccano. Der hohe, schattige Hain war eine echte Labsal für uns, denn die Julisonne brannte ohne Gnade und setzte Mensch und Tier mit ihren Feuerstrahlen einer harten Prüfung aus. Wir folgten der alten Römerstraße, ohne einer Menschenseele zu begegnen, und erreichten das »Wirtshaus der Gehängten«, wo wir haltmachten, damit sich die Pferde erholen und wir uns mit einem Krug frischen Weins stärken konnten. Bevor wir das Wirtshaus betraten, brachten wir die Tiere in den großen Stall. Dort vertrauten wir sie dem verantwortlichen Stallburschen an, indem wir ihm nahelegten, gut für sie zu sorgen, da es sich um sehr kostbare Reittiere aus den Stallungen des Kardinals Valenza handele. Dann durchquerten wir den Gang, der den Stall mit dem Wirtshaus verband.

An jenem Tag war die Taverne voller Sbirren. Sie waren leicht zu erkennen an den zahlreichen, teils auch verbotenen Waffen, die sie herausfordernd am Körper trugen, an ihren Galgengesichtern und an ihrem hochmütigen Auftreten. Die üblichen Gäste hatten es daher nicht gewagt, das Lokal zu betreten. Oder wenn doch, hatten sie sich schnell wieder verzogen. Trotz der Morgenstunde waren sie schon alle betrunken. Einige lagen am Boden und bekotzten sich. Diejenigen, die sich noch auf den Beinen halten konnten, verlangten brüllend in einem fort mehr Wein von der Wirtin und ihren Helferinnen und begrapschten die Huren, die wie immer in der Taverne auf Kundenfang waren. Durch den Anblick fühlte ich mich noch einmal in der Überzeugung bestätigt, zu der ich schon vor langer Zeit gelangt war: Obwohl die Sbirren behaupten, von edler Herkunft zu sein, da sie von den römischen Liktoren abstammten, besteht wohl kein Zweifel daran, daß es auf der ganzen Welt keinen verdorbeneren, feigeren und verlogeneren Menschenschlag gibt.

Jene, die noch nicht ganz erledigt waren, hatten ein vulgäres Sauflied angestimmt, denn, wie die Kirchenväter schon wußten, ermuntert der Wein die Männer zum Zotenreißen und zu unflätigem Gegröle ...

Als unsere Freundinnen, die Schwestern Lavanderine, uns an der Tür stehen sahen, kämpften sie sich sofort durch die Menge zu uns durch.

»Puuh, endlich etwas frische Luft. In dem Gestank hier kommt man ja um«, plapperte die eine sofort los.

»Was machen die ganzen Sbirren hier drin?« fragte Niccolino, indem er sich umsah. »Das sind doch mindestens zwanzig. Warten die hier vielleicht auf einen Banditen? Oder einen Schmuggler?«

»Ich habe gehört, sie sollen eine Bande auffliegen lassen, die Alaun schmuggelt zwischen dem Kirchenstaat und Siena. Aber die Sbirren sind wie die Frösche: Erst quaken sie laut, doch sobald sie den ersten Bissen runtergeschluckt haben, sind sie sofort still. Heute morgen haben sie sich mit dem Anführer der Bande getroffen. Und anstatt an die Grenze zu reiten, wo die Schmuggler am hellichten Tag mit kleinen Maultierkarawanen ans Werk gehen, haben sich die Sbirren hier bei uns eingenistet. Sie wollen wohl im Wald keine bösen Überraschungen erleben.«

Der Wirt stellte zwei große Krüge gut gekühlten Baccano-Weins vor uns auf den Tisch. Den Mädchen, die den ganzen Morgen schon mit den Sbirren gesoffen hatten, brachte er geschmortes Rehfleisch. Die beiden luden uns ein, ihnen beim Essen auf ihrem Zimmer Gesellschaft zu leisten und uns dort auszuruhen, bis die Sbirren abgezogen waren.

Niccolino sah mich wieder einmal wie ein gekochter Fisch an, stumm und flehend.

»Ist das wirklich dein Ernst?« fragte ich, scheinbar bestürzt. »Wir sind hergekommen, um endlich die Früchte unserer mühsamen Arbeit zu ernten. Und da hast du nichts Besseres im Sinn, als den Verlockungen des Fleisches nachzugeben. Was bist du nur für ein Mann?«

»Eben weil er ein richtiger Mann ist, möchte er ein wenig in unserer Gesellschaft verweilen«, trällerte Zurlina.

»Eben weil wir ohne Unterlaß so hart gearbeitet haben, ist es doch kein Weltuntergang, wenn wir ein Stündchen hierbleiben«, trällerte auch Niccolino. »So können wir wieder zu Kräften kommen und sind besser gewappnet gegen die Gefahren, die uns in Bracciano erwarten.«

»Nein, ich möchte sofort weiterreiten«, blieb ich hart. »Doch sollten wir in Bracciano das erfahren, was ich mir erhoffe, werden wir auf dem Rückweg wieder hier einkehren. Dann können wir zusammen feiern, mit geschmortem Rehbraten und echtem Vernaccia-Wein.«

Wir verließen die beiden Schwestern und gingen unsere Pferde im Stall holen.

Im Davonreiten wandten wir uns noch einmal kurz um, um den beiden Mädchen zuzuwinken, die uns vom Fenster ihrer Kammer aus nachsahen. Erst als wir Anguillara Sabazia erreichten, fühlten wir uns ganz in Sicherheit. Kein päpstlicher Sbirre würde es wagen, die Grenze zu den Ländereien der Orsini zu überschreiten. In gemächlichem Trab ritten wir am See entlang und bogen dann auf die Straße ein, die nach Bracciano und zu der mächtigen, die ganze Gegend dominierenden und beschützenden Orsini-Burg führt.

In Bracciano angekommen, machten wir auf dem Hauptplatz vor einer Taverne halt, banden unsere Pferde an und traten ein mit der Absicht, einen kühlen Wein zu trinken und gleichzeitig

Informationen zu sammeln. Wie üblich gab es auch in dieser Taverne eine Gruppe von Tagedieben, die saufend beim Kartenspielen zusammensaßen und so laut lärmten und fluchten, als spielten sie um ihre Frauen oder Kinder. Mit freundlicher Miene näherte Niccolino sich ihnen, den ich vorher bei einer Karaffe Wein, die er im Handumdrehen leerte, auf seine Aufgabe vorbereitet hatte. Es dauerte nicht lange, und mein trinkfester und geselliger Gefährte hatte sich mit den Spielern angefreundet. »Kumpane«, sagte er zu ihnen, »ich möchte euch um einen kleinen Gefallen bitten ... Vor nicht langer Zeit habe ich ein schönes Mädchen aus Bracciano kennengelernt. Und jetzt, da ich auf der Durchreise hier bin, würde ich ihr gerne einen Besuch abstatten.«

»Und was war das für ein Mädchen?« fragte einer.

»Ich glaube, sie hieß Quintilia und hatte ein großes Feuermal hier, genau auf der linken Wange. Manieren wie eine feine Dame, weiße Haut und festes Fleisch wie eine Herzogin und im Bett verdorbener als eine Straßennutte.«

Bei diesen Worten verstummte die ganze Gesellschaft. Auch Niccolino war überrascht. »Was ist denn jetzt los?« fragte er. »Habe ich was Falsches gesagt? Kennt ihr etwa dieses Mädchen?«

»Sie ist eine Tochter des alten Fabrizio«, antwortete einer. »Dem gehören einige Boote unten am See. Ein Fischer ...«

»Seinen Kindern hat er keine richtigen Namen gegeben, sondern er hat sie durchnumeriert«, erklärte ein anderer. »Die älteste Tochter heißt Primina. Danach kommt sein Sohn Secondo, und so geht das weiter bis zum achtzehnten Kind, seiner Tochter Diciottina.«

»Früher wohnte Quintilia unten am See bei ihren Eltern«, fügte wieder ein anderer hinzu. »Vor ein paar Jahren wurde sie dann Kammerzofe bei Signora Bartolomea. Und seit dieser Zeit bewohnt sie ein Zimmer auf der Burg ... Aber sagt, Ihr seid nicht aus der Gegend, wo habt Ihr sie kennengelernt?«

»Und im Bett ist sie wirklich wie eine Hure?« wollte ein zerlumpter Alter wissen, dem der Geifer aus dem Mund lief.

»Im Bett«, antwortete Niccolino, »war sie einfach unbezahlbar. Und bezahlt habe ich sie auch nicht, denn sie gab mir alles, was ich wollte, *gratis et amore dei* ...«

Die ganze Gesellschaft brach in schallendes Gelächter aus ... alle, bis auf einen Jüngling, lang und dünn wie ein Strich, der sich durch Niccolinos Bemerkung persönlich beleidigt fühlte. Er trug einen ziemlich verrosteten Degen ohne Scheide und blickte finster und angriffslustig drein.

»Ich verbiete dir, dieses arme Geschöpf zu beleidigen«, sagte er aufgebracht. »Quintilia ist ein tüchtiges Mädchen. Sie geht jeden Sonntag zur Messe und ist keineswegs eine Nutte wie deine Mutter und deine Schwester.«

Es war ihm meilenweit anzusehen, wie gern er Niccolino an den Hals gesprungen wäre. Doch der Hüne erwiderte nichts. Er hatte selbst gemerkt, daß er sich zu weit hatte treiben lassen. Doch unverhofft ergriff einer der Trunkenbolde Partei für ihn, ein alter Mann mit einem dreckigen weißen Bart.

»Der Fremde hat doch recht«, brummte er. »Quintilia ist eine Hure. Nur eine Hure läßt sich mit einem dahergelaufenen Arkebusier ein, bloß weil er ein großes Ding hat und Uniform trägt ...«

Und schon landete in seinem Gesicht die Faust, die der hagere Jüngling Niccolino nicht zu verabreichen gewagt hatte. Der Alte schrie auf wie ein wildgewordener Hammel. Einige der Anwesenden kamen ihm zu Hilfe, andere schlugen sich auf die Seite der Bohnenstange und in kürzester Zeit war eine wilde Keilerei im Gange.

Sofort nutzten wir die Gelegenheit, um beim Wirt unseren Wein zu bezahlen und uns zu verdrücken. Nach einer Wirtshausschlägerei, die sich Stunden hinziehen konnte, stand uns wahrlich nicht der Sinn. Außerdem hatten wir alles Nötige erfahren: Wie vermutet war Quintilia ein Mädchen aus Bracciano. Und da sie auf der Burg wohnte, würde es uns nicht schwerfallen, Kontakt mit ihr aufzunehmen.

Wir verließen die Taverne und ritten zur Burg hinauf. Direkt vor dem Eingangstor hatte man für Besucher einen größeren

Platz mit gestampftem Lehmboden angelegt. Im Schatten einer mächtigen Eiche banden wir unsere Pferde an und erreichten zu Fuß den Eingang. Über dem großen Bogen, der den Zugang zur Burg genau in der Mitte unterteilte, befand sich ein Schriftzug in lateinischer Sprache. Ich machte Niccolino darauf aufmerksam. »Niccolino, weißt du, was da steht? Da steht: ›Napoleone vom Geschlechte Orsina erbaute mich.‹«, übersetzte ich ihm. »›Meine Aufgabe ist es, böse Menschen fernzuhalten und gute Menschen und Freunde zu beschützen‹ … Siehst du, ich glaube, wir sollten uns das zu Herzen nehmen und nur als Freunde hier eintreten.«

Gemächlichen Schritts und mit gelassener Miene gingen wir weiter bis zur Vorhalle. Am Ende des Ganges lag auf einer Seite ein großer Raum, der als Wachstube diente. Darin hielten sich vielleicht zehn, zwölf Männer auf – befehligt von einem Korporal mit einem häßlichen Stoppelbart –, die die Zeit totzuschlagen versuchten, indem sie Würfeln spielten, schwatzten oder auf den Holzbänken ein Schläfchen hielten. Niemand kümmerte sich um uns, als wir vorbeigingen, niemand hielt uns auf, um zu erfahren, wer wir waren und was wir in der Burg wollten. Sehr zerstreute Wächter waren das, und mir kam die berühmte Frage von Juvenal in den Sinn: *Quis custodiet ipsos custodes*, wer bewacht die Wächter selbst?

Als wir in der eigentlichen Burg waren, sagte Niccolino zu mir: »Wie man sieht, sind das Friedenszeiten für die Orsini. Sie scheinen keinen Angriff und keine unliebsamen Überraschungen zu fürchten.«

Vorsichtig gingen wir weiter. Natürlich befürchteten wir, jemand könne auf unsere fremden Gesichter aufmerksam werden und sofort Alarm schlagen. Das unterste Stockwerk war ein richtiges Labyrinth, ein undurchschaubarer Wirrwarr von Gängen, Kammern, Abstellräumen und Lagern für Waffen und Lebensmittel.

Die erste Person, die wir trafen, war eine alte Dienerin, die dabei war, Wasser aus einem Brunnen zu schöpfen.

Niccolino half ihr, den Eimer hochzuziehen und fragte so höflich und freundlich wie möglich: »Wir suchen ein Mädchen namens Quintilia ... Könntet Ihr uns sagen, wo sie zu finden ist?«

Die Frau sah uns überrascht, aber keineswegs mißtrauisch an.

»Am Ende des Ganges, die letzte Tür auf der rechten Seite führt zu ihrer Kammer«, antwortete sie sofort. »Doch um diese Zeit ist Quintilia nicht da. Sie ist in den päpstlichen Gemächern ein Stockwerk höher und bedient Signora Bartolomea. Dort könnt Ihr sie finden ...«

Wir bedankten uns bei der Frau und gingen weiter. Als wir vor Quintilias Tür standen, sagte ich zu Niccolino: »Geh doch mal rein, und sieh dich ein wenig um. Vielleicht findest du etwas Interessantes. Ich gehe schon mal vor. Wir treffen uns dann oben bei den päpstlichen Gemächern.«

Niccolino nickte. Dann faßte er mich am Arm und sagte: »Maestro, seid auf der Hut. Dort oben könnte es sehr gefährlich für Euch werden.«

»Was soll man machen?« antwortete ich achselzuckend. »Wir sind hier nun mal in der Höhle des Löwen. Und dem, der sich dort hineinwagt, bleibt nur eine Hoffnung: Der Bestie nicht über den Weg zu laufen.«

Wir trennten uns also. Niccolino machte sich daran, die Tür zu Quintilias Kammer mit Gewalt aufzubrechen, während ich zur Prunktreppe des Gebäudes weiterging. Wirkte die Burg von außen wie eine kleine Stadt mit übereinandergeschachtelten Häusern, so bewegte man sich im Inneren durch ein immenses Gewirr von Treppchen, Fluren, Kammern, Salons, Loggias, Abstellkammern und Lagerräumen. Jetzt konnte ich besser verstehen, wieso hier, während der langen Belagerung, alle Vasallen und Soldaten der Familie Zuflucht finden und vier Monate lang hatten ausharren können.

Schließlich stieg ich eine der unzähligen Treppen hinauf und gelangte in den *piano nobile*. In dieser immensen Weite, diesem geordneten Labyrinth, kam es mir so vor, als habe es mich in die Atlas-Burg verschlagen, von der der große Dichter Ariost erzählt. An einen Ort, wo die Leute ziellos umherwandeln, ohne etwas zu sehen oder gesehen zu werden. Aber vielleicht waren auch die Menschen, die mir begegneten, Soldaten, Knappen, Diener, Zofen, einfach an fremde Gesichter gewöhnt. Oder die Bewohner der Burg waren so zahlreich, daß sie sich untereinander nicht kannten …

Welches mochten nur die päpstlichen Gemächer sein?

Während ich den Hauptgang entlanglief (solch bedeutsame Gemächer konnten an keinem Seitenflur liegen), fiel mir auf, daß auf viele Türen Wappen gemalt waren. Eins dieser Wappen war das der Familie Riario-Della Rovere. Ich blieb davor stehen, weil ich wußte, daß Papst Sixtus IV. dieser Familie entstammte. Dieser Papst war ein enger Freund der Orsini gewesen und pflegte die Sommermonate, wenn die Hitze in der ewigen Stadt unerträglich wurde, in Bracciano zu verbringen. Und die Orsini, die damals noch die Gunst des Heiligen Stuhls genossen, nahmen ihn mit offenen Armen auf. So konnte ich also jetzt davon ausgehen, daß sie einige geräumige Gemächer für ihn reserviert hatten, die sogenannten päpstlichen Gemächer, die auch nach seinem Tod weiter so genannt wurden.

Vorsichtig öffnete ich die große Türe vor mir. Ich stand auf der Schwelle zu einem großen, hell erleuchteten Raum, der mir das Vorzimmer zu sein schien, denn bis auf einige Stühle und Bänke war es fast leer. Noch bevor ich eintreten konnte, stellte sich mir eine ältere Frau entgegen. Sie war um die fünfzig und hatte eine dichte Mähne aus mausgrauen Haaren auf dem Kopf.

»Wer seid Ihr?« fragte sie voller Mißtrauen. »Wie könnt Ihr es wagen, ohne Vorladung die Gemächer meiner hohen Herrin zu betreten?«

»Verzeiht meine Kühnheit. Ich suche ein Mädchen, eine gewisse Quintilia. Ich habe ihr etwas sehr Wichtiges auszurichten. Mir wurde gesagt, ich könne sie hier finden.«

»Ja, das stimmt. Quintilia ist hier«, antwortete die Frau. »Sie hilft ihrer Herrin beim Ankleiden, und das kann noch eine Weile dauern. Wenn Ihr sie wirklich unbedingt sprechen müßt, dann versucht es doch später noch einmal. Am besten gegen Abend, wenn sie sich auf ihre Kammer zurückgezogen hat.«

Ich war schon im Begriff zu gehen, als sich die Türe am anderen Ende des Raumes öffnete und eine Edelfrau auf der Schwelle erschien. Sie trug ein Kleid aus reiner Seide und konnte eigentlich nur die Herrin sein. Überrascht schaute sie mich an.

»Bianchina, wer ist dieser junge Mann?« fragte sie.

»Verzeiht, Signora«, antwortete Bianchina. »Er möchte zu Quintilia, und ich habe ihm geraten, heute abend wiederzukommen.«

Der ehrerbietige Ton der Alten bestätigte mir, daß die Edelfrau die Herrin der Burg von Bracciano war: die edle Bartolomea Orsini, Lieblingstochter des großen Napoleone Orsini, Schwester des verstorbenen Helden Virginio und Gattin von Bartolomeo d'Alviano, dem verwegensten Condottiere unserer Zeit. Sie war eine Frau von vielleicht fünfzig Jahren, mit einem immer noch kräftig wirkenden, hageren Körper; sie trug kostbare Kleider, und ihr Gesicht war dezent geschminkt. Ihr dichtes graues Haar wurde von einem goldenen Haarnetz zusammengehalten.

Voller Ehrfurcht sah ich sie an, verneigte mich tief, bis fast auf den Boden und sagte: »Ich bitte tausend Mal um Vergebung, Signora ... Mir wurde gesagt, ich könne hier die junge Quintilia finden. Doch verschwieg man mir, daß ich Euch vielleicht Ungelegenheiten bereiten könnte. Ich werde mich sofort zurückziehen und bitte Euch noch einmal, die Störung zu entschuldigen.«

Während ich sprach, versuchte ich, so unauffällig wie möglich einen Blick auf ihre linke Hand zu werfen. Was ich dort sah, hatte ich wohl insgeheim erwartet. Doch trotzdem war ich überrascht: Es fehlten zwei Finger.

»Dürfte ich erfahren, was Ihr um diese ungewöhnliche Zeit am Morgen von meiner Zofe wollt?« fragte mich die edle Bartolomea leicht ungehalten. »Seid Ihr ein Freund oder Verwandter oder hat Euch die Begierde hierhergeführt, und Ihr wolltet Quintilia bitten, Euch zu Willen zu sein?«

Während ich angestrengt nach einer plausiblen Antwort

suchte, erschien Quintilia in der Tür. Als sie mich sah, im Gespräch mit ihrer Herrin, erstarrte sie zur Salzsäule, und das Feuermal auf der linken Wange wechselte seine Farbe von rot zu violett.

Auch Bartolomea Orsini fiel diese Veränderung auf. »Sag mir die Wahrheit. Kennst du diesen Mann?« fragte sie streng.

»Nein, Signora«, antwortete Quintilia stotternd. »Ich sehe ihn zum ersten Mal. Er scheint ein Geistlicher oder Kuriale zu sein. Aber ich kenne ihn nicht.«

»Also heraus mit der Sprache, Messere. Warum habt Ihr sie gesucht? Was wolltet Ihr von ihr?« wandte sich Bartolomea wieder an mich.

»Es stimmt schon«, antwortete ich kleinlaut, »ich habe Quintilia gesucht, ohne sie zu kennen. Mir wurde gesagt, sie könne mir weiterhelfen bei meiner Suche nach Marcuccio, dem Arkebusier. Denn eigentlich muß ich mit Marcuccio aus Fermo reden.«

Quintilia atmete erleichtert auf, während die Edelfrau erbleichte und ihr Gesicht sich zu einer ärgerlichen Miene verzog.

»Ihr seid also hergekommen, um mit dem Arkebusier Marcuccio zu sprechen. Wie abwegig. Er ist seit Ewigkeiten nicht mehr hier gewesen. Fragt Quintilia, sie ist deswegen sehr verzweifelt. Wahrscheinlich ist er in seine Heimatstadt Fermo zurückgekehrt.«

»Leider nein, hochverehrte Signora«, antwortete ich. »Ich komme nämlich aus Fermo und muß unbedingt zu ihm. Ich habe ihm eine sehr freudige Nachricht zu überbringen.«

»Was für eine Nachricht?«

»Sein Onkel Pasquale ist gestorben. Und er hat ihm seinen ganzen Besitz vermacht: drei Häuser, eine Weide, eine Brache und einen Weinberg. Mit anderen Worten: Marcuccio ist ein reicher Mann. Nur muß er so schnell wie möglich nach Fermo kommen. Sonst teilen seine Verwandten das Erbe unter sich auf.«

»Es tut mir leid, aber ich kann Euch nicht weiterhelfen. Der gute Marcuccio ist fort, verschwunden wie ein Regenbogen bei Sonnenuntergang. So, nun habt Ihr erfahren, was Ihr wissen wolltet.

Darum bitte ich Euch, Euch zu verabschieden. Marcuccio hat viele Freunde im Ort unten. Die können Euch wahrscheinlich eher als die arme Quintilia sagen, wo er stecken könnte.«

Ich verneigte mich zum Abschied.

An Quintilia gewandt fuhr Bartolomea Orsini fort: »Begleite den Herrn runter zur Wache und sage dem Korporal, er soll ein Auge darauf haben, daß er die Burg wirklich verläßt ... Irgend etwas gefällt mir nicht an ihm, und die Geschichte mit der Erbschaft hört sich keineswegs glaubwürdig an. Begleite ihn und kehre dann sogleich zu mir zurück.«

Quintilia und ich verließen das Papst-Gemach und schlugen den Weg Richtung Ausgang ein. Ich ging langsam, ja zögernd. Denn ich wartete auf Niccolino, ohne den ich die Burg nicht verlassen wollte.

Kaum glaubte sich Quintilia sicher, daß niemand sie beobachten oder hören konnte, da verwandelte sie sich in eine Furie und stellte mich zornig zur Rede: »Ihr seid ein Lügner und Feigling. Wollt Ihr mich unbedingt ruinieren? Meine Herrin weiß nicht, daß ich in ihren Kleidern in Rom war und Marcuccio gesucht habe. Und sie darf es auch nicht erfahren. Sonst jagt sie mich auf der Stelle davon ...«

»Worüber beklagst du dich«, unterbrach ich sie. »Ich dachte mir schon, daß deine Signora nichts davon wissen soll, und dementsprechend habe ich mich verhalten. Nur deswegen habe ich erzählt, ich hätte dich nur sprechen wollen, um Marcuccios Aufenthaltsort zu erfahren.«

»Ja schon. Aber meine Signora ist äußerst mißtrauisch ... Was wollt Ihr eigentlich noch von mir? Habe ich nicht schon genug gesagt?«

»Da du so Hals über Kopf geflohen bist, wird wohl noch etwas gefehlt haben.«

»Gut, dann fragt mich jetzt, was Ihr wissen wollt. Aber danach geht mit Gott und laßt Euch bitte nie wieder hier blicken.«

»Ich will wissen, wann du Marcuccio kennengelernt hast. Und seit wann er nicht mehr hier auf der Burg ist.«

»Das kann ich Euch sagen. Nach der Schlacht bei Soriano nel Cimino habe ich ihn hier zum ersten Mal gesehen.«

»Und wieso ist er so lange geblieben? Ist er vielleicht in die Dienste der Orsini getreten, um mit dir zusammensein zu können?«

»Schön wär's! Nein, sein Capitano Oliviero Eufreducci wollte es so. Und dessen Herr, Vitellozzo Vitelli, hielt sich damals bevorzugt in der Umgebung von Rom auf … wegen einer Frau, glaube ich. Mir wurde erzählt, er hätte ein Verhältnis mit einer Dame aus den höchsten Kreisen der Stadt. Einer Prinzessin sogar …«

»Soviel ich weiß, hat diese römische Prinzessin einen großen Verschleiß an Männern und soll Vitellozzo bald über gehabt haben …«

»Das habe ich auch gehört … Aber Vitellozzo ist trotzdem noch länger geblieben. In den ersten Apriltagen wollte er eigentlich seinen Aufenthalt in Bracciano abbrechen. Es hieß damals, er kehre nach Città di Castello zurück oder trete möglicherweise in die Dienste der Stadt Florenz, die mit Pisa im Krieg lag. Jedenfalls hat Marcuccio mir hoch und heilig versprochen, mich mitzunehmen, egal wohin die Reise gehen sollte. Dann entschied man sich jedoch, noch einige Tage in Bracciano zu verweilen, um an den Trauerfeierlichkeiten teilzunehmen.«

»Trauerfeierlichkeiten? Für wen?«

»Für den hochverehrten Virginio Orsini, den Burgherrn, der im Auftrag der Borgia in Neapel ermordet wurde.«

»Aber Virginio Orsini ist Mitte Januar gestorben.«

»Sicher, am sechzehnten Januar ganz genau. Doch erst Ende März konnte seine Familie die Überführung des Leichnams erreichen. Zweitausend Mailänder Dukaten haben sie dafür bezahlen müssen. So wurde der in Salz konservierte Körper des toten Familienoberhaupts Anfang April in Neapel auf ein aragonesisches Schiff verladen und kam ungefähr zehn Tage später in Rom an. Das ging alles in großer Heimlichkeit vor sich. Man fürchtete nämlich, die Borgia könnten sich zu Schmähungen des

Leichnams hinreißen lassen. Vom Hafen in Ostia brachte man den Verstorbenen nach Bracciano, wo ihm noch einmal königliche Ehrungen zuteil wurden. Schließlich wurde er in einem der Familiengräber der Orsini in der Kirche von Cerveteri begraben.«

»Und warum seid ihr nach den Trauerfeierlichkeiten nicht abgereist?«

»Den Grund weiß ich nicht. Aber der Entschluß wurde, glaube ich, während einer geheimen Versammlung gefaßt.«

»Einer geheimen Versammlung?«

»Ja, am Tage nach der prunkvollen Zeremonie trafen sich die Familienoberhäupter in den Gemächern meiner Herrin. Ich hatte für Essen und Getränke zu sorgen. Mehr weiß ich jedoch nicht, weil ich dann rausgeschickt wurde.«

»Weißt du denn, wer an der Versammlung teilnahm?«

»Sicher. Zunächst natürlich Madonna Bartolomea, da man in ihren Gemächern zusammenkam. Dann Paolo Orsini und der edle Francesco Orsini, der Herzog von Gravinia. Des weiteren Vitellozzo Vitelli, der Herr von Città di Castello und auch seine Exzellenz, der Kardinal ...«

»Du meinst Kardinal Giovan Battista Orsini?«

»Ja, genau der.«

»Und danach? Hat sich dann irgend etwas Besonderes getan?«

»Nicht, daß ich wüßte. Außer eben, daß unsere Abreise verschoben wurde. Ich war sehr glücklich darüber, denn so konnte ich weiterhin meinen Marcuccio beherbergen, zumal er versprochen hatte, mich zu heiraten, und wir daher wie richtige Eheleute zusammenlebten. Einige Male waren wir gemeinsam in Rom. Er sagte mir, er habe den Auftrag, eine gemütliche kleine Unterkunft für Signora Bartolomea zu suchen. Einige Zimmer haben wir uns angesehen, andere ließen wir uns beschreiben, und schließlich fanden wir dann die kleine Wohnung in der Via della Misericordia. Eigentlich habe ich Marcuccio nicht geglaubt, was er mir da erzählt hatte. Ich dachte, die Unterkunft sei für geheime Schäferstündchen Vitellozzo Vitellis oder seines Capitanos Oliviero vorgesehen. Doch er hatte mir die Wahrheit gesagt. Die Unterkunft war tatsächlich für Signora Bartolomea. Einige Tage später legte meine Herrin schwarze Kleidung an, Pagenkleidung genauer gesagt ... was sie sich erlauben kann, mit ihrem jugendlich schlanken Körper, der von vielen langen Ritten und militärischen Übungen abgehärtet ist ... und zog eine schwarze Maske auf, damit niemand sie erkannte. Gemeinsam ritten wir nach Rom, direkt in die Via della Misericordia, wo meine Herrin die vorgesehene Wohnung für vier Wochen mietete. Ich habe nie erfahren, weder damals noch später, wozu die Unterkunft eigentlich diente. Und als Marcuccio dann mittlerweile schon drei Wochen verschwunden war, und auch die Signora mir immer wieder versicherte, sie wisse nicht, wo er sich aufhalte, habe ich mich eben auf die Suche gemacht. Ich zog ein schwarzes Kleid meiner Herrin an und setzte auch eine ihrer Masken auf. Und so bin ich dann unerkannt wieder nach Rom geritten, in die Via della Misericordia. Ich habe irgendwie gedacht, daß Marcuccio sich dort aufhält. Ja, und dann seid Ihr gekommen und habt mich mit Euren Fragen in die Enge getrieben. Denn natürlich wollte ich meine Herrin nicht verraten und noch viel weniger Marcuccio. Und so bin ich vor Euch geflohen, zurück nach Bracciano. Ich dachte, hier würdet Ihr mich niemals finden. Da könnt Ihr Euch vorstellen, wie überrascht ich war, als ich Euch vorhin neben meiner Herrin stehen sah ... Aber jetzt müssen wir gehen. Ich möchte nicht, daß sich die edle Bartolomea wegen meiner Abwesenheit Gedanken macht.«

»Nur eins noch ...«

Ich hielt inne, denn ich hatte Niccolino erblickt, der in den langen Gang eingebogen war und auf uns zukam. Jetzt, da wir uns wiedergefunden hatten, war es wohl das beste, so dachte ich, so schnell wie möglich zu verschwinden. Im Grunde hatte ich alles erfahren, was ich wissen wollte, und mit jeder Minute, die wir uns länger in der Burg aufhielten, wuchs die Gefahr.

Hastig verabschiedete ich mich von dem Mädchen: »Lauf schnell zurück zu deiner Herrin«, sagte ich. »Ich verspreche dir, in ein paar Minuten sind wir draußen und werden nie mehr nach Bracciano zurückkehren.«

Ohne eine Antwort abzuwarten, ging ich Niccolino entgegen, faßte ihn am Arm und sagte flüsternd: »Komm, wir müssen weg ... ich erklär' dir alles später ...«

Quintilia, verwirrt von meiner plötzlichen Eile, machte kehrt und verschwand wieder in den Gemächern von Bartolomea Orsini.

Wir beide erreichten das Ende des Korridors und wollten gerade die große Steintreppe hinab, als wir plötzlich wie versteinert stehenblieben: Kardinal Orsini erklomm die Stufen und kam direkt auf uns zu. In seiner Begleitung ein feierlich dreinblickender Kaplan im Talar, ein Sekretär und eine Eskorte von sechs Wachen und einem Korporal. Wir saßen in der Falle: Kardinal Orsini kannte uns von der Begegnung bei Kardinal Carafa, wußte, wer wir waren und was wir machten und würde so ohne Schwierigkeiten erraten, was unser Besuch auf seiner Burg zu bedeuten hatte.

»Tue mir alles nach«, raunte ich Niccolino zu, und sogleich kniete ich, das Vorbeiziehen des Kardinals erwartend, nieder, wobei ich angestrengt den Blick auf den Boden gerichtet hielt. Aber die List blieb ohne Erfolg – so schien es zunächst jedenfalls. Als der Kardinal die oberste Stufe erreicht hatte, näherte er sich uns, und da er uns in ergebener Haltung sah, hielt er uns die Hand zum Kusse hin, wodurch er uns zwang, ihm das Gesicht zuzuwenden. Ich küßte die Hand als erster und mußte dabei meinen Blick heben. Ich war darauf gefaßt, daß er mich erkennen und seinen Männern auf der Stelle befehlen würde, uns gefangenzunehmen. Aber nichts geschah. Dann war Niccolino an der Reihe, und auch mein Gefährte mußte sein Gesicht zeigen. Der Kardinal sah ihn lange an, zeigte aber keine Reaktion. Dann zog er die Hand zurück, und nachdem er uns den Hirtensegen erteilt hatte, setzte er, gefolgt von der kleinen Eskorte, seinen Weg fort. Wir verharrten in unserer Haltung, während wir ihm nachsahen. Kurz darauf verschwand er in den Gemächern von Bartolomea.

»Anscheinend hat er sich nicht an uns erinnert …«, sagte Niccolino.

»Ja, das kann aber jeden Moment noch kommen«, erwiderte ich. »Wenn wir nicht bald aus dieser verfluchten Burg hier rauskommen, sitzen wir fest.«

Wir liefen die große Treppe hinunter und durchquerten eiligen Schritts das Erdgeschoß. Zwei Minuten später waren wir an der Wachstube vorbei, ohne daß uns jemand aufgehalten hätte oder auch nur auf uns aufmerksam geworden wäre. Wie von einem Alptraum befreit, liefen wir zu unseren Pferden, als sich plötzlich eine Wache, durch irgend etwas mißtrauisch geworden, unter dem Eingangsbogen zeigte und uns zubrüllte: »Heh, ihr beiden da, wer seid ihr? Was habt ihr mit den Pferden vor? Bevor ihr hier fortreitet, beweist erst einmal, daß sie euch gehören.«

Ich saß schon im Sattel und tat so, als hörte ich ihn nicht.

»Die wollen uns wohl als Pferdediebe verhaften«, meinte Niccolino. »Wir sollten vielleicht einen Moment warten und ihnen erklären, wie die Dinge liegen.«

»Bist du wahnsinnig«, erwiderte ich unwirsch. »Nichts wie weg, bevor es zu spät ist.«

Ich ging mit gutem Beispiel voran und preschte in vollem Galopp davon. Niccolino folgte mir, während uns die Wache Flüche und Verwünschungen nachschickte.

In wilder Hatz erreichten wir den See. Hier drehte ich mich zum ersten Mal um. Ich konnte die ganze Straße überblicken. Niemand folgte uns, und erst jetzt wurde ich ruhiger. Um unsere Pferde nicht zu überanstrengen, ritten wir in leichtem Trab weiter.

»Maestro«, sagte Niccolino. »Seht mal, was ich in Quintilias Zimmer gefunden habe.«

Und dabei zog er unter seinem Wams einen kleinen Silberschrein für Edelsteine hervor, dessen Deckel mit einem Adler mit ausgebreiteten Schwingen verziert war. Dem Adler der Familie Sforza. Im Weiterreiten ließ ich mir das kostbare Kästchen herüberreichen. Aufmerksam betrachtete ich es von allen

Seiten. Es gab keinen Zweifel: Es handelte sich um den Schrein, in dem Damiata ihre Ersparnisse aufgehoben hatte. Den Schrein, den wir nach ihrem schrecklichen Tod im Brunnen vergeblich gesucht hatten. Und dadurch, daß dieser Schrein auf der Burg von Bracciano wieder aufgetaucht war, fügte sich ganz exakt das letzte Mosaiksteinchen in das Gesamtbild unserer Ermittlungen.

Ich gab Niccolino den Schrein zurück. »Eine wichtige Entdeckung«, sagte ich, »eine Entdeckung, die meine letzten Zweifel zerstreut ...«

»Mir ist einfach völlig unklar«, murmelte der Riese, »wie dieser Silberschrein aus Damiatas Versteck in Quintilias Kammer auf der Burg von Bracciano gelangen konnte.«

»Als ich erfuhr, daß Quintilias Vater, dieser Fischer namens Fabrizio, seine Kinder praktisch durchnumeriert hat«, erklärte ich, »war mir plötzlich klar, daß Settimia und Ottavia, die ›Siebte‹ und ›Achte‹, nur die jüngeren Schwestern von Quintilia, der ›Fünften‹, sein können. Und dieser Schrein beweist es ... Wie überhaupt jetzt eigentlich keine Fragen mehr offen sind.«

»Da könnt Ihr Euch glücklich schätzen, Maestro, wenn Ihr einen klaren Kopf bewahrt habt. In meinem geht nämlich alles wild durcheinander. Müßten wir jetzt Kardinal Valenza gegenübertreten und ihm berichten, zu welchen Ergebnissen wir gelangt sind, wüßte ich nicht, was ich ihm sagen sollte. Doch da Ihr anscheinend alles verstanden habt, seid Ihr wohl wirklich ein Meister Eures Fachs. Und ich bin sicher, unser hochverehrter Herr wird Euch so reichlich entlohnen, wie Ihr es verdient.«

»Ich wünsche dir, lieber Niccolino, daß auch du angemessen entlohnt wirst. Kardinal Valenza weiß gute Arbeit zu schätzen. Und durch das, was ich ihm zu berichten habe, wirst auch du gehörig in seiner Achtung steigen.«

»Und um welchen Lohn wollt Ihr ihn bitten, Maestro?«

»Ich erwarte mir nicht viel mehr als das, was ich mir schon bei unserem ersten Treffen erbeten habe: Seine Unterstützung, um nach Florenz zurückkehren zu können und dort ein hohes Amt in der Kanzlei der Republik oder an der Universität zu übernehmen.«

»Würdet Ihr mir denn gestatten, diesen Silberschrein zu behalten? Er ist mindestens zwanzig Dukaten wert. Ich möchte ihn gern als Andenken an unser schönes Abenteuer aufbewahren.«

»Ein Abenteuer, das übrigens noch nicht zu Ende ist. Und was den Schrein angeht, den kannst du ruhig behalten. Unser hochverehrter Herr wird unseren Worten auch ohne Beweise Glauben schenken können.«

»Ich bin ja mal sehr gespannt, was wir ihm erzählen werden.«

»Nichts, was du nicht auch schon wüßtest. Obwohl du vielleicht nicht erkennst, wie die Fakten zusammenpassen.«

Beim »Wirtshaus der Gehängten« machten wir wieder Rast. Alles schien friedlich. Wir führten unsere Pferde in den großen Stall, und da sie erschöpft und schweißnaß waren, vertrauten wir sie der Pflege des Stallmeisters an.

Dann betraten wir die Wirtsstube. Sie war fast leer. Anscheinend war die Anwesenheit der Sbirren guten Geschäften eher abträglich. Die beiden Schwestern Lavanderine liefen uns entgegen und umarmten uns stürmisch. Auch der Wirt freute sich, uns zu sehen, und um das Ereignis gebührend zu feiern, servierte er uns zwei Karaffen seines besten Weins. Einen Vernaccia aus der lieblichen Toskana, tatsächlich der beste Weißwein, den ich je getrunken hatte. Ein Wein, der es in sich hat und der seine Wirkung auf uns, wie sich bald herausstellte, nicht verfehlte.

»Also, was ist jetzt«, fragte Silvana. »Kommt ihr nun mit hoch? Ich fühle mich, als hätte ich glühende Kohlen zwischen den Beinen.«

»Nein, lieber nicht«, erwiderte Niccolino im Scherz, »bei mir hat sich soviel angestaut, daß es euch nicht gut bekommen könnte.«

»Laß das nur unsere Sorge sein«, beruhigte ihn Zurlina.

»Also gut, machen wir es doch so«, schlug ich vor, »wir bleiben den Nachmittag hier, jedoch keinesfalls länger. Denn bevor es dunkel wird, möchte ich in Rom sein. Na, seid ihr nun zufrieden? Hier hat jede von euch vier Dukaten. Und nun seht zu, daß ihr sie euch auch verdient.«

Die beiden Mädchen wollten ihren Augen nicht trauen, als sie das Geld sahen. Aber überraschter noch war Niccolino.

»Maestro, ist das Euer Ernst?« stammelte er.

»Wir haben doch etwas zu feiern, mein lieber Freund«, antwortete ich. »Heute können wir unsere schwere Arbeit endlich als erledigt betrachten, auch wenn dir das vielleicht noch nicht klar ist.«

Niccolino kam nicht mehr dazu zu antworten, denn Silvana, die flinkere der beiden, hatte sich ihm auf den Schoß gesetzt und umklammerte ihn jetzt so energisch, als wollte sie ihn nie mehr loslassen.

»Niccolino, du kommst mit mir«, sagte sie in einem Ton, der keinen Widerspruch duldete.

»Und was ist mit mir?« fragte Zurlina, anscheinend ein wenig enttäuscht.

»Du kümmerst dich erst mal um den Kurialen«, antwortete Silvana. »Später können wir ja vielleicht tauschen ...«

Auch Zurlina und ich gingen aufs Zimmer, und um keine Zeit zu verlieren, zogen wir uns sogleich aus. Wir umarmten uns und legten uns dann aufs Bett, wo wir sofort dazu übergingen, auch noch die verborgensten Körperregionen des anderen zu erkunden und zu küssen. Zurlina schien mit dem Ergebnis der Untersuchung keineswegs unzufrieden.

»Das ist ja wunderbar ... Du hast ja ein Ding wie ein Eselstreiber, überhaupt nicht wie ein Kuriale«, rief sie glücklich, wobei sie vergnügt in die Hände klatschte.

Dann legte sie sich wieder hin, und nachdem ich den Schieber gut im Ofen untergebracht hatte, heizte sie mir ordentlich ein. Der Einfallsreichtum der Hure stand hinter ihrer Geschicklichkeit nicht zurück, und in kürzester Zeit galoppierten wir mit einer Geschwindigkeit von mindestens vier Meilen – was ja wohl ein ganz ansehnliches Tempo ist.

Wir trafen uns in der Wirtsstube wieder, und da es schon kurz vor Sonnenuntergang war, wollten wir sogleich nach Rom aufbrechen. Als der Wirt uns sah, kam er mit zerknirschter Miene auf uns zu.

»Ich habe Euch noch etwas mitzuteilen«, stotterte er. »Zunächst wußte ich nicht, wo Ihr stecktet … und dann wollte ich Euch bei Eurem Zeitvertreib nicht stören.«

»Heraus mit der Sprache«, forderte ich ihn ungeduldig auf. »Was ist passiert? Ihr seht aus, als wärt Ihr einem Gespenst begegnet.«

»Leider etwas sehr Unerfreuliches … Man hat Eure Pferde gestohlen. Es scheinen Sbirren gewesen zu sein. Ein paar von denen, die sich heute morgen bei mir versteckt haben, sind wohl zurückgekehrt und haben den Stall leergeräumt.«

Wir ließen die Mädchen stehen und hasteten in den Stall hinunter, wo wir drei Stallburschen antrafen, die blutend am Boden lagen und sich vor Schmerz krümmten. Es schien ihnen sehr schlecht zu gehen. Möglicherweise übertrieben sie aber auch, um uns gnädig zu stimmen, weil sie fürchteten, wir würden sie für den Vorfall verantwortlich machen. Wer hingegen keineswegs übertrieb, war der Stallmeister, dem ein Schwertstreich ein Bein durchbohrt hatte.

Einer der Stallburschen erzählte uns, was geschehen war. Von einer Bande Sbirren konnte keine Rede sein. Es waren nur zwei gewesen, die in den Stall eingedrungen waren: Einer klein mit einem mickrigen Schnurrbart und einem Schwert, größer als er selbst. Der andere dick und muskulös, mit dem Gesicht eines Idioten.

Beim Wirt erstand ich zwei Esel, die einen schwächlichen Eindruck machten und mich vier Dukaten kosteten. So machten wir uns auf den Weg nach Rom. Nach ungefähr drei Meilen, noch vor Storta, dort also, wo der Wald von Baccano endet und die Via Cassia wieder ihren normalen Verlauf nimmt, wurden wir auf verzweifeltes Schreien und Wehklagen aufmerksam. Wir dachten sofort, irgendwelche Reisende oder Pilger seien Banditen in die

Hände gefallen – oder Sbirren, was noch schlimmer gewesen wäre. Wir stiegen ab und näherten uns mit gezückten Waffen der Stelle, von der die Schreie kamen. Es waren jedoch keine unglücklichen Pilger, die da so herzzerreißend schrien, sondern die beiden Sbirren, die unsere prächtigen Pferde gestohlen hatten. Vier, fünf bewaffnete Männer mit Galgengesichtern waren dabei, sie an zwei dichtbelaubte Bäume mit niedrigen Ästen zu binden. Bald schon standen sie mit ausgebreiteten Armen reglos da, Gekreuzigte, die auf ihre Hinrichtung warteten und jammernd und heulend um Gnade flehten. Jetzt tauchte aus dem Dickicht ein bewaffneter Cavaliere auf. Er war kleingewachsen und trug einen Spitzbart.

»Ich glaube, den kenne ich«, sagte ich zu meinem Gefährten.

»Das ist Oliviero Eufreducci«, flüsterte mir Niccolino ins Ohr, und indem er auf unsere nicht weit entfernt angebundenen Pferde deutete, fügte er hinzu: »Was hat der nur vor? Ob er unter die Pferdediebe gegangen ist?«

»Keineswegs, mein lieber Niccolino«, antwortete ich. »Für Oliviero sind wir die beiden gefesselten Männer an den Bäumen. Und er macht sich gerade daran, sie umzubringen.«

»Maestro, wie meint Ihr das?«

»Na, du wirst schon sehen.«

Oliviero Eufreducci näherte sich den beiden Halunken. Langsam zog er den Degen aus der Scheide, und ohne daß das Lächeln aus seinem Gesicht wich, schnitt er zuerst dem großen dicken und dann dem schmächtigen Sbirren die Kehle durch. Aus den schrecklichen Wunden entwich die Luft wie aus einem defekten Blasebalg, und das Blut sprudelte in dicken Strömen. Dann griff Oliviero, noch nicht zufrieden mit seinem Werk, zu einem spitzen Stoßdegen, und während sich die beiden Wehrlosen im Todeskampf noch einmal aufbäumten, stach er, wie ein Wolf heulend, rasend auf ihre Bäuche ein. Immer wieder holte er aus und stach zu, bis man schließlich ihre Gedärme hervorquellen sah, in einem Gemisch aus Blut und Scheiße. Erst jetzt ließ Oliviero Eufreducci von ihnen ab, und nachdem er die Klingen mit einem

Büschel Gras gereinigt hatte, steckte er die Waffen zurück und bestieg sein Pferd.

»Tja, wenn alle Diebe auf diese Weise bestraft würden«, murmelte Niccolino, »würde so schnell keiner mehr etwas stehlen. Noch nicht einmal einen Esel oder auch nur ein Schaf ...«

»Du hast also immer noch nicht verstanden.«

»Wieso? Was gibt's denn da noch zu verstehen?«

Oliviero und seine Männer entfernten sich, wobei sie natürlich unsere Fuchshengste mitnahmen.

»Sieh mal, Niccolino«, sagte ich, während ich auf die beiden Leichen deutete. »Wir haben etwas erleben dürfen, das nur wenige Menschen von sich behaupten können. Wir haben unserem eigenen Tod beigewohnt, und das da sind unsere Leichen.«

»Ihr meint, Oliviero hat die beiden umgebracht, weil er glaubte, daß wir das seien? Wieso denn nur?«

»Jemand auf der Burg, Kardinal Orsini oder vielleicht auch Bartolomea, muß Oliviero den Befehl gegeben haben, zwei Spitzeln der Borgia, die auf der Flucht nach Rom sind, nachzujagen, sie zu stellen und umzubringen. Nun hat Oliviero uns noch nie gesehen. Und so kam er auf die Idee, auf dem schnellsten Weg zu der Biegung bei Storta zu reiten, um uns dort abzufangen. Denn er wußte, daß wir hier vorbeikommen würden, egal ob wir die Abkürzung nehmen oder weiter der Via Cassia folgen würden. Von uns beiden wußte er nicht mehr, als daß einer klein und dünn, der andere aber groß und kräftig ist. Darüber hinaus muß ihm der Wachoffizier auf der Burg von unseren Füchsen erzählt haben. Anders ist sein Irrtum nicht zu erklären.«

»Und da fragt er nicht lange nach und schlachtet die beiden ohne mit der Wimper zu zucken ab?«

»Ja, eben wegen der Pferde war er sich so sicher. Einmal ist die Farbe ihres Fells recht selten, und außerdem sind sie mit dem Wappen der Familie Borgia gezeichnet. Und waren es nicht zwei Spitzel der Borgia, die er aus dem Weg räumen sollte?«

Jetzt verstand Niccolino, und im ersten Moment verschlug es ihm die Sprache.

»Und warum hatte er Befehl, uns umzubringen?« fragte er dann.

»Weil die Orsini denken, daß wir mittlerweile zu viel von ihnen wissen.«

»Und tun wir das?«

»Ja, natürlich. Wir wissen Dinge, die die Verschwörer auf direktem Wege aufs Schafott bringen würden.«

Wir bestiegen wieder unsere Esel und hielten in langsamem Trab auf Rom zu. Und da es schon dunkelte, waren wir sehr auf der Hut und hatten unsere Waffen griffbereit, um uns gegen mögliche Überfälle verteidigen zu können.

Unerfreuliche Begegnungen blieben allerdings aus, so daß wir einige Stunden später wohlbehalten den Palast Kardinal Valenzas erreichten. Wir ritten in den Stall und übergaben unsere Reittiere den Stallburschen, die keinen Ton zu sagen wagten, obwohl wir die prachtvollen Füchse gegen zwei schäbige Esel eingetauscht hatten. Dann stiegen wir hoch zu den Gemächern des Kardinals. Ich ließ seinen Sekretär rufen und teilte ihm mit, daß ich seine Eminenz so bald wie möglich zu sprechen wünschte. Der Sekretär tat, was ich ihm aufgetragen hatte. Wenig später kam er zurück und richtete mir aus, der Kardinal habe dringende Geschäfte zu erledigen, freue sich aber, uns gleich nach Mitternacht empfangen zu können. Dann hätten wir die ganze Nacht vor uns, ließ er mir sagen, und nichts könne uns ablenken oder stören. Und er sei schon sehr gespannt, mit eigenen Ohren all die Neuigkeiten zu hören, die wir ihm zu erzählen hätten.

XIV

Einige Minuten nach Mitternacht teilte uns ein Kammerdiener Cesare Borgias mit, seine Eminenz erwarte uns in seinem Arbeitszimmer.

Es war nicht das Arbeitszimmer, in dem Kardinal Valenza mich das erste Mal empfangen hatte, sondern das sogenannte *secretum*: Ein winziger, karg eingerichteter Raum ohne Bücher, mit einem Tisch und wenigen Stühlen, der so konstruiert war, daß kein Wort, das darin gesprochen wurde, nach draußen dringen konnte. Er hatte keine Fenster oder sonstige Öffnungen, und alle Wände waren bis zur Decke mit Eichenholz verkleidet. Ich wüßte nicht zu sagen, wie das Räumchen belüftet wurde, aber zweifellos gab es ein Belüftungssystem, denn es roch keineswegs nach Schimmel, und die Kerzen auf den zweiarmigen Leuchtern brannten in hellem Schein.

Der Kardinal erschien mir sehr erschöpft. Brannte er darauf zu erfahren, was wir herausbekommen hatten, so zeigte er es jedenfalls nicht. Doch es war mir keineswegs neu, daß Cesare Borgia ein Meister der Verstellung war, ähnlich wie Catilina im alten Rom. Er empfing uns stehend, mit gewohnter Vornehmheit, und fragte uns sogleich, wie es uns denn jetzt gehe, da wir doch erst vor einigen Stunden mit knapper Not dem Tod entgangen seien ... Wie er das wissen konnte, war mir ein Rätsel. Vielleicht war ihm eine unbedachte Bemerkung Niccolinos im Palast zu Ohren gekommen. Dann erging sich der Kardinal in einer langen Beschreibung eines Rennpferdes, einer Araberstute aus Spanien, die er kürzlich für sein Gestüt erworben hatte. Gerade eine Woche zuvor hatte sie das bedeutendste der vielen Pferderennen gewonnen, die in Siena veranstaltet werden, und dabei das Pferd aus dem Gestüt der Familie Gonzaga, dem berühmtesten in ganz Italien, um vier Längen geschlagen. Von Niccolino wußte ich, daß der Kardinal, wenn er einmal von seinen Pferden erzählte, schnell alles andere vergaß.

Doch plötzlich brach er in seiner Erzählung ab.

»Ihr habt mir also wichtige Dinge zu berichten«, sagte er in müdem Ton. »Also dann, ich höre ... Was habt ihr herausbekommen? Wißt ihr, wer meinen Bruder Juan umgebracht hat, oder wollt ihr mir bloß sagen, daß ihr auf der richtigen Spur seid?«

»Wir kennen die Mörder«, versicherte ich ihm. »Und vor allem wissen wir, wer die Hintermänner sind.«

»Dann habt ihr also das Rätsel um das Verschwinden und den Tod des Herzogs von Gandìa gelöst?«

»So ist es, Exzellenz. Der Ablauf des Verbrechens ist uns in allen Punkten bekannt.«

»Nun denn, erzählt ... Ich bin ganz Ohr.«

»Ich muß vorausschicken, daß wir uns zunächst recht schwer taten, weil wir durch falsche Indizien, die man teilweise kunstvoll für uns ausgestreut hatte, auf die falsche Fährte gelockt wurden. Ebenso erging es wohl dem Bargello von Rom mit seinem ganzen Hofstaat von Sbirren, Spitzeln und Informanten. Im besonderen waren dies zwei Faktoren: Einmal die Aussage des Holzhändlers Giorgio vor dem Bargello; und zweitens die maskierte und ganz in Schwarz gekleidete Frau, die Eurem Bruder bei der Organisation seiner Liebesabenteuer behilflich war. Also zum ersten Punkt: Der Schiffer hat beobachtet, wie in der Nacht, als Euer Bruder verschwand, ein lebloser Körper in den Tiber geworfen wurde. Doch das war nicht Euer Bruder. Unmöglich. Denn die Leiche des Herzogs wurde eine halbe Meile flußaufwärts von dem Steg am Hafen von Ripetta gefunden. Und kein Körper, der im Tiber gelandet ist, kann gegen die Strömung treiben, und sei es auch nur wenige Ruten weit.«

»Ja, und wer war dann der Mann, den man gerade in jener Nacht vor den Augen des Schiffers in den Tiber geworfen hat?«

»Ganz sicher nicht der Herzog, sondern einer der Mörder, der bei dem Überfall selbst getötet wurde. Seine Kumpane wollten die Leiche so schnell wie möglich loswerden, denn sie mußten fürchten, ihre Identifizierung würde zur Entdeckung der Täter führen und es so der Justiz ermöglichen, die Auftraggeber ausfindig zu machen. Es war also reine Vorsicht, daß man den Mann verschwinden ließ.

Der zweite Punkt, der für Verwirrung sorgte, war, wie gesagt, die maskierte, schwarz gekleidete Kupplerin. Denn eigentlich waren es zwei maskierte Frauen. Die erste war eine echte Kupplerin namens Fiammetta, eine ehemalige Hure, die sich ihren Lebensunterhalt verdiente, indem sie junge, schöne und zu allem bereite Frauen mit interessierten Männern zusammenbrachte. Die andere, die zweite, gehört zu einer der mächtigsten Familien der Stadt Rom.«

Kardinal Valenza unterbrach mich mit einer flüchtigen Handbewegung.

»Wenn du tatsächlich, wie du behauptest, die Hintermänner des Verbrechens kennst, dann sage jetzt ohne Umschweife, wer sie sind«, forderte er mich auf.

»Es waren die Orsini, die den Tod Eures Bruders planten und ausführen ließen. Und dafür hatten sie einen ganz bestimmten Grund: Sie wollten den Tod Virginio Orsinis rächen, der am 16. Januar dieses Jahres in einem Verlies im Castel dell'Ovo in Neapel zu Tode kam. Ein Tod, den die Orsini, zu Recht oder zu Unrecht, den Borgia anlasten ...«

»Die Borgia haben mit seinem Tod überhaupt nichts zu tun«, brauste Kardinal Valenza auf. »Virginio Orsini wurde von den Aragona umgebracht – diesem heimtückischen, skrupellosen Gesindel –, als Verräter, weil er sich auf die Seite des französischen Königs geschlagen hatte. Möglicherweise ist er aber auch an den Wunden gestorben, die er in der Schlacht davongetragen hat.«

»Wie dem auch sei«, fuhr ich fort, »die Entscheidung, Euren Bruder zu töten, um seinen Vater, den Papst, zu treffen, fiel im Familienrat, der Mitte April in der Burg von Bracciano abgehalten wurde. Und zwar anläßlich der Trauerfeierlichkeiten für Virginio Orsini, dessen Leichnam gerade in jenen Tagen auf geheimen Wegen von Neapel aus eingetroffen war. An dieser Versammlung nahmen Kardinal Giovan Battista Orsini und Bartolomea Orsini, die Frau von Bartolomeo d'Alviano, teil; außerdem Francesco Orsini, der Herzog von Gravina, und Paolo Orsini, der Herr von Palombara Sabina und neuer militärischer Kopf dieses Hauses ... eine Stellung, die ihm nach dem Sieg von Soriano nel Cimino keiner mehr streitig machen will. Die fünfte Person, die bei diesem Treffen zugegen war, ist kein Orsini, sondern, wie man so sagt, ein Freund der Familie: Vitellozzo Vitelli, Freischarführer und Herr von Città di Castello. Vom französischen Gold angelockt, war dieser Vitelli zu Beginn des Jahres in die Dienste der Orsini getreten und hatte dann bei der siegreichen Schlacht bei Soriano nel Cimino entscheidend zum Erfolg beigetragen. Und ihm vertraute man jetzt die Aufgabe an, das von dieser Versammlung beschlossene Todesurteil gegen Euren Bruder zu vollstrecken. In Anbetracht seiner Grausamkeit und Verschlagenheit hielt man ihn für den geeigneten Mann, um den Henker zu spielen. Hinzu kam noch der Vorteil, daß er in Rom relativ unbekannt war und sich daher in der Stadt frei bewegen konnte, ohne Mißtrauen zu erregen. In jener Zeit stand hier in der Stadt ein gewisser Oliviero Eufreducci in seinen Diensten, ein Neffe des Herrschers von Fermo. Dieser Eufreducci ist sogar noch blutrünstiger und niederträchtiger als Vitelli selbst, und eben deshalb wurde er jetzt vom Herrn von Città di Castello dazu ausersehen, das Verbrechen auszuführen.«

»Oliviero Eufreducci, sagst du? Nie gehört«, stellte der Kardinal kopfschüttelnd fest. »Wo kann ich ihn finden? Ich würde ihm zu gerne einige Fragen stellen – auf meine spezielle Art.«

»Ich glaube, er hält sich zur Zeit auf der Burg von Bracciano auf, als Gast von Signora Bartolomea. Mittlerweile wird er wohl ganz in Diensten der Orsini stehen.«

Eine Zeitlang stand Cesare Borgia nur da, schweigend und in Gedanken versunken.

»Wie du die Vorgänge erzählst«, sagte er dann, »hören sie sich recht klar und unkompliziert an. Und wie sagt mein Freund Michelangelo doch ganz richtig: Das Geniale liegt in der Einfachheit.«

»Die Fakten, edler Herr, schienen jedoch lange Zeit sehr viel verworrener, als ich sie hier dargestellt habe. Denn in jener entscheidenden Versammlung wurde der ganze Ablauf bis in die kleinste Einzelheit sorgfältig geplant und festgelegt, damit gewährleistet war, daß das Rätsel um die Ermordung Eures Bruders absolut unlösbar bleiben würde. Mit anderen Worten, man hat – wie ich Euer Eminenz gegenüber schon bei unserer letzten

Unterredung erwähnte – falsche Fährten ausgelegt. Genau wie der schlaue Fuchs, wenn er gejagt wird.«

»Maestro Bonaccorsi, ich glaube, ich habe deine fleißige Arbeit nicht entsprechend gewürdigt, als ich dich um eine Zusammenfassung der Ereignisse bat. Also setzen wir uns doch, und dann erzähl mir ganz genau, was sich im einzelnen abgespielt hat bei der großen Verschwörung, der mein Bruder zum Opfer fiel.«

Wir setzten uns alle drei.

»Nach der Entscheidung des Familienrats der Orsini«, hob ich von neuem an, »begaben sich Vitelli und Eufreducci nach Rom, um die Lage zu erkunden und Informationen über die Gewohnheiten Eures Bruders zu sammeln. Sie wußten natürlich, daß der Herzog eine große Schwäche für die Frauen hatte, und so kamen sie schnell überein, sich auf diesem Wege ihrem Opfer zu nähern. In Rom genossen die beiden Mörder eine sehr privilegierte Position: Als Freunde Eures Bruders Jofré und seiner Gattin Sancia hatten sie Gelegenheit, sich über alle Gewohnheiten, Vorlieben, privaten Laster und öffentlichen Tugenden des Herzogs von Gandìa zu informieren.«

»Willst du damit vielleicht sagen«, unterbrach mich Kardinal Valenza, »daß mein Bruder und seine Frau von der Verschwörung wußten?«

»Nein, ganz und gar nicht, Monsignore«, antwortete ich. »Die beiden sind bloß etwas einfältig und zu schnell bereit, jedem Dahergelaufenen ihre Freundschaft zu gewähren, und nicht nur die allein ... Eure Schwägerin, die Prinzessin Sancia, ist eine leichtfertige, ja zügellose junge Frau – eine echte Aragona eben. Und so hat sie sich nicht gescheut, sich einem ungeschliffenen Soldaten wie Vitelli hinzugeben. Ja, und als die beiden Verschwörer einmal gut in Rom untergekommen waren – sehr gut untergekommen, würde ich sagen –, konnten sie in aller Ruhe den Köder auslegen.«

»Sag mir auf der Stelle«, brauste der Kardinal auf, »den Namen dieses schandbaren Weibes, dieser Verräterin, die sich als Köder dazu hergegeben hat, meinen Bruder in die tödliche Falle zu locken, und sie wird das Morgengrauen nicht mehr erleben. Noch heute nacht soll Niccolino mit ihr die offene Rechnung begleichen.«

»Laßt mich die Vorgänge in allen Einzelheiten erzählen, Eminenz, und Ihr werdet bald sehen, daß keine Frau sich als Köder benutzen ließ ... Es ging alles ganz anders vor sich. Es begann vor ungefähr vier Monaten, als der Herzog von Gandìa zufällig die Gräfin Barbara della Mirandola kennenlernte, ein junges, bildschönes Edelfräulein aus Ferrara, das dem jungen Onorio Savelli versprochen war. Doch so sehr sich der Herzog auch bemühte, ihr näherzukommen, so sehr er auch ihren Vater und die ganze Familie mit Geschenken und Ämtern überhäufte, es gelang ihm nicht, den Willen des Mädchens zu beugen und es dazu zu bringen, auf seine verdorbenen Anträge einzugehen ... Und als der Graf von Mirandola merkte, was der Herzog von Gandìa im Schilde führte, stellte er seine Tochter unter Hausarrest und verbot ihr sogar, die Heilige Messe zu besuchen.«

»Mein Bruder«, sagte der Kardinal, »hat mir des öfteren von ihr erzählt, aber nicht mit der Bitterkeit und dem Groll eines abgewiesenen Freiers, sondern mit der Genugtuung eines befriedigten Liebhabers.«

»Ja, in der Tat kam Euer Bruder voll und ganz auf seine Kosten, aber nicht bei Barbara della Mirandola, wie er glaubte, sondern bei einer Dirne, die ihr täuschend ähnlich sah. Die Gräfin von Mirandola ist nämlich, wie sich herausgestellt hat, auch heute noch *intacta virgo*, zur großen Freude ihres Vaters und ihres Verlobten. Hinter diesem Betrug steckte eine Kupplerin namens Fiammetta, eine Frau, die sich auf ihr Handwerk versteht. Sie war eines Tages auf die unglaubliche Ähnlichkeit zwischen der Gräfin und einer jungen, recht faulen Dirne namens Damiata aufmerksam geworden. Im Verlauf unserer Ermittlungen haben wir sie beide zu Gesicht bekommen, und ich kann Euch versichern, noch nicht einmal zwei Tropfen Wasser könnten sich derart ähnlich sehen ...«

»Dieser Name, Damiata, ist auch mir zu Ohren gekommen.

Und sogar dem Bargello. Doch als wir jemanden zu ihr schickten, um sie verhören zu lassen, mußten wir erfahren, daß sie umgekommen war, ertrunken in einem Brunnen. Sprichst du von dieser Frau?«

»Ja. Und gleich komme ich auch zu den näheren Umständen ihres Todes ... Gestattet mir jedoch zunächst, der Reihe nach in meiner Erzählung fortzufahren, damit der Strom sich nicht in tausend Rinnsale verzweigt ... Diese Damiata also war eine Dirne von ordentlicher Herkunft, sehr freundlich und sogar gebildet, die wohl mehrere Male den *Canzoniere* von Petrarca gelesen hatte, so daß es Fiammetta, der Kupplerin, nicht allzu schwerfiel, sie in die Rolle der Gräfin von Mirandola schlüpfen zu lassen. Sie stellte ihre verlorene Jungfernschaft wieder her und arbeitete mit ihr an der Verfeinerung ihrer Manieren, damit man sie für ein echtes, verschüchtertes Edelfräulein halten konnte. Und so eroberte Euer Bruder das Bett von Damiata, entjungferte sie zum zweiten Mal und ließ sich dann ganz in den Bann schlagen von der Unersättlichkeit des vornehmen, unerfahrenen Fräuleins, das sehr schnell jegliche Scham, jegliche Moral vergaß, und sich wie die hemmungsloseste aller Huren, wie eine nur der Lust ergebene Dirne benahm ... Euer verehrter Bruder fiel also auf den Schwindel herein und hätte nicht im Traum gedacht, daß dieses Mädchen keineswegs die Gräfin von Mirandola war. Außerdem hielt sich Damiata streng an ihre Rolle als Edelfräulein aus bestem Hause: Sie nahm niemals Geld und auch keine Geschenke oder Pfründe, die ihr der Herzog versprach. Euer Bruder bezahlte der Kupplerin jedoch fünfzig Dukaten für jedes Stelldichein, das sie ihm mit der falschen Gräfin Barbara vermitteln konnte. Damit erklärt sich zum Beispiel, warum im Beutel des Herzogs, als man ihn aus dem Wasser fischte, fünfzig Dukaten fehlten. Aber vor allem wird dadurch verständlich, warum sich die Kupplerin, die echte meine ich, nur in Männerkleidung und mit einer schwarzen Maske vor dem Gesicht Eurem Bruder zeigte: Sie mußte nämlich fürchten, gleich von zwei Seiten zur Rechenschaft gezogen zu werden, wenn der Schwindel herausgekommen wäre.

Einmal vom Herzog, und dann natürlich vom Grafen von Mirandola, wegen der Ehrverletzung, die man ihm und seinem Hause zugefügt hatte. Damiata selbst hat uns auf diese Spur gebracht: In ihrer grenzenlosen weiblichen Eitelkeit muß sie sich vor jemandem damit gebrüstet haben, Euren Bruder an die Leine gelegt zu haben. Diese Nachricht wurde in gewissen Kreisen bekannt, und so sind auch wir darauf gestoßen …

Die Kupplerin, die den ganzen Schwindel ausgeheckt hat, kommt aus Trevignano. Ihre Brüder arbeiten als Weinbauern für die Orsini, und einer ist sogar Gutsverwalter von Paolo Orsini, dem Herrn von Palombara Sabina. Für die Treffen suchte sich Fiammetta einen sehr abgelegenen Ort aus, wahrscheinlich auf Bitte Eures Bruders, der auf diese Weise die Ehre der Gräfin Barbara zu schützen gedachte. So trafen sie sich also in einem Häuschen jenseits der Stadtmauer, an der Via Flaminia, in einer unwirtlichen Gegend, die nachts praktisch menschenleer ist. Das Haus gehörte zwei bigotten alten Schwestern, die Fiammetta schon bei anderen Gelegenheiten bei ihren schändlichen Betrügereien unterstützt hatten. So nahm die Kupplerin also alle zwei, drei Tage Kontakt mit Eurem Bruder auf – egal, wo er sich gerade aufhielt – und berichtete ihm, die Gräfin könne sich am Abend der väterlichen Überwachung entziehen, habe große Sehnsucht nach ihm und wolle sich nachts mit ihm in dem Häuschen an der Via Flaminia treffen. Wie gesagt, arbeiten die Brüder der Kupplerin für die Orsini, und auf diesem Wege müssen Paolo Orsini und die anderen Familienmitglieder von der Sache erfahren haben. Sogleich besprachen sie sich mit Vitelli und Eufreducci und kamen überein, sich die Situation zunutze zu machen. Sie hatten nämlich erfahren, daß sich der Herzog, um die Treffen möglichst diskret zu gestalten, nur von einem Knappen bei seinen nächtlichen Ausflügen begleiten ließ. Man müßte also, so überlegten sie, eine falsche maskierte Kupplerin zu ihm schicken, die er für die echte halten sollte, und die ihm erzählen würde, die Gräfin erwarte ihn mit gespreizten Schenkeln und großer Wollust zu einem bestimmten Zeitpunkt in dem Haus an der Via Flaminia. Hier sollte er anstelle der falschen Gräfin eine Horde bewaffneter, zu allem entschlossener Männer unter der Führung von Oliviero Eufreducci vorfinden. Doch an diesem Punkt der Überlegungen stellte sich ein Problem: Wo sollte man eine Frau finden, die Fiammetta glaubwürdig ersetzen konnte, eine Frau, die vor allem eins sein mußte: geschickt und mutig. Und da bot sich nur eine an: Bartolomea Orsini, zweifellos geschickt und mutig, und darüber hinaus besessen von dem Gedanken, Rache zu nehmen. Außerdem hat sie eine gewisse Ähnlichkeit mit Fiammetta. Beide sind schlank und kräftig und haben dichtes graues Haar. Und schließlich sollten die Männerkleidung und die schwarze Maske vor dem Gesicht ihre Wirkung nicht verfehlen. Es war also Bartolomea Orsini, die an jenem verhängnisvollen Abend im Hause Eurer Mutter auftauchte. Und sie war es, die Juan Borgia aufforderte mitzukommen, wobei sie durch unzüchtige Reden, die ihrer Rolle alle Ehre machten, seine Lust noch anstachelte. Und Bartolomea war es auch, die mit dem Herzog zusammen auf dem Maultier davonritt, nachdem sie, wie man uns berichtet hat, auf dem Rücken eines wilden Fuchses mit vier weißen Streifen eingetroffen war, den sie meisterhaft beherrschte. Die Frau wirkte insgesamt so forsch und männlich in ihrem Gehabe, daß Don Pedro, der Haushofmeister Eurer Mutter, sie tatsächlich für einen Mann hielt.«

»Das hört sich alles sehr eigenartig an, was du mir da erzählst«, unterbrach mich der Kardinal. »Mein Bruder, der stets allem und jedem mißtraute, soll also tatsächlich nicht gemerkt haben, daß er nicht die übliche Kupplerin vor sich hatte?«

»Ihr dürft nicht vergessen, daß Euer Bruder berauscht war vom Wein, dem er an jenem Abend eifrig zugesprochen hatte«, erwiderte ich. »Jeder an seiner Stelle wäre darauf hereingefallen. Die derbe, hurenhafte Sprache, derer sich Bartolomea bediente, ließen ihn glauben, die ihm bekannte Kupplerin vor sich zu haben. Der einzige, dem Zweifel kamen, war Don Pedro. Da die Wachen an der Tür die maskierte Kupplerin nicht vorbeilassen wollten, ging er sie empfangen. Und so sah er sie im Sattel des Pferdes und war überrascht von ihrem Können in der doch eher männlichen Kunst des Reitens. Wie wir später erfuhren, kann die echte Fiammetta gar nicht reiten, ja, sie würde sich sogar weigern, ein Maultier zu besteigen. Und etwas anderes noch erregte Don Pedros Verdacht: Als sich die maskierte Kupplerin die schwarzen Handschuhe auszog, um einen Krug Wein zu trinken, stellte er fest, daß zwei Finger ihrer linken Hand durch einen Streich mit einer Schnittwaffe amputiert worden waren. Ich selbst habe diese entstellte Hand gesehen, als ich Madonna Bartolomea in der Burg von Bracciano begegnet bin. Ja, die Schwester von Virginio Orsini ist ein wirklich unerschrockenes Weib. Sie hat sich selbst an der Ausführung des Verbrechens beteiligt, um Euren Bruder mit eigenen Augen sterben zu sehen, wobei sie in der ruchlosen Tat jene Befriedigung und Freude suchte und fand, die sich all jene erhoffen, die auf bittere Rache aus sind.

Aber an jenem, für das Haus Borgia verhängnisvollen Tag, stellte sich den Mördern noch ein weiteres Problem: Sie mußten Fiammetta aus dem Verkehr ziehen, um zu verhindern, daß sie zufällig am selben Abend den Herzog aufsuchte. Denn das hätte ihren schönen Plan sofort zunichte gemacht. Die Kupplerin mußte also ferngehalten werden. Und das geschah folgendermaßen: Die Verschwörer mieteten eine kleine Wohnung in der Via della Misericordia und beauftragten einen von ihnen, einen Arkebusier namens Marcuccio, Fiammetta zu folgen, ihr Herz zu erobern ... eine sehr leichte Aufgabe ... und sie zu der Wohnung zu bringen, um dort ausgiebig die Früchte der Eroberung zu genießen.

Und nachdem er die Gelüste der Kupplerin solange befriedigt hatte, bis sie vollkommen erschöpft in tiefen Schlaf fiel, gesellte sich Marcuccio zu den anderen Mördern, und zusammen erreichten sie die Via Flaminia. Bei dem schmalen Pfad, der zu dem alleinstehenden Haus der Betschwestern führt, machten sie halt und warteten. Ein paar Stunden später traf der Herzog mit der falschen Kupplerin ein. Sie waren nur zu zweit. Denn der Knappe Giannettino war auf Befehl Eures Bruders nach Hause geritten, um einen Brustharnisch zu holen, den er zwei Stunden später seinem Herrn auf der Piazza della Giudìa übergeben sollte. Das weiß ich von Euch, Eminenz: Ihr habt mit eigenen Ohren gehört, wie Euer Bruder den Befehl gab – und mit Euch Bartolomea Orsini.

Vor dem Häuschen sah sich der Herzog plötzlich von den Schergen Eufreduccis umringt, zu denen sich mit Sicherheit auch Bartolomea Orsini gesellte. Erst jetzt merkte der Herzog, daß er in eine Falle gegangen war. Mit einem Schwertstreich zerschnitt einer der Angreifer den Sattelriemen, ein anderer trennte einen Steigbügel ab. Der Sattel rutschte vom Rücken des Maultiers und Euer verehrter Bruder fiel zu Boden. So sind die Blutergüsse und Hautabschürfungen zu erklären, die noch auf dem toten Körper Eures Bruders zu erkennen waren, nachdem man ihn aus dem Wasser geholt hatte. Am Boden liegend wurde das arme Opfer wie ein Schaf ausgeweidet, von Eufreducci, seinen Schergen und von Bartolomea ... und ich könnte mir gut vorstellen, daß sie, bevor der Herzog seinen letzten Atemzug tat, mit größter Genugtuung ihre Maske vom Gesicht nahm und sich ihm zu erkennen gab und ihm sagte, warum er sterben mußte. Die Leiche warf man dann in den Tiber, von einem schmalen Holzsteg aus, der sich direkt hinter dem Häuschen genau an der Stelle befindet, wo die Via Flaminia ein Stück am Fluß entlang führt. Zwei Tage später fand man Euren Bruder, von der Strömung getrieben, ungefähr eine halbe Meile talwärts. Und eine Laune des Schicksals wollte es, daß man ihn genau in Höhe der Villa Kardinal Ascanio Sforzas aus dem Wasser fischte.«

Ich holte Atem. Kardinal Valenza musterte mich lange.

»War das alles?« fragte er dann.

»Nein, noch lange nicht«, antwortete ich. »Denn jetzt gingen die Mörder zum zweiten Teil der Verschwörung über, bei dem es sicherzustellen galt, daß niemand sie mit dem Verbrechen in Verbindung bringen konnte. Sie hatten genau geplant, wie alle Spuren zu beseitigen waren, die den Bargello – oder andere interessierte Personen – in irgendeiner Weise auf ihre Fährte hätten bringen können. Mit anderen Worten, sie verhielten sich so, wie ich Euch schon mehrmals sagte: Wie Füchse, die, wenn eine Hundemeute hinter ihnen her ist, sorgfältig die eigenen Spuren verwischen und neue Fährten auslegen. So drangen sie sofort nach der Tat ins Haus der beiden älteren Schwestern ein und metzelten sie nieder, indem sie ihnen mit Stoßdegen die Eingeweide aus dem Leib schnitten. Danach sollte Giannettino an die Reihe kommen, denn der Knappe wußte von der kleinen Gräfin und kannte auch den Ort, wo der Herzog sie traf, weil er ihn mehrmals dorthin begleitet hatte. Auf der anderen Seite wußte Bartolomea Orsini, daß Giannettino sich auf der Piazza della Giudìa aufhielt, wo er seinen Herrn erwartete. Eilig machten sich die Mörder nun auf den Weg dorthin, um ihm jegliche Fluchtmöglichkeit zu verbauen und über ihn herzufallen. Als Giannettino sah, wie die bis an die Zähne bewaffnete Horde auf ihn zustürmte, suchte er, um den Rücken freizuhaben, sofort Schutz an einer Hauswand. Die Frauen, die in jenem Haus wohnen, hörten den Lärm des Kampfes, der, wie sie uns berichteten, ungefähr eine Viertelstunde dauerte. Schließlich wurde der treue Diener des Herzogs tödlich getroffen, und die drei Frauen, die voller Angst hinter dem Fenster lauschten, hörten ihn rufen ›Rette mich, Herr‹, während er wahrscheinlich, treu wie er war, ›Rettet meinen Herrn‹ geschrien hat ... denn der arme Giannettino konnte ja nicht wissen, daß der Herzog von Gandìa schon einige Zeit vorher sein Leben ausgehaucht hatte.

Doch bei diesem dritten Mord bekam das fein geflochtene Netz der Verschwörung seinen ersten Riß. Denn bei dem Kampf mit dem Knappen wurde ein weiterer Mann tödlich verletzt: Marcuccio, der Arkebusier, den ich schon erwähnt habe. Die Mörder wußten, hätte man seine Leiche auf der Piazza oder in irgendeiner Gasse Roms gefunden, wäre es nicht schwergefallen, seinen Tod mit dem des Herzogs in Verbindung zu bringen – und dann auch mit der Familie Orsini. So kamen sie überein, die Leiche Marcuccios verschwinden zu lassen. Als Niccolino und ich am Tag darauf den Tatort untersuchten, entdeckten wir auf dem Pflaster direkt an der Hauswand große Blutflecken, von denen, deutlich erkennbar, zwei lange Blutspuren ausgingen ... offensichtlich hatte man zwei Verletzte vom Tatort weggebracht. Eine dieser Spuren führte zu dem Hohlraum unter der Treppe, wo Giannettino gefunden wurde. Die zweite jedoch zog sich über den ganzen Platz, und darüber hinaus in Richtung Campo dei Fiori und Tiber. Das war die von Marcuccio, und seine Leiche sah Giorgio dann, als man sie von dem Steg für den Kehricht in den Tiber warf. Die Leiche Marcuccios also, und nicht die des Herzogs von Gandìa.«

»Wie kannst du so sicher wissen, daß der Mann, der in den Tiber geworfen wurde, Marcuccio war? Man könnte meinen, du seist dabei gewesen oder von einem der Mörder in den Hergang eingeweiht worden. Ja, ich meine fast, so wie du die Dinge erzählst, weißt du zu gut Bescheid ... Niccolino, was hältst du davon?«

»Ich denke, dem Maestro ist die Rekonstruktion der Tat hervorragend gelungen. Nicht die kleinste Kleinigkeit ist ihm entgangen. Jedes Mosaiksteinchen hat er an den richtigen Platz gerückt. Und er hat bewiesen, daß er das Vertrauen, das Ihr in ihn setztet, vollauf verdient.«

»Schon möglich. Aber wie kann er die Identität eines Mannes kennen, der des Nachts in den Tiber geworfen wurde und vermutlich nie mehr aufgetaucht ist?«

»Der Schiffer hat mir persönlich erzählt«, erklärte ich, »daß der Mann, der vor seinen Augen in den Tiber geworfen wurde, einen Rock trug, der mit drei Kanalratten bestickt war. ›Kanalratten‹, das waren seine Worte. In Wirklichkeit handelte es sich um drei Biber, fleißige Nagetiere, die an Flußufern leben, wie zum Beispiel an der Tenna, dem Fluß, der durch die Stadt Fermo fließt. Und in eben dieser Stadt Fermo tat Marcuccio zusammen mit seinem Herrn Oliviero Eufreducci Dienst, bevor er nach Rom kam. Genauer gesagt, bei den Herrschern von Fermo, der Familie Fogliano, die drei Biber im Wappen führt ... In den Tagen danach, während die ganze Stadt fieberhaft den Herzog von Gandìa suchte, machten sich die Mörder daran, alle Personen umzubringen, die ihnen hätten gefährlich werden können. Und nach Lage der Dinge war das nun vor allem Fiammetta. Sie suchten sie, aber sie fanden sie nicht. Denn als diese am Morgen nach der fatalen Nacht die kleine Wohnung verließ, hörte sie auf der Straße, daß der Herzog in der Nacht verschwunden war und daß die Sbirren des Bargello in diesem Zusammenhang eine Frau suchten, wahrscheinlich eine Kupplerin, die sich nur maskiert und in schwarzer Kleidung in der Öffentlichkeit zeige. Fiammetta fürchtete natürlich, daß die Sbirren früher oder später auf sie kommen würden ... immerhin entsprach sie in allem der Beschreibung ..., und so ging Fiammetta als erstes zum Haus Damiatas, um die Kleidung und alle Masken, die sie getragen hatte, zu vernichten. Danach flüchtete sie sich zu ihren Brüdern nach Trevignano, in der Hoffnung, daß niemand sie dort ausfindig machen werde, jedoch auch mit der Gewißheit, daß sich die römischen Sbirren gegebenenfalls nicht auf orsinisches Gebiet vorwagen würden. Und die Flucht rettete ihr das Leben. Denn nachdem die Mörder sie vergeblich gesucht hatten, konzentrierten sie sich auf die andere Frau, die von dem Geheimnis wußte. Auf die Hure Damiata, die falsche Gräfin Barbara. Und mit ihr wollten sie auch die Dienerschaft aus dem Weg räumen. Das war einmal eine alte Amme namens Nanna, und dann ein gewisser Paco, Soldat der spanischen Garde des Papstes, der für die Dirne gleichzeitig Gatte, Beschützer und Zuhälter war. So war er es, der Damiata nachts zu ihren geheimen Treffen in dem Häuschen jenseits der Porta Flaminia begleitet hatte. Die Mörder drangen also bei Damiata ein und metzelten beide, Nanna und Paco, auf die bewährte grausame Weise nieder, indem sie ihnen also mit Stoßdegen die Eingeweide aus dem Leib schnitten. Und bei dieser Gelegenheit sahen wir den blutrünstigen Oliviero Eufreducci zum ersten Mal in Aktion. Denn am selben Morgen, als die Meuchelmörder bei Damiata eindrangen, tauchten auch wir bei ihr auf, weil wir ihr einige Fragen stellen wollten. Unser Eintreffen rettete der Dirne das Leben. Und dabei hatte ich wieder einmal Grund, mich im stillen für die weise Voraussicht Eurer Exzellenz zu bedanken, die Euch veranlaßt hatte, mir Niccolino als Leibwächter zur Seite zu stellen. Denn Niccolinos Anwesenheit allein genügte, um Eufreducci und seine beiden Mordkumpane in die Flucht zu schlagen. Im übrigen ist Eufreducci ein Mann, der schon zu brutal ist, um wirklich kühn zu sein. So retteten wir Damiata das Leben und schärften ihr ein, in Zukunft auf der Hut zu sein, da die Männer wahrscheinlich zurückkehren würden. Außerdem baten wir sie, uns im eigenen Interesse bei der Suche nach den Mördern behilflich zu sein. Leider schlug sie unsere Warnungen in den Wind, eine Leichtfertigkeit, die sie mit dem Leben bezahlte. Denn die Orsini-Bande gab so schnell nicht auf, und da Damiata mittlerweile mißtrauisch geworden war, entschloß man sich, sie auf andere Weise aus dem Weg zu räumen. Dabei machte man sich die Tatsache zunutze, daß Fiammetta und Nanna nicht mehr da waren, und schickte zwei junge Mädchen zu ihr, vielleicht dreizehn, vierzehn Jahre alt, die sich ihr als Dienerinnen anboten, von Damiata aber als Kupplerinnen eingesetzt wurden, oder ihr sogar, wenn die Kunden das wünschten, bei ihrer speziellen Tätigkeit zur Hand gingen. Und nachdem sie sich auf diese Weise in Damiatas Vertrauen geschlichen hatten, fielen sie eines Tages über ihre Herrin her, erdrosselten sie und warfen die Leiche in einen Brunnen im Garten. Dann nahmen sie Reißaus, allerdings nicht ohne einen gut gefüllten Geldschrein mitgehen zu lassen. Man sollte das Verbrechen für einen Raubmord halten und keinesfalls mit dem Tod des Herzogs von Gandìa in Verbindung bringen. Das war der letzte Mord der Orsini, die sich mittlerweile in vollkommener Sicherheit wähnten. Aber gerade weil sie sich so sicher fühlten, wurden sie leichtsinnig und ließen sich zu einem törichten Fehler hinreißen. Anscheinend hatten sie erfahren, daß Euer Exzellenz uns beauftragt hatte, die Mörder zu finden …«

Der Kardinal machte eine unwirsche Geste.

»Anscheinend ist es unmöglich«, sagte er gereizt, »in diesem Palast ein Geheimnis zu wahren.«

»Ich glaube eher«, antwortete ich, »jemand hat den Orsini zugetragen, wir zögen durch die Gegend und stellten viele neugierige Fragen bezüglich der Ermordung Eures Bruders. Und das beunruhigte sie, denn sie mußten fürchten, daß wir früher oder später bis zu ihnen vorstoßen würden ... immerhin hatten wir sogar Fiammetta bei ihren Brüdern aufgespürt. Die Orsini entschlossen sich also, sich mit uns zu treffen, um das Terrain zu erkunden und zu versuchen, uns auf eine falsche Fährte zu locken. Zu diesem Zweck wandten sie sich an Kardinal Carafa, meinen verehrten Herrn, und sagten ihm, sie wollten mich kennenlernen und sich mit mir unterhalten.

Kardinal Carafa, dieser fromme, gutgläubige Mann, dem gerade deswegen jedes Mißtrauen fremd ist, bestellte mich zu sich. Zusammen mit Niccolino fand ich mich in seinem Palast ein. Dort kamen wir mit Kardinal Giovan Battista Orsini und seinem Neffen Paolo zusammen. Ohne Umschweife kamen die beiden zur Sache. Sie fragten uns, was wir über sie herausbekommen hätten, da sie doch für uns sicher zum Kreis der Verdächtigten zählen würden. Wir gingen jedoch nicht darauf ein und beschränkten uns auf nichtssagende Antworten. Verärgert und beunruhigt durch unser Verhalten, ließen sie sich zu ihrem zweiten Fehler hinreißen. Sie versuchten unser Schweigen, oder besser unsere Komplizenschaft zu kaufen – zunächst der Kardinal noch eher vorsichtig, dann Paolo ganz dreist und unverblümt –, indem sie uns Summen in schwindelerregender Höhe anboten. Mir stellten sie am Ende gar zwanzigtausend Dukaten in Aussicht und sicherten mir ihre Unterstützung zu, falls ich damit das kürzlich frei gewordene Lehen von Narni zu kaufen gedächte. Aber das war noch nicht alles. In ihrem Wahn ließen sie sich sogar dazu hinreißen, Niccolino das Kommando über hundert Lanzenträger anzubieten, mit einem Sold von dreitausend Dukaten im Jahr. Auch er lehnte selbstverständlich ab. Und so entschlossen sich die Orsini, uns aus dem Weg zu räumen, was ihnen einzig und allein deswegen nicht gelungen ist, weil ihnen zufällig zwei andere Personen in die Hände fielen, die sie statt unserer ermordeten.«

Der Kardinal, der mich die ganze Zeit über staunend und ungläubig angestarrt hatte, wandte sich jetzt an Niccolino, um sich von ihm meine Ausführung bestätigen zu lassen.

»Genau so war es«, versicherte der Riese. »Heute morgen noch waren wir in der Burg von Bracciano, um die letzten Unklarheiten zu beseitigen. Dort trafen wir zunächst Bartolomea Orsini und kurz darauf auch Kardinal Orsini, der, davon bin ich überzeugt, nur vorgab, uns nicht zu erkennen. Jedoch die Tatsache, daß zwei von den Borgia bezahlte Ermittler die Kühnheit besaßen, in ihre Burg einzudringen, machte den Orsini klar, daß wir der Wahrheit sehr, sehr nahe gekommen waren. Nur scheuten sie wahrscheinlich davor zurück, zwei Diener der Borgia in ihrem Familienschloß umzubringen.«

»Und in Bracciano«, ergänzte ich, »haben wir etwas herausbekommen, was wir bis dahin noch nicht wußten, unsere Vermutungen aber sehr genau bestätigte: Signora Bartolomea, die unerschrockene Streiterin bei allen Kriegszügen der Orsini, hat eine verkrüppelte Hand. Und zwar fehlen ihr an der linken zwei Finger, wodurch wir sie als zweite maskierte Kupplerin entlarven konnten, als die Person also, die Euren Bruder nach dem Festmahl abholen kam. Wie Niccolino bereits erwähnt hat, gaben die Orsini Oliviero Eufreducci den Befehl, uns nachzujagen und ohne Zögern abzuschlachten. Und so bezog dieser am Rand des Waldes von Baccano, kurz vor Storta, Stellung und erwartete uns dort. Doch Gott der Allmächtige hielt seine Hand über uns: Bei einer Rast im Wald wurden unsere kostbaren Pferde gestohlen, wahrscheinlich von zwei versprengten Sbirren, und als diese auf der Flucht nach Rom vor Storta ankamen, fielen Eufreducci und seine Mordgesellen – die uns noch nie gesehen hatten, wohl aber die Pferde wiedererkannten – über sie her. Die Diebe wurden erbarmungslos abgeschlachtet, und wir beide, die wir zufällig in jenem Moment auf kurz zuvor erstandenen Eseln vorbeikamen, konnten dem außergewöhnlichen Schauspiel unserer eigenen Ermordung beiwohnen. Aus diesem Grund baten wir, als wir hier im Palast ankamen, Euch unverzüglich sehen zu können, Eminenz. Wir sollten den Orsini keine Zeit lassen, etwas von dem

Versehen zu merken. Und ich denke, es gibt nur eine Möglichkeit, sie zu stoppen: Dafür zu sorgen, daß sie so schnell wie möglich einer gerechten Bestrafung für alle ihre furchtbaren Verbrechen zugeführt werden.«

Als ich fertig gesprochen hatte, machte sich Stille im Raum breit. Kardinal Valenza dachte angestrengt nach. Nach einer Weile sagte er: »Ich bin mir bewußt, welchen Gefahren ihr euch in meinem Dienste aussetzen mußtet, und daß euer Leben erneut ernsthaft bedroht sein wird, sobald sich herumspricht, daß ihr noch lebt. Für Niccolino sehe ich eine einfache Lösung: Hiermit übergebe ich ihm das Kommando über eine Schar von hundert Lanzenträgern, mit einem Sold von fünftausend Dukaten im Jahr. Im Kreis seiner bewaffneten, gut ausgebildeten Männer wird ihm auch die mächtige Familie Orsini nichts anhaben können. Für dich, mein lieber Bonaccorsi, habe ich mir folgende Belohnung ausgedacht. Ich werde meinem Schatzmeister Anweisung geben, dir auf der Stelle fünftausend Dukaten auszuzahlen: Sicher, das sind keine zwanzigtausend, wie sie dir die Orsini versprochen haben, doch erlauben sie dir, mit Anstand und Würde leben zu können. Aber das ist noch nicht alles. Wenn ich mich recht erinnere, war es dein innigster Wunsch, in deine Heimatstadt Florenz zurückkehren zu können. Ich weiß, wenn ein Florentiner sich fern der Heimat aufhält, leidet er und verzehrt sich wie ein Fisch auf dem Trockenen. Daher habe ich zwei Empfehlungsschreiben für dich aufsetzen lassen ... Eines ist an Bartolomeo Scala gerichtet, den Ersten Sekretär der Republik Florenz seit der Vertreibung der Medici vor gut drei Jahren. Er ist ein Mann von großem diplomatischen Geschick, dem es gelungen ist, sich nicht in die Auseinandersetzungen zwischen den Anhängern Savonarolas und den Arrabbiati* hineinziehen zu lassen. Das zweite geht an Marcello Virgilio Adriani, der in Florenz die Humaniora lehrt und an der Universität größtes Ansehen genießt. Beide sind mir verpflichtet und werden mir einen Gefallen nicht verweigern

* Gegner Savonarolas, Verfechter einer aristokratischen Oligarchie, d. Übers.

können. Nun liegt es an dir zu entscheiden. Doch ganz gleich wie diese Entscheidung ausfallen mag, denke stets daran, daß du immer einen festen Platz in meinem Herzen haben wirst und daß du jederzeit eine hervorragende Stellung an meinem Hof und in meinem Palast in Rom einnehmen kannst ... Obwohl – ich weiß nicht, wie lange du mich noch in Rom wirst antreffen können. Vielleicht wirst du mich bald schon in Neapel finden – auf dem Thron des Königreichs.«

»Wieso? Wollen Eure Eminenz vielleicht damit sagen, daß ...«

»In Zukunft werde ich den Platz einnehmen, den der Papst meinem Bruder zugedacht hat; einen Platz, muß ich hinzufügen, dessen sich der Herzog von Gandìa niemals würdig erweisen konnte. Ich werde es sein, der den Grundstein legt für Ruhm und Herrlichkeit des Geschlechts der Borgia, das in kürzester Zeit mächtiger sein wird als die Gonzaga in Mantua, die Sforza in Mailand und die Aragona in Neapel. Und so betrachtet, dürfte ich die Orsini eigentlich gar nicht bestrafen. Im Gegenteil, ich müßte sie reich belohnen, denn mit ihrer ruchlosen Tat haben sie mir, ohne es zu wissen, ungeahnte Möglichkeiten eröffnet und meinen ehrgeizigsten Plänen Vorschub geleistet. Und deswegen werde ich sie leben lassen – eine Zeitlang wenigstens.«

»So wollt Ihr also nicht mit der gebotenen Eile gegen sie vorgehen?«

»Mein lieber Bonaccorsi, eine gelungene Rache braucht Zeit. Die Mörder meines Bruders sollen sich erst ganz sicher fühlen, sollen zu der Gewißheit gelangen, daß ihre Schuld für immer ungesühnt bleiben wird. Sie sollen glauben, mit heiler Haut davongekommen zu sein. Ja, ich werde erst zuschlagen, wenn sie den Höhepunkt ihrer Macht erreicht haben. Ich allein entscheide, auf welche Weise und zu welchem Zeitpunkt die Täter ihre gerechte Strafe finden werden. Und nun gehe mit Gott, Maestro Bonaccorsi, kehre in dein geliebtes Florenz zurück und besuche mich einmal, wenn du dich in der ewigen Stadt aufhältst.«

XV

In den darauffolgenden Wochen und Monaten war ich von den Problemen in Anspruch genommen, die durch meinen Umzug nach Florenz entstanden, wo mir die Empfehlungsschreiben Kardinal Valenzas alle Türen der städtischen Behörden öffneten. Doch kurz nach meiner Ankunft erkrankte der Erste Sekretär der Republik, Bartolomeo Scala, schwer und verstarb kurz darauf. Auf seinen Posten berief die Signoria, der Rat der Stadt, jedoch die andere Persönlichkeit, für die mir Cesare Borgia ein Empfehlungsschreiben mitgegeben hatte. Und so wurde Marcello Virgilio Adriani, ein Nachkomme des berühmten Poliziano, der Erste Sekretär der Republik.

Mit dem Hinscheiden Bartolomeo Scalas waren zahlreiche Veränderungen in der Stadtregierung verbunden. So wurde Allessandro Braccesi entlassen, der als einer der beiden Sekretäre der Regierung die zweite Kanzlei geleitet hatte, den sogenannten »Rat der Zehn«, der für die Außenpolitik und alle militärischen Angelegenheiten zuständig ist. Die Nachfolge fiel einem alten Schüler von Marcello Virgilio zu, einem Müßiggänger ohne Wissen und ohne Geld namens Niccolò Machiavelli. Und bei dieser Gelegenheit fand auch ich eine Anstellung in der Kanzlei, und zwar als erster Gehilfe dieses Niccolò Machiavelli, mit einem monatlichen Gehalt von hundert Gulden.

Machiavelli war ein kleingewachsener Florentiner mit einer spitzen Nase und einer Behaarung wie ein Bär. Stets heiter und mit einem frechen Mundwerk ausgestattet, war er ein eifriger Besucher gewisser Häuser und ein genialer Erfinder von Spottgeschichten. Er verschlang nicht nur alles, was ihm an Geschriebenem in die Hände kam, Handschriften und Bücher, sondern betätigte sich auch selbst als Literat, wobei er mit Boccaccio – bei erotischen Novellen – und Ariost – bei Komödien im Stile von Plautus – zu wetteifern versuchte.

Meine Jahre in Florenz waren eine sehr turbulente Zeit, voller

Spannungen in Italien und besonders in meiner Stadt. Die Strömungen, die die Rückkehr der Medici betrieben, wurden immer stärker, und im Palazzo Vecchio hatte jeder Angst, seine Stellung zu verlieren. Daher war für uns Amtspersonen Zurückhaltung oberstes Gebot. Als dann die Medici tatsächlich wieder an die Macht kamen, wurden alle in ihren Ämtern bestätigt, bis auf einen, Machiavelli. Er hatte sich zu eindeutig für die Republik stark gemacht und wurde dafür jetzt aus der Stadt verbannt. Aber Niccolò Machiavelli hat eben von Politik noch nie viel verstanden.

Und was wurde aus der Rache Kardinal Valenzas? wird sich der Leser fragen. *Hat er womöglich ganz darauf verzichtet?* Der Kardinal, man erinnert sich, hatte mir gesagt, Rache brauche Zeit. Das mag stimmen, aber nur wenn man es nicht zuläßt, daß der Tod ihr zuvorkommt. Doch so geschah es bei einer Person, an der Kardinal Valenza sich rächen wollte.

Nur einen Monat nach meinem Besuch auf der Burg von Bracciano, es war Anfang August, starb Bartolomea Orsini eines natürlichen Todes. In Rom munkelte man jedoch auch, ihr Gatte, Bartolomeo d'Alviano, habe dabei nachgeholfen, weil er es leid war, mit dieser häßlichen, abgehärmten, hochnäsigen, autoritären, grausamen und eingebildeten Frau zusammenzuleben.

Noch ungewöhnlicher war, wie sich Oliviero Eufreducci seiner Bestrafung entzog – zunächst jedenfalls. Da er sich mittlerweile für einen begnadeten Condottiere hielt, erprobt in unzähligen Waffengängen, glaubte er, es sei unter seiner Würde, anderen Condottieri zu dienen und entschloß sich daher, es auf eigene Faust zu versuchen. Dazu schrieb er einen langen Brief an den Mann, der sein Onkel war, sein Ziehvater und Beschützer, Giovanni Fogliano, den Herrn von Fermo. In diesem Brief teilte er ihm mit, nach den langen Jahren fern der Heimat, in denen er das ehrenvolle Kriegshandwerk erlernt habe, ziehe es ihn nun wieder mit Macht nach Fermo in die Arme seiner lieben Freunde und Verwandten. Und da er sich in jenen Jahren größte Mühe gegeben habe, zu Ehre, Ruhm und Ansehen zu gelangen, wolle er seinen Mitbürgern zeigen, daß er seine Zeit nicht mit unnützen Dingen vertan habe, sondern ein bedeutender Mann geworden sei. Daher wolle er sich bei seiner Rückkehr von hundert berittenen Soldaten und einer Schar von Freunden und Dienern eskortieren lassen. Weiter bat er seinen Onkel, zu diesem Zweck allen Bürgern von Fermo zu befehlen, ihn mit allen Ehren in der Stadt zu empfangen. Und als Oliviero dann mit seiner Eskorte Einzug hielt in die Stadt, säumten Hunderte von jubelnden Menschen die Straßen.

Bei dieser Gelegenheit gab Oliviero auch ein festliches Bankett, zu dem er seinen Onkel Giovanni mit Familie, den Rat der Stadt und alle wichtigen Männer von Fermo einlud. Zum Ende der ausgelassenen Feier brachte Oliviero das Gespräch auf die Unternehmungen und Pläne von Alexander VI. und dessen Sohn, Kardinal Valenza. Giovanni und die anderen Honoratioren griffen das Thema gerne auf, und jeder gab seine Meinung, ohne ein Blatt vor den Mund zu nehmen, zum besten. Da erhob sich Oliviero von seinem hohen Stuhlsessel, auf dem er gethront hatte, und verkündete, über gewisse Dinge rede man besser an einem abgeschiedeneren Ort. Dann ging er voran zu einem Nebenraum. Sein Onkel Giovanni und die anderen Honoratioren folgten ihm. In dem Raum angekommen hatten sie kaum Platz genommen, als aus einigen Verstecken Oliviero Eufreduccis bewaffnete Kumpane hervorsprangen und alle Anwesenden ohne Erbarmen niedermachten. Unter den Honoratioren der Stadt war auch Raffaele Della Rovere, ein Verwandter Giovannis, der zusammen mit seiner Gattin und zwei kleinen Söhnen zum Fest erschienen war. Beide Kinder wurden in den Armen der verzweifelten Mutter abgeschlachtet.

Nach diesem furchtbaren Gemetzel rissen Oliviero und seine Soldaten die Herrschaft über die Stadt Fermo an sich, und wenig später schon gelang es dem neuen Herrscher, eine ihm ergebene neue Stadtregierung zu ernennen.

Mit den Steuergeldern, die die eroberte Stadt für ihn abwarf, konnte Oliviero dann ein Heer von zweitausendfünfhundert Mann aufstellen und unterhalten, mit dem er sich in den Dienst desjenigen stellte, der ihn am besten bezahlte. So wurde Liveretto da Fermo, so nannte man Oliviero nun, bald einer der berühmtesten Condottieri seiner Zeit, dessen Söldner überall in Mittelitalien Angst und Schrecken verbreiteten.

Der Weg Kardinal Valenzas nahm, wie erwartet, einen völlig anderen Verlauf, als ihm eigentlich vorherbestimmt war. Noch im Juli des gleichen Jahres machte sich Cesare mit großem Hofstaat nach Neapel auf, um dort Federico d'Aragona im Namen des Papstes zum neuen König zu krönen. Die Zeremonie fand am 10. August in Capua statt. Und bei diesem Anlaß lernte Monsignor Valenza ein junges Mädchen kennen, Carlotta, die Tochter des Königs. Cesare Borgia verliebte sich auf der Stelle hoffnungslos in sie und hielt sogar um ihre Hand an, obwohl er noch das Kardinalspurpur trug. Zweifellos hätte ihm eine Ehe mit der schönen Carlotta den Weg zum Thron des Königreichs Neapel geebnet. Und das mag wohl nicht zuletzt der Grund gewesen sein, aus dem er eine Hochzeit mit der Aragoneser-Prinzessin mit aller Hartnäckigkeit betrieb, einer Prinzessin, die im Unterschied zu den anderen Frauen ihres Hauses sittsam und liebenswürdig war.

Papst Alexander VI. berief nun ein nicht öffentliches Konsistorium ein, vor dem Kardinal Valenza, im Büßergewand, unter Eid erklärte, er sei in den Priesterstand getreten, ohne eine wahre Berufung dafür zu verspüren, einzig und allein aus Gehorsam und Fügsamkeit gegenüber seinem Vater, dem Papst. Er gestand, in jenen Jahren ein Leben geführt zu haben, das mit seinem Amt eigentlich nicht zu vereinbaren war, und bat darum das Kardinalskollegium, ihn von seinen Priesterpflichten zu entbinden und in den Laienstand zurückzuversetzen, damit er eine rechtsgültige Ehe eingehen könne. Ohne Gegenstimmen entsprach man seinem Wunsch.

Einige Monate vorher war der französische König Karl VIII. infolge eines epileptischen Anfalls gestorben. Auf den Thron folgte ihm Ludwig von Orleans, der auf Befehl des verstorbenen Königs seine Base Johanna von Valois hatte heiraten müssen.

Diese Johanna war ein kleines Monster. Sie war nicht nur häßlich und *utrimque gobbosa*, hatte also vorn und hinten einen Buckel, sondern man munkelte auch, ihre Gebärmutter sei dermaßen mißgestaltet, daß ein Eindringen des männlichen Gliedes unmöglich sei. Hinter dem Befehl, die häßliche Base zu heiraten, stand der Plan, Ludwig von Orleans keine legitimen Nachkommen haben zu lassen. Auf diese Weise sollte endlich das verhaßte Geschlecht der Orleans aussterben, das den Valois jahrhundertelang immer wieder den französischen Thron streitig gemacht hatte. Doch das Schicksal wollte es diesmal anders: Karl VIII. starb jung und ohne Nachkommen. Und mit der Begründung, Frankreich eine legitime Erbfolge sichern zu wollen, verlangte der neue König Ludwig XII. vom Papst in Rom die Annullierung seiner Ehe mit Johanna.

Ohne zu zögern, erklärte sich Alexander VI. dazu bereit, verlangte dafür jedoch zahlreiche Gegenleistungen. Zwei davon betrafen seinen Sohn Cesare Borgia, der gerade wieder in den Laienstand zurückgekehrt war. Er sollte ein Herzogtum in Frankreich erhalten, sowie ausreichenden militärischen Beistand, um sich in Italien ein Reich und einen Staat zu erobern. Und da die schöne Carlotta aus Neapel als Hofdame der Königin am französischen Hof lebte, sollte sich der neue französische König außerdem bei der Aragoneser-Prinzessin dafür einsetzen, in eine Ehe mit dem Papstsohn Cesare einzuwilligen.

Ludwig XII. ließ sich auf den Handel ein, der es ihm erlaubte, die schöne Anne de Bretagne, die Witwe Karls VIII., zu ehelichen. Cesare Borgia traf von Italien kommend am französischen Hof in Chinon ein, jenem Schloß im Loiretal also, in dem noch immer etwas von der magischen Erscheinung der Jungfrau von Orleans zu spüren war. Im Gepäck hatte er eine päpstliche Bulle, mit der die erste Ehe des Königs für nichtig erklärt wurde. Im Gegenzug wurde er zum Ritter des Ordens von San Michele ernannt, erhielt die Ländereien und den Titel eines Herzogs von Valentinois, sowie die Grafschaft von Diois und außerdem die feste Zusage auf ein Kontingent französischer Soldaten im Kriegsfall.

Womit der König ihm allerdings nicht dienen konnte, war die Zustimmung Carlotta d'Aragonas zu einer Ehe mit dem neuen Herzog von Valentinois. Eine andere Frau wurde ihm jedoch angetragen, auch sie von königlichem Geblüt, nämlich die wunderschöne sechzehnjährige Charlotte d'Albret, bis dahin Hofdame von Anne de Bretagne. Erst viel später stellte sich heraus, daß der untreue Ludwig XII., verschlagen und verlogen wie so viele Franzosen, die Verbindung zwischen Cesare Borgia und Carlotta d'Aragona mit allen Mitteln hintertrieben hatte ... und zwar deswegen, um keinen Borgia bei der Thronfolge des Königreichs Neapel zu begünstigen, eines Königreichs, an dem er in seiner Eigenschaft als Erbe und Nachfolger der Anjou im geheimen selbst brennend interessiert war.

So kam es am 10. Mai 1499 im Schloß von Amboise zur Hochzeit von Cesare Borgia mit Charlotte d'Albret, der Tochter des Königs von Navarra. Kurz darauf kehrte Cesare nach Italien zurück. War er vorher von allen nur Kardinal Valenza genannt worden, so hieß er jetzt in Italien, aufgrund der erworbenen Lehen, allgemein Herzog Valentino oder auch nur kurz »Il Valentino« – und unter diesem Namen ist er auch in die Geschichte eingegangen. Und kaum in Italien eingetroffen, forderte er Ludwig XII. auf, ihm die zugesagten Soldaten zu schicken, denn er wollte sogleich mit der Eroberung einiger Staaten in Mittelitalien beginnen. Zunächst hatte er dabei an Siena gedacht, eine reiche, militärisch jedoch im Niedergang begriffene Republik mit einer Grenze zum Vatikanstaat. Doch als das französische Kontingent in Italien eintraf, änderte Cesare seine Pläne: Jetzt wollte er sich sofort an die Schaffung eines großen Reiches in Italien machen und mit der Eroberung der kleinen Stadtstaaten in den Marken und in der Romagna beginnen.

Die Signori dieser Städte waren meist kleine Tyrannen, die sich unzähliger Verbrechen und Grausamkeiten schuldig gemacht hatten. Und Cesare Borgia dachte sich, nicht ohne Grund, wer diese tyrannischen Herrscher verjagte, würde allgemein als Befreier begrüßt werden. Daher begann er nun, sich als jenen Heerführer zu preisen, den die Göttliche Vorsehung dazu auserwählt hat, die italienischen Städte von den Tyrannen zu befreien.

Als erste waren die Städte Imola und Forlì an der Reihe, die von Caterina Riario Sforza gehalten wurden, einer sehr schönen Frau, die gleichzeitig ein Mannweib war, eine Soldatin, wild und grausam wie ein Tiger, dabei nie abgeneigt, ihre Sinneslust auszuleben. Man wußte von ihr, daß sie mit Vorliebe ihre Feinde und deren engste Verwandte niedermetzelte – was in unseren Zeiten vielleicht noch normal ist. Aber auch deren Kinder und sogar Säuglinge schlachtete sie ab – und das kann wohl nicht mehr als normal gelten.

Trotz ihrer vorbildlich befestigten Burgen fielen die beiden blühenden Städte. Caterina Sforza kämpfte wie eine Löwin, doch am Ende mußte sie sich Cesare Borgia geschlagen geben, der sie als Gefangene nach Rom mitnahm und dort als Kriegsbeute vorführte, allerdings nicht ohne sich auf der Reise immer wieder an ihr vergangen zu haben – was ihr jedoch nicht unlieb gewesen sein soll.

Nach diesen ersten Eroberungen war Cesare Borgia nicht mehr aufzuhalten. Cesena, Rimini, Pesaro, Faenza und Fano fielen. Zum Ende dieses Eroberungsfeldzugs wurde Cesare Borgia vom Papst zum Herzog der Romagna ernannt. Cesena wurde die Hauptstadt des Herzogtums, das das Kernland des noch zu erobernden italienischen Reiches werden sollte.

Die ersten aufsehenerregenden Siege, die Einnahmen aus den eroberten bevölkerungsreichen und wohlhabenden Städten und die Schätze, die der Papst für ihn zusammentrug, erlaubten es Cesare nach und nach, alle bedeutenden Freischarführer Italiens mitsamt ihren Truppen für sich zu gewinnen. Zu den Condottieri, die in Cesares Dienst traten, gehörten unter anderem Ercole Bentivoglio, Alessandro Farnese, Gian Paolo Baglioni und Pandolfo Petrucci, zu denen bald auch Vitellozzo Vitelli, Liverotto da Fermo und zahlreiche Mitglieder der Familie Orsini stießen. Ich war damals sicher, Cesare Borgia werde sich diese Gelegenheit zur Rache an den Mördern seines Bruders nicht entgehen lassen. Doch das Gegenteil geschah. Da er die Freischarführer und ihre Truppen brauchte, um seine ehrgeizigen Eroberungspläne zu verwirklichen, stellte er sich gut mit ihnen und verbannte Groll und Rachegelüste aus seinem Herzen.

Dann mußte er jedoch seine eigenen Pläne eine Zeitlang aufschieben. Sein Gönner, Ludwig XII., erwartete von ihm, daß er an der Eroberung des Königreichs Neapel und der Vertreibung der Aragona teilnehme. Gleich nach dem Ende dieses Feldzugs machte sich Cesare Borgia wieder an die Verwirklichung seiner ursprünglichen Vorhaben und eroberte im Handstreich zwei bedeutende Stadtstaaten Mittelitaliens: Urbino, das der Familie Montefeltro entrissen wurde, und Camerino, das zu jener Zeit zum Herrschaftsgebiet der Familie Varano gehörte. Dann schien ihm die Zeit reif, Bologna, die schönste und wohlhabendste Stadt der Po-Ebene, in seinen Besitz zu bringen; sie sollte die Hauptstadt seines zukünftigen Reiches werden. Die Eroberung Bolognas schien kein schwieriges Unterfangen, denn die Bentivoglio, die dort mit Duldung des Heiligen Stuhls herrschten, waren allgemein verhaßt und hatten alle wichtigen Familien der Stadt gegen sich aufgebracht.

Doch die Freischarführer und Capitani verweigerten Cesare Borgia den Gehorsam. Sie waren alle selbst Herren in mittelitalienischen Städten und fürchteten deshalb, Cesare Borgia würde sich nach dem Fall Bolognas sehr bald auch daran machen, seinen Condottieri die Städte und Lehen, die sie in Besitz hatten, abzunehmen. Wie Gian Paolo Baglioni, der Herrscher von Perugia, erklärte: »Kein Capitano nimmt ab sofort mehr Befehle Cesare Borgias entgegen. Wir müssen verhindern, daß uns dieser unersättliche Drachen einen nach dem anderen verschlingt.«

Dies war für Cesare Borgia das Zeichen, daß jetzt der richtige Zeitpunkt gekommen war, um Rache zu nehmen. Fünf Jahre schon waren seit der Ermordung des Bruders vergangen.

Nachdem ich miterlebt hatte, wie die Geschichte begann, wurde ich nun auch Zeuge, wie sie ihren Abschluß fand. Und das kam so: Die Signoria von Florenz, für die ich in der Zweiten

Kanzlei meinen Dienst tat, fürchtete, Cesare Borgia würde nach der Eroberung Bolognas auch über Florenz und alle anderen Städte der Toskana herfallen. Daher schickte sie Niccolò Machiavelli, den Sekretär des Rats der Zehn, zu ihm, damit er sich ein Bild von dessen tatsächlichen Absichten mache. Und mein Freund Niccolò Machiavelli entschloß sich, mich mitzunehmen.

Wir trafen den Herzog in Imola. Er erkannte mich sofort wieder und begrüßte mich wie einen alten Freund.

»Jetzt kannst du den Drachen am Werk sehen«, sagte er hinter vorgehaltener Hand zu mir.

Cesare Borgia war damals gerade damit beschäftigt, seine alten Condottieri wieder für sich zu gewinnen. Dabei versicherte er ihnen, niemals daran gedacht zu haben, sie ihrer Städte und Lehen zu berauben. Für die Gegenseite führte der einfältigste und leichtgläubigste Vertreter der Familie Orsini die Verhandlungen: Capitano Paolo, der Herr von Palombara Sabina, besser bekannt als Madonna Paola. Und schließlich fand man eine Einigung.

»Die haben sich ordentlich über den Tisch ziehen lassen«, stellte mein Freund Machiavelli fest, der, obwohl Politik nicht seine Sache war, ausnahmsweise einmal verstanden hatte, was hier gespielt wurde. Das Abkommen sah vor, daß vier Condottieri des Herzogs, als Zeichen ihres guten Willens, die Stadt Senigallia für ihn erobern sollten, die ein Lehen der Familie Della Rovere war.

Oliviero Eufreducci, jetzt Liverotto da Fermo, war sogleich bereit, zur Tat zu schreiten. Ebenso Vitellozzo Vitelli und die beiden Orsini, die mit ihren Truppen in der Gegend von Urbino standen. Um ihnen das Unternehmen schmackhaft zu machen, hatte Cesare Borgia ihnen versprochen, nach dem Fall von Senigallia würde man sich sogleich an die Eroberung der Toskana machen. Ein Vorhaben, das die Condottieri besonders reizte, denn hierbei handelte es sich um die reichste und blühendste Region ganz Italiens, und die Plünderung ihrer Städte und Güter hätte den Freischarführern und ihren Söldnern ein Vermögen eingebracht.

Am eifrigsten ging Oliviero Eufreducci bei der Eroberung Senigallias und der Auslöschung der Familie Della Rovere zu Werke. Nicht zuletzt wohl, weil er einige Jahre zuvor beim Blutbad in Fermo eigenhändig einige Mitglieder dieser Familie, die beim Fest zugegen waren, massakriert hatte und deren Rache fürchten mußte. Die Stadt wurde ohne nennenswerte Schwierigkeiten eingenommen. Die Burg jedoch hielt stand, und alle Versuche, die Verteidiger zur Aufgabe zu bewegen, scheiterten. Ihr Anführer, der Genueser Abenteurer Andrea Doria, erklärte, er werde sich nur Cesare Borgia persönlich ergeben.

Der Herzog der Romagna brach am 26. Dezember 1502 von Cesena auf, und Machiavelli und ich ritten mit ihm. Drei Tage später erreichten wir Fano, von wo aus Cesare seinen Condottieri eine Botschaft zukommen ließ. Er sei im Aufbruch begriffen und werde am 30. Dezember mit all seinen Soldaten und allen Kanonen in Senigallia eintreffen. Und er werde die Burg, sollte sich dort immer noch Widerstand regen, dem Erdboden gleichmachen.

Kurz darauf setzte sich das Heer wieder in Bewegung. Insgesamt waren das siebentausend Fußsoldaten, Schweizer, Deutsche, Gascogner, Spanier und Italiener, eine schwere Kavallerie von vierhundertfünfzig Mann, sowie tausend leichtbewaffnete Reiter und eine Artillerie mit sechsunddreißig Kanonen. An der Misa, einem kleinen Fluß wenige Kilometer vor der Stadt, machte man halt. Hier angekommen, ließ Cesare seine Condottieri wissen, er wolle persönlich, an der Spitze seiner Truppen, in die besiegte Stadt einziehen und sie besetzen. Daher forderte er sie auf, sich aus Senigallia zurückzuziehen und sich mit ihren Truppen auf die Dörfer und Burgen in der Hügellandschaft außerhalb der Stadt zu verteilen. Nur Liverotto da Fermo solle mit seinen Soldaten – tausend Fußsoldaten und hundertfünfzig schwerbewaffneten Reitern – in der Stadt bleiben, um dort Sicherheit und Ordnung aufrechtzuerhalten.

Cesare Borgia schlug an der Misa mit seiner Kavallerie das Lager auf. Seinen Fußsoldaten gab er jedoch den Befehl, zur Stadt weiterzumarschieren, wobei er ihnen einschärfte, sich nicht zu Plünderungen hinreißen zu lassen und keine Händel mit den Männern Eufreduccis anzufangen. Dann schickte er einen Boten mit einer Kapitulationsaufforderung zur Festung. Andrea Doria erschien persönlich auf der Burgmauer und verkündete, seine Herrin, Giovanna Della Rovere, liege unpäßlich im Bett und habe ein Abführmittel nehmen müssen. Es sei ihm nicht möglich, mit ihr zu sprechen. Er könne dem Herzog daher erst am nächsten Tag eine Antwort zukommen lassen. Erst später erfuhren wir, daß Andrea Doria damit auf Zeit spielte. In der Nacht zuvor hatte er schon den jungen Francesco Maria mit seiner Mutter Giovanna übers Meer in Sicherheit bringen lassen. Er selbst machte sich in jener Nacht klammheimlich aus dem Staub und überließ den Burgvogt und seine Männer mit der Ermahnung, die Stellung so gut es gehe zu halten, ihrem Schicksal.

Cesare Borgia war in seinem Lager geblieben, und dort, jenseits des Flusses Misa, suchten ihn die Heerführer auf, mit denen er sich gerade wieder versöhnt hatte, um ihm ihre Ehrerbietung zu bezeigen. Paolo Orsini traf als erster ein. Herzog Valentino bereitete ihm einen herzlichen Empfang. Der Orsini war kaum vom Pferd gestiegen, da eilte er ihm entgegen, umarmte ihn, küßte ihn auf beide Wangen und nannte ihn einen Bruder. Paolo Orsini, der die Versöhnung zwischen den Condottieri und dem Borgia ausgehandelt hatte, war überglücklich. Nach ihm kam Francesco Orsini, der Herzog von Gravina. Sein Gesicht strahlte Zufriedenheit und Genugtuung aus. Er zählte schon immer zu den Befürwortern einer Eroberung und Zerstörung der toskanischen Städte. Und jetzt freute er sich, denn er hatte das sichere Gefühl, dieses Mal würde das Unternehmen tatsächlich in die Tat umgesetzt werden. Der letzte war Vitellozzo Vitelli, der an Syphilis erkrankt war und auf dem Rücken eines zahmen Maultiers eintraf. Der Kälte wegen hatte er sich in eine dicke schwarze Jacke gehüllt, über der er einen gefütterten grünen Umhang trug. Er war ganz besonders an dem Plan, Florenz zu erobern, interessiert. Denn die Signoria hatte einige Jahre zuvor seinen Bruder Paolo festgenommen, wegen Hochverrats vor Gericht gestellt und nach kurzem Prozeß hingerichtet.

Nur Liverotto da Fermo fehlte. Er war in Senigallia geblieben, wo er auf der zentralen Piazza sein Lager aufgeschlagen hatte, um so seine Soldaten zu überwachen und sie davon abzuhalten, die wehrlose Stadt auszuplündern. Als Cesare hörte, daß er nicht kommen würde, schickte er einen seiner spanischen Adjutanten zu ihm, um ihm mitteilen zu lassen, er wolle gemeinsam mit allen seinen Condottieri in die eroberte Stadt einreiten. Der Adjutant Michelotto kam seinem Befehl sogleich nach, stieg aufs Pferd und kehrte schon kurz darauf mit dem frohgelaunten Liverotto zurück ... Und ich fragte mich, wie es möglich war, daß vier der Männer, die den Mord am Herzog von Gandìa auf dem Gewissen hatten, so fröhlich und treuherzig gemeinsam für Cesare Borgia Dienst tun konnten.

Nachdem er die vier Condottieri nun um sich geschart hatte, lud er sie ein, mit ihm gemeinsam auf Senigallia zuzureiten. Er wolle sie beim Einzug in die Stadt an seiner Seite haben, damit jeder sehen könne, wie fest ihr neues Bündnis, wie herzlich ihr Einverständnis sei. Angeregt plaudernd näherten sie sich der Stadt ... Und die vier schöpften immer noch keinen Verdacht.

Vor dem großen Stadttor baten die Condottieri, sich verabschieden zu dürfen, da sie zu ihren eigenen Truppen stoßen wollten, die auf den umliegenden Anhöhen lagerten. Nur Liverotto da Fermo gedachte zu bleiben, da sich seine Männer in der Stadt aufhielten. Doch Cesare Borgia forderte alle auf, mit ihm zu kommen, indem er sagte: »Begleitet mich zu meiner Unterkunft. Wir haben einige sehr wichtige Dinge miteinander zu bereden ...«

Die Condottieri folgten ihm also, und ich hatte den Eindruck, daß sie erzitterten, als sie den dumpfen Schlag hörten, mit dem das Stadttor hinter ihnen zufiel. Vielleicht dachten sie in jenem Moment, auch wenn es jetzt zu spät war, an das Verbrechen, das ihre Schicksale miteinander verband. Instinktiv richteten sie aufgeschreckt ihre Augen auf den Borgia, doch sogleich beruhigten sie sich wieder, als sie sahen, daß der Herzog immer noch lächelte und ungerührt weiterplauderte. Wenig später waren sie vor dem Palast angekommen, der Cesare Borgia als Quartier dienen sollte. Und auch hier wollten sie sich wieder von ihm verabschieden. Doch er bedrängte sie, abzusteigen und ihn zu seinen Gemächern zu begleiten, wo eine reich gedeckte Tafel auf sie warte und wo man sich ungestört darüber unterhalten könne, wie das Unternehmen Senigallia zu einem erfolgreichen Abschluß zu bringen und vor allen Dingen, was danach zu tun sei. Hierbei dachten natürlich alle in freudiger Erwartung an die Eroberung der Republik Florenz. So stiegen sie also von ihren Pferden und betraten den Innenhof des Palastes. Der Hof war schmal, ohne Bäume, und wurde von hohen Mauern begrenzt. Auch Cesare Borgia stieg ab und begann die lange Außentreppe zu erklimmen, die zum ersten Stock führte ... derweil seine Männer über die vier Condottieri herfielen und sie zu Gefangenen des Herzogs erklärten. Cesare ging weiter die Treppe hinauf, und erst als er in der Mitte angekommen war, drehte er sich um. Es war alles nach Plan verlaufen.

Mit einem Mal wurde Paolo Orsini klar, was hier vor sich ging, und wie leichtgläubig er sich von dem Borgia in eine Falle hatte locken lassen. Er begann zu ihm hoch zu schreien, er solle ihn wieder freilassen, denn er habe ihm Dinge von größter Wichtigkeit mitzuteilen. Doch er war der einzige der Festgenommenen, der Cesare Borgia um Gnade anflehte.

Die vier wurden gefesselt und in den Kerker gebracht. Inzwischen hatte sich schon die Nacht herabgesenkt. Die Tage waren bitterkalt und sehr kurz, denn es war tiefster Winter.

Noch in der gleichen Nacht, es war die letzte des Jahres 1502, erfüllte sich das Schicksal von Liverotto da Fermo und Vitellozzo Vitelli auf die einzig mögliche Art und Weise. Während die beiden Orsini gut bewacht im Kerker verblieben, führte man Vitelli und Eufreducci in ein Zimmer des Palastes, wo ihnen in Gegenwart Cesare Borgias der Prozeß gemacht wurde. Sie wurden gefoltert, und es dauerte nicht lange, bis sie ein volles Geständnis ablegten und sich zu dem Mord am Herzog von Gandìa bekannten. Hierauf sprach der Herzog das Urteil: Sie sollten auf der Stelle hingerichtet werden.

Vitellozzo Vitelli sagte unter Tränen, er habe den Wunsch, als guter Christ zu sterben und wolle sich deshalb vor dem Papst niederwerfen, damit dieser ihm die furchtbare Tat vergeben und, in Anbetracht seines Geständnisses, die volle Absolution erteilen könne. Da jedoch keine Zeit blieb, um mit dem Papst zu sprechen, mußte er sich damit begnügen, vor dem Pater Guardian der nahen Kirche Santa Maria delle Grazie seine Sünden zu beichten.

Liverotto da Fermo jedoch hatte nichts Besseres zu tun, als die wenige Zeit, die ihm noch zu leben verblieb, damit zu verbringen, Vitellozzo und die Orsini zu verfluchen, die ihn zunächst zum Mord am Herzog von Gandìa angestachelt und dann der Rache des Bruders ausgeliefert hätten.

Nach dem Urteil und der Beichte ließ man die beiden Verurteilten auf einer Bank niedersitzen und fesselte sie Rücken an Rücken. Dann legte ihnen Michelotto, Cesares ergebenster Diener, eine pisanische Schnur um den Hals. Die Schnurenden waren an einem kurzen Stock befestigt, der als Würgholz diente. Michelotto begann nun, das Holz mit aufreizender Langsamkeit zu drehen, und hörte nicht eher auf, bis die zwei Verurteilten mit aus dem Mund hängenden Zungenspitzen ihren letzten Atemzug taten. Dann gab Cesare Borgia Befehl, die Leichen der Hingerichteten auf den Hauptplatz von Senigallia zu schaffen. Und hier lagen die geschundenen, fahlen Körper, als der Morgen des 1. Januars 1503 graute. Nach drei Tagen erbarmte man sich der sterblichen Reste und brachte sie in die nahe Kirche Santa Maria della Misericordia, wo sie begraben wurden.

Am Tag darauf verließ Cesare Borgia Senigallia in Richtung Perugia. Die beiden Orsini führte er in Ketten mit sich. Er wartete auf ein Zeichen aus Rom, daß er ihre Exekution in die Wege leiten könne. Am zweiten Januar bestellte sein Vater, der Papst, Kardinal Giovan Battista Orsini zu sich in den Vatikan. Als er eintraf, gab Alexander VI. sofort Befehl, ihn gefangenzunehmen und in einer Zelle in der Engelsburg einzukerkern. Die Nachricht verbreitete sich wie ein Lauffeuer in ganz Rom. Der Papst, der sich die Hände nicht mit dem Blut eines Kardinals beschmutzen wollte, entschloß sich, ihm Wasser und Brot zu verweigern und so Hungers sterben zu lassen.

Erst als man ihm mitteilte, das Haupt der Familie Orsini sei eingekerkert, war für Cesare Borgia der Moment der so lange aufgeschobenen Rache gekommen. Auf der Burg von Civita Castellana eingetroffen, gab er am 16. Januar Befehl, ihm die beiden Orsini vorzuführen. Sie wurden gefoltert und verhört. Paolo stritt nach Kräften den Vorwurf ab, zu denjenigen zu gehören, die den Tod Juan Borgias angeordnet hatten. Doch diese Lüge nützte ihm wenig. Auch er und Francesco Orsini, der im Gegensatz zu Paolo alles mit großer Würde ertrug, wurden erdrosselt und dann in einer Kirche beigesetzt.

Während alle Mitglieder der Familie Orsini, von Furcht gepackt, fluchtartig die ewige Stadt verließen und sich auf der Rocca di Ceri oder der Burg von Bracciano verbarrikadierten, kam die alte Mutter des Kardinals nach Rom, um sich beim Papst für ihren Sohn zu verwenden. Dank der Fürsprache Vannozzas wurde sie zu Alexander VI. vorgelassen, dem sie fünfundzwanzigtausend Dukaten im Tausch gegen das Leben ihres Sohnes anbot. Daneben versprach sie ihm noch eine wunderschöne Perle, die der Papst lange Zeit vergeblich zu erwerben versucht hatte und die allein zehntausend Dukaten wert war. Die alte Orsini war damals wohl schon weit über achtzig Jahr alt. Und nachdem sie lange geweint und ihr Schicksal beklagt hatte, bat sie den Papst noch einmal um Gnade für ihren Sohn, indem sie ihn daran erinnerte, daß dieser seine Nominierung befürwortet habe.

Der Papst forderte sie auf, sich zu erheben und sagte mit honigsüßer Stimme: »Sorgt Euch nicht. Ich werde Erbarmen mit ihm haben ...«

Und man erzählt sich, er habe sofort ganz leise hinzugefügt: »So wie er mit meinem Sohn Erbarmen hatte ...«

Inzwischen zeigten sich bei Kardinal Orsini in seiner Zelle in der Engelsburg aufgrund des Hungers die ersten Anzeichen von

Wahnsinn. Doch da er schon recht alt war, zog sich sein Todeskampf Wochen hin, denn, wie man weiß, brauchen die Alten nicht viel Nahrung, um zu überleben. Am 22. Januar starb er, zwanzig Tage nach seiner Festnahme.

Und so endet diese traurige und wenig bekannte Geschichte von Rache und Tod. Eine Geschichte, die zu bitteren Betrachtungen über die Menschen und ihre Torheit Anlaß gibt. Denn die größte Torheit, die bei allen Menschen, auch den allermächtigsten, anzutreffen ist, ist die, die Gefühle der Liebe und der Barmherzigkeit zu vernachlässigen, anstatt sie zu nähren und zu pflegen, wie es angesichts der Zerbrechlichkeit der menschlichen Natur geboten wäre. Starrköpfig vergessen wir Menschen immer wieder, daß Leben nichts anderes bedeutet, als dem Tod entgegenzugehen. Daher müßten Güte und Brüderlichkeit und nicht Rachegedanken unser Verhalten in jedem Augenblick bestimmen. Denn immer müßte uns bewußt sein, daß der Tod einmal bei jedem anklopft, bei arm und reich, jung und alt, beim Mächtigen wie beim Machtlosen. Die Kürze des Lebens ist unser Schicksal, und die Ungewißheit, was morgen sein wird, läßt uns niemals los. Aber anstatt über diese Dinge nachzudenken, verfolgen wir Menschen lieber unsere ehrgeizigen Pläne. Und so hat auch Petrarca ganz recht, wenn er schreibt: *Magna pars rerum humanarum umbra est, magna pars mortalium vento pascitur et somniis gaudet.*

Denn in der Tat ist das Leben nur ein vorbeihuschender Schatten. Doch vielleicht liebt der Mensch es gerade aus diesem Grund, Luftschlösser zu bauen und sich an seinen verwerflichen Vorhaben zu berauschen.